आधुनिक भारत का सांस्कृतिक इतिहास

आधुनिक भारत का सांस्कृतिक इतिहास

संपादक

दिलीप एम. मेनन

हिंदी अनुवाद

बिपेन्द्र कुमार

ओरियंट ब्लैकस्वॉन

आधुनिक भारत का सांस्कृतिक इतिहास

ओरियंट ब्लैकस्वॉन प्राइवेट लिमिटेड

मुख्य कार्यालय
3-6-752 हिमायत नगर, हैदराबाद 500 029 (तेलंगाना), भारत
ई-मेल: centraloffice@orientblackswan.com

शाखाएँ
बंग्लूरू, भोपाल, कोलकाता, चेन्नई, गुवाहाटी, हैदराबाद,
जयपुर, लखनऊ, मुंबई, नई दिल्ली, नोएडा, पटना, विजयवाड़ा

प्रथम प्रकाशित 2010
सोशल साइंस प्रेस के साथ सह-व्यवस्था द्वारा मूल अंग्रेजी पुस्तक
'कल्चरल हिस्ट्री ऑफ मॉडर्न इंडिया' से हिंदी में अनूदित
पुनर्मुद्रित 2017

ISBN : 978 81 250 3427 8

टाइपसेटर
ग्राफिक्स केयर, नई दिल्ली

मुद्रक
यश प्रिंटोग्राफिक्स, नोएडा

प्रकाशक
ओरियंट ब्लैकस्वॉन प्राइवेट लिमिटेड
3-6-752 हिमायत नगर, हैदराबाद 500 029 (तेलंगाना), भारत
ई-मेल: info@orientblackswan.com

अनुक्रम

भूमिका और आभार

आधुनिक भारत का सांस्कृतिक इतिहास दिल्ली विश्वविद्यालय के इतिहास के नए बी.ए. सहयोगी विषय (New B. A. Concurrent course in History of University of Delhi) की ज़रूरतों को पूरा करने के लिए तैयार किया गया है। यह सामाजिक विज्ञान एवं मानविकी के ऑनर्स विद्यार्थियों के लिए तैयार की गई है जो इतिहास को सहयोगी विषय के रूप में पढ़ना चाहते हैं। हालांकि यह उन आम पाठकों के लिए भी है, जो एकदम हाल ही में आधुनिक भारत की संस्कृति से संबंधित अनुसंधान के बारे में जानने के इच्छुक हैं। इस पुस्तक को तैयार करने का एक तरीका था कि हम व्यापक रूप से संस्कृति के विषय पर कार्य कर रहे इतिहासकारों के कार्य को एक साथ प्रस्तुत कर दें। आज हम सभी अंतरविषयक हो गए हैं, इसलिए एक ऐसा प्रयास करना जिसमें समाजशास्त्रियों, कला, इतिहासकारों और संगीत सिद्धांतकारों द्वारा ऐतिहासिक परिप्रेक्ष्य में किए गए कार्यों को एकत्र किया जाए काफी रोचक लगा। इसका अर्थ है कि निबंधों में कई जगह उस विषय की तकनीकी शब्दावली का प्रयोग हुआ है। हालांकि इन निबंधों में विचारों की गुणवत्ता और चिंतन इस तरह का है कि हम आशा करते हैं कि आम पाठक भी इसे स्वयं पढ़ सकेंगे। कक्षा में यह इतिहास के शिक्षक और साहित्य, समाजशास्त्र और अन्य विषयों में विशेषज्ञता प्राप्त विद्यार्थियों के बीच विचारों का उपयोगी आदान-प्रदान करेगा।

विश्वविद्यालय के बी.ए. कॉनकरंट (B. A. Concurrent) कोर्स के संयोजक के रूप में मुझे रचना के निर्धारण में कुछ श्रेष्ठ शिक्षकों और विशारदों को शामिल करने का अवसर मिला था। कुछ महीनों के समय में हमारी चुनौतीपूर्ण बैठकें हुईं और कई मुद्दे सामने आए जिसमें दुनियाभर के कई विषयों की श्रेष्ठ कृतियों के बारे में जानकारी मिली। अगर हम अपने तरीके से चलते तो छात्रों को कुछ हजारों पेजों के संस्करण पढ़ने पड़ते। शिक्षण और बोधगम्यता के हित में और समय की कमी को देखते हुए उसमें 250 पेजों की अध्ययन सामग्री को अपनाया। मैं विशेष रूप से सुनील कुमार, शाहिद अमीन, उपिंदर सिंह और मीनाक्षी खन्ना का धन्यवाद करना चाहूँगा। टैगोर के शब्दों में 'मुझे तुमने वह चीज़ें बताईं जिनसे मैं अनजान था (कोतो अजानारे जनाइले तुमी...)।

इस पुस्तक में आए सभी लेखों और उनके प्रकाशकों को मैं विशेष धन्यवाद देना चाहूँगा जिनकी सहायता से हम कम कठिनाइयों से यह पुस्तक प्रकाशित कर सकें। रामचंद्र गुहा,

अमांडा विडमैन, तनिका सरकार, रुस्तम भरूचा, सुमित एस. चक्रवर्ती और पैट्रिसिया ओबेराय का आभारी हूँ, जिन्होंने अपना अतुलनीय सहयोग दिया।

दिलीप मेनन

रीडर आधुनिक भारतीय इतिहास
दिल्ली विश्वविद्यालय
दिल्ली

परिचय

आधुनिक भारत का इतिहास सामान्य तौर पर भारतीय राष्ट्र के उदय के इतिहास के रूप में लिखा गया है। 1757 से 1947 की लगभग दो सौ साल की अवधि में पराधीनता से निकल कर दुनिया के अन्य देशों के साथ भारत के भाग्य का साक्षात्कार हुआ। सलम रुश्दी का प्रभावशाली मुहावरा 'मिडनाइट्स चिल्ड्रेन' युवा भारत के भाग्य के साथ पनी ज़िंदगी और भविष्य को जोड़कर देखने वाली पीढ़ी के स्वबोध को इंगित करता । इसमें नएपन के साथ-साथ जागरण का भी भाव है। स्लीपिंग ब्यूटी की कहानी जिस तरह जादुई तरीके से सोई हुई राजकुमारी राजकुमार के चुंबन से जाग उठी थी सी तरह राष्ट्र भी स्व के भाव के साथ जाग उठा था। नेहरू की आत्मकथा के साथ 'डिस्कवरी ऑफ इंडिया' में राष्ट्रवादी राजनीति की चर्चा भावनाओं की खोज रूप में की गई है। दरअसल ये भावनाएं पहले से मौजूद थीं। इस कारण यहां खोज का इस्तेमाल किया गया है न कि अन्वेषण का। क्षेत्रीय व सांस्कृतिक एकता भाव जगाने में राष्ट्रवादी आंदोलन को कठिन परिश्रम करना पड़ा था (भारत का अधिकांश हिस्सा राष्ट्रीय भूगोल के बारे में कांग्रेस की समझ से सहमत नहीं था)। तुलना में भारत की अवधारणा की बहस जारी थी कि क्षेत्र, समुदाय या धार्मिक जुड़ाव और शासन की ज़रूरतों की माँग थी पैठ कितनी गहरी है। हालाँकि राजनीतिक अपेमें पेश किया जाए। इसी के अनुरूप कि भारत की एकता को एक सच्चाई ने 947 का इतिहास स्वतंत्रता प्राप्ति की इतिहासकारों की एक पीढ़ी ने 15 क्ष और खासकर राष्ट्र के विभाजन के त्रासद गौरवशाली कहानी के तौर पर लिख विभाजन के समय जिस तरह से अपने ही इतिहास को नज़रअंदाज कर त्मिक तरीके से सत्ता परिवर्तन के दावे पर सवाल भाई-बहनों की हत्या हुई उस धारा द्वारा विकसित जनता और क्षेत्र की एकता पर भी उठता है। यह हिंसा राष्ट्रवइसके लोगों के मानस पर विभाजन का कैसा प्रभाव पड़ा सवाल खड़ा करती है। न में आज़ादी के पचास साल बाद ध्यान दिया जाना शुरू इसके बारे में तो इ हुआ।

I

नई पीढ़ी ने उस चुप्पी, टालमटोल और खुद-ब-खुद दिखने वाली इतिहास ल उठाना शुरू किया जो इतिहास लेखन के अंग हैं। इतिहास जो घटित सच्च बारे में बताता है। इसके साथ ही इतिहास घटनाओं को चुनिंदा तरीके से ह

भी बताता है। शाहिद अमीन ने लिखा है कि राष्ट्रवादी इतिहास किस तरह बना और वह फिर दुबारा कैसे बना, यह इतिहासकारों का विषय रहा है। इतिहासकारों ने इतिहास बनने की घटनाओं का विवरण प्रस्तुत किया है।[1] आधुनिक भारत के इतिहास लेखन में जितनी बातों को समाहित किया गया है उतनी ही बातों को छोड़ भी दिया गया है। किसी घटना को इतिहास में शामिल करने का पहला आधार गांधीवादी राजनीति के अहिंसक प्रतिमानों के तहत राष्ट्रवादी आंदोलन में सहभागिता रही है (अमीन ने इसे योगदान के रूप में बताया है)। इसलिए, हिंसा का रास्ता अख्तियार करने या कांग्रेस की विचारधारा को चुनौती देने वाली राजनीतिक गतिविधियों को असंगत करार दिया गया। मैपिला विद्रोह, या 1920 का चौ चौरा कांड, या नेताजी सुभाष चंद्र बोस की आज़ाद हिंद फौज की गतिविधियों और 1940 के भारतीय शाही नौ सेना के विद्रोह को इसी रूप में देखा गया है। इन सबों को नज़रअंदा कर दिया गया है। '*दे दी हमें आज़ादी बिना खड्ग बिना ढाल, साबरमती के संत तूने क...या कमाल*' (1960 के दशक के एक हिंदी फिल्म के गाने की पंक्ति) के प्रतिमान में आंदोलनों के योगदान को शामिल नहीं किया गया है। अम्बेडकर, जिन्ना और सावरकर जै...ग्रेस के स्व प्रतिनिधित्व का विरोध करने वाले नेताओं को उनकी विचारधाराओं के कार...तिहास की पाठ्य पुस्तकों में जगह नहीं दी गई अगर कहीं उनकी चर्चा हुई भी तो वह अस... विरोधी के रूप में। इससे भी महत्त्वपूर्ण यह है कि जिन क्षेत्रों में कांग्रेस का प्रभाव कम ...क्षेत्रों के इतिहास को इतिहास की पाठ्य पुस्तकों और इतिहास शिक्षण में या तो बिल... जगह नहीं दी गई है या दी भी गई तो नाम मात्र की। इस तरह पूर्वोत्तर राज्यों या ...के राज्यों या 500 से ज़्यादा रजवाड़ों (प्रिंसली स्टेटों) को इतिहास की मुख्यधारा से ...गया है। ऐसे में हमें अपने आप से मौलिक सवाल करना है: क्या सिर्फ़ राष्ट्रीयता क... लिखा गया आधुनिक भारत का संकीर्ण इतिहास बहुविध और विसम्मत इतिहास... ले सकता है? हम राजनीतिक अवधारणाओं में विसम्मति को किस तरह जगह ... कि वह एकता में अनेकता के किताबी फार्मूले से बेहतर साबित हो सके? ए... नेकता दिखाने का जो पाठ्य पुस्तकीय तरीका है उसमें हम आधुनिक भारत के ऐ... के बारे में कैसे सोच सकते हैं जिसमें विसम्मति को भी जगह दी गई हो?

राष्ट्रवादी वर्णनों में वृहद राजनीतिक एकता बनाने पर ... और भारतीयता पर ज़ोर दिया गया है। आधुनिक भारतीय न... गया है। इनमें भारत संप्रदाय की गैर आधुनिक मानी जाने वाली पहचानों के आगे खड़... जाति, धर्म और के तौर पर, जाति भेद का सवाल उठाने वाले आंदोलनों व विचारधार... है। उदाहरण करार दिया गया है। तमिलनाडु का गैर-ब्राह्मण आंदोलन हो या ...राजनकारी प्रतिनिधित्व करने के बारे में कांग्रेस के दावे पर अम्बेडकर द्वारा उठाया ... का एकताबद्ध भारत बनाने के नाम पर इस सवाल को बराबर टाल दिया गया कि ... भारतीय दूसरे भारतीयों से श्रेष्ठ कैसे हो गए? संभव है ऐसा उपनिवेश विरोधी ...

रणनीति के तहत किया गया हो लेकिन इतिहास लेखन में इन राष्ट्रवादी गतिविधियों की ऐसी पूर्व धारणाओं पर आलोचनात्मक दृष्टि डाली गई है। 1975 में आपातकाल लगने और सरकार के प्रति असंतोष बढ़ने के बाद कुछ इतिहासकारों ने कांग्रेस को उसके दावे से अलग हट कर देखने की कोशिश की। उदाहरण के तौर पर, ज्ञानेंद्र पांडे ने दर्शाया कि कांग्रेस की ताकत और राजनीतिक पहल पर लगाए गए प्रतिबंधों के बीच सीधा संबंध हो सकता है। राष्ट्रवादी क्रियाकलापों के बढ़ने का मतलब दूसरी राजनीतिक गतिविधियों को अनुशासित करना है जो स्थानीय मुद्दों को ज़्यादा टकराववादी तरीके से उठाती हैं।[2] पांडे ने कांग्रेस के साथ राष्ट्रवाद के संबंधों पर भी सवाल उठाया। उन्होंने इस दावे पर भी सवाल खड़ा किया है कि जितनी भी राष्ट्रवादी गतिविधियाँ थीं उन्हें कांग्रेस ने ही बढ़ावा दिया था। 1980 के उभार, जिसे सबअलटर्न स्टडीज[3] कहा गया है, ने कुलीन और संगठित राजनीति पर संकेद्रण से अलग हटने की कोशिश की है। इसने किसानों, आदिवासियों और दूसरे अधीनस्थ (सबअलटर्न) समूहों के आंदोलनों पर ध्यान दिया और इस बात की वकालत की कि ये समूह समानांतर राष्ट्रीय राजनीति बना सकते हैं। इसमें जहाँ एक ओर भारत की सभी राजनीतिक गतिविधियों में कांग्रेस के वर्चस्व को चुनौती देने की कोशिश की गई वहीं इस बारे में समझ सीमित रही कि आखिर राजनीति बनती किस चीज से है। सबअलटर्न स्टडीज ने राज्यसत्ता को चुनौती देने पर ध्यान केंद्रित किया। इसने राजस्व संग्रह या कानूनी फ्रेमवर्क जैसे सरकारी क्रियाकलापों में भी हस्तक्षेप करने की कोशिश की।

एक समस्या स्रोतों को लेकर भी है। 19वीं सदी से ही राष्ट्र का इतिहास तैयार करने में सरकारी अभिलेखागारों पर आश्रित रहने का प्रचलन रहा है। वास्तव में इस तरह जो इतिहास लिखा जाता है वह एक तरह से सरकारों की जीवनी हुआ करता है। अगर पहले के औपनिवेशिक इतिहास लेखन में 19वीं और 20वीं सदी के विभिन्न चार्टरों और कानूनों तथा सरकारी संस्थानों पर प्रकाश डाला गया है तो राष्ट्रवादी इतिहास लेखन में अंग्रेजों से सत्ता अधिग्रहण करने और अंततः 1947 के सत्ता हस्तांतरण की चर्चा है। इस इतिहास में आम लोगों के लिए कोई जगह नहीं है। अगर कोई जगह है भी तो वह उसी स्वरूप में है जिस स्वरूप में सरकार ने उन्हें रखना चाहा है। इसका अच्छा उदाहरण स्वदेशी आंदोलन के तहत की राष्ट्रवादी गतिविधियां हैं जिन्हें क्रांतिकारी आतंकवाद करार दिया गया है। यह लेबल राज्यसत्ता की ओर से दिया हुआ है। सबअलटर्न स्टडीज में अभिलेखागार के रिकार्डों को सरकारी अर्थों से अलग कर पढ़ने की कोशिश की गई है। कहा जा सकता है कि सरकारी अर्थों का उल्टा अर्थ दिया गया है। राज्यसत्ता के खिलाफ चलने वाली गतिविधियों को अभिलेखागार के रिकार्डों में आपराधिक या आतंकवादी गतिविधि बताया गया है जबकि सबअलटर्न स्टडीज के इतिहासकारों ने इसे सामाजिक न्याय और राष्ट्रीय स्वतंत्रता से जुड़ा मुद्दा बताया है। हालांकि चरित्र चित्रण के इस प्रतिलोपन की सीमाएं भी हैं। सरकारी अपराधी इतिहासकार की नज़र में सामाजिक क्रांतिकारी हो सकते हैं लेकिन कभी सामान्य तरीके से देखने पर अपराधी सिर्फ़ अपराधी

ही हो सकता है। इसलिए जनवादी इतिहास लिखने के लिए सरकारी अभिलेखागारों से अलग जा कर नए स्रोतों की तलाश की ज़रूरत है।

सबअलटर्न कलेक्टिव (संग्रह) के तीन लेख ऐसे हैं जिनमें स्रोतों के बारे में नए सिरे से सोचा गया है। इसके साथ ही इनमें राजनीति की प्रकृति और राजनीतिक सोच के बारे में पुनर्विचार किया गया है। रणजीत गुहा ने अपने लेख चंद्राज डेथ[4] (*Chandra's death*) की कहानी अभिलेखागर से ही ली है। यह चंद्रा नाम की निम्न जाति की एक विधवा की कहानी है जिसकी मौत गर्भपात के दौरान हुई गड़बड़ी के कारण हो गई थी। इस ओर सरकार का ध्यान इस संदेह में गया कि उसकी हत्या कर दी गई है। लेकिन गुहा ने इस घटना को पारंपरिक बंगाली समाज के साथ-साथ पितृसत्तात्मक व्यवस्था में एक विधवा की स्थिति का मुद्दा बनाया है। उन्होंने महिलाओं की यौन स्वतंत्रता का सवाल भी उठाया है। गुहा ने समुदाय, लिंग और व्यक्ति की राजनीति के सूक्ष्म विवरणों को एकत्र किया है। यह कोई राष्ट्रवादी वीरता और ना ही किसी असाधारण व्यक्ति की कहानी थी। ना ही इससे कानून के प्रति सामाजिक समझ बदलने जैसी कोई बात थी। यह लिखने की कला मात्र है जिसने एक साधारण आदमी को वंशजों की नज़र में गिरने से बचा लिया। एक व्यक्ति विशेष का अध्ययन कर गुहा ने बताया है कि परिवार जैसी अंतरंग संस्था भी किस तरह सामाजिक शक्तियों से घिरी हुई है।

इसी तरह सुमित सरकार की एक उत्कृष्ट रचना 'द कल्कि अवतार ऑफ बिक्रमपुर'[5] (*The Kalki avtar of Bikrampur*) है। इसकी कहानी 20वीं सदी के एक छोटे शहर के बंगाली परिवार से जुड़ी हुई है। कल्कि अवतार होने का दावा करने वाले एक घरेलू नौकर ने एक सुव्यवस्थित घर को तहस-नहस कर दिया और अपने नियोजक व उनकी पत्नी को नीचा दिखाने का काम किया। इस घटना के जरिए सरकार ने औपनिवेशिक बंगाल में परिवार और घर की बन रही परिभाषा की ओर ध्यान दिलाया है। सरकार ने बंगाल में कर्त्ता (परिवार का पुरुष प्रमुख) की सत्ता बनाम घरेलू नौकर व महिलाओं पर भी चर्चा की है। घर में रात की घटना के बारे में जानकारियाँ अभिलेखागार के स्रोतों, अखबारों में छपी खबरों, पुलिस रिकार्ड और जनता के बीच बंटे परचों से ली गई हैं। इतिहासकार के हाथों में इन जानकारियों को व्यापक परिप्रेक्ष्य में गूंथा गया है। इसे हजारों वर्ष पुराने इस मिथक के साथ जोड़ा गया है जिसमें कल्कि अवतार को कलियुग का अंत माना गया है। उपनिवेशी आधुनिक काल में भी किस तरह मिथकीय कहानी और इतिहास का साथ-साथ अस्तित्व बना हुआ है, इसका विवेचन सरकार ने किया है। इस अध्ययन का भी मुख्य बिंदु आम आदमी है। व्यापक सामाजिक संरचना के कामकाज के बारे में समझ बनाने के सिलसिले में उत्तराधिकार की राजनीति और घर-परिवार को अध्ययन के केंद्र बिंदु में रखा गया है।

और अंत में शाहिद अमीन ने महात्मा के रूप में गांधी[6] *(Gandhi as Mahatma)* शीर्षक लेख में एक व्यक्ति के रूप में गांधी के ऐतिहासिक रिकार्डों से अलग जाकर काम

किया है। उन्होंने यह समझने की कोशिश की है कि 1920 के दशक में आखिर उन्हें पूर्वी उत्तर प्रदेश के देहाती इलाकों में महात्मा का दर्जा कैसे मिला। उस वक्त के हिंदी अखबारों और अभिलेखागार के रिकार्डों से जानकारियां छान कर अमीन ने गांधी की जादुई शक्ति से जुड़ी अफवाहों का अध्ययन किया है। उस वक्त किसानों के बीच इस तरह की भ्रमपूर्ण धारणा बनी हुई थी कि गांधी का विरोध करने पर उन्हें दैवीय कोप का भाजन बनना पड़ेगा। उस वक्त स्थानीय संघर्षों में गांधी के नाम का इस्तेमाल किया जाता था। उनके नाम का इस्तेमाल आपसी लड़ाइयों को निपटाने में भी हो रहा था। 1922 में चौरी चौरा पुलिस थाने को जला देने की विख्यात घटना घटी थी। इस घटना के कारण असहयोग आंदोलन को स्थगित करना पड़ा था। घटना में शामिल लोगों ने गांधी को शांति दूत की तुलना में ऐसा दैवीय दूत ज़्यादा माना जिसने अन्याय के खिलाफ हिंसा की अनुमति दे रखी हो। इन सभी आलेखों में राजनीति और राजनीतिक सोच के बारे में राष्ट्रीयता और राज्य की राजनीति से अलग हटकर विचार किया गया है। इन इतिहासकारों ने सवाल उठाया है कि सार्वजनिक रूप से घटी घटनाओं का व्यक्ति विशेष की कार्रवाई से ज़्यादा महत्त्व था। इतिहासकारों ने लोक संस्कृति को जानने की कोशिश की है। गांधी की जादुई ताकत का मामला हो, या कलियुग की समाप्ति को लेकर व्यापक पैमाने पर फैले आतंक का– इतिहासकारों ने हर घटना को प्रचलित नज़रिए के बजाय अपनी अलग नज़र से देखा है। आम आदमी की ज़िंदगी और उनकी अभिव्यक्ति के बारे में सरकारी अभिलेखागारों से इतर जाकर जानकारियां लेने की कोशिश की गई है। राजनीतिक के अर्थ को विस्तारित कर उसे संगठित राजनीतिक गतिविधियों के दायरे के बाहर लाया गया है और इसे लिंग, घर व समुदाय की सूक्ष्म राजनीति से जोड़ा गया है।

II

आधुनिक भारत के इतिहास लेखन में नए स्रोतों का इस्तेमाल हुआ है। राजनीति की नई परिभाषा दी गई है। संस्कृति और समुदाय की बातों को नए नज़रिए से रखा गया है। आधुनिक भारत के सांस्कृतिक इतिहास को समझने हेतु हमें कुछ समय के लिए संस्कृति की अस्पष्ट अवधारणा के साथ रहना होगा। साधारण तौर पर संस्कृति से अराजनीतिक चीज़ें जुड़ती हैं। उदाहरण के तौर पर, दार्शनिक परंपराएं, कला, वास्तुकला का अध्ययन संस्कृति के तहत किया जा सकता है। यह अध्ययन इनकी सामाजिक उत्पत्ति के बारे में जाने बिना किया जा सकता है। हालांकि, सत्ता व्यवस्था का मुद्दा और श्रम व संपदा के सवाल, दर्शनशास्त्र जैसे अमूर्त विषय से लेकर वास्तुकला जैसे मूर्त विषयों के बारे में जानने के लिए अहम हैं। उदाहरण के तौर पर, आधुनिक काल की गौरवमयी वैदिक संस्कृति उन सवालों को नहीं छूती है जिन्हें उमा चक्रवर्ती ने उठाया है। वैदिक दासी का क्या हुआ? यहां दासता और लिंग भेद, दोनों का ही सवाल अहम हो जाता है।[7] पार्था चटर्जी ने बताया है कि औपनिवेशिक समाज के समयविहीन अ-राजनीतिक माहौल में संस्कृति और परंपरा का चित्रण क्यों हुआ है। उपनिवेशवाद के तहत भारतीय पराधीन थे, नागरिक नहीं।

राजनीतिक प्रतिनिधि के रूप में उनके काम करने की संभावना को अभिव्यक्ति की स्वतंत्रता व सभा और प्रदर्शन करने की स्वतंत्रता पर प्रतिबंध लगा कर कम कर दिया गया था। राजनीतिक व भौतिक क्षेत्र में किसी एजेंसी के नहीं रहने के कारण देसी बुद्धिजीवियों ने प्रकट रूप से औपनिवेशिक आधुनिकता और राजनीतिक दासता से अप्रभावित संस्कृति के लिए जगह बनाने का काम शुरू किया। राजनीतिक तौर पर अगर पश्चिम ताकतवर था तो आध्यात्मिक व सांस्कृतिक स्तर पर भारतीय श्रेष्ठ थे। स्वर्ण युग की ऐतिहासिक व्याख्या और उजाड़ वर्तमान की भरपाई के तौर पर अतीत की दुहाई औपनिवेशिक दिमाग की ठेठ विशिष्टता थी।[8] राष्ट्रीय परंपरा की अवधारणा के तहत विचारों के दब जाने के कारण समयविहीनता, शुद्धता और अटूट निरंतरता संस्कृति का प्रमाण चिह्न माना गया है। क्या राष्ट्रीय संस्कृति के विचारों के तहत दूसरे धर्मों, बहुविध जातीयता और विविध क्षेत्रीय परंपराओं को शामिल नहीं करना चाहिए? क्या राष्ट्र की अवधारणा में वृहत परंपराओं की बहुलता का समायोजन ज़्यादा लोकतांत्रिक नहीं होगा?

ताप्ती गुहा–ठाकुर्ता ने लिखा है कि 1949 में जब दिल्ली में नेशनल म्यूजियम खुला तो उस वक्त भारतीय कला की उत्कृष्ट कृतियों के संग्रह को भारतीय मूर्तिकला की उपलब्धियों से जोड़ कर देखा गया। भारतीय कला के प्राचीन स्रोतों के सम्मान में समकालीन सामाजिक–राजनीतिक ज्ञान का विरोध झलकता है। पश्चिमी यथार्थवाद संकीर्ण भौतिक वास्तविकता को दर्शाता है जबकि भारतीय आदर्शवाद में आध्यात्मिक, अनुभवातीत सभ्यता की भावनाएं सन्निहित हैं। इ.बी. हवेल और ए.के. कुमारस्वामी जैसे कला के इतिहासकारों ने अलेक्ज़ेंडर के हमले और उसके बाद हुई सांस्कृतिक अदला–बदली के बाद भारतीय कला पर यूनानी प्रभाव को नज़रअंदाज करने के लिए प्रारंभिक बौद्ध कला का उल्लेख किया है। मथुरा स्कूल की मूर्तिकला को भारतीय कला का प्रतिनिधि माना गया है क्योंकि इसे विदेशी प्रभावों से मुक्त माना गया है।[9]

सांस्कृतिक परंपरा की दूसरी परिभाषा शिल्पतथ्य को कार्य, उपासना और समुदाय की मौजूदा परंपरा से अलग करना है। संस्कृति को अतीत के गौरव के रूप में देखा जाता है। बिहार की दीदारगंज यक्षिणी की कहानी से यह और स्पष्ट हो जाता है। गुहा–ठाकुर्ता ने इसे दीदारगंज यक्षिणी का 'म्यूजियमनाइजेशन' (संग्रहालयीकरण) कहा है। यक्षिणी की पूजा की जाती थी। इसके लिए अस्थायी मंदिर बनाया गया था। यक्षी को जब एक कलाकृति और भारतीय संस्कृति के प्रतीक के रूप में पहचाना गया तो इसे पटना म्यूजियम में ला कर रखा गया। बाद में इसे दिल्ली के नेशनल म्यूजियम में लाया गया। बाद के दशकों में कई जगहों से ऐसी मूर्तियों को एकत्र किया गया जहां उनका 'सही' इस्तेमाल नहीं हो रहा था। ऐसी मूर्तियों को गांवों के मंदिरों से उठा कर सही जगह पहुंचाया गया। धूमिल वर्तमान से गौरवशाली अतीत को अलग करने की ज़रूरत है। अतीत को ऐसे लोगों से भी अलग करने की ज़रूरत है जो आज राज्य संपोषित राष्ट्रीय संस्कृति के अनपयुक्त संरक्षक बने हुए हैं। संस्कृति ऐतिहासिक धरोहर है और यह किसी भी समय की राजनीति

और सत्ता के संबंधों पर प्रकाश डालती है। इस तरह निश्चित रूप से राष्ट्रीय संस्कृति की धारणा जितनी ऐकान्तिक है उतनी ही वह समावेशी भी है। यह इस बात पर निर्भर करता है कि राष्ट्र की परिधि में कौन लोग शामिल हैं। जिसे राष्ट्रीय संस्कृति के रूप में पेश किया जाता है वह वास्तव में धार्मिक, क्षेत्रीय या जातीय बहुसंख्यकों के रीति-रिवाजों का प्रतिनिधित्व कर रहा होता है। सवाल उठता है कि जैन, बौद्ध, सिख और मुस्लिम जैसे अल्पसंख्यकों की दृष्टि से राष्ट्रीय संस्कृति का मतलब क्या होगा? या फिर मणिपुर, नागालैंड, त्रिपुरा, कश्मीर या केरल में रहने वालों के लिए इसका मतलब क्या होगा? स्वतंत्र भारत की विकास परियोजनाओं में वैसे लोगों के विस्थापन और बिखराव को शामिल किया गया है जिनकी स्थानीय संस्कृति विलुप्त हो चुकी है, क्योंकि विस्थापित लोग नई पहचान की तलाश में बार-बार पलायन करते रहते हैं। इस तरह जो कुछ विलुप्त हो चुका है उसे हम किस तरह देखेंगे? हमारे ज्ञान का क्षितिज जो सिकुड़ता रहा है उसे हम किस रूप में लेंगे?

यह नए तरह के सांस्कृतिक इतिहास का उदाहरण है, जो सवाल करता है कि लोग अपनी संस्कृति के रूप में क्या देखते हैं और किस तरह समय के साथ इसकी परिभाषा बदल जाती है। उदाहरण के तौर पर, भारतीय सांस्कृतिक संगीत की परंपरा पर नज़र डालने पर हम सवाल कर सकते हैं कि शास्त्रीय स्वरूप का आविर्भाव कब हुआ? संगीत का कोई खास स्वरूप दरबारों और मंदिरों की चहारदीवारी से कब निकला और आम आदमी की पहुंच में कब आया? जो गाया गया उसमें क्या परिवर्तन था, गाने की अनुमति किसे मिली और गाने का प्रशिक्षण किस तरह दिया गया? जानकी बाखले ने हिंदुस्तानी शास्त्रीय संगीत पर किए गए अपने अध्ययन में 20वीं सदी के प्रारंभिक वर्षों में दो व्यक्तियों - वी.डी. पालुस्कर और वी.एन. भटखांडे के प्रभाव पर प्रकाश डाला है। इन दोनों ने हिंदुस्तानी शास्त्रीय संगीत को जिस तरह परिभाषित किया आज हम उसे उसी रूप में देखते हैं। उन लोगों ने रागों को व्यवस्थित किया, प्रशिक्षण के तरीके इजाद किए, संगीत समारोहों का प्रारूप बनाया और स्वरलिपि तैयार की ताकि स्कूलों में संगीत की शिक्षा के लिए पाठ्य पुस्तक तैयार की जा सकें। लक्ष्मी सुब्रहमण्यम ने कर्नाटक संगीत में इसी तरह के विकास की चर्चा की है। उन्होंने बताया है कि गीतों का शुद्धिकरण किया गया ताकि इनका भक्ति व तात्त्विक पक्ष उजागर हो और उत्तेजक गीतों की तुलना में इनकी श्रेष्ठता साबित हो सके; दरअसल उत्तेजक गीत मध्य वर्ग के श्रोताओं को स्वीकार्य नहीं थे। इस तरह 'नियम' का बनना 20वीं सदी[10] के प्रारंभिक वर्षों में भारतीय शास्त्रीय संगीत के लिए अहम था। इन नियमों में गीतों के संग्रह को परिभाषित किया गया था। मतलब कि यह बताया गया था कि गीत किस तरह का होना चाहिए और इन्हें किस तरह गाया जाना चाहिए।

इस संकलन के लेखों में आधुनिक भारत के सांस्कृतिक इतिहास के मौलिक एवं अग्रणी पहलुओं पर प्रकाश डाला गया है। ये लेख क्रिकेट इतिहास, मौखिक इतिहास, लिंग अध्ययन, फिल्म, लोक संस्कृति और भारतीय शास्त्रीय संगीत जैसे बहुआयामी विषयों से

जुड़े हुए हैं। 20वीं सदी के भारत में क्रिकेट के मैदान में जाति का सवाल हो या 19वीं सदी की एक घरेलू महिला द्वारा पहली बार अपनी आत्मकथा लिखने की घटना हो; धर्म और समुदाय की गहराई को दर्शाती कैलेंडर आर्ट हो या फिर शास्त्रीय संगीत के सामने टेक्नोलॉजी की चुनौती हो, संकलन के लेख बताते हैं कि वृहद राजनीति के परिप्रेक्ष्य में किस तरह व्यक्ति, समुदाय और कला के लक्ष्य तय हुए। लेखों में बताया गया है कि राजनीति का पिछलग्गू बने रहने के बजाए संस्कृति का अपना अलग भी अस्तित्व है और उसकी परिधि में राजनीति को काम करना पड़ता है। पाठक इन लेखों से आधुनिकता, संस्कृति और भारतीयता से जुड़े सवालों की उम्मीद कर सकते हैं। इनमें से किसी को स्वतः प्रमाणित नहीं माना जा सकता क्योंकि संस्कृति के बारे में हमने ऐतिहासिक रूप से विचार किया है।

हमने यह जानने की कोशिश की है कि क्या खेल किसी व्यक्ति के खाली समय को बिताने का साधन मात्र है या प्रतियोगी और पेशेवर संगठनों के मौजूदा दौर में यह अपने आप में एक पेशा भी है। खेल का ऐतिहासिक अध्ययन करने का मतलब काम और फुरसत के समय के बारे में बदलती धारणाओं पर विचार करना होगा। ऐसा करने पर ही पता लग पाएगा कि खेल पूरी तरह एक पेशा बन चुका है। अलग-अलग समाजों में तरह-तरह के खेलों की क्या भूमिका है इसके बारे में भी सवाल किए जा सकते हैं। उदाहरण के तौर पर, इंग्लैंड, वेस्ट इंडीज और भारत क्रिकेट क्यों खेलते हैं जबकि अमेरिका, और जापान बेसबॉल खेलते हैं? आशीष नंदी ने क्रिकेट पर अपनी स्मरणीय पुस्तक की शुरुआत इन पंक्तियों के साथ की है: क्रिकेट एक भारतीय खेल है, संयोगवश जिसकी खोज ब्रिटिश लोगों ने की है।[11] वे आगे कहते हैं कि खेल के रूप में क्रिकेट की प्रकृति दोनों समाज में वर्ग, श्रेणीकरण और सामाजिक तनाव को कम करने के प्रति उनकी सनक को दर्शाती है। नियंत्रित आक्रामकता और बल्लेबाजों, गेंदबाजों व क्षेत्ररक्षकों के बीच अनौपचारिक श्रेणीबद्धता के बीच खिलाड़ी जैसे व्यवहार पर जोर देना सामाजिक व्यवहार से की जाने वाली अपेक्षाओं के साथ-साथ श्रेणी (रैंक) के भाव को दर्शाता है। उदाहरण के तौर पर, भारतीय क्रिकेट के शुरुआती दिनों में जब राजकुमार अपने औपनिवेशिक मालिकों की जीवनशैली की नकल कर क्रिकेट खेला करते थे, तो वे मैदान के चारों ओर गेंद के पीछे भागने के बजाय क्रीज पर रहना ज़्यादा पसंद करते थे। क्षेत्ररक्षण (फील्डिंग) को शारीरिक श्रम के समान माना जाता था। इंग्लैंड में भी गेंदबाज मेहनतकश वर्ग से आते थे जबकि विशेषज्ञ बल्लेबाज पब्लिक स्कूलों में पढ़े भद्रपुरुष होते थे। रामचंद्र गुहा ने एक असामान्य जीवनी लिखी है जिसमें उन्होंने औपनिवेशिक काल में क्रिकेट की संस्कृति की चर्चा की है। सविनय अवज्ञा आंदोलन स्थगित किए जाने के बाद लंदन में हुए गोलमेज सम्मेलन में दलित वर्ग के तीन प्रतिनिधियों - बी.आर.अम्बेडकर, एम.सी.राजा और बालू पालवंकर ने हिस्सा लिया था। इनमें पहले दो को इतिहासकार राजनीतिक नेता के रूप में जानते हैं। हालांकि पालवंकर ने एक गेंदबाज के रूप में ख्याति हासिल की थी। वह बहुत

अच्छे गेंदबाज थे। 20वीं सदी में क्रिकेट आज की तरह क्षेत्रवार (जैसे रणजी ट्राफी) नहीं बल्कि समुदाय के आधार पर आयोजित होता था। टूर्नामेंट में पारसी, हिंदू, मुसलिम और यूरोपियन एक दूसरे के खिलाफ खेलते थे। औपनिवेशिक काल में यूरोपियनों के खिलाफ किसी भारतीय समुदाय की जीत आम जनता के लिए बड़ी खुशी का मौका होता था क्योंकि क्रिकेट एक तरह से राजनीति करने का माध्यम बना हुआ था। हालांकि उस वक्त भारत में दूसरे विभाजनों की जड़ें काफी गहरी थीं।

बालू चमार जाति के थे और क्रिकेटर के रूप में उनकी बहुत मांग थी। फिर भी मैच के समय टी ब्रेक (जलपान अवकाश) के समय साथी हिंदू खिलाड़ी न तो उनके साथ बैठते थे और ना ही खाते थे। बंबई और महाराष्ट्र के क्रिकेट प्रेमियों के बीच उनकी खासी ख्याति थी लेकिन हिंदू टीम में उनकी पहचान जाति को लेकर होती थी। अपनी शानदार गेंदबाजी की बदौलत उन्होंने हिंदू टीम को कई यादगार मौकों पर जीत दिलाई लेकिन वे कप्तान कभी नहीं बन सके। अंततः जब उनका सबसे छोटा भाई विट्ठल कप्तान बना तो कई सामाजिक टिप्पणीकारों ने इसे अस्पृश्यता के खिलाफ गांधीजी के आंदोलन से जनित सामाजिक क्रांति की पराकाष्ठा करार दिया। इस लेख में ऊपरी तौर पर बराबरी के स्तर के दिखने वाले खेलों का मुद्दा उठाया गया है और बताया गया है कि किस तरह खेल के मैदान में भी सामाजिक श्रेणीबद्धता और पूर्वाग्रह बने रहते हैं जबकि देखने से ऐसा लगता है कि खेल का सारा काम प्रतिभा के आधार पर ही होता है। सांस्कृतिक इतिहास हमें उन सांस्कृतिक पहलुओं के बारे में सवाल उठाने को प्रेरित करता है जिनके इर्द-गिर्द मानवीय गतिविधियां संचालित होती हैं। जिस तरह हम संस्कृति बनाते हैं उसी तरह हम संस्कृति के बनाए हुए भी हैं। हम शतरंज, फुटबॉल, के खिलाड़ियों या मुक्केबाजों व तीरन्दाजों की सामाजिक पृष्ठभूमि के बारे में सवाल कर सकते हैं। भारत के सर्वाधिक लोकप्रिय खेल में आखिर शारीरिक संपर्क क्यों नहीं होता: सर्वाधिक लोकप्रिय क्रिकेट क्यों है, फुटबॉल क्यों नहीं? फुटबॉल बंगाल और केरल में क्यों सर्वाधिक लोकप्रिय है, जहां श्रेणीबद्धता की जाति व्यवस्था और इसकी विचारधारा ध्वस्त हो चुकी है? क्रिकेट टेस्ट या हॉकी मैच जब सिर्फ़ पुरुष टीमें खेल रही होती हैं तब ही उन्हें बड़ी संख्या में दर्शक और प्रायोजक क्यों मिलते हैं?

औपनिवेशिक शासन के दौरान अंग्रेजों के साथ उनका खेल खेलने और खेल में उन्हें हरा देने का मतलब महज साधारण जीत नहीं होता था। यह एक तरह से पौरुष का दावा ठोंकने के समान था क्योंकि उपनिवेशी चित्रण में भारतीय लोगों को दुर्बल, पौरुषहीन और शारीरिक कसरत नहीं करने वाला बताया गया है। उपनिवेशी इतिहास लेखन में भारतीयों की बनी बनाई छवि पेश की गई है जिसमें उन्हें बुद्धिवादिता और दूसरी सांसारिकता के कारण विदेशी हमलावरों के मुकाबले हार जाने वाला बताया गया है। आशीष नंदी ने लिखा है कि इस चित्रण की प्रतिक्रिया में देसी बुद्धिजीवियों ने पौरुष संस्कृति का निर्माण किया। नंदी का कहना है कि स्वामी विवेकानंद ने हिंदुत्व को पुरुषत्व

के स्वरूप में फिर से ढाला था। उन्होंने आध्यात्मिकता के साथ-साथ खेलकूद और शारीरिक विकास पर ध्यान देने को अनुकरणीय बताया।[12] शारीरिक संस्कृति और हिंसा की संस्कृति पर बल दिए जाने के कारण बंगाल का स्वदेशी आंदोलन (1905-08) पुरुषत्व के दावे की राजनीतिक अभिव्यक्ति है। क्राइस पिन्ने ने समकालीन चित्रों में चंद्रशेखर आज़ाद और भगत सिंह के चित्रण की ओर इंगित किया है जिनमें इन्हें पुरुषत्व के मॉडल के रूप में दिखाया गया है।[13] पौरुष संस्कृति उपनिवेशी हमलों से परंपराओं को बचाने का हथियार था। भला होगा या बुरा, इसकी परवाह किए बगैर पौरुष संस्कृति ने बाल विवाह, विधवा विवाह पर रोक जैसी परंपराओं का बचाव किया। तनिका सरकार का कहना है कि औपनिवेशिक काल में देसी पुरुषों के विशिष्ट वर्ग ने दुनिया के विरोध में घरों का निर्माण किया जिसके कारण पितृसत्ता और मजबूत हुई।[14] उपनिवेशवाद में फंसी महिलाओं को कैसे बचाया जा सकता था जबकि वे पारिवारिक जीवन में थीं और पुरुष सार्वजनिक तौर पर उनका प्रतिनिधित्व करते थे? राससुंदरी देवी की *अमार जीबन* का प्रकाशन 1876 में बंगाली में हुआ था। इसे भारतीय भाषा में किसी महिला द्वारा लिखी गई पहली आत्मकथा माना गया है। इसके आलेख अतिविशिष्ट हैं क्योंकि इसे एक घरेलू महिला ने लिखा है जो अपने घर के कामकाज से समय बचा कर पढ़ाई-लिखाई करती थी।

खुद को मिटा कर पत्नी और माँ के सभी कामों को करने की अनिवार्यता को लेकर यह महिलाओं के जीवन पर महत्त्वपूर्ण सवाल खड़ा करता है। राससुंदरी ने अपनी जीवनी क्यों लिखी? उसे साहस किससे मिला और उसकी प्रेरणा का स्रोत क्या रहा? तनिका सरकार ने बताया है कि वैष्णव संत चैतन्य के जीवन को मॉडल मान कर राससुंदरी ने किस तरह अपनी ज़िंदगी को संतों की जीवनी के मानकों के अनुरूप ढाला। पितृसत्ता की संस्कृति के अंदर कई स्रोत थे जिन्हें राससुंदरी और उसकी जैसी महिलाओं ने अपनाया। राससुंदरी ने धार्मिक ढांचे में एक साधारण ज़िंदगी का धर्मनिरपेक्ष विवरण प्रस्तुत किया है। यह लेख पितृसत्ता, वैयक्तिकता और महिलाओं को अपनी जिंदगी व्यवस्थित करने व उसे सम्मान दिलाने के लिए उपलब्ध बौद्धिक संपदा के बारे में सवाल उठाता है। हर जीवित व्यक्ति अपनी ज़िंदगी का विवरण प्रस्तुत करने की ज़रूरत नहीं महसूस करता। राससुंदरी की आत्मकथा महिलाओं को पहचान से वंचित और स्वरविहीन बनाने वाली पौरुष व्यवस्था का प्रतिकार करती है।

राससुंदरी का जीवन एक साधारण महिला का असाधारण जीवन है। यह इतिहास लेखन के स्रोतों पर सवाल खड़ा करता है। न तो सरकारी रिकार्ड में और ना ही राष्ट्रवादी विवरणों में उसकी ज़िंदगी को लिखने या बताने लायक माना गया। ऐसे में उससे भी साधारण दूसरे अनाम किसानों और पूरे देश के उत्पादक समूह के लोगों का क्या होगा? अगर हम सिर्फ लिखित विवरणों पर आश्रित रहेंगे तो फिर उनकी कहानी किसी को कैसे बता पाएंगे? रुस्तम भरूचा ने अपनी असाधारण किताब 'राजस्थानः ऐन ओरल हिस्ट्री' (*Rajsthan: an Oral History*) में स्वर्गीय लोकसाहित्यकार व राजस्थान की प्राचीन परंपराओं

के संरक्षक कोमल कोठरी का एक लंबा इंटरव्यू और बातचीत छापी है। कोठारी ने व्यक्तिगत संस्मरणों, अनुभवों और विभिन्न समूह के लोगों से बातचीत के आधार पर विभिन्न तरह की कहानियाँ, दन्तकथाएं, और परंपराओं, भू-स्थल के वर्गीकरण और याद करने के तरीकों के बारे में जानकारियाँ एकत्र की हैं। इस अध्याय में एक महत्त्वपूर्ण सवाल इतिहास के बारे में उठाया गया है। ऐतिहासिक रिकार्डों को लिखित स्रोतों से जोड़ने की हमारी प्रवृत्ति रही है। सुनी-सुनाई बातों को लेकर हमारे मन में संशय बना रहा है। हम अक्सर पूछते हैं: सुनी-सुनाई बातों की कितनी विश्वसनीयता है? सवाल सिर्फ़ विश्वसनीयता का नहीं है। दरअसल हम जो सवाल कर रहे होते हैं उनमें जवाब भी होता है। ऐसा नहीं मानना चाहिए कि लिखित रिकार्ड उपलब्ध नहीं होने की स्थिति में ही सिर्फ़ मौखिक इतिहास काम आएगा। अक्सर कृषि परंपरा व जीव-जगत की विविधता के बारे में स्थानीय जानकारियां कहानियों, मुहावरों, और चुटकुलों से मिल जाती हैं। हमें सामाजिक याददाश्त के साथ काम करने की ज़रूरत है। सामाजिक याददाश्त लिखित और मौखिक दोनों ही रूप में होती हैं। दरअसल ऐतिहासिक कल्पनाशीलता का दायरा इतिहास में उठाए गए सवालों से कहीं बहुत अधिक विस्तृत है। इसके अलावा कोमल कोठारी ने हमारा ध्यान रीति-रिवाजों, पर्व-उत्सवों और गीतों की ओर भी आकृष्ट किया है। संस्कृति के इन आयामों में भी स्थानीय जानकारियां सन्निहित रहती हैं। अंततः सवाल स्मृति और याद रखने का रहता है। अजय सकरिया ने गुजरात के डांग क्षेत्र पर किए गए अपने काम में डांगी भीलों के गोथ (मौखिक परंपरा) की तुलना मुगल और उपनिवेशी काल के अभिलेखागार में रखे रिकार्डों से की है। उन्होंने रचनात्मक तरीके से इनकी समानताओं और अंतरों के बारे में मालूम कर बताया है कि किस तरह ये दोनों ही स्रोत निःशब्द हैं और इन्हें हमें किस तरह समझना है।[15] हम जो कुछ करते हैं उसे याद क्यों रखते हैं? क्या हम अतीत की सभी बातों को याद रखते हैं? क्या यह ज़रूरी है? रिकार्ड तैयार कर एक तरह से अतीत की बातों और स्मृति को समाप्त किया जाता है। मौखिक इतिहास और लिखित स्रोत दोनों ही एक तरह की रणनीति के दोषी हैं।

अपने बारे में समाज के कई सामूहिक मिथक हैं। परंपराएं इन्हें प्रत्यक्ष व अप्रत्यक्ष तरीके से दर्शाती हैं। व्यक्तिगत छवि और सामूहिक अवचेतना को प्रदर्शित करने का ऐसा ही एक माध्यम सिनेमा है। सिनेमा का संबंध सिर्फ कल्पना (फैंटेसी) से नहीं है। हालांकि अधिकांश बॉलीवुड फिल्में लोगों को ऐसा ही सोचने को मजबूर करती हैं। सिनेमा में समाज के विरोधाभासों, उसकी आकांक्षाओं और संघर्षों का समावेश रहता है। आज़ाद भारत के पहले दशक में कई हिंदी फिल्मों ने सामाजिक हकीकतों को दिखाने की कोशिश कर नए राष्ट्र की आशाओं को चित्रित किया है। फिल्म निर्देशकों ने गरीबी, गैर-बराबरी, और पतनशील मूल्यों को अपने पात्रों के माध्यम से दर्शाया है। फिल्म के लिए यथार्थवाद सूत्रवाक्य रहा है। फिल्म उद्योग की बड़ी हस्तियों ने रोज़-ब-रोज़ की ज़िंदगी की हकीकतों को दिखाने के प्रयास में विशिष्ट वेश भूषा वाले नाटकों (कॉस्ट्यूम ड्रामा) और पौराणिक

कथाओं वाली फिल्मों से अलग हटने की कोशिश की है। फिर भी यह याद रखना होगा कि वास्तविकता का यह प्रतिनिधित्व अविवेचित नहीं है। यह महज किसी चीज़ को ज़िंदगी बता कर उसके सामने कैमरा रख देने भर जैसा नहीं है। कैमरा और टेक्नोलॉजी तथा कलाकार और कहानी वास्तविकता और चित्रण के बीच तालमेल बिठाते हैं। यथार्थवादी सिनेमा दुनिया के बारे में एक खास नज़रिया प्रस्तुत करता है। सिनेमा में भारत को एक दूसरे रूप में दिखाने के लिए वास्तविकता के साथ जो छेड़छाड़ की गई है उसे सुमित चक्रवर्ती ने विकृत यथार्थवाद (morbid realism) का नाम दिया है। सिनेमा का अध्ययन अपने समय के प्रतिनिधि के रूप में किया जा सकता है। लेकिन इसके साथ ही हमें याद रखना होगा कि कला को प्रोडक्शन के मामले में कुछ खास स्वायत्तता भी हासिल है। सिनेमा का अपना आंतरिक इतिहास है (माना जाता है भारतीय यथार्थवाद इटली के नवयथार्थवादी आंदोलन से प्रभावित था) और साथ ही साथ सिनेमा दर्शक अलग से अपनी समझ भी बनाते हैं। कला का वास्तविकता, प्रस्तुति और समझ के साथ त्रिकोणात्मक संबंध होता है। सिनेमा और सामाजिक इतिहास का संबंध मुश्किल भरा है। सिनेमा को हम उसके समय की राजनीति और सामाजिक स्थिति की सीमाओं में ही नहीं बांध सकते। दूसरी ओर सिनेमा को पूरी स्वायत्तता भी हासिल नहीं है। हमें निर्माण की परिस्थितियां, वित्त, वितरण जैसे कई सवालों पर ध्यान देना होता है।[16] यह सवाल विवाद का विषय है कि आखिर हिंदी सिनेमा किस विचार का प्रतिनिधित्व करता है। सिनेमा बॉलीवुड के आंतरिक तत्त्वों का प्रतिनिधित्व करता है या फिर भारत सरकार का या निहित सामाजिक स्वार्थों का, या फिर प्रशंसकों व दर्शकों का? और फिर उसे किस तरह की जगह हासिल है? आशीष नंदी ने दर्शकों के नज़रिए से कहा है कि सिनेमा और भारत के स्लम दोनों ही रोज़मर्रे के संघर्ष को चित्रित करते हैं।[17]

अंतिम दो अध्यायों में दो अलग-अलग विषयों की चर्चा है लेकिन इनके तार एक दूसरे से जुड़े हुए हैं। हम कैलेंडर आर्ट और शास्त्रीय संगीत को सामने रख कर विचार करें कि इतिहास ने किस तरह आम लोगों की संस्कृति और विशिष्ट लोगों की संस्कृति को बांट कर रखा है। कला शब्द को सुनते ही इससे उच्च संस्कृति का बोध होता है। ऐसी संस्कृति बहुत कम लोगों की पहुंच के भीतर है। माना जाता है कि संस्कृति उन्हीं के पास है जो कला की प्रशंसा करते हैं। किसी भी कलातथ्य, व्यक्ति और संस्था को समाज में स्थान और विशिष्टता कैसे हासिल होती है? यह उनके आंतरिक गुणों के कारण मिलती है या फिर यह एक सामाजिक प्रक्रिया है जिसके ज़रिए इसे हासिल किया जाता है? उदाहरण के तौर पर, मोनालिसा एक महान कलाकृति है या फिर भीमसेन जोशी के गायन की प्रशंसा करने से भी समय की संस्कृति के साथ जुड़ाव स्थापित हो जाता है। हालांकि समाज में एक बहुत बड़ा वर्ग ऐसा भी है जिनके लिए कैलेंडर, फिल्मी नायकों के पोस्टरों, देवी-देवताओं के पोस्टरों का खासा महत्त्व है। उदाहरण के तौर पर, पोस्टर हर घर में देखने को मिल जाता है। यह कैलेंडर समय-काल (विक्रम संवत्, जार्जियन वर्ष, अल

हिजरा, नानकशाही इत्यादि इत्यादि) के बारे में बताता है। कैलेंडरों पर धार्मिक से लेकर धर्मनिरपेक्ष नायकों तक के हाथ से बने चित्र व फोटोग्राफ रहते हैं। हर कैलेंडर किसी खास वर्ग की पसंद से जुड़ा होता है। इनमें कुछ राष्ट्रनिर्माण की भावनाओं (जय जवान जय किसान) से जुड़े होते हैं तो कुछ का धार्मिक मकसद भी होता है। लोग उसी कैलेंडर की पूजा भी कर लेते हैं। घर की दीवारों पर टंगे कैलेंडर राष्ट्र के जीवन में कला, धर्म, राजनीति की अवधारणा के बारे में बताते हैं। अगर कैलेंडर की असंख्य प्रतियां तैयार हो सकती हैं और बदलती राजनीति व फैशन का संदेश इनसे तुरंत मिल जाता है तो शास्त्रीय संगीत बताता है कि क्या कुछ अपरिवर्तनीय और असली है। हमने पहले देखा है कि किस तरह श्रेण्यवाद (classicism) की परंपरा 20वीं सदी के प्रारंभिक वर्षों में बनीं। ग्रामोफोन उद्योग के आने के साथ ही संगीत की पुनरुत्पत्ति और वितरण श्रेण्यवाद के लिए एक चुनौती बन गई थी। इसने संगीत को तथाकथित विशेषज्ञों के दायरे से बाहर निकाल कर इसकी पहुंच का लोकतांत्रिकरण किया। मतलब कि इसे सुलभ बनाया। इसने ग्रामोफोन के खिलाफ गुरु को खड़ा किया। अटूट और भली-भांति संरक्षित परंपराओं को इस विचार के खिलाफ खड़ा किया कि कला व संस्कृति हर किसी के लिए है। दूसरी ओर इसने बाजार की एक और समस्या खड़ी की। फुरसत के क्षणों में राग को नहीं गाया जा सकता। बजाने के लिए बहुत सारा 78 आर.पी.एम का रिकार्ड है। किसी खास समय में राग विशेष को गाने की परंपरा का अनुसरण नहीं किया जा सकता क्योंकि गाना विशेष के मूड को समायोजित करने के लिए मध्यरात्रि में रिकार्डिंग नहीं की जा सकती। इस तरह उच्च परंपरा की शुचिता कम हुई या फिर इसका लोकतांत्रिकरण हुआ? इन दोनों लेखों में संस्कृति की वास्तविक प्रस्तुति का मुख्य मुद्दा उठाया गया है। प्रोडक्शन नेटवर्क की अर्थव्यवस्था की ओर भी ध्यान दिलाया गया है।

इस किताब को पढ़ने के बाद पाठकों को निश्चित तौर पर इस तथ्य का एहसास होगा कि संस्कृति, परंपरा और कला की ऐतिहासिक संरचना है और इनमें किसी भी समाज का शक्ति-संतुलन प्रतिबिम्बित होता है। दूरस्थ अज्ञात अतीत से प्राप्त होने वाले विचारों व भावनाओं के प्रति हमें संशय बनाए रख कर यह समझना चाहिए कि वर्तमान अपने उद्देश्यों के लिए अतीत की खोज करता है। जार्ज ऑरवेल ने कहा है कि जो वर्तमान को नियंत्रित करते हैं वहीं अतीत को भी नियंत्रित करते हैं और जो अतीत को नियंत्रित करते हैं वे भविष्य को नियंत्रित करते हैं। किसी भी विचार या कथातथ्य को समय से अप्रभावित मानना अपनी ऐतिहासक कल्पनाओं को स्थगित करने के समान है। संस्कृति एक ऐतिहासिक, सामाजिक और राजनीतिक परिघटना है जो उत्पादन की संरचनाओं, राजनीति की अपेक्षाओं और मूल्यों की बदलती अवधारणाओं के बीच देखने को मिलती है। संस्कृति निर्माण की समझ हर किसी के लिए खुला, लोकतांत्रिक और विस्तृत परिवेश बनाती है।

संदर्भ और टिप्पणियाँ End Notes

1. Shahid Amin, *Event, Metaphor, Memory: Chauri Chaura 1922–1992* (Delhi: Penguin Books, 2006), p.xxi.
2. Gyanendra Pandey, *The Ascendancy of the Congress in the United Provinces, 1926– 34: a study in imperfect mobilization* (Delhi: Oxford University Press, 1978)
3. 1982 और 2006 के बीच में सबअलटर्न स्टडीज के बारह वोल्यूम आए। आरंभिक वोल्यूम का संपादन रणजीत गुहा ने किया, जिन्होंने एलीमेंटरी आस्पेक्ट्स ऑफ पीजेंट इनसर्फेंसी इन कोलोनियल इंडिया (दिल्ली: ऑक्सफोर्ड यूनिवर्सिटी प्रेस, 1993) अध्ययन भी लिखा, जिसने सबअलटर्न पोलिटिकल एक्शन में एक प्रतीकात्मक व्याख्या निर्मित की।
4. Ranajit Guha, 'Chandra's death,' in Ranajit Guha ed. *Subaltern Studies V* (Delhi: Oxford University Press, 1987).
5. Sumit Sarkar, 'Kalki avtar in Bikrampur: a village scandal in early twentieth century Bengal,' in Ranajit Guha ed. *Subaltern Studies VI* (Delhi: Oxford University Press, 1989).
6. Shahid Amin, ' Gandhi as Mahatma: Gorakhpur district, eastern U.P., 1921–22,' in Ranajit Guha *Subaltern Studies, III* (Delhi: Oxford University Press, 1984).
7. Uma Chakravarty, 'Whatever happened to the vedic *dasi'* in Kumkum Sangari and Sudesh Vaid ed. *Recasting women.*
8. Partha Chatterjee, *The Nation and its Fragments: colonial and post colonial histories* (Delhi: Oxford University Press, 1995).
9. Tapti Guha-Thakurta, 'Marking Independence: the ritual of a national art exhibition', *Journal of Arts and Ideas,* numbers 30–31, 1998.
10. Janki Bakhle, *Two men and music: nationalism in the making of an Indian classical tradition* (Delhi: Permanent Black, 2006); Lakshmi Subramanian, *From the Tanjore Academy to the Madras Musical Academy: A social history of music in south India* (Delhi: Oxford University Press, 2006).
11. Ashis Nandy, *the Tao of cricket: on games of destiny and the destiny of games* (Delhi: Oxford University Press, 2000).
12. Ashis Nandy, *The intimate enemy: loss and recovery of self under colonialism* (Delhi: Oxford University Press, 1983).
13. John Rosselli, 'The self-image of effeteness:Physical education and nationalism in nineteenth century Bengal', *Past and Present,* 86 (1980); Christopher Pinney, *'Photos of the Gods': The Printed Image and political struggle in India* (London: Reaktion Books, 2004).
14. Tanika Sarkar, *Hindu wife Hindu nation: Community, Religion and Cultural Nationalism* (Delhi: Permanent Black, 2001).
15. Ajay Skaria, *Hybrid Histories:forests, frontiers and wildness in western India* (Delhi: Oxford University Press, 1999).
16. Madhava Prasad, *Ideology of the Hindi film: a historical reconstruction* (Delhi: Oxford University Press, 1998).
17. Ashis Nandy, 'Indian Popular Cinema as a Slum's Eye View of Politics, 'in Ashis Nandy ed. *The Secret Politics of our Desires: Innocence, Culpability and Indian Popular Cinema* (Delhi: Oxford University Press, 1998).

रामचंद्र गुहा

क्रिकेट और जातिः पालवंकर बंधुओं का शौर्यपूर्ण संघर्ष

वी. एस. नायपॉल ने एक बार त्रिनिदाद के अपने देशवासियों को लिखा था कि हमारे समाज में क्रिकेट खिलाड़ियों के सिवा कोई और नायक नहीं है। दूसरे समय और जगहों पर भी खिलाड़ियों ने ही दलितों और वंचितों की आशाओं को मूर्त रूप दिया है। नायपॉल की भावनाओं को शिकागो के वंचित इलाके में रहने वाले अश्वेत, जो माइकल जॉर्डन के सिवा किसी और को नायक होने का सम्मान नहीं देते, या फिर ब्युनेस आयर्स (अर्जेंटीना) के स्लम में रहने वाले, डिआगो माराडोना के उपासक, मुलैट्टो (mulattos) लोग ही समझ सकते हैं। संभवतः इन भावनाओं की कद्र भारत के डॉ. भीमराव अम्बेडकर भी करते, जबकि सामान्यतः उनकी पहचान एक खेल-प्रेमी के रूप में नहीं रही है।

अम्बेडकर, जिन्हें एक 'अस्पृश्य' बालक के रूप में जन्म लेने के संयोग से हिंदू समाज के सबसे निचले पायदान पर जगह मिली थी और जो भारतीय संविधान के भावी निर्माता थे, ने बाएँ हाथ के धीमी गति के गेंदबाज पालवंकर बालू को अपना आदर्श माना था।

भारत में जिन दिनों क्रिकेट दिखावे मात्र का खेल था, उस समय पालवंकर ने बंबई क्रिकेट में वर्षों तक अपना दबदबा बनाए रखा था। वे भारत के पहले महान क्रिकेटर थे। इतना ही नहीं, अछूत समाज के वे पहले व्यक्ति थे जिन्हें समाज में सम्मान और पहचान मिली।

हालाँकि पालवंकर को अब बिल्कुल भुला दिया गया है लेकिन जब वे जीवित थे उस वक्त उन्हें अपने समाज के अंदर और बाहर काफ़ी सम्मान प्राप्त था। पूना में 1959 में तीस पृष्ठों की उनकी छोटी-सी जीवनी प्रकाशित हुई थी। यह जीवनी मराठी में 'कहिनतरी नावेच करा' यानी 'कुछ विशेष करो' शीर्षक से प्रकाशित श्रृंखला के तहत छपी थी। आठ आने की यह पुस्तिका स्कूल और कॉलेज के उन बच्चों को ध्यान में रखकर लिखी गई थी जो नायक की तलाश में रहते हैं। इस श्रृंखला के लिए पात्र का चुनाव सामान्य जीवन के दायरे से बाहर निकल कर साहस और अभिनव प्रयोग के ज़रिए नाम कमाने वालों के बीच से किया गया था। इन पुस्तिकाओं को आधे घंटे में पढ़ा जा

सकता था। इस श्रृंखला के तहत चालीस पुस्तिकाएँ प्रकाशित की गई थीं। इनमें से बीस महाराष्ट्र के लोगों पर लिखी गई थीं और शेष बीस देश के दूसरे हिस्सों और दुनिया के लोगों पर थी। प्रकाशकों ने इस श्रृंखला के लिए तिलक या शिवाजी, गाँधी या आइंस्टीन को नहीं चुना था क्योंकि लोग इनकी पूजा तो कर सकते हैं लेकिन जीवन में अनुकरण नहीं। श्रृंखला के तहत थियेटर, छपाई, शिक्षा, इतिहास और सिनेमा की मराठी विभूतियों का चयन किया गया था। इनमें एक प्रगतिशील मराठी कवि, एक धनी और सफल मराठी वकील और महाराष्ट्र में सर्कस को सबसे पहले बढ़ावा देने वाले व्यक्ति शामिल थे। महाराष्ट्र के बाहर के लोगों में हॉकी ओलिम्पिक में भारत को 1928, 1932 और 1936 में जीत दिलाने वाले ध्यानचंद, केरल के महान आधुनिक चित्रकार राजा रवि वर्मा और बंगाल के रवींद्रनाथ टैगोर को चुना गया था।

श्रृंखला में शामिल विदेशियों के नाम ज़्यादा दिलचस्प थे। पुस्तिका के लिए रोम के स्पार्टकस का चयन किया गया था जिनका उल्लेख 'ए स्लेव हू रिवोल्टेड' (विद्रोही दास) के रूप में किया गया था। इसी तरह 'अनइक्वल्ड स्कल्पचर' (अनुपम मूर्तिकार) के रूप में माइकल एंजिलो और 'आर्ट ऑफ़ कल्टिवेटिंग गुड क्वालिटी' (सद्‌गुणों के विकास की कला) शीर्षक के तहत वैज्ञानिक बेंजामिन फ्रैंकलिन का चयन किया गया था। कैप्टन कुक पर 'गर्डलिंग द ओशंस फॉर हिज कंट्री' (अपने देश के लिए जिसने सागरों की घेराबंदी की) और लारेंस ऑफ़ अरबिया (थामस एडवर्ड लारेंस) पर 'ग्रेट ऑर्गनाइज़र ऑफ़ मिलिट्री कैंपेन्स' (सैनिक अभियानों का महान प्रणेता) शीर्षक से पुस्तिका प्रकाशित हुई थी। टेक्नोलॉजी के क्षेत्र से स्वेज नहर बनाने वाले फर्डिनेंड लेसेप्स को चुना गया था, जिन पर 'मॉन्युमेंटल आर्किटेक्ट' (यादगार वास्तुकार) शीर्षक से पुस्तिका प्रकाशित हुई थी। इसके अलावा सुपर मार्केट के संस्थापक वूलवर्थ पर 'बाय एनीथिंग हेयर' शीर्षक से पुस्तिका प्रकाशित हुई थी।

इन महान विभूतियों के साथ पालवंकर बालू का नाम भी शामिल किया गया था। पूना के क्रिकेट खिलाड़ी और उद्‌घोषक बाल जे पंडित ने उन पर 'खरा खेलाडू' (सच्चा खिलाड़ी) शीर्षक से पुस्तिका लिखी थी।

पालवंकर बालू का जन्म दक्षिण के पठार की गहनता में बसे धारवाड़ शहर में जुलाई 1875 में हुआ था। उनके पिता उस समय वहाँ काम करते थे। लेकिन उनके जन्म के थोड़े दिन बाद ही वे नौकरी करने पूना चले गए। वे लोग चमार जाति के थे। चमार हिंदू जाति व्यवस्था में सबसे निचले पायदान पर आते हैं। इस जाति के नाम की उत्पति संस्कृत के चर्म शब्द से हुई है जिसका अर्थ चमड़ा होता है। इस जाति के लोग चर्मकार और रंगरेज़ के रूप में जूते, बोतल, टेंट और रकाबें इत्यादि बनाने का काम करते हैं।

एक विद्वान ने लिखा है कि चमार जन्म से ही निरक्षर और घोर गरीबी में रहने को अभिशप्त होते हैं। वे अगड़ी जाति के लिए महत्त्वपूर्ण काम करते हैं फिर भी उन्हें तिरस्कार मिलता है। आर्थिक रूप से चमार आबादी के बहुत ही मूल्यवान अंश हैं। उनका काम

अत्यंत श्रमसाध्य है लेकिन उनके काम को समाज नीच काम मानता है। भारत के पारंपरिक गांवों में अगड़ी जाति के लोगों द्वारा चमार को

> विरक्ति और घृणा का पात्र माना जाता है। जब तक बहुत ज़रूरी नहीं हो, अगड़ी जाति के लोग चमार के टोले में नहीं जाते। 'हिंदू कास्ट्स ऐंड सेक्टस' के लेखक ने लिखा है कि चमार को छू लेने के बाद सारे कपड़े पहने हुए स्नान करना ज़रूरी होता है। चमार शब्द ही उन्हें मवेशियों की लाश से जोड़ता है। वे लोग मरे हुए मवेशियों का न सिर्फ़ चमड़ा उघेड़ते हैं बल्कि उनका मांस भी खाते हैं। इन कारणों से उन्हें बहुत ही नीच माना जाता है।[1]

दूसरी अछूत जातियों की तरह चमारों को भी ब्रिटिश शासन से कुछ राहत मिली। इस जाति के उद्यमी और कारीगरी जानने वाले लोगों ने ब्रिटिश राज के शहरों में काम तलाशने के लिए गाँव छोड़ दिया। कुछ खास कामों के लिए उन्हें अपनी जाति का लाभ मिला। हिंदू लोग गोला बारूद के डिपो और बंदूक के कारखाने में काम नहीं कर सकते थे क्योंकि बुलेट में गाय की चरबी का इस्तेमाल होता था। लेकिन इस काम को करने में चमारों को कोई झिझक नहीं थी। 1818 में पेशवा को लड़ाई में मात देने के बाद अंग्रेज़ों ने देश के पूर्वी और दक्षिणी क्षेत्रों में छावनियों और कारखानों की स्थापना की थी। इन जगहों पर चमार लोग ज़रूरत के अनुसार दलबल के साथ चले जाते थे।

बालू के पिता सेना में काम करते थे। कुछ लोग बताते हैं कि वे किरकी के आयुध कारखाने में काम करते थे। जबकि दूसरों का दावा है कि वे पैदल सेना के 112वीं रेजीमेंट में सिपाही थे।[2] बालू और उसके छोटे भाई शिवराम ने पूना में क्रिकेट खेलना सीखा। वे लोग सेना के अधिकारियों द्वारा फेंक दिए गए बॉल-बैट से खेलते थे। दोनों बच्चे कुछ समय के लिए स्कूल भी गए, लेकिन जल्द ही अपने परिवार की आय में मदद करने के लिए उन्हें स्कूल छोड़ना पड़ा। बालू ने सबसे पहले पारसियों द्वारा चलाए जाने वाले क्रिकेट क्लब में काम करना शुरू किया! यहाँ वे पिच को झाड़ते और बिछाते थे। कभी-कभी क्लब के सदस्यों के लिए नेट पर गेंदबाजी भी करते थे। इस काम के लिए उन्हें हर माह तीन रुपए मिलते थे।[3]

1892 या उसके आसपास बालू पारसी क्लब छोड़कर यूरोपियन क्लब में काम करने लगे। कुछ साल पहले इसे एडवर्ड्स गार्डन के नाम से जाना जाता था। उसे अब पूना क्लब कहा जाता था। पूना क्लब में बालू का मासिक वेतन चार रुपया हो गया। यहाँ बालू का काम पिच को रौल और मार्क करना, नेट लगाना और साथ ही जब ज़रूरत हो तो टेनिस कोर्ट भी बनाना था। बाद में अपने रोज़-रोज़ के इस काम के साथ वे क्लब के सदस्यों के लिए गेंदबाजी भी करने लगे। मि. ट्रॉस ने सबसे पहले बालू को गेंदबाजी के लिए प्रोत्साहित किया। उन्होंने खेल खत्म होने के बाद बालू को खाली नेट में एकाध गेंद फेंकते देखा था और उनकी प्रतिभा को पहचाना था। बालू ने बायें हाथ के गेंदबाज कप्तान बार्टन

को अपना आदर्श माना था। बालू जल्द ही क्लब के सदस्यों के लिए कमोबेश नियमित तौर पर गेंदबाजी करने लगे। क्लब के सदस्यों के लिए दूसरी टीमों के साथ खेलने के लिए इस अभ्यास मैच का खासा महत्त्व था।[4]

कैप्टन जे.जी. ग्रेग उस समय पूना के वरिष्ठ अंग्रेज़ क्रिकेट खिलाड़ी थे। अपने नाम के कारण वे 'जंगली' के रूप में जाने जाते थे। दरअसल उनके उपनाम जॉन ग्लीनी था जिसे जल्दी से बोलने पर 'जंगली' जैसा स्वर उभरता था।[5] ग्रेग नाटे कद के थे। उनकी कलाई लचीली और पैर फुरतीले थे। वे स्क्वायर कट के उस्ताद थे। वर्षों तक उन्हें भारत का सबसे अच्छा श्वेत बल्लेबाज माना जाता था। दूसरे लिटिल मैन डॉन ब्रैडमैन और सुनील गावस्कर की तरह उनमें रन बटोरने की असाधारण भूख थी।

ग्रेग हर दिन दूसरे खिलाड़ियों से घंटा भर पहले पूना क्लब पहुँच जाते थे। क्लब पहुँच कर वे बालू से गेंदबाजी करने के लिए कहते थे। इस अभ्यास से वे अपनी बल्लेबाजी को निखारते थे। साथ ही, बालू को भी गेंदबाजी का मौका देते थे। यहाँ एक और कहानी है जिसका दस्तावेज़ों में उल्लेख तो नहीं है, लेकिन है बड़ी मज़ेदार। बालू ग्रेग को जितनी बार आउट करते थे उतने आठ आना वे बालू को देते थे। बालू अगर सप्ताह में एक बार भी ग्रेग को आउट कर देते थे तो इस दर से उनकी आमदनी दुगुनी हो जाती थी।

बालू ने एक बार अपने बेटे से कहा था कि उन्होंने पूना क्लब में हज़ारों घंटे गेंदबाजी की होगी, लेकिन उन्हें एक बार भी बल्लेबाजी करने का मौका नहीं मिला।[6] इंग्लैंड की तरह भारत में भी बल्लेबाजी अभिजात विशिष्ट वर्ग का एकाधिकार था। लेकिन बालू के लिए संतोष की बात यह थी कि अपने दूसरे काम के साथ गेंदबाजी कर वह अपनी आमदनी तिगुनी कर लेते थे। इसके साथ हीं जंगली ग्रेग और कम प्रतिभा वाले उनके दूसरे सहयोगियों को हज़ारों गेंद फेंक कर बालू ने गेंदबाजी में निपुणता हासिल कर ली थी।

अपने पूर्वजों की तरह पालवंकर बालू ने भी चर्मकारी को अपनी आजीविका का साधन बनाया। वे चमड़े के टुकड़े पर प्रवीणता के साथ काम कर सकते थे।

क्रिकेट में बालू की प्रतिभा के बारे में जानकारी धीरे-धीरे शहर के हिंदुस्तानियों तक पहुँची। उस समय शहर में एक हिंदू क्लब था जो पूना के यूरोपियनों को चुनौती देना चाहता था। लेकिन हिंदू क्लब एक चमार गेंदबाज को टीम में शामिल करे या नहीं, इस सवाल पर हिंदू क्रिकेटर दो खेमों में बँट गए। कुछ तेलुगु सदस्य बालू को टीम में शामिल करना चाहते थे जबकि मराठी भाषी स्थानीय ब्राह्मण इसके पक्ष में नहीं थे। इस मौके पर जे.जी. ग्रेग सामने आए और प्रेस को दिए एक इंटरव्यू में उन्होंने कहा कि बालू को टीम में शामिल नहीं कर हिंदू लोग बहुत बड़ी मूर्खता करेंगे। ग्रेग ने यह बयान इस कारण नहीं दिया कि वे कोई समाज सुधारक थे या उनके मन में अपनी प्रजाति के लिए पूना के ब्राह्मणों से कोई कम लगाव था। ग्रेग के इस बयान का असली कारण यह था कि वे प्रतियोगी मैच में बालू की गेंदबाजी का सामना कर अपनी बल्लेबाजी को परखना चाहते थे।

बालू को अंततः पूना के हिंदू क्लब से खेलने के लिए कुछ शर्तों के साथ आमंत्रित किया गया। पिच पर बालू जिस गेंद से गेंदबाजी करते थे उस गेंद को तो दूसरे खिलाड़ी भी छूते थे लेकिन मैदान के बाहर वे उसे नहीं छूते थे। इसी तरह मैच में चाय के समय बालू को पैवेलियन के बाहर मटके में चाय दी जाती थी, जबकि दूसरे खिलाड़ी अंदर कप में पीते थे। बालू अगर मुँह-हाथ धोना चाहते थे तो क्लब का 'अछूत' नौकर फील्ड के कोने में उन्हें पानी देता था। बालू को लंच भी अलग टेबल पर अलग प्लेट में दिया जाता था।[7]

लेकिन बालू ने काफ़ी विकेट लिए। एक तरह से बालू की गेंदबाजी की बदौलत ही हिंदू क्लब पूना के यूरोपियनों और दूसरी स्थानीय टीमों को हराने में कामयाब रहा। एक बार हिंदू क्लब जिमखाना क्लब के साथ खेलने सतारा गया। जिमखाना क्लब के सभी खिलाड़ी श्वेत थे। सतारा की टीम प्रबंधन ने अपने ग्राउंड्समैन को विकेट को हफ्ते तक रोल करने का निर्देश दिया था ताकि पिच पर बालू की फिरकी का जादू नहीं चल सके। इसके बावजूद बालू ने सात विकेट लिए और उनकी टीम आसानी से जीत गई। बालू को हाथी पर बिठा कर सतारा की सड़कों पर घुमाया गया। पूना लौटने पर सार्वजनिक समारोह में प्रखर विद्वान और समाज सुधारक महादेव गोविंद रानाडे ने बालू को माला पहनाई। रानाडे ने अपने सहयोगी ब्राह्मणों से कहा कि वे जब बालू के साथ खेल सकते हैं तो उन्हें उसके साथ चाय-पानी भी करनी चाहिए।[8] कुछ समय बाद एक सार्वजनिक सभा में राष्ट्रवादी ब्राह्मण बाल गंगाधर तिलक ने बालू को सम्मानित किया। तिलक का नाम रानाडे से भी बड़ा था।

एक इतिहासकार ने लिखा है कि इस घटना से पूना में तूफान खड़ा हो गया क्योंकि उस समय पिछड़े समुदाय के किसी व्यक्ति को समाज में सम्मानित हैसियत प्राप्त नहीं थी।[9]

पूना में पोंगापंथियों का प्रहार होने के बाद बालू अपने परिवार के साथ बंबई चले आए। उनके पूना छोड़ने का एक कारण 1896 का प्लेग भी था। पूना में प्लेग का बहुत असर पड़ा था। दूसरा कारण क्रिकेट था। बंबई में बालू ने पहले एक आर्मी यूनिट में काम किया। इसके साथ ही वे नवगठित पी.जे. हिंदू जिमखाना के लिए खेले भी। हिंदू जिमखाना में भी बालू को शामिल करने के सवाल पर विवाद था। क्रिकेट कप्तान किरितकर अपनी टीम के गेंदबाजी आक्रमण को मज़बूत करना चाहते थे। लेकिन इसके लिए उन्हें अपने गुजराती सदस्यों को समझाना-बुझाना पड़ा। तब जाकर बालू को टीम में शामिल किया गया।[10]

उन्नीसवीं सदी के अंतिम दशक में बंबई में दर्जनों क्रिकेट टीमें थीं। पारसियों की टीमें स्थानीयता के आधार पर थीं तो हिंदू क्रिकेटरों ने जाति और क्षेत्र के आधार पर अपनी टीमें बना रखी थीं। उन्नीसवीं सदी के अंतिम दशक में जो टीमें थीं उनके नाम कुछ इस तरह थे– गौड़ सारस्वत क्रिकेट क्लब, क्षत्रिय क्रिकेट क्लब, गुजराती यूनियन क्रिकेट क्लब, मराठा क्रिकेट क्लब और तेलुगु यंग क्रिकेटर्स।

शहर के अल्पसंख्यक प्रवासियों ने भी अलग से अपने-अपने क्लब बना रखे थे। इनमें मैंगलोर से आए प्रवासियों का मैंगलोरियन कैथोलिक क्रिकेट क्लब, पुर्तगालियों द्वारा शासित गोवा से आए लोगों का इंस्टीट्यूटो लुसो क्रिकेट क्लब और बंबई जूइश क्रिकेट क्लब जैसे नाम शामिल थे।[11]

इनसे अलग श्रेणियों में कंपनियों और बैंकों द्वारा प्रायोजित क्लब थे। थॉमस कुक, फॉर्ब्स, फॉर्ब्स एंड कैंपबेल, बंबई गैस कंपनी, द बैंक ऑफ बंबई और आर्मी एंड नेवी स्टोर द्वारा क्रिकेट टीमें चलाई जाती थीं। इनकी सदस्यता में पंचमेल था। विभिन्न हिंदू जाति के कर्मचारी मुस्लिमों और ईसाइयों के साथ वरिष्ठ मैनेजर के नेतृत्व में एक ही टीम में खेलते थे। टीम के मैनेजर प्रायः अंग्रेज़ हुआ करते थे। इस तरह की सक्रिय टीमों में एक बंबई बरार एंड सेंट्रल इंडियन रेलवे द्वारा संचालित टीम थी। इसी कंपनी ने अपने मैनेजर और क्रिकेट कप्तान मि. लुकास की सलाह पर पालवंकर बालू को नौकरी दी थी।[12]

बालू अंतर्कार्यालय मैचों में बी.बी.सी.आई. रेलवे की ओर से खेलते थे। लेकिन इसके साथ ही वे हिंदू जिमखाना के लिए भी खेलते थे। उस समय 1900 में हिंदू जिमखाना और बरनोट क्रिकेट क्लब जैसी पारसियों की अग्रणी टीम के साथ होने वाले मैच में काफ़ी भयावह उत्तेजना बनी रहती थी। बहुत बड़ी भीड़ मैदान को घेरे रहती थी। जो लोग मैदान में जगह नहीं पाते थे वे रेलवे ओवरब्रिज पर चढ़ जाते थे। यह ओवरब्रिज जिमखाना को पास के चरनी रोड स्टेशन से जोड़ता था। समुद्र पास में रहने के कारण दृश्य और जीवंत हो जाता था। उस समय मेरिन ड्राइव नहीं था और जैसा कि उन मैचों में भाग लेने वाले एक व्यक्ति बताते हैं 'समुद्र की लहरें कई बार चट्टानों से टकराकर उठती थीं और मैदान तक पहुँच जाती थीं'।[13]

उन मैचों के आँकड़े इतिहास के गर्त में समा गए हैं लेकिन कोई भी भरोसे के साथ मान सकता है कि पालवंकर बालू ने उन मैचों में काफ़ी विकेट लिए थे। शुरुआती समय से ही उन्हें हिंदू जिमखाना का बचाव कवच माना जाता था। उनके एक मजबूत प्रतिस्पर्द्धी बरनोट क्रिकेट क्लब के डा. एम. ई. पावरी ने उनके बारे में कहा है:

> बालू सबसे अच्छे देसी गेंदबाजों में एक थे – बाएं हाथ के मध्यम गति के गेंदबाज जिनकी गेंद में काफी उछाल और घुमाव था। वे गेंद को काफ़ी स्पिन कराते थे। नम विकेट पर वे काफ़ी घातक गेंदबाज थे। उन्हें भारत का ''रोड्स'' कहा जा सकता है। वे एक उपयोगी बल्लेबाज और क्षेत्ररक्षक भी थे।[14]

बालू का नियंत्रण असाधारण था और उनकी गेंदों में सक्षम बदलाव था। बंबई के एक पत्रकार का कहना है कि 'उनके गेंदों की गति मध्यम थी लेकिन वे गेंद की गति में अद्भुत परिवर्तन कर सकते थे। वह गेंद की फ्लाइट में भी परिवर्तन करते रहते थे जिससे उनकी हर गेंद अलग ढंग की हो जाती थी। ऐसे में बल्लेबाज को हमेशा चौकन्ना रहना पड़ता था।[15]

बालू के खेल पर नजदीक से नजर रखने वाले कलकत्ता के एक क्रिकेटर ने कहा था कि

> बाएं हाथ का बेहतरीन गेंदबाज बालू अद्भुत ऊर्जावान है। वह दोनों ओर से

ब्रेक कराता है। बहुत आसानी से गेंद फेंकता है और कभी-कभार ही थकता है। वह पूरे दिन गेंदबाजी कर सकता है। उसकी गेंदबाजी की लेंथ बराबर बेहतरीन रहती है। कभी ढीली गेंद नहीं फेंकता। वह खेल को अच्छी तरह समझता है। फील्ड को इस तरह सजाता है कि फील्डरों के पास कैच खुद-ब-खुद पहुँच जाती है। उन्हें गेंद का पीछा नहीं करना पड़ता। निश्चित रूप से वह सर्वोत्कृष्ट गेंदबाज है।[16]

एम. ई. पवरी ने बालू को 'भारत का विलफ्रेडरोड्स' कहा है। लेकिन इस वर्णन से वे बायें हाथ के गेंदबाज एस. एफ. बर्न्स के करीब लगते हैं। बर्न्स इंग्लैंड क्रिकेट के स्वर्णिम युग की एक बड़ी हस्ती रहे हैं। मैंने जो कुछ पढ़ा है उससे पता चलता है कि पालवंकर बालू अद्वितीय प्रतिभा के स्पिनर थे। उनकी गिनती वीनू मांकड़ और बिशन सिंह बेदी के पहले की पीढ़ी के महान स्पिनरों में होती है।

बीसवीं सदी के प्रारंभिक वर्षों में बालू की प्रशंसा कलकत्ता तक पहुँच चुकी थी। कलकत्ता में क्रिकेट संरक्षक नातोरे के महाराजा रहते थे। उनकी हार्दिक इच्छा ऑल यूरोपियन कलकत्ता क्लब को हराने की थी। इसी प्रयास में एक बार उन्होंने सभी उच्च श्रेणी के हिंदुओं को मिलाकर टीम बनाई जिसमें उन्होंने मद्रास के विकेट कीपर के. शेषाचारी को रखा तो दूसरी ओर कराची के तेज गेंदबाज़ एच. एल. सम्प्रे को और इसके साथ ही बंबई से बालू पालवंकर और उनके भाई शिवराम को लाया। उनकी टीम जीत गई लेकिन हर बार की तरह इस बार भी औपनिवेशिक मानसिकता वाले अंग्रेज़ों ने हार को खेल भावना के साथ नहीं स्वीकारा। मैच समाप्त होने पर कलकत्ता क्रिकेट क्लब के कप्तान ने नातोरे से पूछा कि आपकी ओर से कितने महानुभाव खेल रहे हैं। उनका कहने का मकसद था कि भारतीय पेशेवरों ने इंग्लैंड के शौकिया खिलाड़ियों को हरा कर कोई तीर नहीं मार लिया है।[17]

बालू से सात साल छोटा शिवराम प्रहारक बल्लेबाज, मध्यम गति का उपयोगी गेंदबाज और उत्कृष्ट क्षेत्ररक्षक था। वह अपने भाई से लंबा और हृष्ट-पुष्ट था। वह अपनी कलाई में काला फीता बांधे रखता था और यही उसकी विशेष पहचान थी। उसके प्रारंभिक दिनों के खेल के बारे में हम बहुत कम जानते हैं। लेकिन हम इतना जानते हैं कि 1906 तक वह अपने धर्म के श्रेष्ठ 11 खिलाड़ियों में स्थान पा चुका था। फरवरी 1906 में ही बंबई प्रेसिडेंसी की यूरोपियन टीम के खिलाफ़ खेलने के लिए उसे अपने भाई के साथ हिंदू टीम में चुना गया।

उस समय यह मैच राष्ट्रीयता के प्रश्न से जुड़ गया था। 1905-06 में भारतीय राष्ट्रीय कांग्रेस पश्चिमी भारत के दो नेताओं गोपाल कृष्ण गोखले और बाल गंगाधर तिलक के नेतृत्व में नया रूप ले रही थी। बंगाल में स्वदेशी आंदोलन चल रहा था। देशभक्त उद्यमी ब्रिटिश पूँजी से मुकाबला करने के लिए कारखाने लगा रहे थे। सुधारवादी नेताओं

ने विदेशी सामानों के बहिष्कार का आह्वान किया था। मैनचेस्टर की मिलों के बने कपड़े जलाए जा रहे थे।[18] 1905 के अंतिम सप्ताह में बनारस में कांग्रेस की बैठक हुई थी। इस बैठक में बंगाली प्रतिनिधियों ने अपने आंदोलन को राष्ट्रव्यापी बनाने की बात पर ज़ोर दिया था। तिलक का अखबार *केसरी* बंगालियों के साथ था। अखबार ने लिखा कि 'यह समय अपनी बदहाली पर चुप बैठने या औरतों की तरह घर में रोने का नहीं है, बल्कि ज़रूरत है अपनी दुर्दशा के लिए ज़िम्मेवार कारणों को समाप्त करने की।'[19] एक दूसरे मराठी अखबार ने भारतीयों के लिए होम रूल बहाल करने की माँग की। अखबार ने लिखा कि भारतीयों को शासकों के सामने अपनी बात बिना किसी डर-भय के रखनी चाहिए।'[20]

8 से 10 फरवरी तक तीन दिवसीय मैच बंबई जिमखाना ग्राउंड में खेला गया। बंबई गजट ने दोनों टीमों का मूल्यांकन करते हुए बालू की प्रशंसा की। गजट ने शिवराम के बारे में लिखा कि 'वह बालू का भाई है और यही उसके लिए पर्याप्त है। उसे अपने भाई, जोकि भारत का पहला गेंदबाज है, की प्रतिष्ठा का ख्याल करना चाहिए। उससे मैदान में बेहतर प्रदर्शन की अपेक्षा है।'[21]

हिंदुओं ने पहले बल्लेबाजी की और 242 रनों का सम्मानजनक स्कोर खड़ा किया। बालू ने 25 और उसके भाई ने 24 रन बनाए। ''लिटिल मैन'' (ग्रेग) को इरशा ने 11 रनों पर आउट कर दिया। यह ग्रेग के प्रशंसकों के लिए निराशा की बात थी। 'इरशा' ने 77 रन देकर 6 विकेट लिए। बालू को 41 पर तीन विकेट मिले। यूरोपियन 191 रनों पर ऑल आउट हो गए। दूसरी पारी में हिंदुओं ने 160 रन बनाए। इनमें बालू के 11 और शिवराम के 16 (नाबाद) रन शामिल थे। शासकों को जीत के लिए 212 रनों की ज़रूरत थी। मैच के अंतिम दिन जब उन लोगों ने अपनी पारी शुरू की तो खेल की उत्तेजना और रोमांच चरम पर था। मैदान में पिछले दो दिनों से भी अधिक दर्शक थे। दर्शक हर गेंद पर करतल ध्वनि से शाबाशी दे रहे थे।'

यूरोपीय चुनौती बहुत हद तक ग्रेग के खेल पर आश्रित थी। ग्रेग ने अच्छी शुरुआत भी की। लेकिन उसने 27 रन ही बनाए थे कि इरशा की गेंद पर शेषाचारी ने उसे स्टंप कर दिया। विकेटकीपर के गृहनगर मद्रास के एक अखबार ने इस स्टंपिंग को प्रशंसनीय बताया। अखबार ने लिखा कि 'बल्लेबाज झपट्टे में आ गए और शेषाचारी ने उल्का गति से उसे स्टंप कर दिया। स्टंपिंग का यह उत्कृष्ट नमूना था। इसने जीत का रास्ता बनाया।' मैच के अंत में यूरोपियन टीम 102 रनों पर ढेर हो गई। बालू और इरशा ने 5-5 विकेट लिए। दोनों गेंदबाज मैच की शुरुआत से लेकर अंत तक साथ-साथ गेंदबाजी करते रहे।[22]

लाहौर के अखबार द *ट्रिब्यून* ने इस क्रिकेट मैच की स्पष्ट राष्ट्रवादी व्याख्या की। पंजाबी हिंदुओं द्वारा संचालित इस अखबार ने मैच की खबर के लिए तीन दिनों तक इंतजार किया। तब उसके पास फ्रंटियर मेल से खबर पहुँची। खबर मिलने के बाद अखबार ने काफ़ी सोचा विचारा कि इस जीत की तुलना किस चीज से की जाए। अंततः उसने इसकी तुलना यूरोप पर एशिया की हाल में हुई जीत से की। युद्ध के मैदान में रूस के खिलाफ़

जापान की जीत हुई थी। 'अपनी जीत पर हिंदू क्रिकेटरों ने जापानी सेना की तरह ही मर्यादित व्यवहार किया था। पोर्ट आर्थर के पतन और उसके बाद की कई जीतों, जिनकी इतिहास में मिसाल नहीं है, के बाद जापानी सेना ने जिस आत्मसंयम का परिचय दिया था, वही आत्मसंयम हिंदू क्रिकेटरों ने दिखाया।' तीन दिनों के मैच के दौरान 'हिंदू क्रिकेटरों ने कभी अतिरंजित उत्साह नहीं दिखाया। वे न तो अहंकारी दिखे और न ही कभी आडंबर का प्रदर्शन किया। उन्होंने हर दूसरे मिनट न तो अंपायर से अपील करने की ज़रूरत समझी और न ही कोई चापलूसी की।' *ट्रिब्यून* ने लिखा कि अगर मैच का परिणाम इसके उलट होता तो अंग्रेज़ खिलाड़ी अपनी जीत पर अशिष्टता और आडंबर का भरपूर प्रदर्शन करते। 'मेफकिंग बचाव के बाद आधुनिक ब्रिटेनवासियों ने पुराने इंग्लैंड में जो ऊधम मचाया था अंग्रेज़ खिलाड़ी उसी की नकल करते...'। (यह प्रसंग बोअर युद्ध के समय ब्रिटेन में फैले राष्ट्रभक्ति के उन्माद से जुड़ा है)।[23]

द *ट्रिब्यून* ने क्रिकेट मैच में जीत की व्याख्या एशिया द्वारा शोषण और दमन की बेड़ी तोड़ने के संकेत के रूप में की। दूसरे अखबारों ने इसका स्वागत जातीय पूर्वाग्रह पर जीत के रूप में किया। तीन दिनों के मैच के दौरान दोनों पक्ष के खिलाड़ियों ने साथ-साथ खाना खाया। यूरोपियनों ने हिंदुओं के साथ खाया तो ब्राह्मणों ने चमार के साथ खाया। इस अप्रत्याशित मेल-जोल का रास्ता हिंदू जिमखाना ने पहले ही बालू और शिवराम को न सिर्फ़ क्रिकेट मैदान में बल्कि अपने रेस्तराँ में जाने की अनुमति देकर खोल दिया था। अब इस मैच की परिणति और हिंदू टीम की जीत में बालू बंधुओं के योगदान पर उदारवादी हिंदुओं की प्रतिष्ठित आवाज द *इंडियन सोशल रिफॉर्मर* में एक लम्बा मुख्य आलेख छपा। आलेख में कहा गया कि निम्न जाति के लोगों के साथ खुलेआम भोजन करके हिंदू जिमखाना ने एक ऐसा प्रयास किया है जो अस्पृश्यता के हास्यास्पद बंधन को 'सदा-सदा के लिए तोड़' देगा। *इंडियन सोशल रिफॉर्मर* ने आगे लिखा कि चमार बंधुओं को हिंदू जिमखाना में शामिल करने का श्रेय हर किसी को जाता है और इसने हजारों युवा हिंदुओं की मानसिकता को जिस तरह बंधनमुक्त किया है, उतना किसी और प्रयास से नहीं हुआ था। वास्तव में जाति पर क्रिकेट की जीत:

> फूट डालने और गैर-राष्ट्रीयकरण की पुरानी रूढ़ियों से देश को मुक्त कराने की युगांतरकारी घटना है। यह सचेतन में खुद से किया गया बदलाव है, एक पुरुषार्थ भरी नैतिक नियंत्रण वाली स्वतंत्रता का चयन है, न कि रेलवे जैसा (जहाँ विभिन्न जाति के लोग ज़बरदस्ती एक साथ बैठते हैं) बाध्यकारी परिवर्तन...। पूना और बंबई के खिलाड़ियों ने दिखाया है कि राष्ट्रहित में सभी जाति के सभी लोगों को समान अवसर मिलना चाहिए, भले ही इस अवसर को उपलब्ध कराने में पुराने पूर्वाग्रहों को क्यों न तोड़ना पड़े... खेल से मिली सीख को राजनीतिक, सामाजिक और शैक्षणिक जीवन में उतारने की ज़रूरत है। उच्च, निम्न और निम्नतम हिंदुओं के बीच फूट डालने और राष्ट्रीयता को

कमज़ोर करने वाली सभी रूढ़ियों को तोड़ें और दुनिया में भारत की जगहँसाई रोकें।[24]

1907 में हिंदू, पारसी और यूरोपियनों ने वार्षिक क्रिकेट टूर्नामेंट शुरू किया। इसे त्रिकोणीय टूर्नामेंट का नाम दिया गया। यह टूर्नामेंट पाँच साल चला जिनमें तीन बार यूरोपियन जीते और दो बार पारसियों को जीत हासिल हुई। व्यक्तिगत रूप से श्रेष्ठ प्रदर्शन पालवंकर बालू का रहा। उसने 1907 से 1911 के बीच खेले गए पाँच मैचों में प्रति विकेट दस से भी कम रनों की औसत से 40 विकेट लिए।[25]

त्रिकोणीय टूर्नामेंट में हिंदुओं की ओर से शिवराम ने भी खेला। 1910 से बालू का एक और भाई पालवंकर विट्ठल खेलने लगा। विट्ठल का जन्म 1886 में हुआ था और बालू ने उसे क्रिकेट प्रेमी एलिफिंसटन हाई स्कूल में पढ़ने के लिए भेजा था। विट्ठल दाएँ हाथ का बल्लेबाज था। कवर ड्राइव में उसकी विशेष रुचि थी।

स्कूल छोड़ने के बाद विट्ठल ने ग्रेटर इंडियन पेनिनस्युलर रेलवे में काम करना शुरू किया। शिवराम वहाँ पहले से काम करता था। क्लब क्रिकेट में शतकों का पुलिंदा बनाने वाले विट्ठल को 1910 में त्रिकोणीय टूर्नामेंट के लिए हिंदू जिमखाना के द्वारा चुना गया। अगले साल अखिल भारतीय टीम को इंग्लैंड के दौरे पर जाना था। जनवरी 1911 में इस टीम में शामिल होने के इच्छुक देश भर के खिलाड़ियों के लिए बंबई में अभ्यास मैच शुरू किया गया। टीम की चयन समिति में सात सदस्य थे। इनमें दो मुस्लिम, दो पारसी और दो हिंदू थे। जंगली ग्रेग चयन समिति के अध्यक्ष थे। टीम का जो चयन हुआ उसमें सार्वभौमिकता दिखी। चयनकर्ताओं ने टीम में 6 पारसी, 3 मुस्लिम और 5 हिंदुओं को रखा, हालाँकि कप्तान पटियाला के 22 वर्षीय महाराजा भूपिंदर सिंह बने जो सिक्ख थे। उन्हें वायसराय लार्ड मिंटो ने हाल ही में गद्दी पर बिठाया था।[26]

अभ्यास मैच का पर्यवेक्षण कर रहे अंग्रेज़ कोच ने टीम में पालवंकर विट्ठल को शामिल करने की जोरदार सिफारिश की थी। इसके बावजूद उसे इस बिना पर इंग्लैंड जाने वाली टीम में शामिल नहीं किया गया कि वह अभी बहुत नया है। हालाँकि बालू को टीम में रखा गया और शिवराम का चयन रिजर्व खिलाड़ी के तौर पर हुआ। खिलाड़ियों को लेकर जिस दिन जहाज़ को रवाना होना था उसके ठीक एक दिन पहले कश्मीर के एक खिलाड़ी को ड्रॉप कर दिया गया। इसके बाद शिवराम को आनन-फानन में तैयार होना पड़ा। 4 मई 1911 की उसी शाम खिलाड़ियों के लिए ओरिएंट क्लब में एक विदाई समारोह का आयोजन किया गया।

इंग्लैंड में भारतीय कप्तान अक्सर अपनी टीम के साथ नहीं दिखते थे। पटियाला ने लॉर्ड्स में एक मैच खेला। इसके अलावा, उन्होंने एक-दो मैच और खेले होंगे। अपना अधिकांश समय वे लंदन के विशिष्टजनों के साथ पार्टियों और रेसों में बिताते रहे (उस ग्रीष्म ऋतु में पार्टियां भी खूब थीं क्योंकि एक नए 'राजा' का राज्याभिषेक जो हुआ था)। क्रिकेट क्री विशुद्ध भाषा में कहें तो कप्तान की गैर-मौजूदगी का घातक असर पड़ा

क्योंकि ये विशिष्ट राजकुमार एक उच्च श्रेणी के बल्लेबाज थे। सामाजिक स्तर पर उनकी गैर-मौजूदगी में टीम पारसी और हिंदुओं के दो खेमों में बंट जाया करती थी। प्रिंस ऑफ पटियाला जहाँ जाते थे, वहाँ अपने पाँच नौकरों को भी लेते जाते थे। इससे कोई फ़र्क नहीं पड़ता था लेकिन वे अपने सचिव केकी मिस्त्री को भी साथ ले जाने की जिद पर अड़ जाते थे, जबकि मिस्त्री उस समय संभवत: भारतीय टीम के सबसे अच्छे बल्लेबाज थे। पटियाला और मिस्त्री की गैर-मौजूदगी में इंग्लैंड के विकटों पर पेशेवर गोरे गेंदबाजों का सामना करने में भारतीय बल्लेबाजी काफ़ी कमज़ोर हो गई। इसका असर मैच के परिणामों पर पड़ा। इंग्लिश काउंटी के खिलाफ़ 14 मैच खेले गए। इसमें भारतीय टीम दो मैच ही जीत सकी। दो मैच बराबरी पर रहे जबकि दस मैचों में वह हार गई। अल्स्टर और नार्थ ऑफ स्कॉटलैंड जैसी दूसरे दरजे की टीमों के साथ खेले गए दूसरे मैचों में भारतीय टीम 4 मैच जीत सकी और 5 मैचों में उसे हार का सामना करना पड़ा।

भारतीय नज़रिए से एकमात्र सफलता पालवंकर बालू की गेंदबाजी रही। उसने 18. 84 रनों के औसत से 114 विकेट लिए। अगर क्षेत्ररक्षकों का थोड़ा सहयोग मिला होता तो पालवंकर को 150 विकेट मिल गए होते। दौरे का स्कोरबोर्ड वास्तव में उत्साहवर्द्धक था। पहले तीन मैच पार्क में ऑक्सफोर्ड यूनिवर्सिटी, लार्ड्स में मेलबोर्न क्रिकेट क्लब और फेनर में कैम्ब्रिज यूनिवर्सिटी के खिलाफ़ खेले गए। क्रिकेट इतिहास से जुड़े इन तीनों मैदानों पर बालू का श्रेष्ठ प्रदर्शन रहा था, जबकि अपनी सामाजिक पृष्ठभूमि के कारण इस अस्पृश्य को ऊंची जमात से अलग-थलग रखा गया था। इसके बावजूद उसने अच्छी गेंदबाजी की। ऑक्सफोर्ड के खिलाफ़ बालू ने 84 रन देकर 5 विकेट और एमसीसी के खिलाफ़ 96 रन देकर 4 विकेट लिए। सबसे बेहतर प्रदर्शन कैम्ब्रिज में रहा जहाँ उसने 103 रन देकर 8 विकेट लिए।

सभी काउंटी टीमों के खिलाफ़ बालू का बेहतर प्रदर्शन रहा। लंकाशायर के खिलाफ़ उसने 83 रन देकर 7 विकेट, यार्कशायर के खिलाफ़ 127 रन देकर 4 विकेट, वारविक शायर के खिलाफ़ 74 रन देकर 4 विकेट और सर्रे के खिलाफ़ 100 रन देकर 4 विकेट लिए (इन मैचों में घरेलू टीम को एक बार ही बल्लेबाजी का मौका मिला)। भारतीय टीम ने लेस्टरशायर को जब 7 विकेट से पराजित किया तब बालू ने 92 पर 5 और 93 पर 6 विकेट लिए थे। समरसेट के खिलाफ़ दूसरी जीत में बालू को सिर्फ़ 6 विकेट मिले लेकिन दूसरी पारी में उसने शानदार 55 रन बनाए। इस मैच का असली विजेता बालू का भाई शिवराम रहा जिसने 113 (नाबाद) रन बनाए। पूरे दौरे में बल्लेबाजी के औसत में शिवराम तीसरे स्थान पर रहा। प्रति पारी 27 रनों के औसत से उसने 930 रन बनाए। एक पर्यवेक्षक ने उसे सर्वाधिक होनहार बल्लेबाज करार दिया।[27]

इससे भी पहले, 1904 में पारसी संरक्षक सर दोराब जे. टाटा ने बालू की ओर से इंग्लिश काउंटी सर्रे के साथ बातचीत शुरू की। इस काउंटी को बाएँ हाथ के गेंदबाज की ज़रूरत थी। बात नहीं बनी लेकिन बालू जब इंग्लैंड आया तो उसने एक से अधिक काउंटी

पर अपनी छाप छोड़ी। दरअसल इंग्लैंड में रुकने और पेशेवर खिलाड़ी के रूप में खेलने के लिए उसे कई प्रस्ताव मिले। 1911 में वह 36 साल का हो चुका था और उसका खेल अपने शिखर पर नहीं रहा था। उसके कंधे में सूजन (साइनोविटिस) हो गया था। बहुत अधिक गेंदबाजी करने के कारण उसे यह तकलीफ हुई थी। हालांकि इसके बावजूद उसका प्रदर्शन उच्चस्तरीय था। यदि उसके कंधे में सूजन न होती और उसकी उम्र पाँच वर्ष कम होती, तो उसका प्रदर्शन कैसा होता, यह सोचने की बात है। *टाइम्स ऑफ इंडिया* को दिए इंटरव्यू में बालू ने कहा था कि वह अपनी गेंदबाजी से संतुष्ट नहीं है। उसने सही कहा कि काश, टीम 6 साल पहले भेजी गई होती, जब उसका प्रदर्शन सर्वश्रेष्ठ था। लेकिन उसके साथी शेषाचारी ने *हिंदू* अखबार में कहा कि 'बालू का खेल इतना उत्कृष्ट है कि वह किसी भी काउंटी के लिए खेल सकता है।' प्रतिष्ठित अंग्रेज़ समीक्षक इ. एच. डी. स्वेल ने भी कुछ इसी तरह की राय व्यक्त की। उन्होंने कहा कि 'बालू एक ऐसा गेंदबाज है जिसे अपनी टीम में रखकर किसी भी काउंटी को प्रसन्नता होगी।'[28] उसका प्रदर्शन सचमुच अद्वितीय था। बालू के भारत लौटने के 90 साल बाद अभी तक सिर्फ़ वीनू मांकड़ ही एकमात्र ऐसे गेंदबाज हुए हैं जिन्हें इंग्लैंड में 1946 में प्रथम श्रेणी के मैच में सौ से ज़्यादा विकेट लेने का गौरव प्राप्त हो सका है।

बहरहाल 1911 में भारतीय टीम का प्रदर्शन उम्मीद से काफ़ी खराब रहा। बंबई के एक अखबार ने मौसम, खाना, लगातार दौरा, अभ्यास की कमी, और ज़रूरत पड़ने पर ऐसे लोगों की कमी जिनसे चुनाव किया जा सके–को खराब प्रदर्शन का कारण बताया। अखबार ने लिखा कि इन सारी प्रतिकूल स्थितियों का सामना टीम को करना पड़ा।[29] ऐसा नहीं है कि समस्याओं की यह लंबी फेहरिस्त लिखने वाले के मन की उपज थी। लेकिन एकमात्र पालवंकर बालू ही इन सारी समस्याओं से ऊपर उठकर खेलने में कामयाब रहा।

एक सूत्र के अनुसार ओरियंट क्लब में खिलाड़ियों के उज्ज्वल भविष्य की कामना के लिए आयोजित समारोह में सिर्फ़ बालू और शिवराम ही ऐसे खिलाड़ी थे जिन्हें माला पहना कर सम्मानित नहीं किया गया।[30] लेकिन जब 15 सितंबर को भारतीय टीम 'सालसेट' पोत से बंबई लौटी तो अपने नायक का सम्मान करने के लिए बहुत सारी मालाएं मौजूद थीं। उदाहरण के तौर पर, बंबई के दलित समाज ने बालू के सम्मान में समारोह का आयोजन किया। इस समुदाय को इस बात पर गर्व था कि एक अछूत अपने साथ इंग्लैंड गए ब्राह्मण, मुस्लिम और पारसी के साथ-साथ महाराजा से भी बेहतर प्रदर्शन करके लौटा है। इस समारोह में भीमराव अम्बेडकर ने बालू के लिए मानपत्र तैयार किया और भेंट किया। अस्पृश्यता की महान इतिहासकार इलिनोर जिलियट के अनुसार निम्न जाति के सभी राजनीतिज्ञों और समाज सुधारकों में सर्वाधिक महान बनने वाले व्यक्ति डॉ. अम्बेडकर के सार्वजनिक रूप से प्रकट होने का यह पहला अवसर था।[31]

क्रिकेट के मैदान में अपने खेल की बदौलत बालू भीमराव अम्बेडकर समेत असंख्य 'अछूतों' का नायक और प्रेरणा-स्रोत बन गया।

1910 में हिंदू टीम में बालू और शिवराम के साथ विट्ठल भी शामिल हो गया। दाएँ हाथ के इस बल्लेबाज ने अपने घर पर क्रिकेट सीखा था। उसकी पढ़ाई एलिफिंस्टन हाई स्कूल में हुई थी। इनका सबसे छोटा भाई गनपत एलिफिंस्टन कॉलेज में स्नातक की डिग्री के लिए पढ़ रहा था। उसके कॉलेज की फीस बालू देता था। लेकिन क्रिकेट गनपत भी खेलता था। जनवरी 1912 में उत्तर भारत के दौरे पर गए अपने कॉलेज की क्रिकेट टीम का वह निर्विवाद रूप से हीरो था। मेहमान टीम ने जब अलीगढ़ में मशहूर मोहम्मडन कॉलेज को पराजित किया तो गनपत ने दोनों पारियों में क्रमशः 58 और 40 रन बनाए जो किसी भी दूसरे खिलाड़ी के रनों से अधिक था। रावलपिंडी में पटियाला महाराजा XI के खिलाफ बराबरी पर समाप्त हुए मैच में गनपत ने दो विकेट और दो कैच लिए। इसके अलावा, उसने शानदार शतक बनाया। कॉलेज क्रिकेट के इतिहासकार ने लिखा कि 'गनपत पालवंकर ने उच्चतम श्रेणी का क्रिकेट खेला। उसने न सिर्फ़ अधिक रन बनाए बल्कि उसके रन बनाने का तरीका भी प्रशंसनीय था। उसने तरह-तरह के स्ट्रोक मारे। उसकी बल्लेबाजी पूरी तरह से परिपक्व थी।'[32]

उसी साल 1912 में सालाना बंबई टूर्नामेंट में मुस्लिमों को शामिल किया गया। इस तरह यह टूर्नामेंट चतुष्कोणीय बन गया। इस चतुष्कोणीय टूर्नामेंट को 'बंबई क्रिकेट उत्सव' कहा जाता था। इसके साथ ही इसकी चर्चा एक तरह के रोमन फोरम के रूप में भी होती थी।[33] हकीकत में यह दोनों का मिला-जुला रूप था। खेल परिवार और मित्रों के साथ देखने लायक और प्रतियोगी था। इसके साथ ही यह दमित सामाजिक आकांक्षा का वाहक भी था। चतुष्कोणीय मैच के दौरान काफी शोरगुल होता था। यह शोरगुल इंग्लैंड या आस्ट्रेलिया के मैदानों की अपेक्षा अधिक था। दर्शक चीखने-चिल्लाने के साथ ढोल और बिगुल भी बजाते थे। दर्शक गाना गाते थे, शीशा चमकाते थे, पतंग उड़ाते थे और क्रिकेटरों को माला पहनाते थे। वे अत्यंत आनंदित रहते थे, लेकिन अगर उनकी टीम का बल्लेबाज छक्का मार दे या टीम जीत जाए तो उनका आनंद और भी देखने लायक हुआ करता था।

हर टीम अपने समुदाय के गौरव का प्रतिनिधित्व करती थी। साथ ही, कुछ व्यक्तिगत स्पर्द्धाएँ भी होती थीं जिन पर निगाहें टिकी रहती थीं। ऐसा ही एक मुकाबला दो दिग्गजों—हिंदू टीम के पालवंकर बालू और यूरोपीयन टीम के जे. जी. ग्रेग—के बीच भी हुआ करता था। 1913 के चतुष्कोणीय मैच के समय बालू 38 वर्ष का हो चुका था। फिर भी वह गेंदबाजी पहले की तरह ही कर रहा था। ग्रेग की उम्र बालू से तीन साल अधिक थी। उस समय वह गर्वनर के सैन्य सचिव के रूप में काम करता था। इसके बावजूद वह क्रिकेट को पूरी गंभीरता से लेता था। लेकिन मैच में जब उसे अपने पुराने प्रैक्टिस बॉलर का सामना करना पड़ा तो वह जल्द ही आउट हो गया। बालू की एक ऐसी गेंद पर, जिसने टर्न लिया था, ग्रेग को पूना के युवा खिलाड़ी डी.बी. देवधर ने स्लिप पर लपक लिया।[34]

1913 में बालू अपने तीन भाइयों - शिवराम, विट्ठल और गनपत - के साथ हिंदू टीम में था। हालाँकि कप्तान बल्लेबाज एम. डी. पै थे। पै के सम्मान में उनके

जातीय संगठन गौड़ सारस्वत ब्राह्मण मित्र मंडल ने समारोह आयोजित किया। यह आयोजन उस 'महानतम सम्मान को प्राप्त करने' की खुशी में था जिसे पाने की इच्छा किसी भी क्रिकेटर में होती है। अपने सम्मान में समारोह आयोजित करने के लिए पै ने अपने समुदाय के लोगों को धन्यवाद दिया, लेकिन इसके साथ उन्होंने यह भी कहा कि कप्तानी का सम्मान उनके सहयोगी श्री बालू को दिया जाना चाहिए था क्योंकि वे टीम के वरिष्ठ और अनुभवी खिलाड़ी हैं।'[35]

1911 में पै की बल्लेबाजी अच्छे फार्म में नहीं थी, जबकि बालू की गेंदबाजी उत्कृष्ट थी। ऐसे में पै की टिप्पणी अद्‌भुत उदारता की द्योतक थी। क्योंकि 1913 में महात्मा गाँधी दक्षिण अफ्रीका से अभी लौटे नहीं थे और कुलीन हिंदू राजनीतिक वर्ग मनुवाद से पूरी तरह ग्रस्त था। साहस और कुशलता की प्रतिमूर्ति एक अछूत को हिंदू टीम में तो शामिल किया जा सकता था लेकिन क्या उसे कप्तान भी बनाया जा सकता है? ऐसा कैसे हो सकता था? क्रिकेट टीम के कप्तान को फुटबॉल या बास्केटबॉल के कप्तान की तुलना में अधिक कल्पनाशील होना पड़ता है। उसे बार-बार दिमाग लगाना पड़ता है। धीमी गति से चलने वाले इस खेल में मैदान पर कप्तान को तय करना पड़ता है कि कौन बल्लेबाज किस क्रम में उतरेगा, कौन गेंदबाज कब गेंदबाजी करेगा। यह सब तय करने में टीम के मैनेजर या कोच की भूमिका नहीं होती। और फिर बुद्धिमता और दूरदृष्टि तो सिर्फ़ उच्च जाति के लोगों में होती है! पै ब्राह्मण थे जबकि बालू चमार। किसी फिरकी गेंदबाज को कप्तान बनाना हिंदू जातिक्रम को उलटने के समान था। योग्यता और अनुभव के आधार पर तो बालू को बहुत पहले ही कप्तान बना दिया जाना चाहिए था। फिर भी कप्तान पै ने अपने संबोधन में जो टिप्पणी की उसका संदेश यही था कि उसके समुदाय के लोग बालू को कप्तान के रूप में स्वीकार करें। लेकिन हिंदू जिमखाना चलाने वाले व्यापारियों और वकीलों को यह गवारा नहीं था।

जून 1914 में *बंबई क्रोनिकल* ने अपने संपादकीय में लिखा कि हिंदू टीम को बालू द्वारा दी गयी सेवाओं की कीमत उनके वजन के बराबर सोना के समतुल्य है। यह उसकी अद्‌भुत जीवन्तता है कि दो दशक से ज़्यादा समय बीत जाने के बाद अब भी वह टीम का श्रेष्ठ गेंदबाज बना हुआ है।[36] अगले माह अखबार में किसी 'सी. एस. टी.' नाम के व्यक्ति का गुस्सा भरा पत्र छपा। पत्र में उस निराश प्रशंसक ने लिखा था कि 'पिछले वर्ष खराब प्रबंधन और ढीले क्षेत्ररक्षण के कारण हिंदू टीम को एक मैच गंवाना पड़ा था। 'सी. एस. टी.' ने आगे लिखा कि 'अनियमित उन्माद की जगह हिंदू क्रिकेट के प्रति स्थाई लगाव होना चाहिए।' चयन समिति को अपना निर्णय पहले लेना चाहिए और चयनित खिलाड़ियों को अभ्यास मैचों द्वारा अभ्यास का मौका दिया जाना चाहिए। उसने आगे लिखा कि 'कप्तान का चुनाव निष्पक्षता के साथ होना चाहिए और टीम के सबसे सक्षम खिलाड़ी को यह जिम्मेदारी दी जानी चाहिए।' पत्र-लेखक का इशारा साफ़ तौर पर बालू की ओर था जिसके बारे में लेखक ने लिखा था कि वह तयशुदा चीज है जो हमेशा कुछ असाधारण काम कर दिखाता है।[37]

यूरोपियनों के आग्रह पर 1915 में चतुष्कोणीय टूर्नामेंट का आयोजन पूना में किया गया। इसके लिए उन लोगों ने काफ़ी पैरवी की थी। एक भारतीय समीक्षक का कहना था कि उन लोगों ने ऐसा इसलिए किया क्योंकि सितंबर में पूना का मौसम उल्लासपूर्ण रहता है। पिच उनके घर जैसा और मौसम कम थकाने वाला रहता है[38]। मैच पूना क्लब में खेला गया। यहाँ से ग्रेग ओर बालू का पुराना संबंध था। पहले की खबरों में चारों पालवंकर भाइयों का खेलना निश्चित बताया गया था लेकिन हिंदू-पारसी मैच के एक सप्ताह पहले जब टीम की घोषणा हुई तो इसमें बालू का नाम नहीं था। दरअसल एक चयनकर्ता ने बालू से पूछा था कि वह कैसा है। इसके जवाब में बालू ने विनम्रतापूर्वक कहा था कि 'वह अपने सामान्य फॉर्म में नहीं है, लेकिन अगर उसका चयन होता है तो हिंदू टीम के लिए वह ज़रूर खेलेगा।' बालू की इस बात को बहाना बना कर उसे ड्रॉप कर दिया गया।

बंबई क्रानिकल को इसके विरोध में अनेक पत्र मिले। इन पत्रों में कहा गया कि हिंदू चयन समिति ने बालू को हटाने की साजिश की है। एक पत्र-लेखक ने लिखा, 'यह कोई नहीं कहेगा कि बालू पहले जैसा ही मारक गेंदबाज है, लेकिन इस बात से भी इंकार नहीं किया जा सकता कि अब भी वह बढ़िया गेंदबाज है जिसे टीम के ग्यारह सदस्यों में जगह मिलनी चाहिए।' बालू को टीम से हटाए जाने पर संवाददाता ने लिखाः

> इस निर्णय पर हिंदू क्रिकेट के समर्थक काफ़ी भौंचक हैं। पिछले डेढ़ दशक से ज़्यादा समय से बालू हिंदू क्रिकेट टीम का मुख्य केंद्र रहा है। हिंदू क्रिकेट की उसने अमूल्य सेवा की है। योग्यता, वरीयता और टीम को दी गई सेवा के आधार पर उसे बहुत पहले कप्तान बना दिया जाना चाहिए था। लेकिन उसे कप्तान तो नहीं ही बनाया गया, अब उसे टीम से ही बाहर कर दिया गया है।[39]

इस पत्र के छपने के एक दिन बाद *क्रानिकल* में हिंदू टीम के कप्तान पै का स्पष्टीकरण छपा। इस स्पष्टीकरण में पै ने कहा, 'मैं बालू को टीम में रखे जाने के पक्ष में था। लेकिन बालू द्वारा अपने को तीन दिनों तक खुद को खेलने लायक बनाए रखने में असमर्थता जाहिर करने के कारण समिति को उसे हटाना पड़ा।' कप्तान ने चयन समिति से कहा, 'चूंकि मैं बालू की ठोस और परिपक्व गेंदबाजी पर भरोसा करता हूँ इसलिए उसे प्राथमिकता मिलनी चाहिए'[40] लेकिन पै की नहीं सुनी गई। चयन विवाद में कप्तान खुद शामिल हो यह बहुत असामान्य बात थी। संभवतः बालू को हटाए जाने से पै बहुत दुखी थे या फिर टूर्नामेंट में खराब प्रदर्शन होने की स्थिति में जो आलोचना होती उसे रोकने का रास्ता बना रहे थे। इस विवाद में ध्यान देने वाली बात यह थी कि पूरे प्रकरण में बालू की जाति की ओर खुले रूप में कहीं इशारा नहीं किया गया था। उसी साल मोहनदास करमचंद गाँधी भारत लौट आए थे। लेकिन तब तक उनका राजनीतिक आधार नहीं बना था और अस्पृश्यता के बारे में उनके विचार सार्वजनिक बहस के विषय नहीं बने थे। इसलिए हिंदू क्रिकेट समर्थक, जो उदारवादी भी था, को अपनी बात परोक्ष रूप से कहनी पड़ी।

निश्चित तौर पर, बालू के कप्तान न बन पाने का मुख्य कारण उसकी जाति ही थी। अपनी टीम का मुख्य गेंदबाज होने के बावजूद बालू कप्तान नहीं बन पाया था। क्रिकेट में बल्लेबाजों को अभिजात माना जाता है। सारा ध्यान और पुरस्कार वे ही बटोर ले जाते हैं। 1950 के दशक में इंग्लैंड के कप्तान बल्लेबाज लेन हटन को 'नाइट' की उपाधि से सम्मानित किया गया था। उनके पहले सम्मानित होने वाले आधा दर्जन क्रिकेटर सब के सब बल्लेबाज ही थे। महान ऑस्ट्रेलियाई लेग स्पीनर आर्थर मेली ने हटन को बधाई देने के बाद कहा था, 'मैं उम्मीद करता हूँ कि अगली बार कोई गेंदबाज सम्मानित होगा। नाइट की पदवी से सम्मानित होने वाला अंतिम गेंदबाज फ्रांसिस ड्रेक था।'

परंपरागत धारणा है कि गेंदबाज खराब कप्तान साबित होते हैं। कहा जाता है कि वे अपने काम में ही इतना उलझे रहते हैं कि गेंदबाजी बदलने या फील्ड की सजावट पर पूरा-पूरा ध्यान नहीं दे पाते। जबकि अपनी पारी समाप्त होने के बाद बल्लेबाज व्यक्तिगत दायित्वों से पूरी तरह मुक्त हो जाता है। यह धारणा पुराने समय से चली आ रही है कि बल्लेबाज ही अच्छा कप्तान होता है। यह बात बड़े पैमाने पर स्वीकार्य भी है। हिंदू टीम के जिन चयनकर्ताओं ने बालू की जगह पै को कप्तान बनाया था, वे भी इस बात से प्रेरित रहे होंगे। इसका अंदाजा चयन समिति की बैठक में हुई बातचीत से लगाया जा सकता है। समिति की बैठक में कुछ इस तरह बातें हुईं; हाँ, वह तेज़ और अनुभवी है; नहीं, हमें इस बात से कुछ लेना-देना नहीं कि वह चमार है, फिर भी हम अपने मुख्य गेंदबाज पर अतिरिक्त बोझ नहीं दे सकते। इस तरह ब्राह्मण और बल्लेबाज पै की जीत चमार और गेंदबाज बालू पर हो गई।[41]

1912 से 1919 के बीच लगभग हर साल पालवंकर बालू को हिंदू क्रिकेट टीम का कप्तान बनाने की मुहिम चलती थी। लेकिन हर साल वह विफल होता रहा। 1920 में चतुष्कोणीय मुकाबला शुरू होने के महीने में महात्मा गाँधी ने अस्पृश्यता के खिलाफ़ बोलना शुरू किया था। उस समय तक कांग्रेस के शीर्ष नेता बन चुके गाँधी ने अपने विस्तारित मंच का इस्तेमाल हिंदुत्व के शुद्धिकरण के लिए किया। दक्षिण अफ्रीका में रहने के समय से यह विषय उन्हें मथ रहा था। मई 1920 में गाँधी ने कहा, 'अस्पृश्यता भगवान और मानवता के खिलाफ़ अपराध है। मेरा अंतःकरण कहता है कि अस्पृश्यता हिंदुत्व का अंग कभी नहीं हो सकता। लंबे समय से हिंदू समाज में अस्पृश्यों के खिलाफ़ व्याप्त इस पाप को मिटाने में अगर पूरी ज़िंदगी भी लग जाए तो मैं इसे अधिक नहीं मानूँगा।[42] कुछ समय बाद गाँधी ने अपनी पत्रिका *यंग इंडिया* में लिखा कि दैवी प्रताड़ना के कारण ही भारतीय ब्रिटिश साम्राज्य के दास बने हुए हैं। उन्होंने कहा कि भारत के लोगों ने अछूतों का जो दमन किया है, उसी के कारण वे ब्रिटिश हुकूमत के गुलाम बने हुए हैं। शासकों के साथ असहयोग को पहले पूरी तरह राजनीतिक कार्रवाई माना जाता था, लेकिन अब उसे स्व-शुद्धिकरण के व्यापक अभियान के रूप में पुनर्परिभाषित किया जाने लगा था। गाँधी मानते थे कि 'अगर अगड़ी जाति को सरकार के खिलाफ़ असहयोग को सफल

बनाना है तो जिस तरह उन्होंने मुसलमानों का साथ लिया है उसी तरह पंचमों (अछूतों) का साथ भी लेना होगा'।[43]

इस चरण में गाँधी वर्णाश्रम धर्म के पक्षधर थे जोकि आनुवंशिक विशेषताओं के आधार पर हिन्दू समाज का सगोत्रीय जाति-विभाजन था। लेकिन वे मानते थे, जैसा कि उन्होंने 1920 में लिखा था, कि अस्पृश्यता धर्म के खिलाफ है और यह हिंदुत्व की अतिवादी बुराई का एक उदाहरण है।[44] बाद के दिनों में व्यवस्था के खिलाफ़ गाँधी का प्रहार और उग्र हो गया। वे जो कहते थे उस पर लोगों का ध्यान आकृष्ट होता था। यूँ तो कई हिंदुओं ने पहले भी अस्पृश्यता का सवाल उठाया था लेकिन उन लोगों की राजनीतिक पहचान गाँधी जैसी नहीं थी। गाँधी की बातें लाखों लोग सुनते थे। इनमें तेज़ी से बढ़ रहे बंबई के क्रिकेट प्रेमी भी शामिल थे।

पहले की ही तरह इस वर्ष भी चतुष्कोणीय मुकाबले का आयोजन होना था। अगस्त-सितंबर में क्लब और ऑफिस मैच समाप्त हो चुके थे। अक्टूबर के तीसरे सप्ताह में हिंदू जिमखाना को राजपूताना की टीम के साथ दो दिवसीय मैच खेलना था। मैच के पहले ही दिन पालवंकर गनपत के निधन की खबर मिली। गनपत की उम्र मात्र 27 साल हुई थी। वह यक्ष्मा का शिकार हो गया था। गनपत की स्मृति में एक दिन के लिए खेल स्थगित कर दिया गया।[45]

गनपत की मौत ने उसके तीनों भाइयों को झकझोर कर रख दिया। लेकिन उन्होंने मनोयोग से क्रिकेट खेलना ज़ारी रखा। खेलप्रेमी, चाहे वे हिंदू हों या कोई अन्य, पालवंकर बंधुओं में विशिष्ट चरित्र और खेल कौशल पाते थे। सुगठित शरीर वाला श्वेतकेशी बालू सबों के लिए पूज्य था। 45 साल की उम्र में भी वह उच्च श्रेणी का गेंदबाज था। शिवराम निचले क्रम में दृढ़ता के साथ बल्लेबाजी और नई गेंद के साथ उपयोगी गेंदबाजी करता था। मैदान में वह अपने कमर में बांधे चौड़े कमरबंद से पहचाना जाता था। उस समय तक विट्ठल हिंदू टीम का प्रमुख बल्लेबाज बन चुका था। खेल की इस विधा में संभवतः अपने भाइयों से उसे सीख मिली थी। उसके भाई इस बात को जानते थे कि बल्लेबाज ही चहेता अभिजात क्रिकेटर होता है। बालू और शिवराम की उम्र अधिक हो रही थी, इसलिए परिवार के गौरव को बनाए रखने की जिम्मदारी विट्ठल पर ही थी। उसने इस ज़िम्मेदारी को बखूबी निभाया भी। एक पारसी पत्रकार के कथनानुसार, 'विट्ठल बल्लेबाजी के वक्त हमेशा ऊन की हरी टोपी पहनता था। प्रशंसक उसे 'सनसुसी' के रूप में जानते थे।

1920 का टूर्नामेंट दिसंबर के प्रथम सप्ताह में होना था। *बंबई क्रानिकल* ने नवंबर के मध्य में विभिन्न टीमों की तैयारियों, उनकी जीत की संभावनाओं और भीड़ की संभावित प्रतिक्रिया पर पूरे पेज का फीचर छापा। एक अनाम फीचर लेखक ने कप्तानी में बहुप्रतीक्षित बदलाव के बारे में चर्चा करते हुए लिखाः

> यह कहना विषयांतर नहीं होगा कि हिंदू टीम के समर्थकों की लंबे समय से यह इच्छा रही है कि कम से कम एक बार टीम की कप्तानी पी. बालू

को दी जाए... इतने लंबे समय तक प्रथम श्रेणी के क्रिकेट में सतत उत्कृष्ट गेंदबाजी का बालू का जो रिकार्ड रहा है उस रिकार्ड का दावा कोई दूसरा हिंदू गेंदबाज नहीं कर सकता.. न्याय का तकाज़ा है कि बालू प्रथम श्रेणी की क्रिकेट से संन्यास ले, इसके पहले उसे हिंदू टीम की कप्तानी देकर उसके शानदार क्रिकेट करिअर का सम्मान किया जाए। वह आज भी अच्छा गेंदबाज है लेकिन उम्र का असर देर-सबेर तो पड़ेगा ही। आने वाले एक-दो सालों में अंतर्राष्ट्रीय क्रिकेट को वे अलविदा कह देंगे। ऐसा कहने का मतलब यह कतई नहीं है कि एम. डी. पै की कप्तानी के प्रति किसी तरह का संदेह है। पै ने खुद को हिंदू टीम के अब तक के सबसे अच्छे कप्तानों में साबित किया है, और वे अगले साल भी कप्तान बने रह सकते हैं। लेकिन अगर बालू को कम से कम एक बार के लिए भी कप्तानी दी जाती है तो हिंदू टीम के सबसे बड़े गेंदबाज के साथ यह बहुत बड़ा न्याय होगा। यह किसी ने नहीं सुना है कि बालू ने कप्तानी पर एकाधिकार जमाने की कोई मंशा पाल रखी है। लेकिन यह जरूर सुना गया है कि अगर उसे एक साल के लिए भी कप्तानी मिल जाए तो वह संतुष्ट हो जाएगा और भविष्य में किसी के भी नेतृत्व में खेलने में उसे आपत्ति नहीं होगी। दरअसल पहले भी उसने ऐसा किया है और पै के नेतृत्व में खेल चुका है। इसलिए पै को भी अपने इस महान सहयोगी के नेतृत्व में खेलने में कोई एतराज नहीं होनी चाहिए।[47]

एक सप्ताह बाद हिंदू टीम की घोषणा की गई। एम. डी. पै को कप्तान बनाया गया था। विट्ठल और शिवराम को तो ग्यारह खिलाड़ियों की सूची में शामिल किया गया था, लेकिन बालू का नाम इस सूची में नहीं था। टूर्नामेंट शुरू होने में दस दिन बाकी थे। इसी बीच पै बीमार पड़ गया और उसने पहले मैच से खुद को बाहर कर लिया। यह मैच मुस्लिमों के खिलाफ़ होना था। हिंदू चयनकर्ताओं ने तब डी. बी. देवधर को कप्तान बनाया। देवधर अच्छा खिलाड़ी था। लेकिन इसके साथ ही वह ब्राह्मण और बल्लेबाज भी था। इस निर्णय को लेकर जिमखाना के सदस्यों के बीच काफ़ी विवाद हुआ। एक पत्रकार ने लिखा कि 'बालू को टीम से बाहर कर देने को लेकर जिमखाना के सदस्यों में काफ़ी असंतोष है। शाम जिमखाना में जो सदस्य मौजूद थे उनमें अधिकांश की राय थी कि बालू को टीम में वापस बुलाकर कप्तानी उसे दे देनी चाहिए।'[48]

गनपत की मौत और बालू को टीम से हटा दिए जाने के कारण पालवंकर बंधु पहले ही टूट चुके थे। देवधर को कप्तान बना दिया जाना उन पर और बड़ा प्रहार था। विट्ठल और शिवराम की प्रतिभा कम से कम पूना के खिलाड़ी देवधर के बराबर की थी और ये दोनों उससे बहुत पहले से हिंदू टीम के लिए खेल रहे थे। विट्ठल ने अपने संस्मरण में लिखा है, 'जब पै बीमार पड़ गए तो टीम के खिलाड़ियों के बीच मैं और शिवराम सबसे वरिष्ठ थे। योग्यता और हुनर के आधार पर हमारा अधिकार बनता था कि हम दोनों में

किसी एक को कप्तान बनाया जाए। हिंदू जिमखाना के बहुत सारे सदस्य भी ऐसा ही चाहते थे।[49] क्षुब्ध होकर दोनों भाइयों ने हिंदू टीम से हटने का निर्णय ले लिया। जिस दिन हिंदू मुस्लिम टीम के बीच मैच शुरू हुआ उसी दिन अखबारों में उनका स्पष्टीकरण छपा जो आज भी पढ़ने लायक है:

> यह कहने की कोई ज़रूरत नहीं है (विट्ठल और शिवराम ने लिखा था) कि देवधर की तुलना में हम दोनों में से किसी एक का भी ज़्यादा मजबूत दावा बनता है। समिति (हिंदू चयन) के निर्णय को पूरी तरह खेल भावना के विपरीत कहा जा सकता है। चयन में उन लोगों ने क्रिकेट के क्षेत्र की उपलब्धि या वरीयता की जगह जाति और सामाजिक व शैक्षणिक स्थिति को ज़्यादा तरजीह दी है और इस तरह समिति का निर्णय पूरी तरह पक्षपातपूर्ण और जातीय भेदभाव से भरा है। अगर निम्न सामाजिक दरजे के क्रिकेट खिलाड़ी का दावा ज़्यादा मजबूत है तो खेल में किसी दूसरे खिलाड़ी की सामाजिक या शैक्षणिक स्थिति कोई मायने नहीं रखती। समिति ने जो निर्णय लिया है उसमें इस मजबूत सिद्धांत का उल्लंघन हुआ है और हम दोनों में से किसी एक के दावे को ठुकरा दिया गया है। हालांकि हम हिंदू टीम की उपलब्धियों में अपना योगदान करना चाहते थे, लेकिन हिंदू चयन समिति ने हम लोगों के साथ न्याय नहीं किया। इसके कारण बाध्य होकर हमने इस वर्ष हिंदू टीम की ओर से नहीं खेलने का निर्णय लिया है। इस निर्णय तक पहुँचने में हम बहुत अपमानित महसूस कर रहे हैं क्योंकि तथाकथित दलित वर्ग का होने के कारण हम लोगों के दावे को बराबर नज़रअंदाज किया जाता रहा है। हमें भरोसा है कि निष्पक्ष क्रिकेट प्रेमी हमारी स्थिति को समझेंगे और टीम के लिए नहीं खेलने का हमारा जो निर्णय है उसको लेकर लगाए जाने वाले आरोपों से मुक्त कर देंगे। हमने यह निर्णय सिद्धांतों और स्वाभिमान की रक्षा के लिए लिया है।[50]

इस बयान में व्यक्त की गई भावनाएं निश्चित तौर पर उनकी थीं लेकिन इसका प्रारूप निष्पक्ष क्रिकेट प्रेमियों के बीच से किसी अधिक पढ़े-लिखे व्यक्ति ने तैयार किया होगा।[51] जनता के एक छोटे-से वर्ग ने इसे अधिकारियों के खिलाफ विद्रोह समझा लेकिन कई दूसरों ने इसका समर्थन किया और माना कि स्वाभिमानी व्यक्तियों [विट्ठल और शिवराम] के पास इसके सिवा कोई और विकल्प नहीं था। अस्पृश्यता के खिलाफ़ गाँधी के व्यापक आंदोलन का समर्थन करने वाले लोग पालवंकर बंधुओं के साथ थे। विट्ठल और शिवराम को थैली देने के लिए चंदा उगाही का अभियान शुरू हुआ। इसके लिए चंदा 'गोविंदजी वासनजी, द नेशनल कंफेक्शनर, के पास चिरा बाजार गिरगांव या ग्रांट रोड टर्मिनस' के पास भेजना था। पहले बीस घंटे में ही पाँच सौ रुपए जमा हो गए। उस समय के हिसाब से यह एक अच्छी रकम थी।[52]

हिंदू मुस्लिमों के खिलाफ़ मैच जीत गए। अगला मुकाबला दुर्जेय पारसियों के साथ था। इसको लेकर हिंदू जिमखाना में गहन विचार-विमर्श चल रहा था। इस विचार-विमर्श का परिणाम फाइनल मैच शुरू होने के दिन अखबारों के बैनर में छपा: 'पै कप्तान होंगे, बालू बंधु मैच खेलेंगे'। एम. डी. अब ठीक हो गए थे। उन्हें कप्तानी करनी थी और विट्ठल, शिवराम और बालू तीनों भाइयों को खेलना था। इस पर एक पत्रकार की टिप्पणी थी, 'स्ट्राइकरों को फिर से रखना और उनके भाई को वापस बुलाना देर से ही सही, लेकिन समझदारी वाला निर्णय है। निश्चित तौर पर जनता इसका स्वागत करेगी।' पत्रकार ने लिखा कि 'बालू पहले पेशकश ठुकराने वाला था लेकिन समिति और इसके काम करने के तौर-तरीके से ज्यादा हिंदू क्रिकेट की चिंता करने वाले कुछ साथियों के हस्तक्षेप के बाद बालू आज का मैच खेलने के लिए तैयार हुआ।' वस्तुतः हिंदू चयन समिति काफ़ी सुलह की राह पर आ गई थी। समिति के सचिव एस. ए. साठे ने बालू को जो पत्र लिखा वह इस तरह था:

> प्रिय बालू,
>
> मुझे पता लगा है कि पारसियों के खिलाफ़ मैच के लिए टीम में आपका चयन होने के बावजूद खेलने को लेकर आपके मन में दुविधा है। अगर आप अपने निर्णय पर पुनर्विचार कर खेलने के लिए तैयार हो जाएँ तो मैं आपका आभारी रहूँगा। उम्मीद है पहले की तरह ही क्रिकेट के हित की बात आपके मर्म का स्पर्श करेगी।[53]

बालू को उप-कप्तान बनाए जाने पर उसका सम्मान और बढ़ गया। निश्चित तौर पर यह सब पहले से तय योजना के तहत किया गया था कि दूसरी पारी में जब पारसी टीम बल्लेबाजी के लिए मैदान में आई तब पै मैदान से हट गए। कप्तानी की ज़िम्मेवारी बालू को मिल गई। बालू के प्रति सहानुभूति रखने वाले एक संवाददाता ने बालू के बेहतरीन नेतृत्व पर टिप्पणी की कि उसने अपने पक्ष की गेंदबाजी के प्रबंधन में अच्छे निर्णय लिए।[54] मैच अपने आप में बड़ा नाटकीय रहा। हिंदू टीम ने 428 रन बनाए। सी. के. नायडू ने शतक बनाया। इसके बाद पारसियों को 214 पर सिमटा दिया गया। फालोऑन देकर उन्हें फिर से बल्लेबाजी करने को कहा गया। दूसरी पारी शुरू हुई तो पारसी टीम के कप्तान डॉ. एच. डी. कांगा घायल हो गए और उन्हें अस्पताल ले जाया गया। मैच के अंतिम दिन लंच के बाद पारसियों का नौंवा विकेट गिर गया। हिंदू टीम के समर्थकों ने अपनी जीत सुनिश्चित मान ली और माला लेकर मैदान में घुस गए। जब वे पिच पर पहुँचे तो अंपायर ने उनका ध्यान पैवेलियन की ओर से धीरे-धीरे आ रहे पारसी टीम के कप्तान डॉ. कांगा की ओर दिलाया। कांगा के साथ रनर भी था। भीड़ बड़े ही अनमने ढंग से बाउंड्री के बाहर गई। अगले दो घंटे तक भीड़ देखती रही और कांगा व इलेविया की जोड़ी मैदान में डटी रही। इन दोनों ने अपने प्रयास से मैच को ड्रॉ करा दिया।[55]

हिंदू टीम की कप्तानी के संघर्ष में अगले चालीस साल बाद की स्थिति की झलक मिलती है। कुछ ऐसी ही कहानी वेस्ट इंडीज टीम की भी रही है। वेस्ट इंडीज टीम का कप्तान किसी अश्वेत को बनाने की मुहिम लगभग चालीस साल तक चली थी। वेस्ट इंडीज ने अपना पहला टेस्ट मैच 1928 में खेला था। अगले तीन दशक तक यह अपने आप ही तय था कि टीम का कप्तान कोई गोरा और सिर्फ़ गोरा ही बन सकता है। टीम में लेरी कौन्सटेंटाइन और जार्ज हेडली जैसे महान खिलाड़ी थे। लेकिन उन्हें किसी गोरी चमड़ी वाले कम प्रतिभावान खिलाड़ी की कप्तानी में खेलना पड़ता था। उन दिनों कौन्सटेंटाइन ने इस भेदभाव के खिलाफ़ आवाज उठाई थी। खेल से रिटायर होने के बाद भी वे इस सवाल को उठाते रहे। इस काम में उनका साथ महान इतिहासकार और क्रांतिकारी सी. एल. आर. जेम्स ने दिया। जेम्स ने इस अभियान में अग्रणी भूमिका निभाई इसके परिणामस्वरूप 1960 में वेस्ट इंडीज टीम के पहले अश्वेत कप्तान फ्रैंक वॉरेल बने।[56]

इसी तरह पालवंकर बालू के करिअर की तरह ही पचास साल बाद जैकी रॉबिन्सन को लीग फुटबाल में प्रवेश करने में जो कठिनाई झेलनी पड़ी, उसे आज भी याद किया जाता है। अमेरिकी लोगों ने 1947 में पहली बार खेल टीम में गोरे लोगों के साथ अश्वेतों को स्वीकारा था। जबकि बंबई और पूना के हिंदुओं ने 1896-97 में ही अछूत क्रिकेटर को स्वीकार कर लिया था। रॉबिन्सन की तरह ही बालू ने भी अपनी खेल क्षमता के बल पर सामाजिक अवरोधों को तोड़ा था।

1922 में चतुष्कोणीय श्रृंखला बालू के गृहनगर पूना में खेली गई थी। मैच शुरू होने के तीन सप्ताह पहले *बंबई क्रानिकल* ने लिखा था कि 'क्रिकेट टूर्नामेंट में अपने कई साल के शानदार अनुभवों के कारण इस बार हिंदू टीम का कप्तान पालवंकर बालू को बनना चाहिए।' चूंकि विट्ठल और शिवराम भी उस वक्त अच्छे फार्म में थे, इसलिए अखबार ने लिखा कि 'इस बार चतुष्कोणीय मुकाबले में हिंदू टीम सभी टीमों के मुकाबले ज्यादा सशक्त साबित होगी।'[57]

कप्तान और खिलाड़ियों का चयन स्थानीय प्रायोजक पूना हिंदू जिमखाना को करना था। पूना शहर अनुदारवादी दकियानूस था और यहाँ के लोगों को गाँधी के लिए समय नहीं था। पूना के ब्राह्मण यह मानने को तैयार नहीं थे कि अस्पृश्यता गलत चीज़ है। पूना के हिंदुओं ने एस. एम. डाल्वी को कप्तान बनाया। इस मैच में विट्ठल और शिवराम ने फिर खेलने से इंकार कर दिया। हिंदू टीम थोड़े रनों के अंतर से पहला मैच जीत गई। अब फाइनल में उसे पारसियों के साथ खेलना था। इस मैच के लिए समझौते का फार्मूला बनाया गया। इसके अनुसार एम. डी. पै को कप्तान बना दिया जाता और विट्ठल और शिवराम खेलने को राजी हो जाते। लेकिन पै इस फार्मूले को मानने को तैयार नहीं हुए। विट्ठल और शिवराम भी मैच नहीं खेलने की अपनी बात पर अड़े रहे। ऐसे में एक बिल्कुल नगण्य व्यक्तित्व डॉ. प्रभाकर को कप्तानी करने को कहा गया। दूसरी ओर, पारसी टीम पूरी तरह मजबूत थी। आशा के अनुरूप पारसी काफ़ी बड़े अंतर से मैच जीत गए।[58]

हिंदू टीम की हार पर प्रेस में तीखी प्रतिक्रिया हुई। फाइनल के पहले *क्रानिकल* ने लिखा कि बालू बंधुओं के बिना हिंदू टीम आदर्श टीम नहीं हो सकती। हर किसी को तीनों भाइयों की कमी खलेगी।' बाद में अखबार ने लिखा कि यदि हार हुई तो ''वह केवल इस गलत कदम पर और ज्यादा प्रकाश डालेगी, चाहे वह वास्तविक हो या काल्पनिक। इस साल के टूर्नामेंट से जो नैतिक सीख उभरकर सामने आती है उस पर पर्याप्त जोर दिया जाता रहेगा''।[59] पूना के अखबार *मराठा* ने उस फूट और हार को दूसरे ही अंदाज में लिया। अखबार ने लिखा:

> हम नहीं जानते कि टकराव का मुख्य कारण क्या है। लेकिन संभवतः इसके मूल में कप्तानी का मसला रहा है। हम एक जाति के खिलाफ़ दूसरी जाति की बात नहीं करते लेकिन इस अंतर्सामुदायिक खेल में स्वस्थ प्रतिद्वंद्विता होनी चाहिए। हम पारसी टीम को उसकी जीत पर बधाई देते हैं और हिंदू टीम से अपेक्षा करते हैं कि वह अपनी कमियों को दूर करेगी और निजी दुर्भावनाओं को अपनी क्षमता पर हावी नहीं होने देगी।[60]

मराठा की इस टिप्पणी में छुपे रूप में विट्ठल और शिवराम की आलोचना की गई थी। मराठा चाहता था कि समुदाय के हित में ये दोनों खिलाड़ी अपने निजी गुबार को दबा लें। हिंदू टीम की असफलता को क्रांतिकारी नाटककार बी. वी. 'मामा' विरेरकर ने एक दूसरे नज़रिए से देखा। 1922 के चतुष्कोणीय मुकाबले में विट्ठल और शिवराम को शामिल नहीं किए जाने से उन्हें एक नाटक लिखने की प्रेरणा मिली। इस नाटक में उन्होंने क्रिकेट की राजनीति और जाति की राजनीति के भिड़ंत को दर्शाया है। *तुरूणगचया दराट* (जेल की गेट पर) नामक यह नाटक चतुष्कोणीय मैच के सप्ताह भर बाद लिखा गया। इसकी पहली प्रस्तुति 1 फरवरी 1923 को बंबई के न्यू इंपिरियल थियेटर में हुई।

नाटक दो विरोधाभासों के बीच केंद्रित था। नाटक में सुधारवादी बनाम प्रतिक्रियावादी हिंदू और कैथोलिकों को दिखाया गया था। इसी तरह खुले दिमाग वाले बंबई और जेल के रूप में पूना का चित्रण था। नाटक का चरमोत्कर्ष वाला दृश्य वह था जब पूना का एक ब्राह्मण बैंक मालिक अपना व्यवसाय पूना से बंबई स्थानांतरित कर देता है और एक अस्पृश्य को अपने बैंक का मैनेजर बनाना तय करता है। बैंक मालिक उससे कहता है: 'विट्ठल और शिवराम चमार को क्रिकेट टीम में शामिल नहीं कर हमने बहुत बड़ी गलती की और मैच हार गए। तुम्हें छोड़कर मैं जीवन का मैच नहीं हारना चाहता।'[61]

वरेरकर ने क्रिकेट से प्रेरणा लेकर सामाजिक सुधार की एक सामान्य बात कही थी। मुझे नहीं मालूम उनका नाटक का क्या हाल रहा, लेकिन क्रिकेट पर तो इसने असर डाल ही दिया। हिंदू जिमखाना की अगली वार्षिक बैठक में पिछले साल के चयनकर्ताओं के खिलाफ़ निंदा प्रस्ताव पारित किया गया। 1923 में जब टूर्नामेंट पुनः बंबई में होना था तो उन्होंने परम्परा को दरकिनार करके महात्मा (गाँधी) के आह्वान और इस सच्चाई को

तरज़ीह दी कि 1921 और 1922 दोनों ही बार उनकी टीम बुरी तरह हार गई थी। बंबई में हिंदू क्रिकेट के प्रबंधन पर अब तक बनियों का वर्चस्व हो गया था। ये लोग अधिक प्रगतिशील थे। पूना के ब्राह्मणों की तरह पोगापंथी नहीं थे। संयोग यह था कि गाँधी खुद भी बनिया ही थे। सदस्यों की चिंता चयनकर्ताओं तक पहुंची और उन लोगों ने पी. विट्ठल को कप्तान बना दिया।[62]

एक चमार क्रिकेटर की ओर से दस साल से चलाया जा रहा अभियान अंततः सफल हुआ। अब सवाल था नया कप्तान क्या करता है। शुरुआती मैच में हिंदुओं ने मुस्लिमों को पारी से हरा दिया, जबकि पारसियों को यूरोपियनों ने शिकस्त दी। शासकों की टीम में इस बार रोड्स और हर्स्ट नहीं थे। इसके बावजूद टीम मज़बूत थी। उन लोगों ने पहले बल्लेबाजी की और हिंदू गेंदबाजों की धुनाई की। एक हिंदू रिपोर्टर ने लिखा कि 'बहुतों के लिए यह चमत्कार जैसा था। जिन गेंदबाजों ने सप्ताह भर पहले के मैच में मुस्लिमों के छक्के छुड़ा दिए थे उन्हीं गेंदबाजों की यूरोपियन बल्लेबाजों ने जमकर धुनाई की और उनकी हवा निकाल दी।' हिंदू टीम गुस्से में थी। उन्होंने अपने गुस्से का इजहार भी किया। उनके मुख्य गेंदबाज एस. एम. जोशी ने शिकायत की कि मुस्लिम अंपायर गलत तरीके से नो बॉल दे रहे हैं। एक मित्रवत समीक्षक ने लिखा, 'ऐसा लगा कि अंपायर अपना चश्मा घर पर छोड़ आए हैं और गलत निर्णय दे रहे हैं।'[63]

यूरोपियनों ने 481 रनों का विशाल स्कोर खड़ा कर दिया। इसके जवाब में कप्तान विट्ठल ने शतक बनाया। देवधर और नायडू ने भी अर्धशतक जड़े। इस तरह हिंदू टीम 475 रनों के स्कोर पर ऑल आउट हुई। पूरे तीन दिनों का खेल खत्म हो चुका था। मैच को बड़ी संख्या में लोग देख रहे थे। 'मैदान का चप्पा-चप्पा भरा हुआ था। पेड़ वाले छोर पर भीड़ कम से कम दस गुना अधिक थी। सभी पैवेलियन भरे हुए थे। लोग घरों की छतों पर बैठकर मैच देख रहे थे। 'एक रिपोर्टर ने लिखा,' विट्ठल और नायडू की साझेदारी के समय लोग इतनी ज़ोर से ताली बजा रहे थे कि लगता था कि समुद्र का उफान ज़मीन से टकरा रहा है।' कप्तान द्वारा शतक बनाए जाने पर भीड़ खुशी से पागल हो गई।[64]

हिंदू टीम की पहली पारी समाप्त हुई तो खेल का मात्र एक दिन बचा था। यूरोपियन कप्तान ट्रेवर्स ने सलाह दी कि चूंकि मैच का कोई नतीजा निकल पाना असंभव है इसलिए इसे बराबरी पर समाप्त घोषित कर दिया जाए। इसके जवाब में विट्ठल ने कहा कि बीस हजार लोग मैच देखने आए हैं इसलिए वह मैच खेलेगा ही। यूरोपियनों ने फिर से बल्लेबाजी शुरू की। इस बार एस. एम. जोशी अपने पूरे फार्म में दिखे। जोशी को गेंद थमाते हुए विट्ठल ने उससे मराठी में कहा कि अब भैरवी शुरू कर देने का समय है। गेंदबाज एक उत्कृष्ट शास्त्रीय गायक भी था और राग भैरवी किसी संगीत समारोह में सबसे अंत में गाया जाता है। कप्तान की इस बात से जोशी को प्रेरणा मिली और उसने 39 रन देकर 7 विकेट लिए। यूरोपियन टीम 153 रनों पर ढेर हो गई।[65]

एस. एम. जोशी की शानदार गेंदबाजी के बाद हिंदू टीम को जीत के लिए 162 रन चाहिए थे। दो घंटे का खेल बाकी था। अब विट्ठल ने शानदार पासा फेंका। उसने

सावधानी बरत कर पारंपरिक ढ़ंग से बल्लेबाजी करने वाले विकेटकीपर जे. जी. नावले की जगह धमाकेदार बल्लेबाजी करने वाले सी. के. नायडू को के. जी. परदेसी के साथ पारी की शुरुआत करने के लिए भेजा। नायडू ने मैदान के चारों ओर गेंदों की धुनाई की। एक छक्का बंबई जिमखाना पैवेलियन में जाकर गिरा तो दूसरा वुडबी रोड पर। परदेसी ने भी शानदार बल्लेबाजी की। नायडू जब आउट हुए तो जीत के लिए 20 रन चाहिए थे। कप्तान खुद को बल्लेबाजी क्रम में ऊपर लाया और मैदान में उतरा। उसने तीन चौके लगाए और हिंदू टीम सनसनीखेज ढ़ंग से मैच जीत गई।[66]

विट्ठल ने अपने संस्मरण में लिखा है कि जीत दिलाने वाले चौका मारने के क्षण को वह कभी भूल नहीं सकता। जैसे ही गेंद चौका लाइन के पार पहुँची, वैसे ही,

> एक के बाद एक दर्शक विकेट की ओर दौड़ पड़े। कुछ दर्शक हम दोनों को (परदेशी और मुझे) अपने कंधे पर उठा कर नारा लगाते हुए पैवेलियन ले गए। पैवेलियन पहुँचने पर हर कोई हाथ मिलाने मेरे पास पहुँचा। कई यूरोपियन महिलाओं ने बधाई देते हुए कहा, 'वाह विट्ठल तुमने शानदार खेला। बहुत-बहुत बधाई।' इस तरह बधाई देने का कारण मुझे बाद में पता चला। दरअसल इन महिलाओं ने यूरोपियन पुरुषों से मैच के परिणाम को लेकर बाज़ी लगा रखी थी और महिलाएं बाज़ी जीत गईं थीं।[67]

जीत के बाद के इस विवरण की पुष्टि *बंबई क्रानिकल* ने की। अखबार ने बताया कि मैच की समाप्ति पर किस तरह भीड़ पैवेलियन में घुस आई और खिलाड़ियों को बधाई देने लगी। आनन-फानन में पुरस्कार के लिए तीन हजार रुपए जमा किए गए। खिलाफ़त आंदोलन के अंतिम दिनों में चंदा देने वालों में हिंदू और मुसलमान दोनों थे।

टूर्नामेंट पर लिखे अपने संपादकीय में *क्रानिकल* ने कहा कि 'मैच में सफलता का मुख्य कारण कप्तान का आत्मविश्वास रहा। वह और उसकी टीम के सभी खिलाड़ी क्रिकेट प्रेमियों के बधाई के पात्र हैं। साथ ही, हिंदू चयन समिति भी बधाई की पात्र है जिसने बिना किसी जातीय पूर्वाग्रह के एक सही व्यक्ति को टीम का नेतृत्व करने का अवसर दिया।' इस मुद्दे पर इन्हीं भावनाओं को एक पत्र-लेखक ने ज्यादा भावनात्मक ढंग से पेश किया। विजयाश्रम ने अपने पत्र में लिखा 'हिंदुओं की शानदार जीत मुख्य रूप से इस कारण हुई कि हिंदू जिमखाना ने भारत के मुख्य गेंदबाज बालू के भाई विट्ठल, जो कि अछूत समाज का सदस्य है, को कप्तान बनाने का न्यायपूर्ण और साहसी निर्णय लिया। हिंदुओं की इस शानदार जीत से सबक मिलता है कि अगर अस्पृश्यता को दूर कर दिया जाए तो हमें स्वराज मिल सकता है, जैसा कि महात्मा भी कहते हैं।'[68]

विजयाश्रम का पत्र 'हिंदुओं की शानदार जीत और इसकी सीख' शीर्षक से छपा। तीन दिन बाद अखबार में पी. आर. लेले का एक पत्र 'विट्ठल की जीत' शीर्षक से छपा। पत्र में लेले ने लिखा कि चतुष्कोणीय मुकाबले का फाइनल मैच अपने आप में उत्तेजक

और आश्चर्य से भरा था। इसके साथ ही भारतीय राष्ट्रीयता के नज़रिए से भी इसका खासा महत्त्व था, क्योंकि अस्पृश्यता के रहते स्वराज की प्राप्ति नहीं हो सकती। लेले ने लिखा कि खेल जगत अभी तक काफ़ी पूर्वाग्रहों से ग्रस्त था। 'पिछले 18 सालों में अछूत समाज ने कई श्रेष्ठ क्रिकेटर दिए लेकिन किसी साल भी किसी अछूत को हिंदू टीम की कप्तानी नहीं दी गई।' आखिरकार, उस वर्ष इन पूर्वाग्रहों को चुनौती दी गई और एक अछूत कप्तान ने नेतृत्व क्षमता का प्रदर्शन किया। पत्र-लेखक ने लिखा कि विट्ठल की जीत सिर्फ़ क्रिकेट की जीत नहीं, बल्कि यह उसकी राजनीतिक और नैतिक जीत भी है। पत्र-लेखक ने लिखा, 'अगड़ी जाति के हिंदुओं द्वारा विट्ठल को अपने कंधे पर उठाना मैच का सबसे नायाब पहलू रहा। शाबाश कप्तान विट्ठल! शाबाश हिंदुओं जिन्होंने जातीय पूर्वाग्रहों को भुलाया! महात्मा गाँधी महाराज की जय!'[69]

क्या गाँधी को यह सब मालूम था? *बंबई क्रानिकल* उनके पास हर दिन जाता था। यरवदा के ब्रिटिश जेलर दूसरे जेलरों की तुलना में ज़्यादा भद्र और उदार थे। लेकिन क्या वे अखबार का खेल पेज पढ़ते थे? सामान्य तौर पर नहीं, लेकिन इस मामले में उनके एक क्रिकेट प्रेमी सहयोगी ने उन्हें विट्ठल की कामयाबी के बारे में बता दिया था। *कलेक्टेड वर्क्स ऑफ महात्मा गाँधी* में इसकी कोई चर्चा नहीं है। इस बारे में महात्मा के विचार जानने से लोगों की अपेक्षा यह जानने में ज़्यादा रही होगी कि इस जीत पर दूसरे पालवंकरों को कैसा लगा होगा। इस मैच में शिवराम भी खेला था। यह उसका अंतिम चतुष्कोणीय मैच था। बालू ने भी मैच देखा था और अंत में उसे जीत की खुशी हुई होगी जिसके लिए वह लंबे समय तक संघर्ष करता रहा था। विट्ठल की टीम 1924 में मुस्लिमों से हार गई लेकिन 1925 में वह फिर चतुष्कोणीय जीतने में कामयाब रही। अगले साल चतुष्कोणीय मैच पूना में सितंबर में खेला गया। चतुष्कोणीय मुकाबला शुरू होने के हफ्ते भर पहले पूना में ब्राह्मणों और गैर ब्राह्मणों के बीच काफ़ी तनाव बना हुआ था। लेकिन विट्ठल की हाल की सफलताओं के बाद कट्टर से कट्टर ब्राह्मण भी विट्ठल को कप्तान के रूप में स्वीकारने को तैयार थे। 1923 और 1925 की तरह फाइनल में हिंदुओं का मुकाबला यूरोपियन टीम से हुआ। हिंदू टीम का प्रमुख गेंदबाज एस.एम. जोशी चोटिल रहने के कारण नहीं खेल रहा था। उसके घुटने में चोट आ गई थी। उसकी जगह रणजीत सिंह जी के गृहनगर जामनगर का भयंकर तेज गेंदबाज एल. रामजी खेल रहा था। उसके ललाट पर सिंदूर का बड़ा तिलक लगा रहता था। वर्षा के कारण भींगे विकेट पर रन नहीं बन रहे थे। पहली पारी में हिंदू टीम 62 रनों से पिछड़ गई थी। यूरोपियनों को जीत के लिए मात्र 117 रन चाहिए थे। विट्ठल ने गेंदबाजी क्रम में चालाकी भरा फेरबदल किया। पूरी पारी में उसने क्लोज फील्डिंग कर रखी थी। रामजी और चंद्राना को शुरुआती विकेट मिले। लेकिन एक छोर पर यूरोपियन कप्तान ए. एल. हुजी डटा हुआ था। जब टीम को बीस रनों की ज़रूरत थी तब हुजी ने एक गेंद पर जम कर प्रहार किया। लेकिन 'गली' में डी. बी. देवधर ने शानदार कैच ले लिया। यह मैच का निर्णायक मोड़ साबित हुआ। इसके बाद

यूरोपियन टीम 105 रन बनाकर आलआउट हो गई। मैच के अंत में हारने वाले कप्तान की आँखों में आँसू आ गए।[70]

पालवंकर बालू ने चार साल में हिंदुओं को तीन जीतें दिलाईं। इस आखिरी जीत से उसे सबसे अधिक खुशी हुई। इसका कारण भी था। यह मैच प्रतिक्रियावादी शहर पूना में हुआ था। साथ ही यह वही मैदान था जहाँ उसका भाई बालू मज़दूरी करता था और गेंद फेंकता था। बालू को पूना क्लब के पैविलियन में कभी घुसने नहीं दिया गया था। लेकिन इसी क्लब में विट्ठल ने चतुष्कोणीय ट्रॉफी पाई थी। ग्राउंड और उसके बाहर उसे काफ़ी प्रशंसा मिली। विट्ठल और उसके साथियों के सम्मान में भोज और पान सुपारी दिया गया। यहाँ तक कि पोगापंथी मराठों ने भी यूरोपियनों के खिलाफ़ इस जीत पर अपने शहर के विट्ठल को बधाई दी।[71] विट्ठल ने संयमित ढंग से अखबार में आभार व्यक्त किया। उसने कहा, 'चतुष्कोणीय मुकाबले में जीत पर हिंदू टीम को बधाई के बहुत सारे टेलीग्राम और पत्र मुझे मिले हैं। हर किसी को अलग से जवाब देना मेरे लिए संभव नहीं है। इसलिए सामूहिक रूप से मैं सभी को उनकी उदारता और सहानुभूति के लिए बधाई देता हूँ और उम्मीद करता हूँ कि वे इसे स्वीकार करेंगे।'[72]

विट्ठल ने अपने सबसे बड़े भाई बालू पालवंकर के सहयोग का उल्लेख बराबर किया। उसने एक बार लिखा, 'मैं पूरे सम्मान और कृतज्ञता के साथ अपने बड़े भाई पालवंकर बालू का उल्लेख करना चाहता हूँ। उनकी सलाह और निर्देश मेरे लिए बहुत उपयोगी रहे हैं। खेल के बारे में उनकी गहरी समझ मेरे लिए काफ़ी मददगार रही है।[73] लेकिन विट्ठल अपने आप में असली नायक था। अपनी बल्लेबाजी और कप्तानी के कारण उसके काफ़ी प्रशंसक थे। अपने संस्मरण में विट्ठल ने बंबई और दूसरी जगह की जनता से मिले प्यार का उल्लेख किया है। निश्चित तौर पर उसे लोकप्रियता का सुख मिला था। एक बार जब वह राजकोट में नावानगर के जामसाहब के द्वारा प्रायोजित टीम के लिए खेल रहा था तो भीड़ खिलाड़ियों के टेंट के आसपास जुट गई और पूछने लगी, 'विट्ठल कहाँ है? वह देखने में कैसा है?' इस मौके पर रणजी ने स्वयं उसे एक टेबल पर खड़ा हो जाने को कहा और प्रशंसकों के सामने उद्घोषणा की, 'देखिए, यह विट्ठल है!' इसी तरह कलकत्ता में प्रशंसकों के हुजूम ने जब 'एशो', 'एशो' (आओ, आओ) चिल्लाना शुरू किया तो वह इतना घबरा गया कि उसे जिमखाना के पिछले दरवाज़े से बाहर निकलना पड़ा।[74]

पालवंकर विट्ठल की असीम लोकप्रियता के एक निष्पक्ष गवाह रहे थे विजय मर्चेंट जिन्हें खुद भी हिंदू टीम का नेतृत्व करने का गौरव हासिल हुआ था वे भारत के अग्रणी बल्लेबाज रह चुके थे। विट्ठल जब कामयाबी के शिखर पर था तो बंबईवासी विजय मर्चेंट किशोर थे। बाद के दिनों में उन्होंने अपने जीवन पर विट्ठल के प्रभाव का उल्लेख करते हुए लिखा था:

विट्ठल: एक छरहरा, सचेत और सुशिष्ट व्यक्तित्व जो सर पर ऊन की

> चिर-परिचित हरे रंग की टोपी और हाथ में बल्ला लिए जब विकेट पर झूमते हुए पहुँचता था तो हज़ारों क्रिकेट प्रेमी खुद-ब-खुद चिल्लाने लगते थे, 'आ गया, विट्ठल आ गया।'
>
> विट्ठल का नाम सुनते ही दर्शकों को भारतीय बल्लेबाजी की मनोहरता और आकर्षण का आभास हो जाता था। लचीली कलाई, तीक्ष्ण दृष्टि, गेंद की उछाल की सही समझ और फुरतीला फुटवर्क विट्ठल की बल्लेबाजी को परिपक्व बनाते थे। विकेट के सामने हो या पीछे वह हर समय बहुत सहज भाव से बल्लेबाजी करता था। लेकिन उसका कवर ड्राइव भुलाए नहीं भूलता। इन दिनों ऑफ साइड की घेराबंदी के कारण इस स्ट्रोक को लेकर काफ़ी प्रयास और शक्ति लगाई जाती है। लेकिन सही समय का अनुमान होने के कारण विट्ठल अपने पैर और कलाई के तालमेल से बिना किसी खास प्रयास के इस छोर पर ज़्यादा रन बनाता था। खाली जगह में गेंद पहुँचाने की कला में महारत होने के कारण वह तेज़ी से रन बटोरता था।[75]

1923 से 1926 तक का समय विट्ठल की सर्वाधिक सफलता का समय था। इसी समय राजनीतिक पटल पर डॉ. भीमराव अम्बेडकर का पदार्पण हुआ था। लंदन और फिर न्यूयार्क के कोलंबिया यूनिवर्सिटी से डॉक्टरेट की डिग्री लेकर अम्बेडकर 1923 में भारत लौटे थे। इसके पहले वे ग्रेज इन से कानून की डिग्री ले चुके थे। जब विट्ठल हिंदू क्रिकेट टीम का नेतृत्व कर रहा था, अम्बेडकर उसी वक्त बंबई बार में और जब अदालत में छुट्टी रहती थी, तब राजनीति में अपनी पहचान बना रहे थे। दलित वर्ग के बीच आधार बनाने के लिए उन्होंने दक्कन के गाँवों का दौरा किया था। अपने भाषणों में अम्बेडकर पालवंकर बालू के साथ अपने संबंधों की चर्चा किया करते थे। बंबई में छात्र और शिक्षक रहते हुए उन्होंने 'इस अछूत गेंदबाज की ख्याति को गर्व के साथ देखा था।' सिडिनहाम कालेज में एक गुमनाम-से व्याख्याता के रूप में कार्य करते हुए उन्होंने बालू के सम्मान में एक समारोह का आयोजन किया था और नगर निगम में उसे स्थान दिलाने के लिए कोशिश की थी। अब पश्चिमी भारत के अछूतों के बीच अपनी पहचान बनाने के प्रयास में लगे अम्बेडकर शुरुआती दिनों में बालू की उपलब्धियों को सही पहचान दिलाने के लिए किए गए अपने प्रयासों के बारे में अपने लोगों को बताया करते थे।[76]

1929 में विट्ठल ने प्रथम श्रेणी के क्रिकेट से संन्यास ले लिया। लेकिन इस महान खिलाड़ी को आगे कुछ और काम भी करना था। बालू आधुनिक भारत के इतिहास के सबसे उल्लेखनीय काम में अपना योगदान करने में लगा हुआ था। महात्मा गाँधी 1932 के सितंबर में पूना के यरवदा जेल में आमरण अनशन पर बैठे हुए थे। गाँधी अछूतों को पृथक मतदान का अधिकार दिए जाने का विरोध कर रहे थे। उनका मानना था कि इससे अछूत हिंदू समुदाय से अलग हो जाएँगे। लेकिन अम्बेडकर का कुछ और ही मानना था। उन्हें हिंदू

समाज के दमघोंटू सामाजिक संरचना से बाहर निकलने पर ही अपने लोगों के लिए कोई भविष्य नज़र आ रहा था। गाँधी और अम्बेडकर, दोनों ही अपनी-अपनी बात पर अड़े हुए थे। गाँधी कई सप्ताह तक अनशन पर बैठे रहे। अंत में, दोनों समूहों के बीच एक समझौता हुआ और तब जाकर गाँधी ने अनशन तोड़ा। समझौते के अनुसार, पृथक मताधिकार की जगह अछूतों को लेजिस्लेटिव कौंसिल में अधिक सीटें देने की बात कही गई थी। इस समझौते को कराने में अहम भूमिका दक्षिण भारत के दो सामाजिक कार्यकर्ताओं – एम. सी. राजा और पालवंकर बालू – ने निभाई थी।[77]

पूना समझौते के पाँच साल के बाद अम्बेडकर और बालू अलग-अलग खेमे में हो गए। अम्बेडकर ने कांग्रेस का विरोध करते हुए अपनी अलग पार्टी बना ली। पूना समझौता टूट गया। विस्तारित मताधिकार के बाद पहली बार 1937 में चुनाव हुआ। कांग्रेस ने बंबई से उम्मीदवार बनने के लिए बालू को तैयार कर लिया। बालू को इस बात से काफी निराशा हुई कि उसके खिलाफ़ अम्बेडकर खड़े थे। अम्बेडकर उस समय तक क्षेत्र के सबसे बड़े अछूत नेता बन चुके थे। और (कहा जा सकता है) कि उन्होंने क्रिकेटर की जगह ले ली थी।

बालू और अम्बेडकर के बीच के मुकाबले ने उनके बीच के लंबे और जटिल संबंधों को आखिरी मोड़ दे दिया। एक समय क्रिकेटर बालू उस युवा छात्र (अम्बेडकर) के हीरो थे। 1920 में लंदन से अम्बेडकर के लौटने के बाद दोनों दलित जाति के भविष्य के बारे में विचार करने के लिए बराबर मिलते थे। अम्बेडकर ने जब अपने फलक का विस्तार करना शुरू किया तो वे बालू से अपने संबंधों का ज़िक्र किया करते थे। पृथक मताधिकार के सवाल पर अम्बेडकर जब गाँधी के विचारों से असहमत थे तो बालू ने दोनों के बीच समझौता कराने में मदद की थी। लेकिन पूना समझौता टूट चुका था और अम्बेडकर अब अपना धर्म परिवर्तन करना चाहते थे, जबकि बालू को अभी भी सही मंशा वाले हिंदुओं पर भरोसा था। इसके कारण बंबई के चुनावी मैदान में बालू और अम्बेडकर आमने-सामने थे जबकि पच्चीस साल पहले 1911 के इंग्लैंड दौरे से लौटने पर बालू के सम्मान में आयोजित समारोह में अम्बेडकर ने ही स्वागत भाषण दिया था।

बंबई में कांग्रेस के सभी उम्मीदवारों का नाम कांग्रेस के लौहपुरुष सरदार वल्लभ भाई पटेल ने तय किया था। बीस साल बाद भी बंबई का एक पत्रकार उम्मीदवारों के चयन को लेकर अचंभे में था: 'बालू हरिजन था लेकिन कई और उम्मीदवार सामने थे। वह लोकप्रिय क्रिकेटर था लेकिन राजनीति के लिए अनजान था। इस चयन से लोगों को काफ़ी आश्चर्य हुआ क्योंकि लोग जानते थे कि पटेल भी क्रिकेट प्रेमी नहीं थे।'[78]

पटेल के इस निर्णय के पीछे क्रिकेट प्रेम नहीं, बल्कि राजनीति की जानकारी की भूमिका थी। बालू का चुनाव खेल के ऐसे नायक के तौर पर हुआ था जो कभी अपने प्रतिद्वंद्वियों का भी नायक था। और फिर बालू चमार था। पटेल जनगणना के आँकड़ों से जानते थे कि इस शहर के वार्डों में चमारों की अच्छी-खासी संख्या है। होशियार पटेल

को यह भी उम्मीद थी कि बालू के उम्मीदवार बनने से अम्बेडकर अपने ही क्षेत्र में उलझ कर रह जाएँगे और वे अपने दूसरे उम्मीदवारों के समर्थन में प्रचार करने नहीं जा पाएँगे।

कांग्रेस ने अपने स्टार प्रचारकों को बालू के पक्ष में बैटिंग करने के लिए भेजा। 9 जनवरी 1937 को माटुंगा की एक खचाखच भरी चुनावी सभा में बालू का परिचय के. एम. मुंशी ने कराया। मुंशी पटेल के दाएँ हाथ माने जाते थे और वे बाद में बंबई के गृहमंत्री भी बने। मुंशी ने बालू का परिचय कराते हुए कहा, 'बालू अपनी जवानी के दिनों में महान क्रिकेटर रहा है। उसने अपने कई प्रतिद्वंद्वियों पर विजय हासिल की है। इसलिए इस चुनाव में प्रतिद्वंद्वी को बता दें कि उनका मुकाबला प्रथम श्रेणी के गेंदबाज से है।' मुंशी ने आगे कहा,

> बालू को दिया गया वोट पूना समझौते को दिया गया वोट होगा। 'ई' और 'एफ' वार्ड का चुनाव जी-जान लगा कर लड़ा जाएगा। इस सीट का पूरे देश में महत्त्व है। डॉ. भीमराव अम्बेडकर गोलमेज सम्मेलन में शामिल हुए थे, ऐतिहासिक पूना समझौते को स्वीकारा था और समझौते की स्याही अभी सूखी भी नहीं है कि उन्होंने हिंदुओं के विश्वास से खुद को अलग कर लिया है। बालू को दिया गया हर वोट पूना समझौते को दिया गया वोट होगा। अगर बालू हारता है तो पूना समझौते की हार होगी और इसके साथ हम सबों की हार होगी।[79]

मुंशी के बाद बालू के बोलने की बारी आई। क्रिकेटर ने अपने वोटरों से कहा कि-

> वह व्यक्तिगत तौर पर चुनाव लड़ने का इच्छुक नहीं था। हालाँकि उसने राजनीति में कोई सक्रिय भूमिका नहीं निभाई है, लेकिन जब ज़रूरत पड़ी है वह आगे आकर मदद करता रहा है। नहीं तो वह परदे के पीछे रहना पसंद करता है। कांग्रेस के आह्वान पर वह अंतिम समय में चुनाव लड़ने को तैयार हुआ है। उसे यह भी नहीं मालूम था कि उसे एसेम्बली के किस क्षेत्र से चुनाव लड़ने को कहा जाएगा।
>
> नामांकन का परचा दाखिल करने के बाद उसे पता लगा कि वह उसी सीट से चुनाव लड़ रहा है जहां से भीमराव अम्बेडकर लड़ रहे हैं। यह महज संयोग है। जैसा कि वह पहले कह चुका है वह एसेम्बली में नहीं जाना चाहता था कि लेकिन जब सीट आरक्षित है तो लोग क्या कर सकते हैं। उन्हें इन सीटों पर जाना होगा। उसे पूरा भरोसा है कि लोग उसे बतौर कांग्रेस उम्मीदवार अम्बेडकर के खिलाफ़ वोट देंगे।[80]

दूसरी रिपोर्ट यह है कि अम्बेडकर ने बालू के पहले परचा भर दिया था। इससे

स्पष्ट है कि निम्न जाति के उभरते नायक के खिलाफ़ लड़ने को लेकर बालू के मन में संशय और अनिश्चितता की स्थिति बनी हुई थी। यह ठीक है कि हाल के दिनों में दोनों के बीच राजनीतिक असहमति बन गई थी, लेकिन कभी ये दोनों दोस्त भी थे। बालू के बेटे और भतीजे दोनों ने मुझे बताया है कि बालू 1937 के चुनावों में अम्बेडकर के खिलाफ़ नहीं लड़ना चाहता था।[81]

कांग्रेस के मराठी अखबार *नवकाल* ने बालू के पक्ष में ज़ोरदार अभियान चलाया। अखबार ने अपने पाठकों को याद दिलाया कि अम्बेडकर कई बार खुद बालू की महानता स्वीकार चुके हैं। वकील (अम्बेडकर) इस क्रिकेटर के प्रति अपना आदर और सम्मान बराबर व्यक्त करते रहे हैं। अखबार ने चित्र के साथ छापा कि किस तरह एक बार बालू ने मोची यूनियन द्वारा आयोजित एक समारोह में अम्बेडकर का अभिनंदन किया था। सच्चाई यह है कि इसी के बाद अम्बेडकर अछूतों के नेता के रूप में उभरे। एक बार 1911 में अम्बेडकर ने बालू को सम्मानित किया था। अब ठीक इसके उल्टा हो रहा है। इन घटनाओं का उल्लेख करने के बाद अखबार ने लोगों से अम्बेडकर के व्यक्तित्व से सम्मोहित होने के बजाए बालू को वोट देने को कहा।[82]

खबर आई कि वोट के दिन अम्बेडकर के समर्थक वोट देने ट्रक पर आए, जबकि कांग्रेस के लोग कारों से आए। लेकिन कुछ लोग पैदल चलकर या ट्रेनों से भी आए। अंत में अम्बेडकर को 13,245 और बालू को 11,225 वोट मिले। यह एक कड़ा मुकाबला था। बाद में *बंबई क्रानिकल* ने लिखा कि बालू की हार एक 'वोटकटवा' मजदूर नेता जोगलेकर के कारण हो गई। जोगलेकर निर्दलीय उम्मीदवार के रूप में खड़े थे और उन्हें दस हजार वोट मिले। अखबार ने लिखा कि अगर कांग्रेस जोगलेकर को बैठ जाने के लिए मना लेती तो डॉ. अम्बेडकर निश्चित तौर पर परेशानी में पड़ जाते।[83]

क्रिकेट के इतिहासकार इस रोचक तथ्य को इंगित करते हैं कि बालू का चुनाव लड़ने का निर्णय दुनिया के किसी क्रिकेटर द्वारा चुनाव लड़ने की पहली घटना थी। इसी कड़ी को आगे बढ़ाते हुए बाद में गायना के रॉय फ्रेड्रिक और पाकिस्तान के इमरान खान ने चुनाव लड़ा है। लेकिन समयानुकूल बात करने वाले अतिवादी लोग वर्तमान का चश्मा लगाकर 1937 के बालू-अम्बेडकर संघर्ष को दूसरे ही नज़रिए से देखेंगे। उनका कहना होगा कि बालू आज के निम्न जाति के उन समझौतावादी नेताओं का अग्रदूत था जो ऊँची जाति के वर्चस्व वाली कांग्रेस और भाजपा जैसी पार्टियों से अपने लिए किसी टुकड़े का इंतज़ार करते हैं। इसी प्रकार, वे अम्बेडकर को पूर्ण सम्मान और स्वाभिमान दिलाने वाला वैसा नेता बताएँगे जो यह मानता है कि दलितों के हितों की रक्षा सिर्फ़ दलित ही कर सकता है।[84]

अतिवादी लोग आंशिक रूप से सही हो सकते हैं लेकिन ज़्यादातर वे गलत ही होंगे। पहला तो यह कि ईमानदारी के सवाल पर क्रिकेटर और संविधान विशेषज्ञ दोनों ही आज के दलित नेताओं से बिल्कुल अलग थे। फिर जिस वक्त पश्चिमी भारत के दलितों के

पास कोई नेता नहीं था, उस वक्त बालू ने अपने खेल और व्यक्तित्व के बूते उन्हें यह एहसास दिलाया कि वे ऊँची जातियों से ज़रा भी कम नहीं हैं। बाद के वर्षों में अपने अधिकारों के प्रति जागरूकता बढ़ने और अधिकारों का सुदृढ़ीकरण होने पर दलित खिलाड़ियों के बजाय विद्वानों और वकीलों को अपना नेता मानने लगे हैं। इस मायने में बालू ने अम्बेडकर के लिए ठीक उसी तरह रास्ता बनाया जिस तरह गोपाल कृष्ण गोखले ने महात्मा गाँधी के लिए बनाया था।

युवा प्रतिभाओं को जगह देने के लिए 1929 में विट्ठल को हिंदू टीम से हटा दिया गया। वर्षों तक टीम की सेवा करने के बाद बालू परिवार के इस आखिरी खिलाड़ी को प्रथम श्रेणी के क्रिकेट से असम्मानजनक तरीके से हटाया गया था। पालवंकर बंधुओं की हृदयस्पर्शी प्रशंसा करते हुए स्तंभकार 'आर.वी.एम' ने क्रिकेट की गहरी समझ और बर्बर सामाजिक स्थितियों की जानकारी प्रदर्शित करने वाला एक स्तंभ लिखा।

> हिंदू टीम की घोषणा ने बालू भाइयों के हिंदू टीम के साथ तीस वर्षों के जुड़ाव को तोड़ दिया। अन्यत्र कहीं भी क्रिकेट के इतिहास में इतना शानदार उदाहरण नहीं मिलता हैं- तीस वर्ष और एक ही परिवार। एक के बाद एक भाई अपनी ख्याति बढ़ाने के साथ-साथ हिंदू क्रिकेट की गौरवशाली परंपरा को भारत और भारत के बाहर भी आगे बढ़ाते रहे।

इस स्तंभ में तीनों बालू बंधुओं को एक-कर याद किया गया था। सबसे पहले बालू के बारे में लिखा गया:

> क्या शानदार रिकार्ड बनाया! बालू ने हिंदू गेंदबाजी को एक नया रूप दिया। जिन लोगों ने बालू को खेलते हुए देखा है वे जानते हैं कि किस तरह वह अपने दाँवपेच से पारसी और यूरोपियन टीम को अपने दम पर आउट करता रहा था। दूसरे छोर पर गेंदबाज आते जाते रहते थे लेकिन बालू अपने छोर पर बना रहता था।

इसके बाद छोटे भाइयों के बारे में उन्होंने लिखा:

> बालू शिवराम को मैदान में लाया और वह सर्वश्रेष्ठ खिलाड़ी बन गया। उसमें गेंदबाजी के साथ-साथ बल्लेबाजी की अद्‌भुत कला थी। इसके बाद विट्‌ठल आया उसने पहली बार मेरिन लाइन के मैदान में मैच खेला था। उस मैच में पारसी गेंदबाज पारिख ने हिंदू टीम के लगातार तीन विकेट (हैट-ट्रिक) लिए थे और वार्डेन ने शतक जड़ा था। लेकिन इससे विट्‌ठल ज़रा भी विचलित नहीं हुआ। उसने आगे बढ़कर शानदार बल्लेबाजी की।

> बाएँ हाथ के पारसी गेंदबाजों का मुकाबला करने वाला वह अकेला बल्लेबाज था। वह प्रभावशाली तरीके से खेलता रहा। और अपने शतकों से साल-दर-साल मज़बूत होता गया। बाद में उसे मदद देने के लिए गनपत आया। वह अपने सुंदर स्टाइल में तेज़ गति से खेलता था। इस स्टाइल से खेल कर ही पारसियों के बाएँ हाथ के तेज़ गेंदबाजों का मुकाबला किया जा सकता था। उसने वर्षों तक अपनी बल्लेबाजी की धार को अनकूल रखते हुए- मुस्लिमों और यूरोपियनों के खिलाफ़ शतक बनाए और टीम को बचाए रखा। विट्ठल की सहायता करने के लिए फिर गनपत आ गया। एक समय था जब हिंदू टीम में एक साथ चारों भाई शामिल थे। लोग प्यार वश हिंदू टीम 'बालू ब्रदर्स प्लस 7' कहा करते थे।

आर. वी. एम. ने आगे लिखा है कि खेल का हुनर किस तरह सामाजिक पूर्वाग्रहों को मिटा सकता हैं:

> क्या कभी किसी परिवार ने इस तरह का रिकार्ड बनाया? क्या थोड़ा सा भी सभ्य क्रिकेट प्रेमी हिंदू क्रिकेट के इन स्तंभों को उन्हें नीच जाति का होने का उल्लेख कर सकता था? क्या हिंदू क्रिकेटर उनके लिए सम्मान के सिवा कुछ और सोच सकता था? हिंदू पुजारी स्व. पंधारीनाथ तेलंग बालू को अपने प्रिय साथी के सिवा कुछ और नहीं मानते थे। सर चुन्नीलाल (मेहता) ने बालू के दलित जाति के होने के बारे में कभी नहीं सोचा।

लेकिन समाज क्रिकेटरों की तुलना में धीमी रफ्तार से बदल रहा था। शिखर पर पहुँचने का रास्ता बहुत कठिन था।

> बालू हालांकि वरीय था लेकिन उसे कप्तान नहीं बनाया गया। वह जल्द ही रिटायर हो गया और मामला रफ़ा-दफ़ा हो गया। शिवराम के कप्तान बनने का सवाल उठता, इसके पहले ही वह रिटायर हो गया। इसके बाद विट्ठल की बारी आई। लेकिन बार-बार उसे दबाया गया। उससे जूनियर खिलाड़ियों को कप्तान बना दिया गया। हिंदू टीम बार-बार बुरी तरह से असफल हुई, लेकिन कट्टरपंथी हिंदू न्याय और तर्क की बात सुनने को तैयार नहीं थे। लेकिन परिस्थितियों के दबाव में उन्हें अंततः झुकना पड़ा और अपने को 'उदार' बनाकर कप्तानी की बागडोर विट्ठल को सौंपनी पड़ी।[85]

क्रिकेट का इतिहास कई खिलाड़ी भाइयों के कारनामों से भरा है। इनमें इंग्लैंड के ग्रेस, दक्षिण अफ्रीका के पोलक, आस्ट्रेलिया के चैपल और वॉ, न्यूज़ीलैंड के हेडली और क्रो, श्रीलंका के विटुमुनी, जिम्बाव्वे के फ्लावर और पाकिस्तान के मोहम्मद बंधु शामिल

हैं। भारत के पालवंकर बंधुओं का खेल इन सबके बराबर है। बाकी सभी खिलाड़ी भाइयों को सिर्फ़ मैदान में संघर्ष का सामना करना पड़ा है, जबकि पालवंकर बंधुओं को उस समाज से भी लड़ना पड़ा जिस समाज में वे पैदा हुए थे। फिर भी उन्हें इस तरह क्यों भुला दिया गया है? इसका कारण यह है कि इन लोगों ने उस वक्त मैच खेले जब भारत आधिकारिक तौर पर टेस्ट क्रिकेट खेलने वाला देश नहीं था। दूसरा कारण दस्तावेज़ों, रिकार्डों, संस्मरणों और इतिहास के नायकों के प्रति भारतीयों का असम्मान भाव है। यह बात अलग है कि यह भाव कोई जानबूझकर नहीं, बल्कि अनजाने में है। लेकिन जब पालवंकर बंधु ज़िंदा थे और खेलते थे तो स्थिति दूसरी थी। आर. वी. एम. जैसे लोगों को उनका महत्त्व मालूम था। भीमराव अम्बेडकर जैसे लोग भी इस बात को समझते थे। वक्त की माँग है कि इन क्रिकेटरों को क्रिकेट के इतिहास में उचित स्थान दिया जाए। वस्तुतः यह सामाजिक मुक्ति के इतिहास में भी इन्हें वही स्थान देना होगा।

संदर्भ और टिप्पणियाँ End Notes

1. Geo W. Briggs, *The Chamars* (Calcutta: Association Press, 1920), pp. 241, 228, 58, 20.
2. The versions, respectively, of Baloo's nephew K.V. Palwankar (in an interview with me), and of an obituary in the *Times of India,* clipping in K.V. Gopalaratnam Collection, Sports Authority of India, New Delhi.
3. P. Vithal, *Maze Crida-Jivan* (Bombay: Bharati Publishers, 1948), pp. 11-12: Bal J. Pandit, *Khara Kheladu* (Poona: Vora and Company, 1959) p. 11; interview with K.V. Palwankar, Bombay, November 1996.
4. Pandit, *Khara Kheladu,* pp. 11-12.
5. Benny Green, compiler, *The Wisden Book of Cricketers' Lives* (London: Queen Anne Press, 1986), p. 354; Vasant Raiji, *India's Hambledon Men* (Bombay: Tyeby Press, 1986), p.61.
6. Interview with Y.B. Palwankar, Poona, July 1999.
7. Vithal, *Maze Crida-Jivan,* 10-13; interview with Bal J. Pandit, Pune, July 1999.
8. Pandit, *Khara Kheladu,* p. 16-17; Vithal, *Maze Crida-Jivan* p. 14; interview with K.V. Palwankar, Bombay, December 1996.
9. Pandit, *Khara Kheladu,* p.17.
10. Anon., 'Hindu Cricket', *Indian Social Reformer,* Volume 16, Number 25, 18 February 1906.
11. The information in this and the previous paragraph comes from contemporary newspaper accounts.
12. Interview with K.V. Palwankar, Bombay, December 1896.
13. Sir Chunilal V. Mehta, 'Beginnings of Hindu Cricket', in *Diamond Jubilee Souvenir of Parmanandas Jivandas Hindu Gymkhana, 1894-1954* (Bombay: published by the Gymkhana, 1954).
14. M.E. Pavri, *Parsi Cricket* (Bombay: J.B. Marzban and Co., 1901),p. 164.
15. J.C. Maitra, writing in *The Sportsman,* Special Quadrangular Number, 30 November 1929.

16. H.C. Muckerjee, *The Indian Cricketers' Tour of 1911* (Calcutta: published by the author, 1911), p. 20.
17. N.N. Langrana, 'I Gaze into the Fire', in *Cricket Association of Bengal Silver Jubliee Souvenir* (Calcutta: CAB, 1956).
18. Sumit Sarkar, *The Swadeshi Movement in Bengal, 1903-1908* (Delhi: Peoples Publishing House, 1973).
19. *Kesari,* 2 February 1906, in *Report on Native Newspapers for the Bombay Presidency* in Oriental and India Office Collections, British Library, London (hereafter RNNBP).
20. *Bhala*, 1 January 1906, in RNNBP.
21. *Bombay Gazette,* 8 February 1906.
22. *Bombay Gazette,* 10 and 12 February 1906; *The Madras Mail,* 15 February 1906.
23. *The Tribune,* 23 February 1906.
24. Anon., 'Hindu Cricket', *Indian Social Reformer,* Volume 16, Number 25, 18 February 1906.
25. Calculated from A.A. Fyzee, H.N. Contractor, D.P. Thanawala and Vijay Merchant, compilers, *Fifty Years of Bombay Cricket* (Bombay: Thacker and Co., 1946).
26. P.N. Polishwalla, *Representative Matches in India from 1892 to 1919* (Bombay: publish by the author, 1919), pp. 64-7.
27. These figures are taken from S.K. Roy, compiler, *India-England Cricket Visits, 1911-1946* (Calcutta: Illustrated News, 1946).
28. Mukerjee, *The Indian Cricketers' Tour of 1911,* pp. 153–4, 159, 109.
29. *The Indian Spectator,* 23 September 1911.
30. Vithal, *Maze Crida-Jivan,* pp. 17-18.
31. Eleanor Mae Zelliot, 'Dr Ambedkar and the Mahar Movement'. Unpublished Ph D dissertation, University of Philadelphia, 1969, pp. 133, 252. Also interview with Professor Zelliot, Berkeley, March 1998.
32. जमशेद दिनशॉ अनीता, एलीफिंस्टन कॉलेज टूर्स (बंबई: लेखक द्वारा प्रकाशित, 1913), पृष्ठ 194 एफएफ. वास्तव में, एक पाँचवां भाई भी था, कृष्णा, जो बहुत ही कम उम्र में चल बसा। उसकी सम्मानसूचक स्मृति में पी. विट्ठल ने अपने एक संस्मरण का शीर्षक रखा था 'पंच पालवंकर' जो हिन्दू समाज में भाइयों में श्रेष्ठ-पाँच पांडवों-या 'पंच पांडेश्वर' की ओर संकेत करता है।
33. 'The Bombay Cricket Carnival', *Bombay Chronicle* (hereafter BC), 5 September 1913.
34. D.B. Deodhar, *I Look Back: An Autobiography* (Madras: Sport and Pastime, 1966), p. 69.
35. BC, 1 October 1913.
36. BC, 2 June 1914.
37. BC, 7 July 1914.
38. See BC, 29 May 1913.
39. BC, 3 September 1915.
40. BC, 4 September 1915.
41. क्रिकेट के इतिहास में ऐसे कई सफल गेंदबाज-कप्तान हुए हैं - जैसे कि आस्ट्रेलिया के रिकी बेनॉड और पाकिस्तान के इमरान खान। फिर भी पक्षपात की भावना बनी रही है। बालू की प्रतिभा वाले ऐसे गेंदबाज जो विलक्षण बुद्धि-कौशल से सम्पन्न हैं, उन्हें महज इस कारण से कप्तान नहीं बनाया गया क्योंकि वे गेंदबाज थे। वर्तमान समय में भारतीय स्पिन बॉलर अनिल कुम्बले का मामला भी ऐसा ही रहा है परिपक्व और मेधावी होते हुए भी अनिल को काफी लंबे समय तक अपने देश का नेतृत्व नहीं करने दिया गया।
42. *Collected Works of Mahatma Gandhi* (hereafter CWMG), Volume 17, pp. 471, 534.
43. CWMG, Volume 18, p. 377.
44. CWMG, Volume 19, p. 8

45. BC (Weekly Edition), 24 October 1920.
46. A.F.S. Talyarkhan, 'Before Memory Slams the Door', in *Official Souvenir of the Silver Jubliee of the Bombay Cricket Association,* 1930-1954 (Bombay: BCA, 1954).
47. BC, 15 November 1920.
48. BC, 3 December 1920.
49. Vithal, *Maze Crida-Jivan,* p. 88.
50. See BC, 4 December 1920.
51. इस बयान का प्रारूप संभवतः एल.आर. तेरसी द्वारा तैयार किया गया था जो एक सुधारवादी कांग्रेसी और उद्योगपति थे तथा जो बाद में पी.जे. हिन्दू जिमखाना के अध्यक्ष हुए.
52. BC, 4 December 1920. Govindji Vassanji used to regularly advertise in Gandhi's own journal. *Young India.*
53. BC, 7 December 1920.
54. BC, 9 December 1920.
55. Deodhar, *I Look Back,* p. 33.
56. C.L.R. James, *Beyond a Boundary* (London: Hutchinson, 1963).
57. BC, 24 August 1922.
58. D.B. Deodhar, *I Look Back,* p. 41; S.K. Roy, editor, *Bombay Pentangular* (Calcutta: Illustrated News, 1954), p. 100.
59. BC, 10 and 21 September 1922.
60. *Mahratta,* 24 September 1922.
61. Bhargavram Vithal Varerkar, *Turungacha Darat* (Bombay: Lalitkaladarsha Natak Mandali, 1923).
62. As recalled by J.C. Maitra in BC, Sunday Edition, 17 October 1937.
63. BC, 11 December 1920.
64. BC, 13 December 1923; *Navakal* (Bombay), 13 December 1923.
65. Vithal, *Maze Crida-Jivan,* pp. 90-8.
66. C.K. Nayudu, 'Lessons from a Long Innings', *My India,* 25 October 1953.
67. Vithal, *Maze Crida-Jivan,* pp. 98-9.
68. BC, 15 December 1923.
69. BC, 18 December 1923.
70. Vithal, *Maze Crida-Jivan,* pp. 3-4, 61-2, 119; 'Cricket Then and Now: An Interview with Prof. D.B. Deodhar', *Frontline,* 17 January 1992.
71. *Mahratta,* 26 September 1926. Notably, the *Mahratta* did not mention the Hindu captain by name or caste.
72. BC, 4 December 1926.
73. Vithal, *Maze Crida-Jivan,* p. 156.
74. Vithal, *Maze Crida-Jivan,* p. 162.
75. Vijay Merchant, foreword, in Vithal, *Maze Crida-Jivan.*
76. Dhananjay Keer, *Dr Ambedkar: Life and Mission* (third edition: Bombay: Popular Prakashan, 1971), pp. 39–40, 86.
77. C.F. Pyarelal, *The Epic Fast* (Ahmedabad: Navjivan, 1932).
78. BC, 7 July 1955.
79. BC, Weekly Edition, 10 January 1937.
80. Ibid.
81. Interview with K.V. Palwankar, Mumbai, November 1996, and with Y.B. Palwankar, Pune, July 1999.
82. *Navakal* (Bombay), 11 January through 17 February 1937.
83. BC, Weekly Edition, 28 February 1937.
84. The Untouchables were once known as the 'Depressed Classes', later as the 'Scheduled Castes' or as 'Harijans', but now choose to be known increasingly as 'Dalits'.
85. 'R.V.M.,' 'Hindu Cricket and Baloo Brothers', BC, 30 November 1929.

तनिका सरकार

अपनी किताब, अपनी ज़िंदगी: उन्नीसवीं सदी की एक महिला की आत्मकथा

'मैं सीधे अपनी माँ की बाहों में लिपट कर रोने लगी, "माँ तूने मुझे एक अनजान को क्यों सौंप दिया?" (शादी होने पर)'

'पौ फटने के साथ ही मेरा दिन शुरू हो जाता था और रात के दो बजे तक मुझे काम करना पड़ता था... मैं चौदह साल की थी... मुझे किताबें पढ़ने की ललक थी... लेकिन मेरा दुर्भाग्य था कि उन दिनों महिलाओं को किताबें नहीं पढ़ने दी जाती थी।' (शादी के बाद)

'एक तरह से भगवान ने खुद मुझे पढ़ना सिखाया। अगर मैं उतना भी नहीं जानती तो मुझे उसके लिए दूसरों पर आश्रित रहना पड़ता...' (पच्चीस साल की उम्र में पढ़ना सीखने पर)

'इस बीच भगवान ने मेरे शरीर को सजा-सँवार दिया था। ठीक उसी तरह जिस तरह नाव को सजाया जाता है... कितना आश्चर्य भरा था यह सब! मेरे शरीर में कई चीजें निकल आई थीं जिनके बारे में मुझे कुछ भी पता नहीं था।' (यौवन के दिनों को याद करते हुए)

ये सब *अमार जीबन* के कुछ महत्त्वपूर्ण शब्द और प्रसंग हैं। *अमार जीबन* एक बंगाली महिला द्वारा लिखी गई पहली आत्मकथा है। साथ ही, यह संभवत: बंगला भाषा की भी पहली आत्मकथा है। उपन्यास की लेखिका राससुंदरी देवी[1] पूर्वी बंगाल की ऊँची जाति की ज़मींदार परिवार की हैं। उनकी ज़िंदगी में कुछ भी वैसा नहीं था जो किसी महिला की

तनिका सरकार द्वारा लिखित *हिंदू वाइफ, हिंदू नेशन: कम्युनिटी, रीलिजन एंड कल्चरल नेशनलिज्म* पुस्तक के उद्धरण

ज़िंदगी को ध्यान देने योग्य बनाता है। उनके लेखन और उनकी ज़िंदगी में एक अद्‌भुत संबंध है।

यह एक शांत और अनुल्लेखनीय ज़िंदगी थी। राससुंदरी देवी का जन्म 1809 में पबना जिले के पोटाजिया गाँव में एक ज़मींदार परिवार में हुआ था। बारह साल की उम्र में उनकी शादी फैदपुर के रामदिया गाँव के सीतानाथ राय से कर दी गई। राय अमीर ज़मींदार परिवार के थे। चौदह साल की उम्र से वे घर का सारा कामकाज़ देखने लगीं। उन्होंने बारह बच्चों को पाला-पोसा। पच्चीस साल की होने पर राससुंदरी ने साहस भरा निर्णय लिया। उन्होंने पढ़ना सीखा और घर में उपलब्ध सभी धार्मिक किताबों को पढ़ गईं। बाद में उन्होंने लिखना भी सीख लिया। उनसठ साल की उम्र में वह विधवा हो गईं। उसी वर्ष 1868 में उनकी आत्मकथा पूरी हो चुकी थी। बाद में उन्होंने उसका संशोधन और परिवर्द्धन किया। उस वक्त वह अट्‌ठासी वर्ष की हो चुकी थीं।

उनके शांत और पवित्र जीवन में सिर्फ़ एक बार असाधारण घटना घटी। उस वक्त के रूढ़िवादी हिंदुओं का विश्वास था कि साक्षर महिलाएँ विधवा हो जाती हैं। राससुंदरी के परिवार में भी महिला शिक्षा का भारी विरोध था। इस संदेह में कि वह पढ़ने न लगें उन्हें कागज का एक टुकड़ा तक रखने नहीं दिया जाता था।[2] उदारवादी भारतीय समाज सुधारकों और ईसाई मिशनरियों के द्वारा सुधारवादी विचार वाले परिवारों की महिलाओं को शिक्षित करने के प्रयास के बाद रूढ़िवाद की पकड़ थोड़ी ढीली हुई। लेकिन इसके खिलाफ़ हिंदुओं का विरोध ज़्यादा कठोर हो गया। उस विनम्र और आज्ञाकारी घरेलू महिला को यह बिल्कुल पता था कि पढ़ाई कर वे पारिवारिक और सामाजिक अपेक्षाओं के खिलाफ़ काम कर रहीं हैं। इस 'अवज्ञा' से एक अच्छी पत्नी की उनकी भूमिका आंशिक रूप से खंडित हुई।

आखिर, उन्होंने खुद-ब-खुद ऐसा अवज्ञाकारी अतिवादी कदम क्यों उठाया? अपनी ज़िंदगी के बारे में आत्मकथात्मक शैली में लिखने और इसे अपनाने वाली राससुंदरी पहली महिला थीं। इस वास्तविकता पर इस इच्छा व उपलब्धि का क्या प्रभाव पड़ा? उनके पास वे कौन-से संसाधन उपलब्ध थे जिनसे ऐसी इच्छा बनीं और इस इच्छा के कारण हम महिलाओं की ज़िंदगी और उनके लेखन में कौन-सी नई संभावनाएँ देख सकते हैं?

राससुंदरी ने अपनी आत्मकथा में लिखा है कि वह *चैतन्य भागवत* को पढ़ना चाहती थीं। इसी इच्छा को पूरा करने के लिए उन्हें पढ़ना सीखने के लिए संघर्ष करना पड़ा।[3] *चैतन्य भागवत* बंगला में लिखी गई कृष्ण-भक्त चैतन्य की पहली जीवनी है। मध्यकालीन बंगाल में चैतन्य ने गरीबों, निम्न जाति के लोगों और महिलाओं को गुलामी से मुक्त कराने का प्रयास किया था। ब्राह्मणवादी रूढ़िवादी व्यवस्था ने इस तबके के लिए आध्यात्मिक अध्ययन पर रोक लगा रखी थी।[4] राससुंदरी ने चैतन्य और कृष्ण पर लिखी गई दूसरी किताबों को भी पढ़ा।[5] इस अध्ययन का उनके जीवन-दर्शन और समझदारी पर काफ़ी असर पड़ा। राससुंदरी ने अपने दुनियावी जीवन को उसी साँचे में ढालना शुरू किया। वे

पारिवारिक और सार्वजनिक जीवन के सभी पहलुओं को धार्मिक दखल के साथ व्यवस्थित करने लगीं। इसका सबसे बड़ा उदाहरण किताबों के प्रति उनका बढ़ता जुड़ाव था। स्वयं उनकी ज़िंदगी एक पठनीय वस्तु बन गई मानों वह किसी दिव्य उद्देश्य से आच्छादित ज़िंदगी थी या एक तरह से यह ईश्वरीय ज़िंदगी का ही विस्तारित रूप था। मानों ईश्वर और भक्त की ज़िंदगी आपस में मिल गई हो, एक हो गई हो। दरअसल राससुंदरी की आत्मकथा के अंतिम खंडों में उनकी ज़िंदगी से जुड़े तथ्यों का नहीं बल्कि विष्णु के विभिन्न अवतारों का वर्णन है।[6] ऐसा करते हुए राससुंदरी ने ज़रा भी यह नहीं सोचा कि यह सब अनुपयुक्त होगा।

राससुंदरी ने उत्तर-मध्ययुगीन भक्ति युग के साहित्य का भरपूर अध्ययन किया और उनके चिंतन में उन धार्मिक शब्दावलियों की प्रचुरता है जिनका धार्मिक प्रवचनों में निरंतर उल्लेख होता रहा है। जब तक हम *अमार जीबन* के इन गहन अंतर्निहित विषयों का बार-बार और विस्तृत संदर्भ ग्रहण नहीं करेंगे तब तक एक साधारण जीवन के थोड़े-बहुत विरल तथ्यों के साथ गूँथे हुए शब्दाडम्बर और उपदेश के सिवा हम उसका अन्य कोई व्यापक अर्थ नहीं जान पाएँगे।

इसके अलावा, हालाँकि उनकी पुस्तक में उनके देशकाल से जुड़े इतिहास का सर्वथा अभाव है, फिर भी यह किताब एक महिला द्वारा तैयार की गई ऐसी किताब है जो 19वीं सदी के पाठकों के लिए लिखी गई थी। यह किताब उस सदी की महिलाओं के लेखन के प्रति जिज्ञासा पैदा करती है। राससुंदरी ने इस किताब में अपने बारे में कुछ खास नहीं लिखा है, लेकिन हमें उनकी जिंदगी और लेखन में प्रक्षिप्त ऐतिहासिक प्रक्रियाओं पर ध्यान देना होगा भले ही स्वयं रामसुंदरी ने उन्हें बहुत ज़्यादा तवज्जो न दी हो।

लगता है वैष्णव भक्ति (विष्णु के अवतरण के रूप में कृष्ण[7] और उनके भक्तों के बीच प्रत्यक्ष भावनात्मक संबंध कायम करने वाले भक्तिपरक उपदेश एवं प्रथाओं) ने बंगाल में महिलाओं के लिए अभूतपूर्व ढंग से विस्तृत और खुला फलक प्रदान किया। अधिकांश भक्ति गीतों में कृष्ण और वृंदावन की गोपियों के अवैध प्रेम-संबंधों का गुणगान किया गया है। इसमें राधा का परम महत्त्व है। भक्तिधारा की एक लोकप्रिय अभिव्यक्ति में महिलाओं की आवाज़ और भावनाएँ ली जाती थीं। वैष्णव धर्म से शिथिल रूप से संबंधित अनेक गोपनीय संप्रदायों में स्त्री-पुरुष के बीच बिना शादी के यौन संबंध बनाए जाने की चर्चा है। यद्यपि ऐसा लगता है कि इन सारी परंपराओं में महिलाओं को अपने अनुभवों और भावनाओं को प्रभावी और बहुआयामी ढंग से अभिव्यक्त करने का अवसर मिला है किन्तु साथ ही साथ राससुंदरी देवी के लिए उनमें एक समस्यापरक स्थान भी निहित है क्योंकि उनमें भक्तिपरक मनन और सेक्स-योग के अभ्यास के बीच स्वच्छंतावादी प्रवृत्ति और संभावनाओं की भरमार भी है। अंततः उनके सारे प्रयास का मकसद भक्ति के माध्यम से ही महिलाओं के शरीर और भावनाओं को मज़बूती प्रदान करना है। हालाँकि उत्तर-चैतन्य भक्ति काल के बाद बंगला में धार्मिक लेखन बढ़ा है और इस लेखन के

चलते वैष्णव महिलाओं तथा निम्न जाति के ग्रामीण परिवार के लोगों में पढ़ने की आदत पड़ी है, लेकिन इसके साथ ही वैष्णव पंथ में धार्मिक ग्रंथों और किताबी ज्ञान के बीच का तनावपूर्ण और विरोधाभासी संबंध भी देखने को मिलता है। एक महिला के तौर पर राससुंदरी की भक्ति और उनका लेखन परंपराओं के साथ जटिल रूप से जुड़ा हुआ है। ये परंपराएँ आंशिक रूप से तो कुछ आज़ादी देती हैं, लेकिन आंशिक रूप से दबाव बनाने वाली भी हैं। इसके कारण राससुंदरी को अलग रास्ता अख्तियार करना पड़ता है।

राससुंदरी ने भक्ति की व्याख्या आत्मकथात्मक तरीके से की है। इस तरह उन्होंने धार्मिक और साथ ही साहित्यिक क्षेत्र में नया प्रयोग किया है। मानव जीवन में ईश्वरीय हस्तक्षेप के बारे में लिखने के लिए राससुंदरी के पास बंगला में कम से कम दो किताबें उपलब्ध थीं। हालाँकि इनमें से कोई भी आत्मकथात्मक शैली में नहीं थीं। इनमें से पहला मध्यकालीन और उत्तर-मध्यकालीन ढंग का *मंगल काव्य* अथवा विवरणात्मक छंद था जिसमें एक देवी के महाकार्यों का विवरण है। इस देवी ने एक मानवीय एजेंसी के माध्यम से पृथ्वी पर अपनी पूजा करवाई है।[8] आमतौर पर, कत्थक अथवा धार्मिक ग्रंथों के पेशेवर व्याख्याकार गा-गा कर लोगों के सामने इसकी व्याख्या प्रस्तुत करते थे। इसके संक्षिप्त संस्करण का पाठ महिलाएँ खुद पूजा-पाठ के दौरान करती थीं।

शुरूआती दिनों में ये संप्रदाय निम्न जाति और साधारण वर्ग के लोगों के बीच लोकप्रिय रहे और ब्राह्मणवादी पुरातनपंथी समाज इसका बहिष्कार करता था। लेकिन बंगाल में सदियों के मुगल शासन के कारण ब्राह्मणों का सामाजिक-राजनीतिक आधिपत्य कमज़ोर हो गया था। उन लोगों ने इन देवी-देवताओं को मुख्यधारा के हिंदू देवकुल में स्वीकार कर फिर से अपनी शक्ति बढ़ाने का प्रयास शुरू किया। ऊँची जाति के कवियों ने काव्य लिखे और ब्राह्मण कथा-गायक गाँवों में जाकर लोगों को इन्हें सुनाने लगे। इससे आंशिक रूप से ऊँची और निम्न जाति के लोगों के बीच की सांस्कृतिक खाई कम हुई। ब्राह्मणों को अपने से निम्न समूह के लोगों की आस्थाओं और विश्वास, जिन पर पहले उनका एकाधिकार था, में प्रवेश कर उन पर नियंत्रण बनाने का मौका मिला।

राससुंदरी ऊँची जाति की रूढ़िवादी वैष्णव परिवार की महिला थीं। वे ब्राह्मण कथा-गायकों द्वारा कही जाने वाली बातों को सुनती थीं और उनके द्वारा बताए गए धार्मिक अनुष्ठानों का पालन करती थीं, हालाँकि उन्होंने इसकी चर्चा कभी नहीं की है। ऐसा लगता है कि राससुंदरी ने अपनी स्वनिर्मित ज़िंदगी में महिलाओं की संस्कृति, धर्मपरायणता और सामूहिक विधि-विधान से खुद को परे रखा है। उसके दूरगामी प्रभाव पड़े हैं, जिनकी चर्चा हम आगे करेंगे।

राससुंदरी के पास एक और परंपरा उपलब्ध थी और इससे उनके भक्तिभाव को प्रेरणा मिली। यह परंपरा वैष्णव संत-चरित लेखन की थी। इनमें से कम से कम दो किताबों–*चैतन्य भागवत* और *चैतन्य चरितामृत*– को उन्होंने पढ़ा। *चैतन्य भागवत* चैतन्य के अनुचर शिष्य द्वारा लिखी गई है। इस किताब में मोहक वृत्तांत और प्रभावपूर्ण शैली में

सहज ढंग से धार्मिक बातों का उल्लेख है।[9] चैतन्य की मृत्यु के पंद्रह वर्षों के अंदर इस किताब का काफ़ी असर पड़ा था। *चैतन्य चरितामृत* बाद में कृष्णदास कविराज द्वारा लिखी गई। चैतन्य ने बंगाल के लिए वैष्णवी धर्म-विधान तैयार करने के लिए धर्मविज्ञानियों के एक समूह को वृंदावन भेजा था। इन्हीं लोगों से प्रेरणा ग्रहण कर कविराज ने *चैतन्य चरितामृत* लिखी थी। इन धर्मविज्ञानियों (गोस्वामियों) ने 16वीं सदी के मध्य में वैष्णवों के विभिन्न संप्रदायों के बीच सहमति बनाने का काम किया। इसी कारण उनके लेखन को बंगाली वैष्णवों के बीच काफ़ी मान्यता मिली। *चैतन्य चरितामृत* बंगला भाषा में लिखी गई थी।[10] इसके कारण अशिक्षित भक्तों के बीच गोस्वामियों की धार्मिक अवधारणाओं को लोकप्रिय बनाने में इस पुस्तक को काफ़ी कामयाबी मिली। इसने विचार-विमर्श का आधार भी उपलब्ध कराया।

राससुंदरी को इन दोनों किताबों से काफ़ी प्रेरणा मिली। उन्होंने अपने लेखन को छोटे-छोटे खंडों में विभाजित किया। प्रत्येक खंड में खास बिंदुओं पर चर्चा की और फिर सभी खंडों को वृहद रूप में संयोजित किया। इसमें उन्होंने अपने जीवन के सभी चरणों को शामिल किया। रास‌सुंदरी के पास अलंकृत, साहित्यिक शब्दावली थी। वे बहुत ही प्रवाहपूर्ण ढंग से लिखती थीं। वे एक साधारण महिला भक्त की जीवन से जुड़ी घटनाओं को आत्मकथात्मक अंदाज़ में लिखना चाहती थीं। उनका मकसद पत्नियों या संतों की माताओं की ज़िंदगी का बखान करना नहीं था। अत: उन्हें एक तात्कालिक लेखन शैली विकसित करने की जरूरत थी।

रास‌सुंदरी के पास एक और भी विकल्प था। यह विकल्प था संन्यासिनों और धार्मिक नर-नारियों की ज़िंदगी से जुड़ी लोकप्रिय चमत्कारिक कहानियों को मौखिक रूप से बताने का। उनके जीवन से जुड़े भावविभोर कर देने वाली कहानियों के कारण ऐसे लोगों को अहम स्थान प्राप्त था। हालांकि एक सफल गृहिणी के रूप में रास‌सुंदरी को सुरक्षा मिली हुई थी। उन्होंने न तो अपने सांसारिक जीवन का परित्याग किया था और ना ही असाधारण शक्तियों को हासिल करने की इच्छा जाहिर की थी। भगवान के साथ उनकी निकटता का एहसास सिर्फ़ उनके लेखन से होता है। इस तरह उपलब्धि के हिसाब से यह एक चमत्कार था। चमत्कार इस मायने में था कि यह सब उन्होंने खुद ही देखा था और इसकी पुष्टि भी वे खुद ही कर सकती थीं। मानव जीवन में दैवीय हस्तक्षेप को बताने के दूसरे माध्यमों के बजाय इसे वे आत्मकथात्मक ढंग से बताना चाहती थीं। इस तरह उनका धर्म, उनका जीवन और उनका लेखन आपस में जुड़े हुए थे। इनसे एक अखंडित वृत्त बनता था।

रास‌सुंदरी ने अपनी आत्मकथा और अपनी धर्मपरायणता को एक-दूसरे पर आधारित कर दो बातें कहने की कोशिश की। उनके लेखन से पता लगता है कि भगवान के साथ उनका रिश्ता अधिकांश मनुष्यों और ईश्वर के बीच के रिश्ते से अधिक सूक्ष्म और अंतरंग था। उन्हें संसार के साथ भी अपने रिश्ते को ज़्यादा जटिल करने की ज़रूरत थी क्योंकि

संसार ने उनके जीवन के सारे पहलुओं को अशक्त कर दिया था। हमें इस शब्द के विभिन्न अर्थों को हिंदू प्रवचनों में खोजने और इससे भी अधिक अतिरेकों की रूप-रेखा को भक्तिपरक एवं दार्शनिक परंपराओं में तलाशने की ज़रूरत है। ऐसा करने पर हमें पता चलेगा कि *अमार जीबन* का इनसे कहाँ मेल है और कहाँ यह इनसे अलग होता है।

हिंदुओं के चार-स्तरीय जीवन-चक्र में गृहस्थ जीवन एक प्रमुख पड़ाव है। सिर्फ़ कोई संन्यासी ही गृहस्थ जीवन के सांसारिक दायित्वों को नकार सकता है। निर्धारित रीति-रिवाज़ों, जाति और लिंग व्यवस्था को मानना ही धर्म या जीवन का सार है। महिला शादी के संस्कार के ज़रिए संसार में प्रवेश करती है। उसके लिए विवाह ही एकमात्र संस्कार है। उसके लिए संसार का मतलब कभी न समाप्त होने वाला घरेलू कामकाज़ और दायित्व है। इनमें प्राथमिक रूप से खाना बनाना, परोसना और बच्चों के पालन-पोषण का काम शामिल है। औरतों के लिए आदर्श यही माना गया है कि वह थोड़ा कर्मकांड करने के अलावा इन कामों को छोड़कर कोई दूसरा धार्मिक काम नहीं करे।

वृहद धार्मिक अर्थ में 'संसार' धर्मग्रंथों के निर्देशों और विधि निषेधों से निर्देशित होता है। कर्म के सिद्धांत इन्हें बनाए रखते हैं। ऐसी मान्यता है कि एक जन्म में किए गए कर्मों का फल बार-बार के पुनर्जन्म में मिलता है। संसार के नियमों का सख़्ती से पालन करने पर ही पुराने कर्मों का फल शिथिल होता है और मनुष्य को पुनर्जन्म के कठिन दौर से मुक्ति मिलती है। इस प्रकार संसार धर्म-कार्य का स्थल है और यह अग्नि-परीक्षाओं की भूमि है। बाद की कुछ दार्शनिक विचारधाराओं में संसार के नियमों की पुष्टि करने के साथ उससे कहीं आगे जाने का भी प्रयास किया गया है।[11] इस मकसद के लिए योजनाबद्ध रूप से हम संभवत: तीन स्थलों की पहचान कर सकते हैं।

उपनिषद् के कुछ भागों में 'ब्रह्म' या 'संपूर्ण सत्य' एवं आत्मा या व्यक्तिगत 'स्व' के बीच की आधारभूत पहचान को अभिगृहीत किया गया है।[12] शंकराचार्य के अनुसार, ब्रह्म की माया नामक विभ्रमकारी शक्ति के कारण एक 'अनादि अज्ञान' का सृजन होता है जिससे व्यक्ति का 'स्व' भ्रमित होकर किसी विशिष्ट या ससीम काय-मस्तिष्क से अपना सम्बंध जोड़ बैठता है और उसे औरों से पृथक एवं विरुद्ध मान लेता है। सिर्फ़ कुछ ऋषि-मुनि ही इस ज़िंदगी में गहरी हकीकत को जान पाते हैं और कर्म के बंधन से मुक्त हो पाते हैं। बाकी सभी माया में फँस जाते हैं और विधि-निषेध की सज़ा पाते हैं।[13] यह रोचक तथ्य है कि जहाँ मानवीय दुख का स्रोत अप्रत्यक्ष रूप से स्तरीकृत और स्व-विभाजित मानवीय व्यवस्था में स्थापित किया गया है, वहीं उत्कर्ष की तलाश अकेले तात्त्विक ज्ञान में की जाती है। इसी के साथ अनुभवाश्रित दुनिया की धर्मतंत्रीय व्यवस्था को जितना अधिक समूल रूप में छोड़ दिया जाता है उतना ही 'अधिक सभी लोग एक हैं' की धारणा को बल मिलता है। शंकर का एकात्म दर्शन जहाँ बहुश्रुत अनुमानों पर आधारित है, वहीं माया के कारण छिपे दृश्य की वास्तविकता और गहरे सच का द्विभाजन धार्मिक समझ का अंग बन जाता है। *अमार जीबन* में इसकी गूँज मिलती है।

अति का दूसरा स्वरूप शरीर-केंद्रित दर्शन से बना है। वैष्णव धर्म से दूर का वास्ता रखने वाले कुछ नीची जातियों, गुप्त व लोकप्रिय धार्मिक संप्रदाय के लोग शुद्धता संबंधी निषेधों के उल्लंघन और गुप्त यौन क्रिया के ज़रिए दैवीय शक्ति और यहां तक कि देवत्व प्राप्त करने की मंशा रखते थे। वे इस दर्शन का प्रचार-प्रसार मुख्यत: गाने के ज़रिए करते थे। इन गानों में इस दर्शन में अपनाए जाने वाले रीति-रिवाज़ों की चर्चा रहती थी। देहवाद का यह दर्शन उन्नीसवीं सदी के ग्रामीणों के बीच काफ़ी फैला हुआ था हालाँकि ऊँची जाति के लोग कुल मिलाकर उन्हें दिग्भ्रमित और घृणास्पद समझते थे। *अमार जीबन* में देहवाद के तत्त्वों का इस्तेमाल किया गया है। लेकिन इसका सीमित प्रभाव है। हालाँकि देहवाद का शरीर-केंद्रित दर्शन जाति और प्रदूषण निषेधों को तोड़ने के कारण आकर्षक लगता है फिर भी, बहुत से आलेखों में इस बात का ज़िक्र मिलता है कि पुरुषों के अंदर अधिक शक्ति डालने के लिए स्त्री शरीर और उसकी भावनाओं का यंत्रवत इस्तेमाल किया जाता था जिससे पुरुष अंतत: नारी के प्रति अपनी कामना से मुक्त हो जाए। इन आलेखों में खासतौर पर उच्च वर्ग की विचारधारा में गहरे रूप से परिव्याप्त महिलाओं की अंतरंग चरित्रहीनता से जुड़ी मान्यताओं की भी अनदेखी नहीं की गई है।[14]

स्वयं राससुंदरी के लिए कृष्ण-केंद्रित भक्ति की परंपरा काफी अहम थी (जिसके तहत बंगाल में एक आराध्य के रूप में चैतन्य भी शामिल थे)। तेरहवीं सदी के बाद से बंगाली वैष्णववाद में काफ़ी भक्ति साहित्य आया है। यह संस्कृत और देसी दोनों ही भाषाओं में है।[15] वृंदावन में कृष्ण की प्रारंभिक लीलाओं की चर्चा इनमें है। श्रेष्ठ साहित्य में उल्लिखित तरीकों से भक्ति की शैली के बारे में पता लगता है। वृंदावन में भक्त कृष्ण के किसी सखा से खुद को जोड़ कर लीला में शामिल होते थे। भक्तों से अपेक्षा की जाती थी कि वे अपने से छोटे के साथ अंतरंग होंगे। सभी बंगाली वैष्णवों की नज़र मुख्य रूप से कृष्ण और राधा की प्रेम लीलाओं पर टिकी रहती थी।

भागवत पुराण में कृष्ण की लीलाओं की चर्चा है। बंगाली वैष्णव इसे धार्मिक ज्ञान हासिल करने का प्रारंभिक स्रोत मानते हैं। लीला को इसमें विशिष्ट स्थान प्राप्त है। कृष्ण निम्न जाति के हज़ारों गोप-गोपियों के साथ खेला करते थे। कृष्ण को ये लोग ऊँची जाति के घमंडी लोगों की तुलना में ज़्यादा प्रिय थे।[16] कृष्ण शादी-शुदा गोपियों को अपने साथ आनन्द मनाने के लिए आमंत्रित करते थे और उन सबको आनंदित कर देते थे। अनंत प्रेम और असीम हर्ष के बीच संसार और उसका सारा विधि-निषेध ठहर-सा जाता था। इस आनंद को देखने मात्र से भक्तों के बीच संतुष्टि का एहसास होने लगता था। फिर भी संसार का नियम पूरी तरह निरस्त नहीं होता था। संतुष्टि का एहसास एक सपना जगाता था। यह संभावनाओं को उसकी अंतिम परिणति तक ले जाने का सपना था।

भागवत पुराण के कृष्ण एक ऐसे पुरुष हैं जो हज़ारों गोपियों के साथ समान रूप से प्यार करते हैं। भागवत पुराण में राधा की चर्चा अलग से नहीं है। कृष्ण एक ऐसे

भगवान हैं जो गडेरियों के साथ खेलते हैं। यहाँ भगवान उन्हें चाहने वाली निम्न जाति की महिलाओं को आनंद का अथाह सागर देना चाहते हैं।

हालाँकि धार्मिक परिकल्पनाएँ अथाह खुशी को अनंत काल तक बने नहीं रहने देतीं। समय-समय पर दर्द और असमानता की सामाजिक समस्या फिर से उभर जाती है। बहुपत्नी व्यवस्था वाली पितृसत्ता ने खुद के बारे में सोच रखा था कि वह अनंत काल तक महिलाओं की इच्छाओं की पूर्ति समान रूप से कर सकता है। बाद की धार्मिक किताबों में राधा की चर्चा है। राधा का चरित्र महिलाओं की बनी-बनाई छवि से अलग है। वह कृष्ण से प्रेम करती थी। उसके प्रेम में गुस्सा और विरोध का भी समावेश है। उसका यह प्रेम बने-बनाए ढ़ाँचे से अलग है। चूँकि कृष्ण और भी दूसरी महिलाओं से प्रेम करते थे इसलिए राधा को वे अक्सर छोड़ भी दिया करते थे। इसके कारण राधा को विरह सहना पड़ता था। उसकी नाराज़गी की भाषा से दुनिया पर भगवान की शक्ति के मनमानेपन और असमानता के बीच मनुष्य की स्थिति का पता लगता था। कृष्ण के बारे में चैतन्य के एक श्लोक का अर्थ है: इस अनैतिक अविश्वासी को मुझे बर्बाद करने के लिए आने दो।[17] इन पंक्तियों में कृष्ण के प्रति भावपूर्ण लेकिन नाराज़गी भरी उत्कंठा की अभिव्यक्ति है। भागवत पुराण में वृंदावन अबाधित, असीम आनंद की जगह है। दूसरी वैष्णव कृतियों में पितृसत्तात्मक व्यवस्था की समस्याओं का टकराव भक्ति की अभिव्यक्ति वासनात्मक रूप में करने के प्रयास से होता है। अगर अंतहीन प्यार सर्वाधिक प्रिय तत्त्व यानी भगवान के साथ बेहतर रिश्ते का आधार बनता है तो यह बहुत चुनौती भरा और बहुत अपेक्षा रखने वाला होता है। मूल्यवान जीवन की इच्छाओं को दाम्पत्य की सीमा में नहीं बाँधा जा सकता। चैतन्य के बाद के भक्ति काल में अधिकांशतः राधा-कृष्ण के प्रेम के परकीया स्वरूप पर सहमति है।

यहाँ संसार की एक और परिभाषा बनती है। वैध संबंधों की समष्टि राधा के कृष्ण को प्राप्त करने की राह में बाधास्वरूप हैं। विरोधाभास की स्थिति बनती है: एक ओर पितृसत्तात्मक निषेध इस बात पर ज़ोर देता है कि महिलाओं को अनिवार्य रूप से सिर्फ़ एक ही पुरुष से शादी करनी चाहिए, यही उनका धर्म है; दूसरी ओर कृष्ण की चाहत खुद ईश्वर द्वारा प्रेरित है। ऐसे में आध्यात्मिक संकट की स्थिति बनती है। कर्म संसार के नियमों को मानता है। दूसरी ओर संसार अपनी अनंत अपेक्षाओं और प्रतिबंधित मानदंडों के कारण एक बहुत बड़ा अवरोध भी है जो भगवान के प्रति पूर्ण समर्पण को बाधित करता है। भगवान भक्तों की पुकार पर आते हैं और खाली हाथ लौट जाते हैं। संसार ईश्वर द्वारा निर्दिष्ट है और एक बाधा भी। इस विरोधाभास के कारण भगवान और भक्त दोनों ही रोते हैं।

इस तरह भक्ति के अंतर्गत दर्द भरे दुनियावी माहौल और निष्ठा में सामंजस्य बैठाने की समस्या है। हिंदू धर्म पर विचार करते हुए ईसाई मिशनरियों को चोट पहुँची क्योंकि इसमें दुनिया को भगवान और शैतान में बाँटने की व्यवस्था नहीं है।[18] वैष्णव के लिए

आस्था की शुरूआत अव्यवस्था के बारे में बहस करते हुए ईश्वर की रचना को स्वीकार करने के साथ होती है। इसका संदेश अक्सर भक्ति के दूसरे रूपों के द्वारा भी दिया गया जिसने ईसाई मिशनरियों को अचंभित करके रख दिया, ईश्वर के प्रति कुवचन।[19] चूंकि ईश्वरीय इच्छा के प्रति समर्पण विश्व-व्यवस्था के प्रति पूर्व-प्रदत्त (अत: पूर्व-सीमातीत) आलोचना पर आश्रित है, अत: आस्था अपने विकास के साथ-साथ एक आलोचक को तैयार करती चलती है।

भगवान और संसार के साथ निपटने के इन रास्तों के साथ चैतन्य ने एक और संभावना को जोड़ा है–एक ऐसी भक्तमंडली को जिसे जाति या धर्मग्रंथों के अध्ययन के आधार पर नहीं, बल्कि महज भगवान का नाम भजने के आधार पर मुक्ति का समान अवसर हासिल कराया जा सके। सामाजिक रूप से पिछड़े लोगों के लिए मुक्ति ज़्यादा आसान है क्योंकि उनमें दंभ नहीं होता। आध्यात्मिक समानता के वादे ने चैतन्य (जो खुद ब्राह्मण थे) और ऊँची जाति के उनके अनुयायियों को कारीगर, व्यापारी, उत्पादक, आदिवासी नायकों जैसे लोगों–जो नीची जाति के होने के बावजूद सामाजिक और राजनीतिक रूप से महत्त्वपूर्ण हैं–के बीच धर्मांतरण अभियान चलाने का मौका उपलब्ध कराया।[20] इस्लामिक धर्मांतरण की सफलता का राज संभवत: ऐसी ही धार्मिक सभाओं में है। चैतन्य के बाद के कुछ संप्रदायों ने जाति और लिंग के ब्राह्मणवादी प्रतिबंधों का उल्लंघन किया है, इसके बावजूद समूल रूप में चैतन्य भक्ति का मकसद सामाजिक संबंधों को व्यापक स्तर पर बदलना नहीं रहा है। राससुंदरी का ब्राह्मण परिवार पूरी तरह वैष्णव था, लेकिन साथ ही साथ पूरी तरह रूढ़िवादी भी था।

इस संसार का यही रूप था। राससुंदरी जैसी अशिक्षित घरेलू महिला को इन सब के बारे में कितनी जानकारी थी? हालाँकि वैष्णववाद ने लोगों के बीच पढ़ने की आदत डाली थी और निचले लोगों के लिए काफ़ी पठनीय सामग्री उपलब्ध कराई थी। भिक्षु समुदाय की औरतें साक्षर भी थीं[21] लेकिन राससुंदरी के परिवार की सभी महिलाएँ साक्षरता से बिल्कुल विलग थीं।[22] राससुंदरी की माँ के घर में खुला माहौल था। वहीं गाँव का स्कूल भी चलता था और राससुंदरी के बचपन के दिन वहीं बीते थे। इसके बावजूद राससुंदरी से पढ़ाई-लिखाई करने की आशा नहीं की जाती थी। वहाँ लड़के जो कुछ लिखते थे उसे राससुंदरी ले लेती थीं लेकिन वह इसके बारे में किसी को बताती नहीं थीं।[23] न केवल ऊँची जाति के घरों में ब्राह्मणवादी परंपराएँ बनी हुई थी, बल्कि वैष्णववाद भी धर्मग्रंथों के अध्ययन के बारे में अस्पष्ट था। अशिक्षित लोगों को दंभी ब्राह्मणों की तुलना में तरजीह मिली हुई थी। इसी तरह शिक्षा भी प्रतिबंधित थी।[24]

वैष्णव सिद्धांतों को मौखिक रूप से वैचारिक स्तर पर आगे बढ़ाया जा सकता था। इसके लिए घरों और स्थानीय समूहों में कथा और पाठ के साथ-साथ कीर्तन आयोजित किए जाते थे। बीच-बीच में मूल पाठ की व्याख्या की जाती थी। उदाहरण के तौर पर, भागवत पुराण का पाठ महीनों होता था। सुबह के सत्र में मूल संस्कृत का पाठ होता था

और शाम को बंगला में उसका अर्थ समझाया जाता था।[25] इस तरह अशिक्षित श्रोता स्वर विज्ञान के ज़रिए उसे समझते थे। इसी तरह बंगाली मूल में जो पाठ होता था उससे भाषायी दक्षता हासिल होती थी।[26] संस्कृत और बंगला में साथ-साथ पाठ होने से संस्कृत की जटिलता को स्वर विज्ञान से समझने में मदद मिलती थी।

इसके बावजूद ऐसा नहीं था कि साझा संस्कृति का लाभ हर किसी को मिल जाता था। श्रमिक वर्ग और महिलाओं के पास विश्राम का वक्त नहीं रहता था और फिर नीति भी ऐसी रहती थी कि उनमें कथा-पाठ या कीर्तन के प्रति रुचि या समझ नहीं बन पाती थी। महिलाओं का धार्मिक जीवन परिवार की मूर्तियों को पूजने और महिलाओं से जुड़े रीति-रिवाज़ों को निभाने तक सीमित था। राससुंदरी ने लिखा है कि पुरुषों के घर में जो कथा-पाठ या कीर्तन होते थे उससे उसे या उसकी तरह दूसरी महिलाओं को अलग रखा जाता था।[27]

पढ़ने और भक्ति के बीच धार्मिक ग्रंथ एक मज़बूत संबंध बनाते थे। इन पाठों की सर्वव्यापकता थी। इन धार्मिक ग्रंथों का पठन-पाठन आंशिक रूप से महिलाओं के घरों तक पहुँचता था। ऐसे में और ज़्यादा जानकारी हासिल करने की इच्छुक महिलाएँ इस बात को लेकर असंतुष्ट रहती थीं कि उन्हें पूरी तरह से कथा-पाठ या कीर्तन में शामिल नहीं होने दिया जाता। वास्तव में वैष्णव भिक्षुणियाँ अच्छी तरह पढ़ सकती थीं। इसलिए आम महिलाओं में वंचित होने का भाव ज़्यादा प्रबल होता था। उन्नीसवीं सदी में महिलाओं की शिक्षा पर ज़ोर और सुधारवाद के रूढ़िगत विरोध ने एक नई स्थिति पैदा की। महिलाओं की शिक्षा के प्रबल विरोध से पढ़ाई की इच्छुक राससुंदरी के मन में दहशत पैदा हुई। उसे यह भी एहसास होने लगा कि उसी के आस-पास उस जैसी महिलाओं को पढ़ने के लिए प्रोत्साहित किया गया है।

इस तरह के भय और इच्छा से प्रेरित हो कर राससुंदरी ने अपने संसार के लिए दोहरा रुख अख्तियार किया। वे सफलता और समर्पण की राह पर चलती गईं। इसके साथ ही उन्होंने यह बताया कि इस वास्तविकता के पीछे गूढ़ सच्चाई छुपी हुई है। संसार की माया एक आंशिक सच्चाई है।

इस परस्पर विरोधी धारणा के साथ राससुंदरी ने अपने लिए एक विशेष जगह बनाई। वह संसार और अपने विश्वास दोनों की प्रशंसा करती थीं। वह घरेलू महिला थीं और अपने घरेलू माहौल में ही अपनी स्वतंत्र पहचान बना चुकी थीं। उनके विश्वास के बारे में खास बात यह थी कि उन्होंने इसे मंदिर, धार्मिक उत्सवों, घरेलू कर्मकांडों, पारिवारिक मूर्तियों, गुरुओं की नकल जैसे सांसारिक आयामों से अलग कर रखा था। इन सबमें शामिल होने के बावजूद इनके बारे में उन्होंने कुछ लिखा नहीं है। इस तरह उनकी आत्मकथा उनके बारे में जितना कुछ बताती है, उससे अधिक छुपाती है।

संसार ने पढ़ने-लिखने से उन्हें वंचित कर रखा था। लेकिन राससुंदरी ने अपनी आस्था को इन्हीं की ओर केंद्रित किया। एक महिला होने के नाते धर्म ने उन्हें जो संसाधन

दिए थे उसे राससुंदरी ने अस्वीकार कर दिया। इसके विपरीत उन्होंने ऐसे धार्मिक कार्यों को अपनाया जिनमें लिंग के आधार पर भेदभाव नहीं था। उन्होंने पुरुषों के साथ आध्यात्मिक बराबरी को अपनाया। अपने लेखन में भक्ति के सभी संग्रहों से उदाहरण लिया। छपाई से पहले के दिनों में कुछ भी और विशेषकर धार्मिक पवित्र पाठों को ज़ोर-ज़ोर से या कम से कम बुदबुदा कर पढ़ा जाता था। लेकिन इसके विपरीत राससुंदरी ने चुपचाप पढ़ने का रास्ता अख्तियार किया। ऐसा उन्होंने इसलिए किया ताकि कोई उसे पढ़ते हुए न देख ले। अपने घर के जिस कमरे में जहाँ वह पली-बढ़ी थीं वहाँ उनका अपना कुछ भी नहीं था। यहाँ तक कि उनका नाम भी नहीं: 'अपने पिता के घर से मुझे जो नाम मिला था वह भी खो चुका था। यहाँ मैं बस एक माँ थी।'[28]

गैर नारीवादी, व्यक्तिवादी धार्मिक रीति-रिवाज़ का दावा रूढ़िवादी प्रकृति के खिलाफ़ जाता है। यह उन्नीसवीं सदी के सुधारवाद से भी अलग है। सुधारकों ने महिला शिक्षा को स्वग्रहित या स्वकेंद्रित गतिविधि नहीं माना था। इसे शादी का आधार माना गया था। शिक्षा का मकसद महिलाओं को पारिवारिक निष्ठा के लिए प्रशिक्षित करना था।[29]

फिर भी राससुंदरी की निर्भीकता पर उनके अपने समय के साथ-साथ बाद के पाठकों द्वारा बहुत हद तक ध्यान नहीं दिया गया। प्रख्यात साहित्यकार ज्योतिंद्रनाथ टेगौर ने उनकी एक किताब की प्रशंसनीय भूमिका लिखी है। उन्होंने एक घरेलू महिला के तौर पर राससुंदरी के गुणों को काफी प्रशंसनीय बताया है। साथ ही, उन्होंने महिलाओं को शिक्षित करने को लेकर बने रूढ़िवादी भय का करारा जवाब दिया है।[30] बाद में, राष्ट्रवादी विद्वान दिनेश चंद्र सेन ने राससुंदरी में नारीवाद को बढ़ावा देने वाली छवि देखी और उन्हें मातृभूमि की प्रतिमूर्ति बताया।[31]

पार्था चटर्जी ने उनके लेखन का इस्तेमाल बुद्धिवादी उद्यमी पुरुष द्वारा एक महिला को हथिया लिए जाने के उदाहरण के तौर पर किया है– ऐसा पुरुष जो पश्चिमी ज्ञान से सुसज्जित है।[32] इस तरह की हर पाठ्य सामग्री को, जो किसी महिला के जटिल एवं अत्यंत वैयक्तिक प्रयास का फल है, को किसी अन्य कार्यक्रम एवं वृत्तांत के लिए इस्तेमाल किया जाता है तथा ऐसा महसूस कराया जाता है मानो इस सामग्री की कोई अन्य उपादेयता और प्रासंगिकता नहीं हो सकती। मैं कहना चाहूँगी कि इस तरह का एकपक्षीय लेखन राससुंदरी द्वारा इस्तेमाल किए गए लेखन के विविध तरीकों को दरकिनार करके ही किया जा सकता है।

उनके लेखन को समझने में इसलिए दिक्कत होती है क्योंकि राससुंदरी एक साथ दो भूमिकाओं में रही हैं: एक ओर वह परंपरागत परिवार में रची-बसी घरेलू महिला हैं तो दूसरी ओर उनका दूसरा परिचय एक ऐसी प्रारंभिक महिला लेखक के तौर पर मिलता है जिन्होंने अपनी ही ज़िंदगी के बारे में लिखने का सार्वजनिक एवं दुस्साहसपूर्ण कार्य किया है। इन दोनों को एक साथ पेश करने के लिए एक ऐसा आलंकारिक तरीका अपनाना होगा जो उनके सार्वजनिक जीवन पर परदा डाल सके और फिर उसे इस रूप में अभिव्यक्त

कर सके जिसमें एक वैष्णव महिला की शालीनता और आज्ञाकारिता दिखती हो। इसके कारण राससुंदरी को बराबर ही दोहरा चरित्र अपनाना पड़ता है। राससुंदरी अपने जीवन की व्यथा भी बताती हैं और दूसरी ओर वैष्णव महिला के सभी गुणों को भी अपनाए रखने की कोशिश करती हैं।

उनके निष्कपट बयान में बहुआयामी बातें सामने आती हैं। सबसे पहले तो वे खुद को दुर्बल, अज्ञानी महिला बताती हैं।[33] लेकिन इसके बाद वे दूसरी संभावनाएँ तलाशने लगती हैं। वे खुद को चैतन्य की बराबरी की श्रेणी में रखती हैं और निम्न जाति की अज्ञानी महिलाओं की रक्षा करने का वादा करती हैं। एक ही जैसे शब्दों का इस्तेमाल कर वे परोक्ष रूप से हैसियत उलटने की बात करती हैं। वे समझाती हैं कि निम्न हैसियत मुक्ति का मार्ग है। इसी वाक्य में वह यह भी याद दिलाती हैं कि उनकी तरह वंचित महिला ने किस तरह किताब पूरा करने का साहसिक काम किया। वह यह सब किसी बड़बोलेपन या स्व-प्रशंसा के भाव के बिना कर जाती हैं।

वह बताती हैं कि वे कितनी सुंदर थीं। यह बताने के लिए वह अपने बारे में दूसरों के द्वारा कही बातों को दुहराती भर हैं। अपनी सुंदरता के बारे में उन्होंने एक छोटा गीत भी लिखा है: 'हर कोई मुझे छोटी गुड़िया कहता है।' उनके पड़ोसी उनकी सुंदरता पर कमेंट (टिप्पणी) करते रहते हैं: 'इससे जिस किसी की शादी होगी वह बहुत सौभाग्यशाली होगा।' वह यह नहीं कहतीं कि घरेलू स्तर पर वह सफल थीं। वह सिर्फ़ यह बताती हैं कि उनके सास-ससुर बहुत भले थे और इतने दिनों में उन्हें कभी किसी ने उनकी आलोचना करते नहीं सुना था।[34] अप्रत्यक्ष बयान वह सब कुछ बता देते हैं जो वह खुद अपने बारे में नहीं बता सकती थीं।

राससुंदरी ऊपरी तौर पर जो कुछ कह रही होती हैं वह दिखता कुछ अलग है। इस कला में उन्हें महारत हासिल है। ऐसा वह अपने बयानों को सलीके से सजा कर करती हैं। वह किसी भी घटना का समापन बड़े ही भावप्रवण अंदाज में करती हैं। खुद को वह ईश्वर की मर्जी पर छोड़ देती हैं। घटना को बताते हुए वह विस्तार से बहुत सारी जानकारियाँ देती हैं। इन जानकारियों से उसकी उन मुश्किलों के बारे में पता लगता है जो उनके आज्ञाकारी बने रहने के कारण खड़ी हुई हैं। आखिरकार, जो संदेश मिलता है वह गड्डमड्ड हो जाता है और वह पीड़ित व निर्बल नजर आती हैं। वह दूसरों को एक बच्चे की तरह खुश रखना चाहती हैं। वह एक वृद्ध व अशक्त रिश्तेदार की उसके घरेलू कामकाज में मदद करने लगती है, लेकिन इसकी जानकारी वह किसी दूसरे को नहीं देतीं। जब उनके परिवार को इसके बारे में जानकारी मिलती है तो वे उनकी इतनी अधिक प्रशंसा करते हैं कि वह घर का पूरा काम करने की पेशकश कर देती है। राससुंदरी के ये सभी महिला सुलभ गुण पहले परिवार वालों और बाद में उसके पाठकों को खुश कर देते हैं। लेकिन इस घटना का समापन वह बहुत ही आश्चर्यजनक तरीके से करती हैं। यह समापन हमें दूसरी तरह से सोचने को मज़बूर करता है। घटना का समापन करते हुए वह कहती

हैं: तो खेलने का दिन समाप्त हो गया। अब मैं हर समय काम करने लगी थी।[35] वह अपने बारे में सिर्फ तथ्यपरक जानकारी देती हैं लेकिन उनके शब्द अनुनाद से भरे हैं। लोकप्रिय लोकगीत की पंक्ति में भी वह इसी दर्द को बयाँ करती हैं: 'आओ हम झटपट खेल लें अंतिम बार, क्योंकि अजनबी का बेटा (पति) आ रहा है मुझे ले जाने और उसके बाद नहीं खेल सकूंगी मैं कभी।'[36]

पूरी रणनीति दीर्घकालिक योजना के तहत बनाई गई है। इसके बारे में तीन से अधिक अध्यायों में चर्चा है। इसमें वह लुकछिप कर पढ़ने के बारे में बताती हैं। वह बताती हैं कि उन्हें किस तरह घर में अत्यधिक काम करना पड़ता था। इसी क्रम में वह बहुत ही मर्मस्पर्शी तरीके से बताती हैं कि किस तरह एक बार दो दिनों तक लगातार काम करते रहने के कारण उन्हें एक बार भी खाना खाने का समय नहीं मिला। वह इस वृत्तांत को खुद पर तरस खाने या नाराजगी के दाग से बचा लेती हैं। इसके लिए वह बार-बार इस तरह के मुहावरे का इस्तेमाल करती हैं: 'मैं इस तरह की बातों की चर्चा क्यों करूँ? ऐसी बातें सोचना भी शर्मनाक है।' वह अपनी बात यह लिख कर समाप्त करती हैं: 'भगवान की लीला के बारे में सोच कर मैं हँसने लगी। मैंने कभी इसकी चर्चा किसी से नहीं की।'[37] इस तरह उनके दोनों मकसद पूरे हो गए। एक तरफ तो उन्होंने छपे शब्दों के माध्यम से सारी दुनिया को अपनी दुर्दशा बता दी। वहीं दूसरी ओर खुद को मिटा कर हँसते हुए सारे दुख-दर्द को झेल लेने वाली हिंदू पत्नी की अपनी छवि भी बनाए रखी।

उन्होंने सशक्त ढंग से यह संदेश दे दिया कि किस तरह एक छोटी लड़की को अपने घर से उजाड़ कर एक अनजाने परिवार के साथ बाँध दिया गया। उसे ऐसा एहसास हुआ मानो भगवान ने उसे उम्र कैद की सज़ा दे दी हो। वह कहती हैं, 'मैं इस संसार के बंदीगृह में डाल दी गई हूँ। अपनी मौत के पहले यहाँ से निकल नहीं सकती।' इसके तुरंत बाद वह प्रशंसा में एक गीत गाती हैं। जब मैं आपकी दया के बारे में सोचती हूँ तो मेरा मन अभिभूत हो जाता है। आप अपनी पराधीन बेटी के प्रति बहुत दयावान हैं।'[38] यहाँ दया की बात इसलिए की गई है क्योंकि वह शारीरिक रूप से सारे दर्द को बर्दाश्त करने में सक्षम हैं। भगवान ने उन्हें एक गुलाम की ताकत दी है। फिर उन्होंने पराधीन शब्द का इस्तेमाल किया है। यहाँ पर पराधीन शब्द भगवान की दया को कम करता है। हालाँकि उनकी मंशा यह बताना है कि दुखद अनुभवों का नतीजा अच्छा निकलता है। मंशा और प्रभाव जैसे शब्दों का इस्तेमाल इस तरह किया गया है कि उनके कई अर्थ निकलते हैं और हर अर्थ एक-दूसरे के विपरीत है। दूरगामी प्रभाव के तौर पर राससुंदरी की अवज्ञा पढ़ाई करने के पक्ष में सहानुभूति अर्जित करने की कोशिश है। अंतिम छवि दुरंगे, नाजुक, छुपे रूप में दर्द को अभिव्यक्त कर समर्पण भाव को स्वीकारने वाली की बनती है, लेकिन बीच-बीच में वह कहीं-कहीं आलोचना का रुख भी अख्तियार करती हैं।

पूरे विवरण में सिर्फ एक जगह वह समर्पित भक्त और स्वजागरूक पीड़िता के बीच के इस तालमेल को तोड़ती हैं। तीसरे अध्याय के अंत में वह बड़ी सतर्कता के साथ

बंदीगृह के बारे में बताती हैं। उनके नए घर से उन्हें मायके जाने की अनुमति नहीं मिलती। यदि कभी यह अनुमति मिल भी जाती है तो नौकर लोग उनकी घेराबंदी ठीक उसी तरह किए रहते हैं जिस तरह पेरोल पर रिहा हुए कैदियों की घेराबंदी सुरक्षा गार्ड किए रहते हैं। यहाँ तक कि जब उनकी माँ मर रही होती है, तब भी उन्हें अंतिम बार देखने जाने की अनुमति नहीं मिलती। इस अध्याय का समापन वह इस उलाहने के साथ करती हैं: प्रिय भगवान, तुमने मुझे इस मानवजाति का अंग क्यों बनाया?[39] यही एकमात्र अध्याय, एकमात्र बयान है जहाँ प्रशंसा का एक भी शब्द नहीं है।

जहाँ कहीं भी वह सामाजिक व्यवस्था के बारे में चर्चा करती हैं, वह इसे भगवान की कृति बताती हैं।[40] इस तरह पितृसत्तात्मक शोषण और उसके कठोर अनुभवों के लिए भगवान को ज़िम्मेदार बताया जाता है। उनके पास एक विकल्प है लेकिन वह इसका इस्तेमाल नहीं करतीं। यह विकल्प है इसे भगवान की इच्छा की अवमानना बताना। उनकी पसंद भगवान के साथ उनके रिश्ते के बारे में बताती है। जितनी प्रसन्नता और शांति के साथ वह भक्ति भाव को दर्शाती हैं उतनी ही अधिक वह क्रूरता को रेखांकित करती हैं। यहाँ उपासक का समर्पण दैवीय निरंकुशता को समाप्त करने के बजाय उसे बल प्रदान करता है।

राससुंदरी का भक्ति भाव स्वैच्छिक समर्पण या समीक्षा से ज़्यादा जटिल प्रकृति का है। अस्पष्टता और तनाव उनकी 'यात्रा' (ग्रामीण थियेटर) की चालबाजी के बारे में बताते हैं। उन्नीसवीं सदी के गाँवों में यात्रा पार्टियों (थियेटर) को अत्यधिक लोकप्रियता हासिल थी।[41] इसके निर्देशक-सह-मैनेजर को अधिकारी कहा जाता था। राससुंदरी ने भगवान को अपनी आंखों के सामने होने वाले नाटक का अधिकारी बताया है। संभवतः यह नाटक उनकी अपनी जिंदगी के बारे में है। लेकिन वह बारी-बारी से खुद इसकी अभिनेत्री और दर्शक हैं जबकि भगवान इस नाटक के लेखक और निर्देशक हैं। चूँकि नाटक का पूरा मकसद उन्हें प्रसन्न करना है इसलिए वे इसके दर्शक भी हैं। नाटक के पात्र को पटकथा के स्वरूप के बारे में कोई जानकारी नहीं है और न ही उसका कोई नियंत्रण है। वह पूरी तरह अपने आप को छलने देती हैं।[42]

मज़ेदार बात यह है कि वह जो सिर्फ एक भूमिका अदा करती हैं वह एक पुत्र की माता की है।[43] संभवतः यह इस कारण है कि सिर्फ यही एक सशक्त भूमिका है जो महिला अदा कर सकती है। नाटक के अंत में भगवान आते हैं और बेटे को ले जाते हैं। वह भगवान की लीला मान कर इस दर्द को झेलती हैं।

उनकी आँखों के सामने भगवान के कई अवतार भी नाचते हैं। थियेटर के रूप में उनकी अपनी ज़िंदगी और यात्रा के रूप में भगवान की ज़िंदगी में निर्णायक अंतर है। वह अपनी ही ज़िंदगी के सामने असहाय हैं जबकि भगवान खुद अपनी भूमिका तय करते हैं। भगवान राम, कृष्ण और चैतन्य के रूप में अपनी भूमिका बदलते रहते हैं। एक भूमिका से जब उनका मन उब जाता है तो वे अपनी भूमिका बदल लेते हैं।[44] इस रूपक का संबंध सृष्टि निर्माण के इस दर्शन से जुड़ा है कि सृष्टि खुद अपने आप में एक माया है। भगवान

ने खुद को विस्मित करने के लिए यह भ्रम बनाया है। इसका व्यक्तिगत अनुनाद भी है। यह न सिर्फ उपासक के आध्यात्मिक असहायपन को अभिव्यक्त करता है, बल्कि महिलाओं की सामाजिक दुर्बलता और लिंग-भेद की विषमता को भी उजागर करता है। सही मायने में कहें तो स्त्री अपनी पूरी जिंदगी बेघर रह कर गुजारती है।

हाशिए पर रहने की अनुभूति संभवत: उन्नीसवीं सदी की कला के स्वरूप से जुड़ी हुई है। यह अनुभूति निर्देशक/लेखक और कलाकार, मंच पर होने वाले नाटक और उसके कलाकार और उसके निश्चेष्ट दर्शक के बीच बनी हुई है। बीसवीं सदी के मध्य के एक नाटक में स्थानीय समाज पर इस नई कला के पहले विघटनकारी प्रभाव को दिखाया गया है। इस नाटक में पहले के सामूहिक भक्ति गीतों को पूरी तरह हटा दिया गया है और हर कोई अपनी भक्ति का गीत गाता है। इससे तमाशा, अलगाव और दूरी का एहसास होता है और इसे सिर्फ़ निश्चेष्ट भाव से ही पचाया जा सकता है।[45]

राससुंदरी का निर्लिप्त जीवन, जिसे उन्होंने स्वयं ही चुना था, अंतहीन आश्चर्यों और चमत्कारों से भरा हुआ था। वह अपने जीवन को भुलाकर लीला के दैवीय चमत्कारों से अभिभूत होती हैं।

उनके बचपन के दिनों में भय के अतिरेकी वर्णन से उसकी ज़िंदगी में भगवान के लिए जगह बनने का अवसर मिलता है। चूँकि राससुंदरी अपने समय की बहुत सारी लड़कियों की तुलना में ज़्यादा भाग्यशाली थीं इसलिए उनकी समस्याओं को कई मायने में बढ़ा-चढ़ा कर देखा गया है। हालाँकि उनके पिता नहीं थे लेकिन उनके रिश्तेदार उन्हें प्यार करते थे। उनका लालन-पोषण उनकी माँ ने किया था जो कि विवेकी, शांत और प्यार करने वाली थीं। चूँकि परिवार काफी संपन्न था और वह सुंदर थीं इसलिए उनके लिए वर ढूँढ़ना कोई समस्या नहीं थी। दरअसल उन्हें शादी की सामान्य उम्र से ज़्यादा समय तक घर में रखा गया क्योंकि उनकी माँ उन्हें खुद से अलग नहीं करना चाहती थीं। यहाँ तक कि उनके नए घर में भी सास-ससुर दुल्हन को बहुत प्यार करते थे। उनका पहला अनुभव आमतौर पर दूसरी दुल्हनों के अनुभव से बिल्कुल अलग था। दूसरी लड़कियों का आमतौर पर कहना है कि जब कभी सास उन्हें देखती है, उनके शरीर का खून सूख जाता है।[46] लेकिन राससुंदरी के साथ ऐसी बात नहीं थी।

राससुंदरी द्वारा अपनी चिंता और भय का उल्लेख करने के क्रम में ये जानकारियाँ सामने आती हैं। राससुंदरी में बचपना अधिक था और दूसरी सहेलियों की तुलना में उनकी देखभाल अधिक होती थी। इस कारण, अक्सर लड़कियाँ उन्हें चिढ़ाया करती थीं। उनके मन में अपहरण का डर भी समाया रहता था। परेशानियों को जन्म देने वाली आशंकाओं से भरे जीवन में भगवान के बारे में उन्हें सबसे पहले माँ ने बताया। माँ भगवान का नाम लेकर उनके डर को दूर करना चाहती थीं। माँ राससुंदरी से कहती हैं, 'तुम क्यों डरती हो? हमारे घर में दयामाधव (कुल देवता का नाम) हैं।'[47] इस तरह माँ ने ही राससुंदरी को भगवान के बारे में जानकारी दी।

वह डर को भगाने की और भी कोशिशें करती रहती थीं। राससुंदरी को जब पहली बार यह पता चला कि वह एक मरे हुए व्यक्ति की बेटी हैं तो उनके मन में एक और डर समा गया। वह कहती है कि इतने दिनों तक मैं यही जानती रही थी कि मैं सिर्फ अपनी मां की बेटी हूँ। लेकिन अपने मृत पिता के बारे में जान कर उसके मन में भूत का डर समा गया। ऐसे में उनकी माँ दयामाधव का नाम लेकर उन्हें फिर सांत्वना देती हैं।[48]

तीसरी बार भगवान का नाम उस वक्त आता है जब घर में आग लग जाती है। डरे हुए बच्चे भागते हुए रास्ता भूल जाते हैं। बच्चों की चिल्लाहट सुन कर गाँव वाले आते हैं और उन्हें ले जाते हैं। राससुंदरी को लगता है कि दयामाधव ने उनकी आवाज़ सुन ली और बचाने आ गए। इसके बाद माँ देवताओं की विभिन्न श्रेणियों की चर्चा करती हैं और बताती हैं कि सभी देवता सच्चाई के साथ आपस में जुड़े हुए हैं। दयामाधव ने आदमियों को लगा कर उसे बचाया है। दयामाधव तो एक परिवार के भगवान का नाम है लेकिन पूरी दुनिया पर शासन करने वाले परमेश्वर हैं। 'वह हर किसी के हैं। दुनिया की हर चीज़ उन्होंने बनाई है। वे हर किसी को प्यार करते हैं। वे हम सभी के लिए भगवान हैं।'[49]

हालाँकि भगवान का पहला उल्लेख परिवार की एक मूर्ति के रूप में हुआ है जो बहुदैवीय व्यवस्था की पुष्टि करती है। लेकिन अंततः एकेश्वरवादी भगवान स्थापित होते हैं। किताब के तीसरे अध्याय से लेकर अंत तक भगवान को परमेश्वर कहा गया है। यह पदनाम कौतूहल पैदा करने वाला है क्योंकि यह उपाधि सिर्फ कृष्ण से जुड़ी हुई है। दूसरी ओर, ईसाई मिशनरियाँ और ब्रह्म समाज से जुड़े धर्म सुधारक अपने भगवान को इसी नाम से पुकारते हैं। राससुंदरी ने अपने भगवान के लिए एक गैर-वैष्णवी नाम तय किया है। पूरी किताब में राससुंदरी के भगवान का चरित्र और दैवीय गुण कृष्ण से अलग हैं। राससुंदरी के भगवान की कोई काया नहीं है। पूरी किताब में एक बार भी पारिवारिक वैष्णवी देवता का ज़िक्र नहीं है।

राससुंदरी बताती हैं कि जब पहली बार उन्हें भगवान के बारे में पता चला उसी दिन उनके दिमाग में बुद्धि का पहला बीज अंकुरित हुआ।[50] भगवान के पास पहुँचने का उनका रास्ता विचार का रास्ता था। यह मस्तिष्क का रास्ता था न कि सामान्य औरतों से जुड़ा भक्ति का धर्मपरायण, भावात्मक, भाव-प्रवण या कर्मकांडी रास्ता। यह पढ़ने-लिखने के बुद्धिवादी रास्ते से मेल खाता हुआ मार्ग था।

राससुंदरी के पास भगवान किसी मूर्ति, मिथक या कर्मकांड के रूप में नहीं आए, बल्कि उन्हें भगवान के बारे में जानकारी माँ के कहे शब्दों से मिली। आलेख में माँ की चर्चा भगवान की बातें कहने के लिए ही हुई है। दोनों एक संरचना से जुड़े हैं और दोनों का ही मकसद बच्चे के मन से डर को निकालना है। यह संरचना उस वक्त ढह जाती है जब बारह वर्ष की होने पर राससुंदरी को पता लगता है कि उनकी शादी होने वाली है। भयभीत राससुंदरी अपनी माँ के पास जा कर पूछती हैं: 'माँ क्या तुम मुझे किसी अजनबी को दे दोगी?' माँ स्थिति की नाजुकता को ध्यान में रख कर ना कहकर उसे समझाने की कोशिश करती हैं। लेकिन उनका कहा गलत होता है और वह रोने लगती हैं।[51]

राससुंदरी की माँ भरोसा दिलाती हैं लेकिन जब उन्हें एहसास हो जाता है कि माँ झूठ बोल रही हैं और वह उसी की तरह असहाय हैं, तो वह टूट जाती हैं। आखिरकार वह भी एक औरत थीं। उनका गला रुँध जाता है। ऐसे में रास‌सुंदरी पुरानी संरचना से कुछ भरोसा हासिल करने की कोशिश करती है। वह सवाल करती हैं, क्या परमेश्वर मेरी मदद को आएँगे? माँ कहती हैं कि वह जहाँ कहीं भी जाएगी परमेश्वर उसके साथ जाएँगे। माँ के परमप्रिय, जीवंत, मानवोचित साहचर्य से वंचित रास‌सुंदरी के पास माँ की कही बातों की याद और उनके द्वारा दिए गए भरोसे के रूप में सिर्फ़ भगवान बच गए हैं। इस तरह भगवान रास‌सुंदरी के लिए उसकी माँ के अवशेष और विस्तार दोनों हैं। वे पूरी तरह उसकी माँ की कृति हैं।

जब जुदाई की त्रासद, अविश्वसनीय बेला आई और छोटी बच्ची को अपना घर, अपना जन्मस्थल, अपनी माँ और वह हर कुछ जिसे वह अपनी ज़िंदगी में जानती थी, छोड़ना पड़ा तो उसके साथ सिर्फ़ परमेश्वर रह गए जिसे वह पहले से जानती थी। अजनबियों से भरी नई जगह में, जहाँ बोलचाल की भाषा भी अलग थी वह बार-बार सहमे हृदय से इसी परमेश्वर को याद करती है और कहती है: मैं स्वीकार करती हूँ कि आज सिर्फ़ डर के कारण मैं आपको याद कर रही हूँ।[52] रास‌सुंदरी ने स्पष्ट कर दिया कि दर्द और भय के कारण ही उन्होंने जीवन में भगवान को जगह और सत्ता प्रदान की है। भगवान कितने अधूरे भाव से इन कामों को करते हैं इसके बारे में रास‌सुंदरी कुछ नहीं कहती है। पहले की अपेक्षाएँ किताब के अंत में समाप्त हो जाती हैं। भगवान अब एक शक्तिशाली व कल्पना-प्रवण व्यक्तित्व के स्वामी हैं जो उनके जीवन के साथ लीला करते हैं। वह सिर्फ़ भरोसा ही कर सकती हैं कि भगवान उसके प्रति दयावान होंगे। वह कहती हैं, अगर आप मेरे प्रति निष्ठुर भी होंगे तब भी मैं आपको दयावान ही कहूँगी।[53]

रास‌सुंदरी की माँ उनके लिए सर्वोपरि हैं। वही शिक्षक हैं, गुरु हैं। रास‌सुंदरी इस बात का हमेशा ख्याल रखती हैं कि उसके सिवा उसका कोई और नहीं है। यद्यपि वैष्णव परिवारों में कुलगुरु शक्तिशाली होते हैं और विधि-विधान से वे शरीर और मन को शुद्ध करते हैं, लेकिन रास‌सुंदरी उनके पास नहीं जातीं। ना ही वह किसी और धार्मिक रस्मों-रिवाज़ की चर्चा करती हैं। अपने धार्मिक जीवन के सभी प्रभावों से वह वृत्तांत को अलग रखती हैं। पबना और फरीदपुर का वैष्णव से पुराना और गहरा संबंध रहा है[54] लेकिन *अमार जीबन* में उनके बारे में कोई चर्चा नहीं है। सबसे अधिक ध्यान देने की बात तो यह है कि तमाम कठिनाइयों को सह कर उन्होंने जो सारी किताबें पढ़ीं, उनसे उन्हें क्या शिक्षा मिली इसकी चर्चा भी वह नहीं करती।

रास‌सुंदरी बताती हैं कि वह अपनी माँ द्वारा दिए गए सारे धार्मिक निर्देशों को अपने जीवन में टुकड़े-टुकड़े में अपनाती रही हैं। वह अपनी माँ को पूरी तरह उन्नीसवीं सदी की भूमिका में दिखाती हैं। वैष्णव संतचरित लेखन में माता को पोषण का स्रोत माना गया है, लेकिन उसे निर्देशन का स्रोत नहीं माना गया है। दूसरी ओर, उन्नीसवीं सदी के

पुनरुत्थानवादी हिंदू राष्ट्रवादियों के अनुसार हिंदू महिलाओं पर पश्चिमी शिक्षा और मूल्यों का कोई प्रभाव नहीं पड़ा था और वे पूरी तरह केवल हिंदू धर्मग्रंथों से निर्देशित होती थीं। हिंदू महिलाएँ हिंदू पुरुषों के विपरीत उपनिवेशन से बची रहती थीं। खोई हुई आज़ादी की एकमात्र वाहक होने और एक नया राष्ट्र चुनने के नाते हिंदू घरों में उनका प्रभाव था और इनके लिए वह निर्देशन की स्रोत थी।[55] दूसरी ओर, उदारवादी सुधारक इस आधुनिक सिद्धांत को मानते हैं कि प्रबुद्ध महिला शिक्षा और नैतिकता की सबसे अच्छी प्रारंभिक गाइड हैं। दरअसल इसी आधार पर उन लोगों ने महिलाओं को शिक्षित करने की वकालत की है।[56]

परोक्ष रूप से राससुंदरी की इस पहल से एक बड़ी बात सामने आती है। उनके जीवन में बारह वर्ष की उम्र से ही माँ की प्रभावकारी शिक्षा मिलनी बंद हो गई। ऐसे में राससुंदरी का आध्यात्मिक विकास खुद अपनी कोशिशों से हुआ था। जैसा कि हम देखते हैं *अमार जीबन* पूरी तरह एक व्यक्तिवादी चित्रण है। एक अर्थ में यह पूरी तरह उन्नीसवीं सदी का सृजन है। इसी तर्ज पर देवेंद्रनाथ टैगोर की आत्मकथा *आत्मचरित* लिखी गई थी। *आत्मचरित* में भी एक व्यक्ति द्वारा आध्यात्मिक शिक्षा हासिल करने के लिए की गई कोशिशों का वर्णन है। अंतर सिर्फ उन सांगठनिक, प्रचारात्मक और सांस्थनिक निर्देशों के स्तर पर है जिन्हें देवेंद्रनाथ टैगोर ने अपनी पुस्तक के बाद के अध्यायों में जोड़ा है।[57] इसके विपरीत, राससुंदरी की लिंग-केंद्रित धार्मिक सक्रियता पढ़ने-लिखने तक सीमित है।

राससुंदरी ने अपनी जिंदगी को परीक्षाओं की कड़ी के रूप में बताया है। वह इन परीक्षाओं में भगवान के आशीर्वाद से पास होती रही हैं। हमने उनके बचपन के भय की चर्चा की है, हालांकि असली अग्निपरीक्षा वैवाहिक जीवन था। विवाह की शुरूआत में राससुंदरी को उन सबसे अलग होना पड़ा जिन्हें वह चाहती थीं। दुख की इस घड़ी में वह बहुत रोई थीं। बंगाली लड़कियों की शादी बहुत कम उम्र में ही इस मान्यता के साथ कर दी जाती थी कि यौवनारंभ (वय:संधि) के समय उसे अपने पति के घर रहना चाहिए। उन्नीसवीं सदी के सभी महिला-लेखन में बचपन में ही माँ-बाप का घर छोड़ने के दर्द का उल्लेख है। इस अनुभव को त्रासद, अपने ही घर की सुरक्षा से वंचित करने वाला और पूरी जिंदगी एक अनजान की मर्जी और उसके नियंत्रण में बिताने के लिए बाध्य करने वाला बताया गया है।[58] एक दूसरी महिला ने अपनी मर्मभेदक यादों की चर्चा की है कि अपनी बेटी को खोने के बाद एक माँ रोते-रोते किस तरह अंधी हो गई।[59] एक भक्तिगीत में हर वर्ष तीन दिनों के लिए माँ दुर्गा के अपने माता-पिता के घर जाने की चर्चा है। यह गीत अठारहवीं और उन्नीसवीं सदियों में पूरे बंगाल में बहुत ही लोकप्रिय था। उस समय खेतिहर और व्यवसायी जातियों की संपन्नता बढ़ रही थी और उनके बीच ब्राह्मणवादी पितृसत्तात्मक रीति-रिवाज़ों की पकड़ मज़बूत हो रही थी।[60] पहले से ही मौजूद सोलहवीं सदी के विधि-विधान ब्राह्मणवादी लिंग-भेद को मज़बूत कर रहे थे। इसके साथ ही वे ब्राह्मणों के सामाजिक राजनीतिक वर्चस्व को बचाने के लिए लड़कियों की बहुत ही कम उम्र में शादी करने को बढ़ावा दे रहे थे। दरअसल बंगाल में लंबे समय के मुस्लिम शासन

और बड़े पैमाने पर मुस्लिम धर्मांतरण के कारण उनका वर्चस्व उस वक्त कमज़ोर पड़ता जा रहा था।[61] अठारहवीं सदी में शक्तिशाली कृष्णागोर इस्टेट ने ब्राह्मणवादी रूढ़िवाद को फिर से थोप दिया था।[62] दुर्गा के बारे में लिखी 'आगामनी' गीतों में दुर्गा के विलग होने का वक्त करीब आने पर उनकी माँ की पीड़ा का उल्लेख है। बंगाली महिलाओं के लिए इन गीतों का दोहरा संदेश है। तीस साल के करीब पहुँचने पर महिलाओं को एक बेटी के तौर पर अपनी माँ की चिंता होती है और एक माँ के तौर पर वह अपनी विवाहिता बेटी के लिए चिंतित होती है।[63]

राससुंदरी ने इस बात का ज़िक्र किया है कि पुराने समय के नियम-कानून किस तरह एक नई दुल्हन की गतिविधियों को नियंत्रित करते थे। राससुंदरी का रूढ़िवादी हिंदू परिवार ब्राह्मणवादी निषेधों से नियंत्रित होता था। इस परिवार पर पश्चिमी और सुधारवादी विचारों का ज़रा भी प्रभाव नहीं था। उन्नीसवीं सदी के पुनरुत्थानवादी उग्र हिंदू राष्ट्रवादियों ने उस वक्त के हिंदुओं के लिए ऐसी ही जगह तय की थी। इसमें औपनिवेशिक शासन की वंचना और अपमान की स्थिति को कम किया गया था। एक सच्चे देशभक्त की मूर्ति बनाई गई थी जिसमें एक अच्छी महिला को साधारण पोशाक में, हाथों में चूड़ियां पहने और माथे पर सिंदूर लगाए दिखाया गया था। वह महिला खुशी-खुशी संसार को समर्पित थी। उसकी खुशी खाना बनाने और खिलाने में प्रदर्शित होती थी। राष्ट्रवादी लेखनों में उसे सौंदर्य, संस्कृति और धर्म की प्रतिमूर्ति बताते हुए अन्न की देवी यानि अन्नपूर्णा की संज्ञा दी गई थी।

हिंदू महिलाओं की इस छवि पर सुधारवादियों द्वारा प्रश्नचिह्न लगाए जाने के अलावा 1860 के बाद के महिला लेखन में भी इसकी बुनियाद की गंभीर जाँच पड़ताल की गई है।[64] इन दोनों में– महिलाओं को शिक्षा से दूर रखने और छोटी बच्चियों को नए परिवार में भेजने की प्रथा की समान रूप से आलोचना की गई है। राससुंदरी एक आदर्श घरेलू हिंदू महिला थीं। वह सावधानीपूर्वक अपनी भावनाओं को अभिव्यक्त करती थीं। व्यवस्था के बारे में अपनी बात को वह कभी खुल कर नहीं कहती थीं। वह कहती हैं, 'मैं इन सब पुरानी बातों को याद करती हूँ तो मन घृणा से भर जाता है... गँवारू कपड़े, भारी-भरकम गहने, शंख की चूड़ियाँ और सिंदूर।' दुल्हनों के लिए निषेधों की चर्चा करने के लिए वह अंधे, गूंगे और लकवाग्रस्त व्यक्ति व कोल्हू में जुत रहे आँखों पर पट्टी बँधे बैलों की छवि का इस्तेमाल करती हैं।[65] वह जुबान बंद रखने, तयशुदा चुनिंदा जगहों पर आने-जाने, अधिकतर वृद्ध और पुरुष रिश्तेदारों से कोई संबंध नहीं रखने के लिए मजबूर हैं। चूँकि घर के अंदर चहलकदमी की सीमा हर घर में अलग-अलग थी इसलिए कोई दुल्हन यह अंदाजा नहीं लगा सकती थी कि उस पर क्या-क्या पाबंदियाँ लगाई जाएंगीं। पत्नी बनने के ढेरों दिन बाद और कई बच्चों की माँ होने के बाद भी राससुंदरी सोचती है कि उसे अपने पति के घोड़े के सामने भी जाने पर पाबंदी लगी हुई थी। पूरे आलेख में राससुंदरी अपने भाग्य की तुलना उन आधुनिक लड़कियों से करती हैं जिन्हें इन दिनों

शिक्षा की सुविधा प्राप्त है। उनके अपने समय में हर कोई यही मानता था कि महिला सिर्फ़ घर का कामकाज करने के लिए बनी है।[66]

वह खुद आज्ञाकारी थीं और उनके पति के संबंधी उनसे अच्छा बर्ताव करते थे। फिर भी, सबको खुश रखना एक पीड़ादायक प्रक्रिया थी। उसे कैदी का जीवन व्यतीत करना पड़ रहा था। राससुंदरी कहती हैं, 'मैं पूरी ज़िंदगी के लिए कैद में डाल दी गई थी। इस ज़िंदगी में इस कैद से निकलने की कोई गुंजाइश नहीं थी... मुझे मेरे अपने लोगों से छीन लिया गया था... और आजीवन कारावास में डाल दिया गया था... मैं अकेले में रो सकती थी, लेकिन चूँकि ज्यादातर समय मुझे इन लोगों के साथ रहना पड़ता था इसलिए मैं बिल्कुल निर्जीव पक्षी बनी हुई थी...[67] राससुंदरी अपने सास-ससुर को जो स्नेह देती थी वह स्वतः नहीं था बल्कि पिंजड़े में बंद पक्षी को ऐसा करने के लिए सिखाया गया था और इसकी ज़रूरत बताई गई थी।

चौदह साल की उम्र में राससुंदरी बिना किसी मदद के घर का सारा कामकाज देख रही थी। रसोईघर उसकी दुनिया थी और उसके 'पिंजड़े' का स्थानिक अर्थ था। परिवार के भगवान का पूजा-पाठ उसके ज़िम्मे था, वह अपनी सास की देखभाल करती थी, अप्रत्याशित आंगतुकों का आदर-सत्कार करती थी, और दोनों शाम कम से कम पच्चीस लोगों का भोजन पकाती थी।[68] अपने रोज़-ब-रोज़ के काम का जिस तरीके से राससुंदरी ने जिक्र किया है उससे संतुष्ट महिला की बनी-बनाई छवि टूटती है। वह बताती हैं कि परिवार के भगवान की पूजा वह भक्ति-भाव से नहीं, बल्कि इसे काम मान कर करती थीं। वह अपने श्रमसाध्य कार्यों के बारे में भी बताती हैं और भगवान को इस बात के लिए धन्यवाद देती हैं कि उन्होंने उसे ऐसा शरीर दिया है कि वह यह सारा काम कर लेती हैं। इस तरह वह बताती हैं कि महिला की भूमिका पोषक की नहीं, बल्कि दास की है। इसी तरह वह माँ की छवि को भी पुनर्परिभाषित करती हैं। सफल व खुशहाल मातृत्व के बारे में छवि बनी हुई है कि वह जल्दी-जल्दी पैदा हुए 12 बच्चों को बिना किसी मदद के पाल-पोस सकती है। राससुंदरी इस छवि को तोड़ती हैं। वह लिखती हैं, 'पूरी रात बच्चे मुझे सोने नहीं देते थे। एक कहता था, माँ मैं शौच करूँगा, दूसरा कहता था माँ भूख लगी है और फिर तीसरा कहता था, माँ, मुझे अपनी बांहों में ले लो।'[69]

इसी तरह की धारणा का उल्लेख वह भोजन के संदर्भ में करती हैं। उन्होंने खाना पकाने, खिलाने, खाने और उपवास की चर्चा की है। अपनी पूरी जवानी उन्होंने खाना बनाने और दूसरों को खिलाने में बिता दी। पूर्वी बंगाल के देहाती इलाकों के संपन्न परिवारों में तरह-तरह का सुस्वादिष्ट भोजन बनाना महत्त्वपूर्ण काम माना जाता था। भोजन बनाने की निपुणता के आधार पर महिलाओं को ग्रेड दिया जाता था और अच्छी तरह बनाए व महिलाओं द्वारा परोसे गए भोजनों को याद रखा जाता था। दूसरी ओर, पुराने आलेखों और साहित्य में महिलाओं के व्रत और उपवासों का महिमामंडन किया गया है।[70] महिलाओं का भोजन बिल्कुल अनिश्चित और बेतरतीब था। उन्नीसवीं सदी की आचरण संहिता में यह

बताया गया है कि नए घर में जाने पर महिलाओं का आचरण कैसा होना चाहिए। लेकिन उसमें भी उनके भोजन के बारे में कुछ नहीं कहा गया है। 'मेरे बच्चे, इस संबंध में मैं कोई सुझाव नहीं दे सकती। अगर तुम खाना ले लोगी तो तुम्हें बेशर्म कहा जाएगा। अगर इंतज़ार करोगी कि कोई तुम्हें खाना दे तो तुम्हें बिना खाए ही रह जाना पड़ेगा।'[71] यहां तक कि ज़्यादा आधुनिक परिवार की औरतों को भी ऐसी ही स्थिति का सामना करना पड़ता है।[72] दरअसल, औरत चरित्र को खाने के प्रति उदासीनता, नहीं खाने की आदत के साथ जोड़ कर देखा गया है। मज़े की बात है कि जिन लोगों ने आजीवन दूसरों को खिलाने और खुद नहीं खाने की भूमिका औरतों के लिए तय की है और इसे अन्न की देवी अन्नपूर्णा की छवि के साथ जोड़ दिया है, उन्हीं लोगों ने इसके विपरीत भयावह छवि वाली काली की भी कल्पना की है– आद्य महिला शक्ति की प्रतीक, जो सृष्टि को ही नष्ट कर देती हैं। महिला संत अपने विशेषाधिकारों का इस्तेमाल अक्सर अधिक भोजन ग्रहण करने के लिए करती रही हैं।[73]

राससुंदरी खाना बनाने और खिलाने के अपने काम को कठिन बताती हैं। उन्होंने कहीं इस बात की चर्चा नहीं की है कि खाना बनाने या अपने प्रिय लोगों को खिलाने में उसे कभी मज़ा आता था। उन्होंने यह भी नहीं कहा है कि बतौर सफल गृहिणी वह सुगंधित और स्वादिष्ट खाना बनाती थीं। लेकिन उन्होंने ईमानदारी के साथ स्पष्ट तौर पर स्वीकार किया है कि अपने बुढ़ापे में उसे सुस्वादिष्ट खाने के प्रति गहरी लालच है। लगता है उम्र की अधिकता ने उनके महिला चरित्र को ही बदल दिया था और उन्हें आरोपित निषेधों से मुक्त कर दिया था।[74] उन्होंने खाना पकाने के काम को रचनात्मकता से अलग कर कड़ी मेहनत और वंचित होने से जोड़ कर देखा है। उन्होंने अन्नपूर्णा की दैवीय छवि को मानने से इनकार कर दिया।

वंचित होने के पहलुओं के बारे में उनकी समझ बिल्कुल स्पष्ट थी। वह कहती हैं, 'कोई मेरा ख्याल रखेगा, यह मेरे लिए दिवास्वप्न था। यहाँ तक कि मैं तो दोनों शाम ठीक से भोजन भी नहीं कर पाती थी।'[75] एक बार वह दो दिनों तक भोजन नहीं कर सकी। हुआ ऐसा कि घर में बिना किसी पूर्वसूचना के कुछ अतिथि आ गए। चूँकि आतिथ्य के ऊँचे स्तर को बनाए रखना था, इसलिए पत्नी को अपना भोजन उन अतिथियों को खिला देना पड़ा। रात में बच्चे जग जाते थे और खाने के वक्त हल्ला करने लगते थे। उसे खाना बंद कर बच्चों को देखना पड़ता था, क्योंकि शोर होने पर पति की नींद में बाधा पहुँचती थी।[76] अपनी परेशानियों को वह पति के साथ बाँट नहीं सकती थीं। राससुंदरी ने कृष्ण को पिता का संबोधन दिया है, जबकि धार्मिक कथाओं में कृष्ण की कई भूमिकाएँ हैं लेकिन पिता की भूमिका में वे कहीं नहीं हैं। वह कृष्ण के बारे में परंपरागत नारीवादी सोच को नहीं मानती हैं। राससुंदरी कृष्ण के बारे में नारीवादी सोच को मानने से इनकार कर देती हैं। वह कृष्ण की माता या उनकी प्रेमिका की भूमिका नहीं स्वीकार करतीं। इन दोनों रूपों में बंगाली महिला होने के नाते उसे पोषक की भूमिका में होना पड़ता। लेकिन वह इस

भूमिका से थक चुकी हैं। धार्मिक कल्पनाओं की दुनिया में ही सही, अब वह अपने आप को पोषक के बजाय पोषित की भूमिका में चाहती हैं।

रसोईघर की तरह ही युवा महिला के लिए उसका शरीर भी एक पिंजड़े की तरह था। राससुंदरी जब अठारह साल की थीं तो उन्हें पहला बच्चा हुआ। इसके बाद इक्तालीस वर्ष की उम्र तक हर दो साल के अंतराल पर उन्होंने और ग्यारह बच्चों को जन्म दिया। हर बच्चे के जन्म के समय उन्हें अस्वास्थ्यकर स्थिति में कमरे में पड़े रहना पड़ता था। कई रस्म-रिवाज़ों को ज़बरदस्ती पूरा करना पड़ता था।[77] वैष्णव घरों में पारंपरिक अपेक्षाओं के प्रति थोड़ी नरमी बरती जाती थी और उनके जन्मस्थल के स्वस्थ माहौल का असर था कि उनका स्वास्थ्य हमेशा ठीक रहा।[78] लेकिन बच्चा पैदा करना आज भी उनके जीवन का खतरनाक क्षण है। जनगणना के आंकड़े भी बताते हैं कि उन्नीसवीं सदी में बंगाली महिलाओं की मृत्यु दर उनके प्रजनन-काल में सर्वाधिक रही थी।

राससुंदरी ने अपने जीवन के इन वर्षों को इन चंद शब्दों में अभिव्यक्त किया है: 'सिर्फ भगवान जानते हैं कि इन वर्षों में मेरे साथ क्या गुजरा।'[79] *अमार जीबन* में राससुंदरी के पति के बारे में ज्यादा कुछ नहीं लिखा गया है। बताया गया है कि रात में जब बच्चे रोने लगते थे तो वह अधीर हो जाता था। वह रीति-रिवाज़ों से बुरी तरह बँधा हुआ था और वह राससुंदरी की पढ़ाई की इच्छा को पूरा करने में कोई मदद नहीं करता था। जब वह गंभीर रूप से बीमार थीं तो वह रोने लगा और उसे मरने के लिए छोड़ दिया। इतना ही नहीं उसने विरक्त भाव से पूछा, 'क्या वह गुज़र गई? अगर गुज़र गई तो जाने दो।'[80] किताब में युवाकाल में उन दोनों के साथ-साथ रहने के बारे में कोई जानकारी नहीं है। राससुंदरी के पति की मौत को सामाजिक रूप से बहुत ही अनर्थकारी बताया गया है। पति की मौत के बाद राससुंदरी धर्म विधान के अनुसार अपवित्र हो गईं। वह कहती हैं कि उनके 'सोने का ताज़' चला गया। वह अपने शरीर का एक अंग खो चुकी हैं। यह क्षति सामाजिक स्तर पर हुई क्षति से ज्यादा बड़ी है। वह अपनी पूरी बात आश्चर्यजनक ढंग से इन शब्दों में पूरा करती हैं: 'भगवान की जो इच्छा है उसे लेकर मुझे कोई शिकायत नहीं है।'[81] अगर परंपरा के अनुसार वह उसके साथ अपने यौन संबंधों के बारे में खुल कर नहीं बोल सकतीं तो उसी परंपरा के अनुसार अपनी पति की मौत पर उसे इस तरह की विरक्त टिप्पणी करने की अनुमति नहीं मिलती। दूसरी विधवाओं ने तो अपने पति के अंतिम समय के बारे में लंबे, स्नेह-भरे वृत्तांत लिखे हैं।[82] वह दूसरी विधवाओं की तरह नहीं बोलतीं। विधवाएं अपनी बाकी जिंदगी को अभिशाप मानती हैं लेकिन राससुंदरी लंबी जिंदगी देने के लिए भगवान को धन्यवाद देती हैं।[83] वह अपने वैवाहिक जीवन को याद रखने की कोई कोशिश नहीं करतीं। वह इसे सिर्फ एक बंधन के रूप में याद रखती हैं। जीवन साथी के रूप में पति भी समान रूप से गायब है। क्या यह सब निषेध के कारण है?

हिंदू विवाह व्यवस्था वैवाहिक रिश्ते को बनाता है, लेकिन बचपन के अपने घर से औरत को अलग कर देता है। साथ ही वह उसका बचपन भी छीन लेता है। धर्म विधान

के अनुसार, वय:संधि शुरू होने के समय से ही पति-पत्नी का साथ रहना ज़रूरी है। उस वक्त तक अगर लड़की की शारीरिक बनावट यौन संबंध स्थापित करने के लायक नहीं बन पाई हो तो भी ऐसा करना ज़रूरी माना गया है।[84] विवाह चाहे कितना भी बेमेल हो या पति के साथ कितनी भी समस्याएँ हों, फिर भी लड़की के लिए चुनाव, सहमति, अस्वीकार या किसी दूसरे रिश्ते को अपनाने की बात का सवाल ही नहीं उठता। यहाँ तक कि पति किसी और से शादी कर ले या उसकी मृत्यु हो जाए तब भी विवाह का बंधन नहीं टूटता। महिला को अपने सेक्स जीवन के सक्रिय वर्षों में अधिक से अधिक बच्चे भी पैदा करने पड़ते हैं। ऐसी स्थिति में यौन अनुभवों के बारे में महिलाओं की चुप्पी को जानना ज़रूरी है।

पहले बेटे की शादी के समय राससुंदरी इक्तालीस साल की थी। उसके बाद वे गर्भधारण नहीं कर सकी।[85] समाज की परंपरा के अनुसार जब बेटा-बेटी की शादी होने लगे तब माता-पिता को अपना यौन संबंध स्थगित कर देना पड़ता है। हम सोच सकते हैं राससुंदरी के साथ भी ऐसा ही हुआ होगा क्योंकि इक्तालीस साल गर्भधारण बंद होने की कोई उम्र नहीं है। राससुंदरी ने अपने मध्य उम्र की चर्चा की है। इस उम्र में वह प्यार व सेक्स से पूरी तरह वंचित थीं। यह उम्र शक्ति और अधिकार हासिल करने की थी। यह वही वक्त था जब परिवार में उनकी हैसियत मालकिन की बन रही थी। वह एक युवा हो चुके बेटे की माँ थीं और अब सास भी बन चुकी थीं। इसी समय उसने पहली बार 'मेरा संसार' शब्द का इस्तेमाल किया है।[86] यह एकबद्ध होने का समय था।

ज़िंदगी के नए अनुभवों के साथ ही धर्म के बारे में उसके विचार भी यहाँ बदल गए। किताब के अंत में वह पारंपरिक और जाने-पहचाने नामों की चर्चा करती हैं; भगवान के रूपों और उनसे जुड़े मिथकों की चर्चा करती हैं। पहली बार वह भगवान को पारिवारिक देवता के नाम से पुकारती हैं। यह खुद के बनाए भगवान हैं जिन्हें वह अपनी माँ के घर से लाई हैं। वैष्णव महिलाओं से जिन धार्मिक क्रियाकलापों की अपेक्षा की जाती है वह सारा काम राससुंदरी करती हैं। वह परिवार के देवता को धन चढ़ाती हैं। वार्षिक प्रीतिभोज के लिए धन देती हैं। अब उनके धर्म से परिवार की संपत्ति और हैसियत का पता लगता है। धर्म का मतलब सिर्फ भक्ति नहीं रह जाता है। फिर भी उनके इन प्रयासों में कुछ नयापन है। वह जो धन इन कामों में खर्च करती हैं वह विरासत में मिला धन नहीं है, बल्कि उनकी अपनी किताबों की कमाई से मिला धन है।[87]

वैष्णव संत चरित लेखन में देवता से निकटता भाव-समाधि या चमत्कार करने की क्षमता प्राप्त करने से बनती है। राससुंदरी के पास कोई विलक्षण शक्ति नहीं है, क्योंकि ऐसी शक्ति का घरेलू महिला की उसकी अपनी हैसियत से कोई तालमेल नहीं है। फिर भी, भक्ति की गंभीरता को प्रदर्शित करने के लिए उसके पास कुछ अपने रास्ते हैं। वह घरेलू, दिन-प्रति-दिन के चमत्कारों, जो अलौकिक नहीं हैं फिर भी जिनसे प्रेरणा मिलती है, को सूत्रबद्ध करती हैं। ये सभी उनके शरीर में हो रहे बदलावों, आश्चर्य भरे सपने देखने की योग्यता और अंतत: पढ़ने की योग्यता में मिल जाते हैं।

कुछ खास सामान्य शारीरिक बदलावों को इस रूप में लिया जाता है कि भगवान ने जीवन के विभिन्न चरणों के अनुकूल इन बदलावों को किया है। उनके युवाकाल का शरीर स्वस्थ, सुंदर और उर्वरक है। उम्र के मध्य में उनकी ताकत तो बनी रहती है, लेकिन जनन शक्ति समाप्त हो जाती है। बड़े घरों की सम्मानित वरिष्ठ महिलाओं के साथ भी ऐसा ही होता है। घर में युवा पीढ़ी के लोगों की संख्या बढ़ने और उनकी जिम्मेदारियाँ कम होने के साथ ही शरीर बूढ़ा और कमज़ोर होता है। उसमें पुरानी ताकत नहीं रह जाती। वह अब अपने जीवन की अंतिम यात्रा की प्रतीक्षा करती हैं। इन वृत्तांतों के ज़रिए राससुंदरी महिलाओं की जीवन-चक्र के बारे में प्रचलित मान्यताओं को तोड़ती हैं। वह शारीरिक बदलाव और बदलते कामों के बीच तारतम्य बैठाती हैं। सामान्य शरीर अजनबी, आकर्षक और पवित्र बन जाता है; भगवान की कृति का प्रतीक बन जाता है। इसे खुली आँखों से साफ़-साफ़ देखा जा सकता है।[88]

धार्मिक ज्ञान के प्रारंभिक स्रोत के रूप में अनुभूति और इस ज्ञान के रूप में शरीर की श्रेष्ठता शारीरिक आकर्षण के साथ तालमेल बिठाते हैं। फिर भी राससुंदरी शरीर का बेवजह और फालतू इस्तेमाल नहीं करना चाहतीं। उनके अनुसार सामान्य शारीरिक बदलाव ही अपने-आप में आश्चर्यजनक हैं। उपासना की पद्धति में पुरुष के शरीर के साथ संबंध बनता है। और इसका मकसद पुरुष को अत्यधिक शक्ति प्रदान करना होता है। इस तरह यह पितृसत्तात्मक व्यवस्था का ही प्रतिरूप है। हालाँकि राससुंदरी का धार्मिक प्रायोजन संप्रभु और स्वकेंद्रित है।

सपनों में अक्सर उन्हें हाल में घटित होने वाली घटनाओं का पूर्वानुमान होता था। उदाहरण के तौर पर, वह जब पढ़ना नहीं जानती थीं उस वक्त ही उन्होंने सपना देखा कि वह *चैतन्य भागवत* पढ़ रही हैं। इसके दूसरे ही दिन संयोगवश उन्होंने उस किताब को खोज लिया। इस तरह यह भगवान का संदेश था। इसी तरह उन्होंने सपने में सोने के फूलों की बरसात देखी थी। यह पोते के जन्म का प्रतीक था। उन्होंने वैसे सपने भी देखे जो चीज़ें उनकी जानकारी के बिना हो गईं। उदाहरण के तौर पर उन्होंने बेटे की मौत का सपना देखा था। एक बार उन्होंने सपने में भूत को भी देखा।[89] ये सारी अनुभूतियाँ ऐसी थीं जो किसी भी आम महिला से जुड़ी होती हैं। ये सारी चीज़ें ऐसी हैं जिनके कारण इस श्रेणी के लोगों को दैवीय शक्ति संपन्न लोगों से निम्न वर्ग में रखा जाता है। लेकिन राससुंदरी ने इन अनुभूतियों को श्रेष्ठ आध्यात्मिक योग्यता के साथ जोड़ा तथा इसे राम के पिता या चैतन्य के सपनों के समान माना।[90] इस तरह सपना हकीकत को पाने का माध्यम बना।

बहुत पहले खोई हुई कोई-कोई वस्तु अगर अनपेक्षित तरीके से अपरिवर्तित व निष्कलंक स्थिति में फिर से मिल जाए तो इसे भी भगवान की देन ही माना जाता है।[91] राससुंदरी के अस्तिव का कुछ सत्त्व उसके भगवान के पास सुरक्षित है जिसकी आत्मा उसके नश्वर शरीर के ढलने के बावजूद भी बची हुई है। खोई हुई वस्तु की पुनः प्राप्ति भी चमत्कारिक कहानियों का महत्त्वपूर्ण हिस्सा है।

राससुंदरी की ज़िंदगी में उसकी पढ़ाई बहुत बड़ा चमत्कार था। सबसे पहले उसने एक पवित्र किताब की पांडुलिपि को पढ़ा था।

वैष्णव पांडुलिपियाँ सत्रहवीं सदी और उसके बाद की घटनाओं पर तैयार की गई थीं। ये पांडुलिपियाँ उन्नीसवीं सदी के मध्य तक इस्तेमाल में रहीं, हालाँकि पांडुलिपियों के कागज़ जीर्णशीर्ण हालत में होने के कारण उनकी सिलाई नहीं की जा सकती थी। इस कारण इन्हें पढ़ना और रखना मुश्किल भरा काम होता था। पढ़ने के पहले हर पन्ने को लकड़ी की ज़िल्द से निकालना पड़ता था।[92] इस तरह इन पन्नों को पढ़ना नाजुक और ज्यादा समय लगने वाला काम था। इसे सावधानी के साथ पढ़ना पड़ता था। इसके साथ ही ये पुस्तकें काफ़ी महँगी थीं। रासुसंदरी के परिवार में कुछ किताबें थीं। इससे पता लगता है कि यह परिवार पढ़ने पर खर्च करता था।

रासुसंदरी ने चौदह साल की उम्र में पढ़ना सीखा। पच्चीस साल की उम्र में उसने सपना देखा कि वह *चैतन्य भागवत* पढ़ रही है। दूसरे ही दिन उसके पति ने उसकी मौजूदगी में अपने एक बेटे से इसे अन्य पांडुलिपियों के साथ दूसरी जगह पर रख देने के लिए कहा। रासुसंदरी इसके आवरण को पहचान गईं और बाद में इसका एक पृष्ठ निकाल कर उसे छुपा दिया। उन्होंने लुक-छिप कर वह ताड़ का पत्ता भी हासिल कर लिया। जिस पर उनका बेटा लिखने का अभ्यास किया करता था। वह लंबे समय तक बिल्कुल गुप्त तरीके से उस पृष्ठ पर लिखे अक्षरों को पत्ते पर लिखे अक्षरों से मिलाती थीं। याद करते-करते उन्हें वे अक्षर भी याद आ गए जिन्हें उन्होंने अपने बचपन के दिनों में सीखा था। अंततः वह *जीताक्षर* यानि अक्षरों की जानकार हो गई। *जीताक्षर* शब्द का चयन उन्होंने खुद किया था।[93] बाद में, उन्होंने आधुनिक शिक्षा हासिल कर रहे अपने बेटों की मदद से लिखना और छपी हुए किताबों को पढ़ना भी सीख लिया। 'मैंने पाया कि छपे शब्द सबसे बेहतर हैं।'[94]

बहुत दिनों तक उनके पढ़ने के बारे में किसी को जानकारी नहीं थी। बाद में कुछ विश्वस्त नौकरानियों को इसके बारे में जानकारी हो गई। बहुत बाद में उन्होंने अपनी देवरानी को इसके बारे में बता दिया। लेकिन आश्चर्यजनक तरीके से उनके डर के विपरीत देवरानी इससे बहुत अधिक प्रभावित हुई और उनसे सीखना चाहा।[95] लेकिन उस समय पढ़ना एक प्रतिबंधित आनंद था। चूँकि वह गुपचुप तरीके से पढ़ती थी और पढ़ने के कारण उनका कोई दूसरा कामकाज प्रभावित नहीं होता था, इसलिए यह कोई विद्रोह करने जैसी बात नहीं थी। ऊपरी तौर पर कुछ नहीं बदला था, लेकिन वास्तव में एक चमत्कार हो चुका था।

यह दूसरे ही तरीके का बहुत बड़ा अपराध था। रासुसंदरी अब दोहरे जीवन वाली महिला थीं। वैष्णव के रूप में रासुसंदरी इस अपराध का इस्तेमाल अपनी स्थिति को बताने में करती हैं। उनका यह अपराध राधा और कृष्ण के अवैध प्रेम जैसा है। यह संसार के अंदर महिलाओं के धर्म और उनकी उच्चतर धार्मिक आकांक्षाओं के बीच का टकराव है।

उन्होंने भगवान कृष्ण के अवैध संबंधों से जुड़े साहित्य की तरह की अभिव्यक्ति का इस्तेमाल किया। उनके घर के लोग उनके खिलाफ़ थे। उनकी मदद करने वाला कोई नहीं था। उनके पास अतिरिक्त समय भी नहीं था। इसके कारण उन्हें खुद विभाजित होना पड़ा। लेकिन वह इससे मिली प्रेरणा को स्वीकार करती हैं। इसका उनके पूरे जीवन पर पड़ा हुआ प्रभाव था। 'कोई चाहत मुझे हमेशा जकड़े रहती थी।'[96] यह मज़ेदार बात है कि महिला शिक्षा के पुरातनपंथी आलोचक मानते हैं कि महिलाओं की बौद्धिक इच्छाओं और उनके यौन दुराचार के बीच कोई न कोई संबंध है। इनमें से किसी एक के मामले में किए गए उल्लंघन को दूसरे से जोड़ कर देखा जाता है। कलकत्ता में जब पहली बार लड़कियों का स्कूल खुला तो एक बंगाली अखबार के संपादक ने व्यंग्यात्मक ढंग से लड़कियों को रात में पढ़ाने की पेशकश की।[97] सुधारवादी नेता शिबनाथ शास्त्री की माँ शिक्षित महिला थीं। जब शिबनाथ के स्कूल शिक्षक को यह मालूम हुआ तो उसने एक छोटे बच्चे से उनकी माँ के पास एक पत्र भेज कर गुप्त रूप से मिलने को कहा। मतलब यह कि यह माना जाता था कि महिला अगर शिक्षित है, तो वह बदचलन होगी ही।[98]

अगर समाज के लोगों की सोच इस तरह की थी तो फिर आखिर राससुंदरी को किन बातों से बल मिलता? राससुंदरी ने कहा है कि वह अपनी युवावस्था में महिला शिक्षा के बारे में अपने से बड़े लोगों की चिढ़ सुना करती थी– 'अब तो महिला का शासन है। यह कलियुग का युग है।[99] विक्टोरिया शासन कलियुग से जुड़ा हुआ है। राससुंदरी के लिए इस शब्द का दूसरा ही अर्थ है। अगर विक्टोरिया शासन ने आधुनिकता का सूत्रपात किया है, जिसमें महिलाओं की शिक्षा का वादा है, तो राससुंदरी के लिए यह बोझ नहीं बल्कि वरदान है। संभवत: उनकी समझ समय के बारे में वैष्णवी धारणा से प्रभावित थी। उत्तर-चैतन्यकाल भक्ति में कलियुग का स्वागत किया गया है। इस काल में महिलाओं, निचली जाति के लोगों और अज्ञानियों के लिए दासता से मुक्ति के ज़्यादा अवसर थे। अगर यह पतन का काल था तो साथ ही उम्मीदों का काल भी था। वैष्णव भक्ति के इस रूपक की गूँज उन्नीसवीं सदी के उदारवादियों में सुनाई देती है जो सुधार और शिक्षा के जरिए सामाजिक कुरीतियों को समाप्त होने की उम्मीद करते थे। राससुंदरी एक ही साथ दो तरह की आशाओं को बुनती हैं। कलियुग सभी के लिए प्यार और गुलामी का काल था। इसी काल में लड़कियों को पढ़ना सिखाया गया। 'धन्य हो, धन्य हो यह कलियुग!'[100] वैष्णववादी और लिंगवादी व्याख्या ब्राह्मणवादी पुरातनपंथ और हिंदू पुनरुत्थानवाद व राष्ट्रवाद से जुड़ी आधुनिकता के धुंधले परिदृश्य को साफ़ करते हैं।[101]

यह दावा करके कि भगवान ने उन्हें पढ़ना सिखाया, राससुंदरी ने उन्नीसवीं सदी के बंगाल की महान धर्मनिरपेक्ष रहस्य-कथाओं के बीच अपनी जगह बना ली। उपनिवेशी बंगालियों के लिए अपनी व्यक्तिगत महानता साबित करने का एकमात्र रास्ता आधुनिक शिक्षा में महारत हासिल करना था। महारत हासिल करने की कहानियों पर आधारित धर्मनिरपेक्ष साहित्य का एक नया परिवेश बन चुका था। राससुंदरी की किताब को

पारंपरिक महिला की विशेषता के प्रतीक के रूप में पढ़ा जाता है। इस पुस्तक का प्रस्तुतीकरण नई पीढ़ी को प्रभावित करता है।

अमार जीबन में मेरी रुचि सिर्फ इसलिए नहीं पैदा हुई कि यह बंगाली में आत्मकथा लिखने की शुरूआत थी। रुचि का कारण यह भी था कि यह भारतीय भाषा में महिला लेखन का सबसे पुराना उदाहरण है। *अमार जीबन* एक महिला की भक्तिमय तलाश का अद्‌भुत उदाहरण है। जब मुझे यह एहसास हुआ कि *अमार जीबन* की जानकारियाँ एक आम आत्मकथा से अपेक्षित जानकारियों से अलग हैं तो इस किताब में मेरी रुचि और बढ़ गई।

वैष्णववाद में श्रृंगारिक रूप को पूर्ण महत्त्व प्राप्त हुआ है। साथ ही, अन्य गुप्त संप्रदायों में भी यह लोकप्रिय रहा है। पितृसत्ता से बँधी अनगिनत महिलाओं को यह अत्यंत सुखदायक श्रृंगारिक रिश्ते का रास्ता दिखाता है। साथ ही, यह बताता है कि कृष्ण को वात्सल्य भाव से भी अपनाया जा सकता है और खास अर्थ में मातृत्व के अनुभवों को हासिल किया जा सकता है। पर राससुंदरी के परमेश्वर बिल्कुल ही दूसरे तरह के भगवान हैं। राससुंदरी की ज़िंदगी में परमेश्वर की भूमिका अस्पष्ट और समस्यापरक है।

पुस्तक में कुछ और भी अलग तरह की बातें हैं। आमतौर पर महिला विषयपरकता और महिला लेखन के बीच संबंधों को दर्शाते हुए यह कह दिया जाता है कि महिला लेखन महिला विषयपरकता से सीधी तरह प्रभावित रहता है। जबकि हकीकत में महिला लेखन में लिखने की कला ही विषयवस्तु को नए सिरे से ग्रहण करती है। फिर महिला लेखन को आसानी से उसकी सांस्कृतिक दुनिया से जोड़ कर देखा जाता है। लेकिन दूसरी ओर *अमार जीबन* में शायद ही कहीं महिला की ओर से कोई सीधी बात कही गई हो। पूरी किताब में किसी मुहावरे, पहेली, कथा, कहानी या तीखे शब्दों का इस्तेमाल नहीं किया गया है। राससुंदरी के गद्य आम बोलचाल की भाषा से अलग हैं। निश्चित तौर पर उनकी भाषा पर उनके महिला होने से कोई फर्क नहीं पड़ा है।

महिला लेखन से की जाने वाली अपेक्षाओं के विपरीत यह किताब आश्चर्यजनक तरीके से दृश्यात्मक या ऐंद्रिक विवरणों से विलग है। पुस्तक में न तो बाहर के परिदृश्य का विवरण है और न ही आतंरिक साज-सज्जा की कोई चर्चा है। जीवन रूपी नदी में नाव-यात्रा की चर्चा करते हुए राससुंदरी पबना और फरीदपुर की नदियों और जलस्रोतों- पद्‌मा, ब्रह्मपुत्र, अरियल खान- की संक्षिप्त चर्चा करती हैं। एक स्वप्न की भी चर्चा है जिसमें उनका मृत पुत्र एक विशाल, विस्तृत नदी को एक छोटी नाव पर पार करके उनसे मिलने आता है। उसके आसपास घटी घटनाओं की संक्षेप में चर्चा की, उसके फरीदपुर गाँव में फैली संक्रामक बीमारी पर एक छोटी-सी कविता है।[102] लेकिन बाकी सब के बारे में कुछ नहीं लिखा गया है। जिस समय किताब में संशोधन किया जा रहा था उस वक्त उनके जन्मस्थान पबना में बंटाइदारों पर जमींदारों द्वारा मनमाने तरीके से कर और लगान बढ़ाए जाने के खिलाफ संगठित किसान आंदोलन चल रहा था। उसी समय फरीदपुर की नीची जाति के अछूत किसान अपनी सामाजिक स्थिति में सुधार के लिए आंदोलन कर रहे

थे और ऊँची जाति के कुलीनों का काम करने से उन लोगों ने मना कर दिया था।[103] राससुंदरी एक ज़मींदार की बेटी और ज़मींदार की ही पत्नी थी फिर भी उन्होंने इन घटनाओं की कोई चर्चा अपनी किताब में नहीं की है जबकि ये घटनाएँ उस वक्त के सामाजिक माहौल को गहरे रूप से प्रभावित कर रही थीं।

अमार जीबन पूरी तरह एक आत्मकेंद्रित वृत्तांत है। इस वृत्तांत में उनके बारे में कोई दूसरा व्यक्ति कहीं-कहीं पर कुछ कहता है और चला जाता है। पूरी किताब में रास सुंदरी को छोड़ कर किसी और व्यक्ति का स्वतंत्र अस्तित्व नहीं है। यह पूरी तरह संवाद-रहित है। किताब के मुख्य भाग में रास सुंदरी के पति की चर्चा भर है, लेकिन पहले भाग के अंत में एक पृथक छोटे खंड में उसे जगह दी गई है। ऐसा इसलिए हुआ है कि रास सुंदरी मानती हैं कि लोग उनके पति के बारे में जानना चाहेंगे। किताब में उनके पति के निधन के बारे में अव्यक्तिक रूप से जानकारी जोड़ दी गई है। ऐसा नहीं कि रास सुंदरी अपने पति के बारे में चर्चा करना चाहती थी, बल्कि यह जानकारी सिर्फ इस वजह से दी गई है कि वह पति के संबंध में जानकारी दे देना चाहती थीं।[104]

पूरे वृत्तांत में रास सुंदरी ने खुद को अपनी दुनिया से अलग कर सघन तौर पर सिर्फ अपने बारे में चर्चा की है। वह कहती हैं, 'मैं भारतवर्ष आई और यहाँ लंबे समय तक रही। इस दौरान मेरे शरीर, मेरे दिमाग और जीवन ने कई रूप लिए।'[105] वह दो गाँवों में रहीं। लेकिन इन गाँवों के नाम के सिवा इनके बारे में कोई चर्चा किताब में नहीं है। इसके साथ ही इन गाँवों के आसपास के किसी अंतरंग का कोई उल्लेख नहीं है। अपने समय के बारे में बताने का उनका तरीका भी अलग तरह का है। अपने समय और अपनी यादों को बताने के लिए उन्होंने गाँव-देहात के प्रचलित तरीकों का इस्तेमाल नहीं किया है। उन्होंने घटनाओं को बाढ़ या अकाल जैसी प्राकृतिक स्थितियों या स्थानीय उत्सवों से जोड़ कर याद करने की कोशिश नहीं की है। पूरी किताब में स्थानीय समय, गाँव का समय या परिवार का समय नाम की कोई चीज़ नहीं है। उन्होंने अपने आप को पूरे उपमहादेश से जुड़ा बताया है और अपनी बातों को पूरी सदी के संदर्भ में रखा है।

वृहद ऐतिहासिक व भौगोलिक परिप्रेक्ष्य में ये सारी बातें उनके जीवन से अलग चीज़ें हैं। रास सुंदरी ने जिस वक्त यह किताब लिखी है उस वक्त पूरे उपमहादेश में विद्रोह के बाद एक संयुक्त भारतीय साम्राज्य का उदय हो रहा था।[106] उस वक्त की नई राजनीतिक वास्तविकताओं का प्रतिफल भारतवर्ष था। *चैतन्य भागवत* में भी इस नाम की चर्चा है।[107] बंगाल के नावद्वीप से लेकर उड़ीसा के पुरी मंदिर (जो दक्षिण भारत के मंदिरों का द्वार था) और फिर उत्तर भारत के मथुरा-वृंदावन से लेकर पश्चिमी भारत के द्वारका तक फैले तीर्थस्थल वैष्णवों को भूगोल की महत्त्वपूर्ण जानकारी देते थे। और फिर जब यह किताब लिखी जा रही थी उस वक्त उन्नीसवीं सदी एक विशिष्ट कालखंड के रूप में उभर रहा था जिसमें एक विशिष्ट इतिहास का निर्माण हो रहा था और जिससे समय को एक नई दिशा और प्रयोजन प्राप्त हो रहा था।[108]

अपने वास्तविक जीवन से खुद को अलग करने के लिए राससुंदरी को इन व्यापक परिप्रेक्ष्यों की ज़रूरत थी। उन्होंने ज़िंदगी की संकीर्ण सीमाओं को विस्तार दिया, ऐतिहासिक परिघटनाओं से तारतम्य बैठाने की असमर्थता को दूर किया। इस तरह उनकी ज़िंदगी उत्कृष्ट उद्धेश्यों की क्रीड़ा-स्थली बन सकी।

शैली के स्तर पर आत्मकथा शब्द और दुनिया के बीच की चारदीवारी को खंडित करता है और यह भ्रम पैदा करता है कि हम जो पढ़ रहे हैं वह जिंदगी है, कोई आलेख नहीं। *अमार जीबन* इन अपेक्षाओं को निरंतर विफल करता है। कई मायनों में इसके कथानक की विशेषता राससुंदरी के जीवन के अनुभवों और उनके वर्णन करने के कार्य के बीच स्थापित दूरी है। वे अपने जीवन को अपने लेखन के द्वारा जी रही होती हैं।

कथानक और प्रस्तुतीकरण के स्तर पर *अमार जीबन* उन्नीसवीं सदी की कृति है। हालाँकि रास‌सुंदरी ने समय की चर्चा बिरले ही की है।[109] रास‌सुंदरी की किताब के लिए प्रकाशक, मुद्रक और बाज़ार उपलब्ध थे। इन्होंने आधुनिक पाठक-वर्ग तैयार किया जो एक आम महिला के बारे में पढ़ना चाहता था। पाठक-वर्ग को समझकर उन्होंने एक ऐसी भाषा अपनाई जिसे नवसाक्षर समझ सकें क्योंकि इन नवसाक्षरों को सुसंस्कृत भाषाओं या अंग्रेज़ी की कोई जानकारी नहीं थी। उनका लेखन इस तरह का था कि जो एक घरेलू महिला की जीवन की घटनाओं के साथ-साथ धार्मिक उपदेशों को अभिव्यक्त कर सकता था।[110]

अगर उन्नीसवीं सदी की स्थितियाँ *अमार जीबन* के लेखन में मदद नहीं करतीं, तो यह अधूरा रह जाता या लेखन की प्रारंभिक स्थितियों से ही आगे नहीं बढ़ पाता। इस संबंध में मुझे एक संस्मरण याद है। रास‌सुंदरी के सौ साल बाद, इस सदी के प्रारंभिक दशक में, मेरी एक चचेरी दादी को पढ़ने की इच्छा थी। लेकिन उनके ऊँची जाति के संपन्न, शिक्षित परिवार का रवैया बिल्कुल असहयोगात्मक था। दादी को अपनी इच्छा छुपाए रखनी पड़ती थी। घर में किराना सामान दुकान से कागज़ के ठोंगे में आता था। उनके पास पढ़ने के लिए सिर्फ यही ठोंगा रहता था। यह ठोंगा स्कूली बच्चों की फटी हुई कापियों से बनता था। इन कॉपियों में बच्चे हर जगह गुणा-भाग किए रहते थे या कुछ लिखे रहते थे। रात में खाना बनाने के समय दादी इन्हीं फटे पन्नों को जोड़-जोड़ कर चूल्हे की टिमटिमाती रोशनी में पढ़ने की कोशिश करती थीं।

रास‌सुंदरी का जीवन और लेखन पितृसत्ता के दो सिलसिलों और महिला इच्छा का सम्मिलन था। एक ओर उनका संबंध भक्ति परंपरा से था जो महिलाओं को घर के बाहर पहुँच बनाने की अनुमति देता था, तो दूसरी ओर उनके समय में महिलाओं को अपने प्रभाव क्षेत्र में शामिल करने वाली उदार शिक्षा की नई प्रणाली विकसित हो रही थी। लेकिन यह अपने ही एजेंडा को लेकर विवादित बनी हुई थी। अगर उदारवादी शिक्षा उपनिवेशकों का हथियार बनी हुई थी तो सवाल उठाया जाता था कि क्या महिलाओं की शिक्षा का मतलब उपनिवेशवाद के सामने समर्पण करना नहीं था? बहरहाल, उदारवादी सुधार मध्य वर्ग के

एक बहुत ही छोटे तबके के बीच काम कर रहा था।[111] लिखित शब्दों की पहुँच से दूर दूसरी महिलाओं के लिए इसका मतलब स्कूली बच्चों की कापियों के फटे पन्नों से अधिक नहीं था।

संदर्भ और टिप्पणियाँ End Notes

1. Rashsundari Debi, *Amar Jiban* [*AJ*], pp. 18, 22, 31, 44. Reprint of 1897 edition in *Atmakatha, Ananya* publications (Calcutta, 1981). *AJ* was first published in 1876. A second, enlarged version came out in 1897, a third one in 1906, and a fourth edition appeared in 1956.
2. *AJ,* p. 23.
3. Ibid., p. 21.
4. वृंदावन दास *श्री चैतन्यचरितामृत* (इडी) कंचन बसु (कलकत्ता, 1986), पृष्ठ 143। विष्णु इस सृष्टि के संरक्षक हैं जिन्होंने संसार की रक्षा के लिए अलग-अलग युगों में अलग-अलग अवतार लिए हैं। आरंभिक मध्यकाल से ही प्रमुख भक्ति-परंपराओं का विकास कृष्ण के अवतार के इर्द-गिर्द हुआ जिन्होंने अपनी युवावस्था वृंदावन में निम्न जाति के ग्वाल-बालों के साथ बिताई। श्रद्धालुओं के लिए यह उत्तर प्रदेश में स्थित एक प्रमुख तीर्थ है। बाद में श्रीकृष्ण द्वारका के राजा हो गए और *महाभारत* महाकाव्य में वर्णित युद्ध में उन्होंने एक अहम भूमिका अदा की। चैतन्य, जिन्होंने बंगाल में एक व्यापक एवं लोकप्रिय भक्ति-आंदोलन को जन्म दिया, 1486 में नबाद्वीप के एक ब्राह्मण वैष्णव परिवार में पैदा हुए थे जोकि मध्यकालीन बंगाल में ब्राह्मण विचारधारा की एक प्रमुख विद्यास्थली थी। चैतन्य स्वयं एक प्रख्यात विद्वान थे और बाद में संत हो गए तथा उन्होंने एक अत्यंत ही भावप्रवण भक्ति-धारा का सूत्रपात किया जिसके द्वार सभी जातियों के लिए खुले थे और इसमें कृष्ण के नाम पर सामूहिक नृत्य और गान का प्रचलन था। उनके शिष्यों ने पूरे बंगाल में धर्मांतरण की एक व्यापक मुहिम चलाई। शिष्यों का एक दल वृंदावन गया और बंगाली वैष्णवों के लिए उसने एक आचारशास्त्र तैयार कर लिया। अपने जीवन-काल में ही चैतन्य को लोग देवता-स्वरूप समझने लगे थे और वे श्रद्धा के केंद्र बन गए। उनकी मृत्यु 1533 ई. के आस-पास हुई। चैतन्य भागवत की रचना उनकी मृत्यु के लगभग 15 वर्षों के बाद की गई। यह एक रोचक तथ्य है कि चैतन्य आंदोलन ने बंगाली भाषा में संस्मरणात्मक साहित्य के प्रथम एवं अति समृद्ध प्रस्फुटन को जन्म दिया। बंगाल में भक्ति आंदोलन का अध्ययन अत्यंत ही विशद और रोचक है। मैंने खासतौर पर एस.के. डे लिखित "*अर्ली हिस्ट्री ऑफ वैष्णव फेथ एंड मूवमेंट इन बंगाल*" (कलकत्ता 1961), रमाकांत चक्रबर्ती लिखित "*वैष्णविज्म इन बंगाल,* 1486-1900" (कलकत्ता, 1985) एवं हितेशरंजन सान्याल लिखित "*बंगला कीर्तनेर इतिहास*" (कलकत्ता 1989) का उपयोग किया है।

5. *AJ*, p. 41.
6. Ibid., part II.
7. Ramakanta Chakrabarti, chapters 4 and 5.
8. Sukumar Sen, *Bangla Sahityer Itihas* (Calcutta, 1965).
9. इसमें मुख्य रूप से चैतन्य के बाल्यकाल का विवरण दिया गया है। हालांकि अत्यंत सुगम होने के कारण यह लोकप्रिय तो खूब हुआ किंतु विद्वता की दृष्टि से इसे कोई खास महत्त्व प्राप्त नहीं है।
10. Sukumar Sen, Introduction to Krishnadas Kaviraj, *Chaitanyacharitamrita* (New Delhi, 1963).
11. Accounts of holy women in June McDaniel, *Madness of the Saints: Ecstatic Religion in Bengal* (Chicago, 1989), Swami Gambhiranand, *Shri Ramakrishna Bhaktamalika* (Calcutta, 1952).
12. R.C. Zaehner, *Hindus Scriptures* (Calcutta, 1992).
13. Satish Chandra Chatterjee, 'Hindu Religious Thought', in K.W. Morgan, (ed.), *The Religion of Hindus* (Delhi, 1987); U.Bhattacharya, *Bharatdarshanshar* (Calcutta, 1949).
14. Sudhir Chakrabarti, *Sahebdhani Sampradaya O Tader Gan* (Calcutta, 1985); Manindra Mohan Bose, *The Post Chaitanya Sahajiya Cults of Bengal* (nd, Calcutta reprint, 1986).
15. S.K. De, *Early History.*
16. Thomas J. Hopkins, *The Social Teaching of Bhagavat Purana;* J.A.B. van Buitenen, 'On The Archaism of the Bhagavat Purana', in Milton Singer (ed.), *Krishna: Myths, Rites and Attitudes* (University of Hawaii, 1966).
17. Kaviraj, *Chaitanyacharitamrita,* p. 616.
18. W. Ward. *A View Of The History, Literature And Religion Of The Hindoos,* vol. 2 (Serampore, 1815).
19. Ibid.
20. Ramakanta Chakravarti, *Vaisnavism In Bengal.* Also Hitesranjan Sanyal, *Bangla Kirtaner Itihas* (Calcutta, 1989).
21. Hitesranjan Sanyal, *Bangla Kirtaner Itihas;* ibid; Asit Kumar Bandopadhyaya, *Bangla Sahityer Itibritta,* vol.5 (Calcutta, 1985).
22. *Amar Jiban.*
23. Ibid., p. 8.
24. See Vrindabandass, *Chaitanya Bhagavat,* for a forceful attack on the empty arrogance of Brahmin scholars.
25. W.J. Wilkins, *Modern Hinduism: Being An Account Of The Religion And Life Of The Hindoos In North India* [1887] (NewDelhi, 1987).
26. Paul Singer, 'Book Of The Hours And The Reading Habits Of The Later Middle Ages', in Roger Chartier (ed.), *The Culture Of Print—Power and the Uses of Print in Early Modern Europe* (Cambridge, 1989).
27. *Amar Jiban,* p. 37.
28. Ibid., p. 56.
29. Ghulam Murshid, *Reluctant Debutante: Responses Of Bengali Women To Modernisation* (Rajshahi, 1983). Also *Bamabodhini Patrika* (Calcutta, 1863).
30. Preface to *Amar Jiban,* 1897 edition.
31. Preface to *Amar Jiban,* 1957 edition.
32. Partha Chatterjee, *The Nation and Its Fragments, op. cit.,* chs. 6 and 7.
33. *Amar Jiban,* p. 2.
34. Ibid., p. 19, p. 7.
35. Ibid., p. 14.
36. Bhabataran Datta, *Bangladesher Chhara* (Calcutta, n.d.).

37. *Amar Jiban,* p. 26.
38. Ibid., p. 17.
39. Ibid., p. 27.
40. Ibid., p. 26.
41. Subir Raychoudhury (ed.), *Bilati Yatra Theke Swadeshi Theatre* [translation required] (Jadavpur University, 1971).
42. *Amar Jiban,* p. 70.
43. Ibid., p. 71.
44. Ibid., pp. 73–5.
45. Advaita Mallabarman, *Titash Ekti Nadir Nam* [translation required] (Calcutta, 1956).
46. Saradasundari Debi, *Atmakatha,* first published Dacca, 1913. Reprinted in *Atmakatha* (Calcutta, 1981), p. 7.
47. *Amar Jiban,* P. 8.
48. Ibid., p. 9.
49. Ibid., p. 12.
50. Ibid.
51. Ibid., p. 14.
52. Ibid., p. 18.
53. Ibid., p. 72.
54. Ramakanta Chakravarti, *Vaisnavism in Bengal.*
55. See Tanika Sarkar, 'Hindu Wife, Hindu Nation: Domesticity and Nationalism in Nineteenth-century Bengal,' in Tanika Sarkar, *'Hindu Wife, Hindu Nation: Community, Religion and Cultural Nationalism'* (New Delhi, 2001).
56. Ghulam Murshid, *Reluctant Debutante.*
57. Debendranath Tagore, *Atmacharit* (Calcutta, 1898). Reprinted in *Atmakatha.*
58. Kailashbashini Debi, *Hindu Mahilaganer Durabashta* (Calcutta, 1863), would be a particularly good example.
59. Gnanadanandini Debi, 'Smritikatha', in Indira Debi (ed.), *Puratani* (Calcutta, 1957).
60. Tanika Sarkar, 'Hindu Wife, Hindu Nation.'
61. S.K. De, *Vaisnava Faith and Movement in Bengal.*
62. *Diwan Kartikeyachandra Rayer Atmajibancharit* (Calcutta reprint, 1956).
63. Tanika Sarkar, 'Hindu Wife, Hindu Nation.'
64. Kailashbhashini Debi, *Narishiksha* (Calcutta, 1884).
65. *Amar Jiban,* p. 21 and p. 31.
66. Ibid., p. 33.
67. Ibid., p. 19.
68. Ibid., p. 24.
69. Ibid., p. 29.
70. नंदलाल सील, *व्रतकथा* (कलकत्ता रीप्रिंट 1930)। उन्नीसवीं सदी के उत्तरार्द्ध में लिखित नारियों के लिए प्रस्तावित व्यवहारशास्त्र में भोजन के प्रति उदासीनता विकसित करने की सलाह दी गई थी।
71. Saudamini Gupta, *Kanyar Prati Upadesh* (Dacca, third edition, 1918).
72. यहां तक कि अत्यंत शिक्षित टैगोर परिवार में भी भोजन की सतत उपलब्धि के प्रति विवाहित महिलाओं को अनिश्चितता का सामना करना पड़ता था। ज्ञाननंदिनी देवी की स्मृतिकथा देखिए।
73. See lives of Lakshmididi and Gopaler Ma in Swami Gambhirananda, *Shri Ratmakrishna Bhaktamalika* (Calcutta, 1952). Also June McDaniel, *Madness of the Saints.*
74. *Amar Jiban,* p. 70.
75. Ibid., p. 24.

76. Ibid., p. 25.
77. W.J. Wilkins, *Modern Hinduism,* p. 9.
78. Ibid., p. 10.
79. *Amar Jiban,* p. 24.
80. Ibid., p. 55.
81. Ibid., p. 45.
82. See Saradasundari Debi, *Atmakatha.* Also Kailashbashini Debi, '*Atmakatha',* in *Atmakatha,* vol.2 (Calcutta, 1982).
83. *Amar Jiban,* p. 78.
84. 1890-91 में अपरिपक्व स्त्री जननांग के यौन-भेदन के निर्मम एवं जानलेवा असर को लेकर "सहमति की उम्र" संबंधी विवादों में अच्छी-खासी बहस हुई थी। 1891 से पहले, 10 साल से अधिक उम्र की पत्नियों के साथ सहवास करने को लेकर कोई कानूनी अड़चन नहीं थी। देखिए : बंगाल गवर्नमेंट ज्यूडिशियल एफएनजे सी/ 17.1, प्रोसिडिंग 104-117, जून 1893.
85. *Amar Jiban,* p. 36.
86. Ibid., p. 32.
87. Ibid., p. 80.
88. Ibid., p. 44.
89. Ibid., pp. 50–1, p. 56, p. 60.
90. Ibid., p. 50.
91. Ibid., pp. 63–4.
92. J.C. Ghosh, *Bengali Literature* (1848), p. 20.
93. *Amar Jiban,* p. 21.
94. Ibid., p. 42.
95. Ibid., p. 38.
96. Ibid., p. 23, p. 28.
97. *Samachar Chandrika* (1831), in Brajendra Nath Bandopadhyaya (ed.), *Sambadpatre Sekaler Katha,* vol.2 (Calcutta, 1941).
98. Shibnath Shastri, *Atmacharit* (Calcutta, 1952), p. 22.
99. *Amar Jiban,* p. 28.
100. Ibid., p. 77.
101. On the representation of Kaliyug in the nineteenth century, see Sumit Sarkar, 'Kaliyuga, Chakri and Bhakti: Ramakrishna And His TImes', in *Economic and Political Weekly,* 18 July 1922.
102. *Amar Jiban,* p. 60. On Pabna and Faridpur, see W.W. Hunter, *The Imperial Gazetteer Of India,* vol.7, 1883.
103. Ibid.
104. *Amar Jiban,* p. 57.
105. Ibid., p. 2.
106. An earlier reference to *Meyerajar rajatwa* (rule of a female monarch) by the village people shows that Victoria's rule was a widely-known political fact. *Amar Jiban,* p. 23.
107. Vrindabandass, *Chaitanya Bhagavat.*
108. See Sumit Sarkar, 'Kaliyuga, Chakri and Bhakti.'
109. विक्टोरिया के शासनकाल का हवाला देने के सिवाय उनके समय के अन्य किसी भी राजनीतिक घटनाक्रम का विवरण नहीं है। जहां तक सामाजिक विकास की बात है, उन्होंने नारी शिक्षा के विकास और मुद्रण-कला के विस्तार का अनुमोदन किया।
110. बंगाली गद्य का अस्तित्व सोलहवीं शताब्दी से ही था, लेकिन गद्य साहित्य का स्वतंत्र रूप केवल उन्नीसवीं शताब्दी में प्रकाशन के विस्तार में आया।

111. लड़कियों के लिए स्कूल उन्नीसवीं शताब्दी में कलकत्ता तक ही सीमित थे और उनकी संख्या अत्यंत कम थी। राससुंदरी के जोशपूर्ण अनुमान के बावजूद उदारवादी सुधारों से प्रभावित परिवारों में ही शिक्षा तक महिलाओं की पहुँच थी। देखिए: उषा चक्रवर्ती, *कंडीशन ऑफ बंगाली वुमेन अराउंड द सेकंड हाफ ऑफ द नाइंनटींथ सेंचुरी* (कलकत्ता 1963). वैष्णव महिलाओं को उच्च जाति की हिंदू महिलाओं को शिक्षित करने के लिए, रखने की परंपरा संपत्ति का अधिकार रखने वाले परिवारों तक ही सीमित थी, संभवत: उन्हें आवश्यकता पड़ने पर संपत्ति के प्रबंधन के लिए शिक्षित किया जा सके। देखिए वी. सी. पाल, *मेमोरीज ऑफ माई लाइफ एंड टाइम्स;* वोल्यूम। (कलकत्ता 1932)

रुस्तम भरूचा

वर्तमान में अतीत

हम बचपन, और विशेष रूप से बचपन में ज्ञान और स्मरण के विकास के लिए संपोषित तरीकों से शुरू करते हैं। मैं यह बात जोर देकर कहना चाहूंगा कि कोमल दा* की चिंताओं का यहां घर की यादों से कोई वास्ता नहीं है, किंतु मैंने उनसे निवेदन किया है कि वे स्मृति, लोककथा और मौखिक इतिहास के गहन अंतर्संबंध पर प्रकाश डालें और इसलिए अपनी मर्जी से वे कुछ खास खेलों का ब्यौरा देते हुए अपनी बात आरंभ करते हैं जो वे अपने बचपन में खेला करते थे। उनकी बातें सुनते हुए मुझे एहसास होता था कि उन्होंने किस तरह आकस्मिक ढंग से कथा-कहानियां, मौखिक व शिक्षाप्रद बातों से समय, वंशावली, सांस्कृतिक स्मृति का विस्तृत चित्रण किया है।

कोमल दा के ओसवाल जैन परिवार की सांस्कृतिक परिधि के तहत कहानी घर से शुरू होती है, लेकिन इसका समापन राजस्थान के जनजातीय समुदाय की मौखिक वंशावली से होती है। कोमल दा का संबंध बहुत विस्तृत और सामाजिक स्तर पर विशिष्ट था।

स्मृति

अपने बचपन के दिनों को याद करने पर मुझे एक 'मेमोरी गेम' की याद आती है। जब मैं पांच-छह साल का था तो यह गेम खेला करता था। इस समय तक मैं लिखना शुरू कर चुका था। परिवार का कोई सदस्य टेबल पर सारा सामान रख देता था। इनमें माचिस की डिबिया, ताश, बर्तन जैसे घरेलू सामान होते थे। इन सामानों को जब हम कुछ मिनट

रुस्तम भरूचा, राजस्थान, एन ओरल हिस्ट्री: कन्वर्शेसंस विद कोमल कोठारी के उद्धरण।

* कोमल कोठारी (1929-2004) भारतीय लोककथाकार थे जिन्होंने राजस्थान में रहकर काम किया। उन्होंने संगीत वाद्यों, मौखिक परंपरा और कठपुतली के अध्ययन में योगदान दिया। मंगनियार और लांगा संगीत के संरक्षक; राजस्थान परंपरा के अध्ययन के लिए रूपायन संस्थान की स्थापना।

तक देख लेते थे तो उन्हें चादर के नीचे छुपा दिया जाता था। इसके बाद हमें जिन सामानों का नाम याद रहता था उसे लिखा करते थे। जिस किसी को सबसे अधिक सामान के नाम याद रहते थे वह गेम जीतता था। आज जब मैं उस गेम को याद करता हूं तो लगता है उन सामानों को विभिन्न वर्गों में विभाजित कर देने पर अधिक सामानों के नाम याद रह सकते थे। उदाहरण के लिए चिमटा, कटोरी, और थाली को रसोईघर की श्रेणी में रखा जा सकता था। आज भी पर्व त्योहारों पर पूरे देश में जो 'मेमोरी गेम' खेले जाते हैं उनमें हम पाएंगे कि उन्हें भी सामानों के विभिन्न वर्गों में विभाजित करने के सिद्धांत के आधार पर ही बनाया जाता है।

मेरे परिवार के जोधपुर जाने के पहले तक हम अपने गांव कपासन में इस मेमोरी गेम को खेला करते थे। कपासन में हम गुल्ली डंडा भी खेला करते थे। यह भारत में बच्चों का बहुत ही लोकप्रिय खेल है। इसे विभिन्न इलाकों में अलग-अलग तरीके से खेला जाता है। गुल्ली-डंडा के खेल में मुख्य रूप से यह देखा जाता है कि आप गुल्ली को कितना दूर तक फेंक सकते हैं। दूरी की गणना बहुत ही सूक्ष्म होती है। इसे गुणकों में मापा जाता है। दरअसल मैं गुना करने में बहुत माहिर था। जब मैं जोधपुर के सुमेर स्कूल में पढ़ता था तो अंकगणित के सारे सवालों को बहुत आसानी से हल कर लेता था।

गणित शिक्षक परशुरामजी मुझे अब भी याद हैं। वे क्लास में आते ही ब्लैकबोर्ड पर बहुत ही सुंदर अक्षरों में सवाल लिखना शुरू कर देते थे। वे सवालों को ब्लैकबोर्ड से मिटाएं उसके पहले हमें उन सवालों को अपने दिमाग में हल कर कापी पर लिखना होता था। इसके बाद वे पूछना शुरू करते थे। मुझे और मेरे भतीजे स्वतंत्र, जो मेरी ही उम्र का था, को पूरे नंबर मिल जाते थे जबकि क्लास के कई सहपाठियों को परेशानी होती थी। समस्या यह थी कि परशुरामजी उन्हें बड़े ही अनोखे ढ़ंग से सजा देते थे। उदाहरण के तौर पर, अगर किसी लड़के ने चालीस में बीस हिसाब सही बनाए तो वे उस लड़के को स्वतंत्र या मुझसे बीस थप्पड़ मरवाते थे। मतलब कि हर गलत जवाब के लिए एक थप्पड़। स्वाभाविक तौर पर हम दोनों को बुरा लगता था और डर भी लगता था क्योंकि उनमें कई लड़के हमसे बहुत बड़े थे। वे क्लास के बाहर हमारी पिटाई कर सकते थे। इसलिए हम लोगों ने उन्हें बहुत धीरे-धीरे चपत लगाने का निर्णय लिया लेकिन परशुराम जी मानते नहीं थे और वे खुद आगे बढ़ कर चांटा मार कर हमें बताते थे कि चांटा कैसे मारना है।

बचपन की मेरी शिक्षा में अंकों की अहम भूमिका रही। आज जब मैं उन दिनों को याद करता हूं तो महसूस करता हूं कि हम पूरा पहाड़ा कविता में याद कर लिया करते थे। हम लोगों ने आज की तरह पहाड़ा याद नहीं किया था। हम लोग सवा, ढाई, तिहाई के आधार पर गुना कर लेते थे। पहाड़े को गाना पड़ता था। निरपवाद रूप से पहाड़ा एक गुरुजी याद करवाते थे। पहाड़ा जैसे-जैसे कठिन होता जाता था उसे याद करने के हम तरह-तरह के तरीके निकालते थे। लेकिन इसके पीछे मूल सिद्धांत यह होता था कि अगर आपको कुछ रट कर सीखना है तो अपने पाठ को गा-गा कर पढ़ना होगा। ऐसा करने पर ही वह पूरी तरह याद हो सकता है।

सभी संस्कृतियों में अंकों की गणना का तरीका अलग-अलग रहा है। उदाहरण के लिए, हम चार के गुणकों में जोड़ सकते हैं। इसमें हर अंगुली पर तीन और अगूंठा जोड़ कर चार बना सकते हें। ऐसे में 1-4, 5-8, 9-12, 13-16 तक गिना जा सकता है। कभी कभी हम तीन के आधार पर 1-3, 4-6, 7-9, 10-12, 13-15 गिनते हैं। पश्चिमी तरीके से अंकों को स्वतंत्र रूप से भी 1, 2, 3, 4 से दस तक गिना जाता है। दस कट-ऑफ प्वाइंट है। गणना की जटिलता बहुत हद तक गणना की आधारभूत यूनिट पर निर्भर करती है। देखना होता है कि यह तीन, चार या पांच है। पहले जब एक रुपये में 16 आने होते थे उस वक्त हर गणना चार की इकाई में होती थी। कालबेलिया जैसे खानाबदोश समुदाय में गुना का बेसिक यूनिट आठ होता था, नौ या दस कदापि नहीं। आश्चर्य की बात है कि आठ के गुणक के आधार पर वे लोग 100 तक गिन लेते थे।

कितनी अजीब बात है कि हम बचपन की कुछ बातों को याद रखते हैं और कुछ को भूल जाते हैं। उदाहरण के तौर पर हमने स्कूल में जो पहाड़ा सीखा था उसे आज भी गा सकते हैं। लेकिन स्कूली जीवन में याद किए गए दोहे आज याद नहीं हैं जबकि 12 साल की उम्र में वे पूरी तरह याद थे। दूसरी ओर मेरे मित्र विजय डान (डेथा) आज भी कविता में पूरी बात कर लेते हैं। एक समय हम हिंदी में छंद-अलंकार का पाठ घंटों कर सकते थे। विभिन्न छंदों की पहचान कर सकते थे। हम सवैया, मुकंदम, हरिगीतिका जैसे कई और छंदों में अंतर कर सकते थे। आज हम मुश्किल से एक या दो दोहों का पाठ कर सकते हैं। मेरी याददाश्त समाप्त हो चुकी है। यहां तक कि हम लोक गीतों को भी नहीं गा सकते। हां, यह जरूर है कि अगर कोई गाना गाया जाए तो हम उसे पहचान लेंगे। हम बता देंगे कि इस गीत का राग, ताल क्या होगा। मुझे लगता है कि याददाश्त विभिन्न तरीकों से काम करती है। और यह अंतर खास शैली से जुड़ा होता है।

कहानियों की याद

अब हम इस संबंध में कहानियों की चर्चा करेंगे। मुझे एक कहानी याद है जो बचपन में मेरी मौसी मुझे सुनाया करती थी। उस वक्त मेरे आसपास पांच-छह बच्चे हुआ करते थे। इनमें मेरा छोटा भाई केशव भी था। वह मुझसे सोलह माह छोटा था। हम सभी मौसी से चिड़ा चिड़ी[1] की कहानी सुनाने को कहा करते थे। यह चिड़ियों की एक जोड़ी की कहानी थी। चिड़ियां कुंए के ऊपर लगी चरखी की डोरी पर झूलती थी। एक दिन डोरी टूट गई और चिड़िया कुंए में गिर गई। मुझे याद है, मेरे बाल-मन पर इस कहानी का कितना जबरदस्त असर पड़ा था। इसकी छाप मेरी यादाश्त पर बहुत दिनों तक रही। पर मैंने जब लोक कथाओं पर काम करना शुरू किया तो बहुत मुश्किल से इस कहानी को याद कर पाया। जब कहानी जीवंत हुई तो मुझे उसी वक्त एहसास हुआ कि चिड़ा-चिड़ी कुंए में गिरने के बाद मरी नहीं थीं, जैसा कि उस वक्त हमने मान लिया था। चिड़िया कुंए से निकल कर आकाश में उड़ गई थी। यह एहसास होने पर कि चिड़िया जिंदा बच गई थी मुझे बहुत राहत मिली।

लेकिन सवाल यह है कि हमारी मौसी, जो यह कहानी हमें बार-बार सुनाया करती थी, ने कभी यह क्यों नहीं बताया कि चिड़िया उड़ गई थी। मुझे आज लगता है कि यह हम कहानी सुनने वालों को समझना था कि चिड़िया उड़ गई है। कहानी सुनाने वाले को कहानी का मतलब नहीं समझाना था। मुझे लगता है यह बहुत महत्त्वपूर्ण सूत्र था। जब हम बच्चों की कहानियाँ, खासकर वैसी कहानियाँ जो हमें सात वर्ष से कम उम्र में सुनाई गई थी, को याद करना शुरू करते हैं तो यह बात समझ में आती है कि उन कहानियों में नैतिकता का पाठ नहीं पढ़ाया जाता था या उन कहानियों में कोई सूत्र वाक्य नहीं होता था। कहानी सुनाने के बाद सवाल किया जाता था–शेर ने क्या किया, खरगोश ने क्या किया और फिर कहानी के अंत में क्या हुआ। जब बच्चा उत्तर बता देता था तो हमें खुशी होती थी बच्चे ने कुछ सीखा। आज कहानी कहने का जो तरीका है वह पारंपरिक तरीके से भिन्न है।

इसका एक कारण यह है कि बचपन में हम जो कहानियां सुना करते थे उसे किसी और के साथ साझा नहीं करते थे। मैंने अपनी मौसी से चिड़ा-चिड़ी की जो कहानी सुनी थी, मुझे याद नहीं कि उसे मैंने अपने किसी दोस्त को सुनाया होगा। दूसरे शब्दों में, मैंने उस कहानी को आगे किसी और तक नहीं पहुंचाया, जैसा कि आज आपको बता रहा हूँ या विभिन्न फोरमों में मैं इस कहानी की चर्चा कर चुका हूँ। अब जब मैं इस कहानी को औरों तक पहुँचाने का काम कर रहा हूँ तो मुझे महसूस हो रहा है कि बच्चों को कहानी सुनाने का एक खास प्रारूप होता है। ये कहानियाँ वयस्कों के द्वारा बच्चों को सुनाई जाती है। इसे कोई बच्चा दूसरे बच्चे को नहीं सुनाता। यही कारण है कि बचपन में इस कहानी को सुनने के बाद हमने इसे किसी दूसरे को सुनाने की ज़रूरत नहीं समझी।

याद रखने का तरीका

कहानी की उत्पत्ति रहस्यमय है लेकिन अनजानी नहीं। जब हमने बोरूंडा की लोककथाओं को संग्रहीत करना शुरू किया तो सबसे पहले हमने लोगों से यह जानना चाहा कि क्या उन्हें बचपन की कोई कहानी याद है। इसका जवाब हमें बराबर ना में मिला। लेकिन जब हम बार-बार पूछते रहे, यहाँ तक कि कई बार तो महीनों भर, कि जब आप बचपन में सोने जाते थे तो क्या किसी ने कोई कहानी सुनाई थी तब अधिकतर लोगों को यह बात याद आई कि कोई उन्हें थप्पड़ मार कर कहा करता था, अब सो जाओ, वरना ... इसके साथ ही कहानियों की और बातें भी याद आने लगीं।

उदाहरण के लिए मेरे बड़े भाई को लें। उनकी मृत्यु तिहत्तर साल की उम्र में जोधपुर में हुई। अपनी मृत्यु के कुछ दिन पहले वे मेरे घर आए थें। तब मैंने उनसे पूछा था कि क्या आपको याद है कि जब आप बच्चे थे तो कोई आपको कहानियाँ सुनाया करता था। पहले तो उन्होंने कह दिया कि परिवार में कोई कहानियाँ नहीं सुनाता था। अगले तीन-चार दिनों तक नाश्ते, खाने या चाय के समय, मतलब कि जब भी उनसे मुलाकात होती थी, मैं अपना सवाल दुहरा देता था। अंततः एक सुबह उन्होंने कहा कि शायद घर में काम करने

वाली हीराबाई कहानी सुनाया करती थी। तब मैंने उनसे पूछा कि क्या आपको याद है कि परिवार के कौन से लोग उस वक्त वहां पर होते थे। उन्होंने याद कर दो बड़ी बहनों–दीपकुंअर और तेजकुंअर का नाम बताया। जाड़े के मौसम में जब तीनों रात में सोने को जाते थे तो हीराबाई उन्हें कहानियाँ सुनाया करतीं थी। मैंने अपने बड़े भाई से पूछा कि क्या उन्हें याद है कि हम लोगों का परिवार उस वक्त कहाँ रहता था। उन्होंने याद कर बताया कि परिवार बस्तर में रहता था। उस वक्त मेरे बड़े भाई पांच साल के रहे होंगे। बहन दीपकुंअर और तेजकुंअर का जन्म उस वक्त हो चुका था। मां को हीराबाई के बारे में भी याद है। वह साधु समुदाय की विधवा थी और उसकी उम्र पैंतीस-चालीस की रही होगी।

अगर हम इन सारी बातों को मिला दें तो यह जानना मुश्किल नहीं होगा कि जिस कहानी की हम चर्चा कर रहे हैं वह किस वक्त की कहानी रही होगी। जब चौहत्तर साल का वृद्ध व्यक्ति उस कहानी को याद कर रहा है जिसे पैंतीस-चालीस साल की महिला ने उसे पाँच साल की उम्र में सुनाई थी तो निश्चित तौर पर कहानी कम से कम सौ साल पुरानी है। इस कहानी को बचपन में मैंने भी सुना था जो आज भी विभिन्न रूपों में राजस्थान के सभी हिस्सों–अलवर से उदयपुर और बांसवाड़ा–तक सुनी जा सकती है और आज भी जीवित है।

अगर आप आज मुझसे यह कहानी सुनना चाहेंगे तो मैं कुछ तथ्य भर बता सकूंगा। एक बच्चा था जो अपनी नानी से मिलना चाहता था। नानी के घर जाते वक्त उसने शेर, भेड़िये और कुत्ते को देखा जो उसे खा जाना चाह रहे थे। बच्चा बार-बार कह रहा था–मैं बहुत दुबला-पतला हूं। मुझे अपनी नानी के घर जाने दो। वहां मैं खूब खा-खा कर मोटा हो जाऊंगा। उसके बाद जब मैं लौटूंगा तब तुम लोग मुझे खा जाना। उस वक्त तुम्हें अधिक खाना मिल जाएगा। लेकिन नानी के घर से लौटते वक्त बच्चा एक ड्रम के अंदर बैठकर सुरक्षित लौटा। मेरे बड़े भाई ने बचपन में हीराबाई से जो यह कहानी सुनी थी उसकी मुख्य पंक्ति थी–चल मेरी ढोलकी, धम्मक धम।

यह आश्चर्यजनक है कि जब आज भी आप इस कहानी को मुझसे बताने के लिए कहेंगे तो यह पंक्ति ही कहानी को याद करने का सूत्र साबित होती है। कहानी को विस्तार से मैं नहीं बता सकता। लेकिन उसका सार मुझे याद है। कहानियों पर किए गए शोध से पता चलता है कि ऐसे तो लोग दावा करते हैं कि उन्हें कोई कहानी याद नहीं है लेकिन हकीकत में उन्हें कम से कम एक कहानी याद रहती है। हमने यह भी पाया है कि बच्चों को प्रारंभिक दिनों में जो कहानियाँ सुनाई जाती हैं वे जानवरों से जुड़ी कहानियाँ होतीं हैं। रामायण और महाभारत से जुड़ी पौराणिक कथाएं उन्हें बाद के दिनों में सुनाई जाती हैं।

अगर बच्चे इन कहानियों को किसी और को नहीं सुनाते तो आखिर यह कहानियाँ आज तक बनी हुई कैसे हैं? राजस्थानी समाज में बच्चों को कहानियाँ उनकी माँ नहीं सुनाती हैं। आमतौर पर माना जाता है कि कहानियाँ दादी सुनाया करती हैं। लेकिन ऐसा भी नहीं है। अगर उनके पति जीवित होते हैं तो कहानियाँ दादी भी नहीं सुनाया करती हैं।

दरअसल कहानियाँ सुनाने का काम मुख्य तौर पर विधवाओं के द्वारा किया जाता है जो घर में घरेलू नौकरानी की तरह काम करती हैं। यही विधवाएं बच्चों को नहलाती हैं, उन्हें स्कूल भेजती हैं और घर का सारा काम करती हैं। विधवाएं रसोई साफ करती हैं, बर्तन धोती हैं और बच्चे जब सोने जाते हैं तो उन्हें कहानियाँ सुनाती हैं। जब हमें पता लगा कि कहानियों को आगे बढ़ाने का काम विधवाएं करती हैं तो फिर कहानियाँ संग्रहीत करने का हमारा काम आसान हो गया। अपने संग्रह में नई कहानियों को जोड़ने के लिए हमें सिर्फ किसी खास गांव की विधवाओं का पता लगाना पड़ा।

कहानियाँ सुनाने और उन्हें बार-बार सुनाने में याददाश्त की भूमिका को नजरअंदाज नहीं किया जा सकता। एक स्तर पर अगर हम अच्छे वक्ता हों और भाषा व जो कहानियाँ हम सुना रहे होते हैं उसके स्वरूप पर हमारी अच्छी पकड़ हो तो हम कहानियों को ज्यादा प्रभावी तरीके से याद रख सकते हैं। जैसा कि मैं पहले ही आपको बता चुका हूँ, मुझमें याद रखने की ऐसी क्षमता नहीं है। लेकिन इससे मुझे इस बात का एहसास होता है कि ज़िंदगी में भूलना कितना महत्त्वपूर्ण है। अगर आप में भूलने की क्षमता नहीं हो तो फिर आपका जीवन बहुत जटिल हो जाएगा। दरअसल परिवार से जुड़ी बहुत सारी ऐसी बातें होती हैं, कई तरह के सामाजिक तनाव हैं, जिन्हें भूल जाना ही बेहतर है। अन्यथा समस्याओं का जंजाल हमारे जीवन को बहुत दुष्कर बना देगा। ऐसे में हमें सोचना होगा कि किन बातों को याद रखना है और किन्हें भूल जाना है। तो फिर भूलने या याद रखने की प्रक्रिया क्या है? हकीकत यह है कि यहां हम आपसे याददाश्त के बारे में चर्चा कर रहे हैं। इसके लिए अपनी याददाश्त का इस्तेमाल कर रहे हैं और मेरी याददाश्त कमजोर हो रही है।

> कोमल दा को सुनकर उनकी कमजोर होती याददाश्त का पता चलता है। कोई चिड़ी-चिड़ा जैसे बच्चों की कहानी कह रहा हो या पाबूजी* जैसे मौखिक महाकाव्य की चर्चा कर रहा हो, याददाश्त की भूमिका हर जगह है। हालांकि याद करने का विभिन्न तरीका, संरचना और स्वरूप है। यह महिलाओं के गीतों के संदर्भ में साफतौर पर दिखता है। ध्यान देने की बात है कि कोई भी गीत एक ही महिला दो बार समान ढंग से नहीं गा सकती। ज्यादा आश्चर्य की बात है कि वही गीत समूह में महिलाएं गा सकती हैं जबकि इनमें कई महिलाओं ने इस गीत को पहले नहीं सुना होगा। आखिर यह कैसे संभव होता है? जो गीत किसी की याददाश्त में नहीं होता उसे वह कैसे गा लेता है? यह सब सचमुच में लोकगीतों की पहेली है।

---

* बापूजी की फाड़—राजस्थान में कहानी कहने की पारंपरिक कला है— जिसका अर्थ है बापूजी का अध्ययन। बापूजी 14वीं शताब्दी के नायक थे।

मैं अब उस सूत्र की ओर लौटता हूं जिसका इस्तेमाल कोमल दा ने बचपन के दिनों में कपासन में खेले गए खेलों को याद करने के लिए किया है। याद करने का यह काम उन्होंने उस वक्त किया जब वे लिखने लायक हो गए थे। लिखने की कला का उनकी याददाश्त पर जो प्रभाव पड़ा उससे मौखिक चीज को लिपिबद्ध करने की समस्या का पता लगता है। यह समस्या बहुत दिनों से है और अब तक इसका समाधान नहीं हो सका है। यह विरोधाभासी वर्णन कोमल दा ने एक पारंपरिक संगीतकार के साथ हुई अपनी मुलाकात के संदर्भ में किया है।

मौखिकता और साक्षरता

पचास के दशक में मैं जोधपुर क्षेत्र में काम करने वाले कुछ लांगा गीतकारों के गानों को लिपिबद्ध किया करता था। वे सभी गीतकार निरक्षर थे। बाद में हमने सोचा कि अगर ये गीतकार वयस्क शिक्षा वर्ग में दाखिला ले लें तो उन्हें पढ़ना-लिखना आ जाएगा और फिर उनके द्वारा लिखे गए गानों को संग्रहीत करना हमारे लिए आसान हो जाएगा। लेकिन ऐसा हो नहीं पाया। हमारे मुख्य गीतकारों में से एक लाखा ने जब लिखना-पढ़ना सीख लिया उसके बाद कोई गाना गाने के पहले उसे अपनी डायरी देखनी पड़ती थी। आज भी वह ऐसा ही करता है। जबकि जो गीतकार निरक्षर हैं, जिन्होंने किताबें छुई तक नहीं हैं, वे सैकड़ों गाने यूं ही गा लेते हैं।

इस तरह साक्षरता के कारण याददाश्त से जुड़ी कई जटिल समस्याएं पैदा हुईं। एक ओर तो याददाश्त काम नहीं करने पर आप लिखे गए शब्दों का सहारा ले सकते हैं। लेकिन जब कुछ लिखा हुआ नहीं हो तो ऐसी हालत में दिमाग ही याददाश्त को विकसित करने का काम करता है। यहां कोई और विकल्प नहीं होता। हमने पाया कि लोक गीतकार जब साक्षर हो गए तो उनके गीतों का आकार छोटा हो गया। गीत पुराने आकार की तुलना में छोटे-दर-छोटे होते गए। या फिर एक ही गाना बार-बार गाते हुए एक नई तरह रटने से एक नई शिक्षा मिली। दूसरी ओर निरक्षर कबीले की कलबेलिया महिलाएं तीस, चालीस या पचास पंक्तियों का भी गीत बिना कुछ भूले गा लेती थीं।

यहां हम जिस बड़ी समस्या का जिक्र कर रहे हैं वह मौखिक शब्द और लिखित पाण्डुलिपि के बीच का अंतर है। आज भी कुछ ग्रामीण इलाकों में लिखी हुई चीज को एक तरह का जादू समझा जाता है। लोग यह कहते हैं कि एक पेज पर कुछ लिखे हुए शब्दों को एक साथ बीस लोग एक ही तरह कैसे पढ़ सकते हैं। विडम्बना है कि अगर आज भी हम गांव वालों को वयस्क शिक्षा आंदोलन से जोड़ना चाहते हैं तो हमें उन्हें बताना पड़ता है कि अगर आप पढ़ना नहीं जानेंगे तो कोई आपकी जमीन के साथ धोखाधड़ी कर सकता है, आपको जानना चाहिए कि आप क्या गा रहे हैं और ऐसी ही तरह-तरह की बातें उनसे कहनी पड़ती हैं। साक्षरता अभियान चलाने का यही तो तरीका

होता है। आज भी नवसाक्षरों के लिए किसी कागज़ पर दस्तखत करना उनके लिए भय का कारण होता है।

आखिर इस तरह की स्थिति इतने लंबे समय तक कैसे बनी हुई है? हकीकत यह है कि हमारे समाज में नीची जाति के लोगों को साक्षर बनने से रोका गया है। पारंपरिक रूप से भारतीय समाज के दो वर्ग साक्षर बनते रहे हैं। ब्राह्मण समुदाय अपने धार्मिक और भविष्य बताने के काम को लेकर साक्षर होता रहा है, इसी तरह व्यवसायी समुदाय अपने रोज-ब-रोज के कामों के कारण साक्षर होता रहा है। व्यवसायी समुदाय को खरीद-बिक्री, अनाज की ढुलाई का हिसाब-किताब रखने के लिए साक्षर होना पड़ता है। इसी तरह मौखिक और लिखित दोनों ही रूप में संस्कृत पढ़ने पर ब्राह्मणों का एकाधिकार रहा है। बनिया परंपरा मुख्य तौर पर मौखिक शिक्षा की रही है। इस समुदाय का संस्कृत पढ़ने से कोई लेना-देना नहीं रहा है।

राजस्थान में एक बहुत ही लोकप्रिय कहानी है। इस कहानी में साक्षरता के संबंध में व्यवसायी समुदाय की प्राथमिकताओं को दर्शाया गया है। कहानी के अनुसार एक किसान बनिये के पास जाता है जिससे उसने उधार ले रखा है। बनिये के कान से पेन गिर जाता है। बनिये आमतौर पर कान पर ही पेन को लगा कर रखते हैं। किसान पेन को उठा कर बनिया को यह कहते हुए दे देता है "लीजिए अपनी छुरी ले लीजिए।" बनिया कहता है "छुरी क्यों? यह तो पेन है।" इस पर किसान कहता है, "आपकी छुरी ही मेरे गले पर फिरी थी।"

याददाश्त की ओर लौटते हुए मैं कहना चाहूंगा कि साक्षरता बढ़ने के साथ ही याददाश्त की मौखिक परंपरा के लिए सहायक व्यवस्था का उदय हुआ। बहुत सारी चीजें हैं जिसे हम याद नहीं रख सकते। लेकिन हम इसके लिए किताब या संदर्भ पुस्तकालय का सहारा ले सकते हैं। और हाल में इस काम के लिए वेबसाइटें भी आ गई हैं। इस बात को ध्यान में रखना महत्त्वपूर्ण है कि लोक साहित्य हमेशा समकालीन हुआ करता है। यहाँ तक की आधुनिकता के दायरे से बाहर रहने वाली संस्कृति और समुदाय से जुड़ा लोक साहित्य भी समकालीन ही रहता है। अगर समाज में बीते काल का कोई महत्त्व बना रहता है तो यह बचा रहता है, अन्यथा यह झील की सतह पर उठने वाली छोटी लहरों की तरह देर-सबेर समाप्त हो जाएगा।

> मौखिकता और साक्षरता के संबंध में यहाँ जो कुछ बताया गया है उस संदर्भ में बहुत अधिक जानकारी अभी बाकी है। उदाहरण के लिए ए. के. रामानुजन ने अपने लेख "लोक साहित्य की किसे जरूरत है" (1999) में हमारा ध्यान मौखिकता और साक्षरता की अंतर्व्याप्ति - न कि सिर्फ अंतर - की ओर आकृष्ट किया है।[2] रामानुजन ने कई उदाहरण दे कर बताया है कि लोक परंपराएं निश्चित तौर पर मौखिक ही रही हैं। उदाहरण के तौर पर, वेद

हालांकि स्थायी हैं लेकिन दो सौ वर्ष पहले तक उन्हें लिखा नहीं गया था। सदियों तक वेद मौखिक रूप में ही संचारित होते रहे थे।[3]

दूसरी ओर लोककथाएं मौखिक रूप से विभिन्न रूपों में संचारित होती हैं जबकि मूलभाव समान रह जाता है। जबकि लोकगीतों में कभी कोई परिवर्तन नहीं होता है। लोककथाओं का स्थायी मूलभाव उसके लिखित संस्करण से जुड़ता है। इसलिए यह समझना दोषपूर्ण है कि लिखित कहानी के पहले निश्चित तौर पर उसकी मौखिक परंपरा होती ही है। रामानुजन के अनुसार वास्तव में लोकोक्तियों के माध्यम से विभिन्न शैलियों में तरह-तरह की व्याख्या की जाती है। इन लोकोक्तियों में खास तरह के शब्दों और मुहावरों का शब्दशः इस्तेमाल होता है। इसके जरिये मुख्य संदेश के साथ ही कामचलाऊ तरीके से प्रायः हर बात कह दी जाती है।[4]

... हालांकि कोमल दा ने मौखिक परंपरा की व्याख्या करते हुए किसी लिखित अंश की चर्चा नहीं की है। लिखित अंश के बजाय कोमल दा ने काल और वंश क्रम का इस्तेमाल किया है। इसके बिना याददाश्त की अभिव्यक्ति बेमानी हो जाती है।

समय

राजस्थान के ग्रामीण इलाकों में जब आप किसी से पूछेंगे "आपकी उम्र क्या है?" तो बहुत संभव है कि आपको स्पष्ट जवाब नहीं मिले। लेकिन यह बहुत संभव है कि आपको बताया जाए कि मेरा जन्म अमुक काल में हुआ था या फिर अकाल के साल में मैं तीन वर्ष का, दस वर्ष का या इसी तरह कुछ और वर्ष का था। किसी खास अकाल को चिह्नित करने के लिए छपन्ना, छब्बीसा, बहत्तरा बहुत ही प्रचलित मापक हैं। मतलब कि लोग अपनी उम्र को किसी खास अकाल से जोड़ कर ही बताएंगे। बीते समय को मापने का यह उनका अपना तरीका है।

रोजमर्रा की ज़िंदगी में हम देखते हैं कि लोग अपने परिवार की तीन पीढ़ियों -पिता, दादा और परदादा-को याद कर लेते हैं। इससे अधिक वे अपने अतीत के बारे में कुछ नहीं जानते। अगर कभी वे इससे पहले के बारे में जानने की कोशिश भी करते हैं तो उन्हें किसी न किसी व्यक्ति से तीन पीढ़ी के पहले की बातों की पुष्टि करानी होती है। ऐसे व्यक्ति वही हो सकते हैं जो उनके पिता के बारे में अच्छी तरह जानते हों या फिर उनके दादा के बारे में भी कुछ जानकारी रखते हों।

इस संबंध में मैं अपने ही परिवार की कहानी बताता हूँ। यह कहानी मैंने बचपन में अपनी दादी से सुनी थी। मेरे परदादा रतलाम एस्टेट के दीवान थे। रतलाम के राजा एक बूढ़े आदमी थे जिनके दो बेटे थे। बड़ा बेटा अपने पिता का कानूनी उत्तराधिकारी था

लेकिन मेरे परदादा ने छोटे बेटे के साथ मिलकर उसके बड़े भाई को कहीं दूर भेजने की साजिश रची। इसी बीच छोटे बेटे ने अपने पिता को जहर देकर मार डाला और किले पर कब्जा कर खुद को रतलाम का राजा घोषित कर दिया। उस समय ब्रिटिश राज था और यह नहीं कहा जा सकता था कि "राजा मर गया। अमर रहें राजा।" बल्कि राजा के मरने पर राज की सत्ता दूसरे के हाथ में दे दी जाती थी, जो राज का कामकाज देखने के लिए राजनीतिक एजेंट की बहाली करता था। रतलाम के साथ दूसरे सभी रजवाड़ों में भी ऐसा ही होता था। इसीलिए रतलाम में राजा के छोटे बेटे को तत्काल राजा नहीं मान लिया गया। यह स्वाभाविक प्रक्रिया नहीं थी। छोटे बेटे को राजा बनाने का रास्ता साफ कराने में मेरे परदादा ने अहम भूमिका निभाई और किसी तरह संभवतः ब्रिटिश अफसरों को घूस देकर उन्होंने छोटे बेटे को राजा घोषित करवा दिया। उस समय उसका बड़ा भाई जयपुर में शरण लिए हुए था। जयपुर में उस परिवार का नया वंश विकसित हुआ जबकि रतलाम के नए शासन के तहत मेरे परदादा दीवान बन गए।

अतीत की इस घटना को मैं आज महज साजिश के तौर पर देख सकता हूँ। लेकिन मेरी दादी के लिए यह साजिश नहीं थी। उल्टे उनके मन में मेरे परदादा की बुद्धिमता के प्रति काफी सम्मान है। प्रभावी तरीके से तख्ता पलट कराने से जुड़ी विस्तृत जानकारियों पर उन्हें नाज है। मुझे आज भी इससे जुड़ी एक जानकारी याद है। राजा के घर में एक बंद दरवाजा था जिसके कारण कोई राजा की हत्या नहीं कर सकता था। लेकिन मेरे परदादा ने उस दरवाजे को हाथी की सहायता से तुड़वा दिया था। मेरी दादी ने जो सारी कहानियां सुनाई थी उसमें इस तरह की कई सनसनीखेज जानकारियां थीं। नए राजा का दीवान बनने के बाद उन पर गबन का आरोप लगा। यह सब 1880 में हुआ होगा। मेरे परदादा को 18 वर्षों तक जेल में रखा गया। इस दौरान उनके केस की सुनवाई लंदन में प्रीवि काउंसिल में हो रही थी। वे केस जीत गए और उन्हें जेल में गुजारे हर साल के लिए एक लाख रुपए के हिसाब से मुआवजा मिला। उस समय इस राशि का बहुत महत्त्व था। इस तरह तीन पीढ़ी पहले की कहानी मुझे मालूम हुई।

अब हम एक दूसरी कहानी को देखें। यह कहानी छोटी जाति के समुदाय से जुड़ी हुई है। यह कहानी बोरूंडा गांव के भांभी जाति के एक युवक की है। उसके परदादा उसी गांव में पोस्टमैन का काम करते थे। प्रति दिन यह व्यक्ति अपने गांव से इक्कीस मील दूर जयतारन जाया करता था। वह सुबह उठता था और तैयार होकर जयतारन के लिए चल देता था। वहां से डाक लेता था और फिर अपने गांव बोरूंडा आ जाता था। वह बिना किसी भुगतान के बीस वर्षों तक यह काम करता रहा। गांव के भांभी जाति के हर परिवार के एक सदस्य को, गांव के जागीरदार की सेवा में लगना पड़ता था। ऐसा करने के बाद ही उनके परिवार के दूसरे सदस्य रोजी-रोटी के लिए कमाई कर सकते थे। इस तरह डाक लाने का काम करने वाला युवक भी जागीरदार की सेवा में लगा हुआ था। जब हमने उसकी कहानी सुनी तो हम लोगों के मन में उसके प्रति सहानुभूति पैदा हो गई। यह

सचमुच आश्चर्यजनक था कि कोई बीस साल तक काम करे और उसे कोई पारिश्रमिक नहीं मिले। वह कठिन समय का दौर था। जब हमने उससे सहानुभूति के शब्द कहे तो वह युवक क्रोधित हो गया। उसने कहा 'आप ऐसे क्यों बात कर रहे हैं? आप यह क्यों नहीं सोचते कि मेरे परदादा हर दिन बयालीस मील पैदल चल सकते थे? क्या आपको नहीं लगता कि उनमें कितनी ताकत थी? आप पैसे के बारे में क्यों बात कर रहे हैं?'

उसकी बातों को सुनने के बाद मुझे लगा कि चीजों को देखने का दूसरा नज़रिया भी है। आप बीती बातों को किस तरह एकत्रित कर सकते हैं, उसे किस तरह रखते हैं और उसकी चर्चा किस संदर्भ में करते हैं।

वंशावली

यह सब बीती बातों के बारे में व्यक्तिगत यादें हैं। अगर आप बड़े समूह के बारे में सोचें और उनके द्वारा बीती बातों को याद करने के तरीके का आकलन करें तो क्या होगा। लांगा, मंगनियार और फिर अनुसूचित जाति के गीतकारों की वंशावली लिखने वालों के बारे में सोचें। वंशावली तैयार करने वाले ये लोग चौदह से अठारह पीढ़ी के बारे में बता सकते हैं। वे सभी तरह की बातें बता देंगे। मसलन –उनके फलां परदादा थे, उनके चार बेटे थे, उनके बड़े बेटे का यह परिवार है, फलां परिवार उनके छोटे बेटे का है, आदि आदि। अधिकांश लोग समझते हैं कि लांगा और मंगनियार सिर्फ लोकगीतों को गा-गा कर अपना भरण पोषण करते हैं। लेकिन वे यह नहीं जानते कि ये लोग अपने जजमानों की वंशावली रख कर भी कमाई करते हैं।

लांगा और मंगनियार समुदाय की वंशावली मुख्यतौर पर अलिखित होती है लेकिन उसे पूरी तरह आधिकारिक माना जाता है। जब कोई विवाद होता है कि किसी खास दो उपजातियों के बीच विवाह हो सकता है या नहीं तो वैसी हालत में इन्हीं का सहारा लिया जाता है। अंततः उन्हीं के फैसले पर लोगों को आश्रित होना पड़ता है। मंगनियार अपनी वंशावली 'शुभराज' के माध्यम से भी रखते हैं। 'शुभराज' में जजमान के पूरे परिवार का वर्णन पद में उल्लेखित रहता है। 'शुभराज' परिवार की वंशावली को पीढ़ी-दर-पीढ़ी याद रखने का दूसरा तरीका है।

पारंपरिक गीतकारों के अलावा भट लोग भी हैं जो किसी परिवार के पुरुष सदस्यों की वंशावली रखने का काम करते हैं। भट दो प्रकार के होते हैं-मुखबांचा भट और पोथीबांचा भट। मुखबांचा भट पूरा रिकार्ड मौखिक रूप से याद रखते हैं जबकि पोथीबांचा भट वंशावली को लिख कर रखते हैं। ये दोनों भट अपने जजमान के घर औसतन तीन साल में एक बार जाते हैं। आमतौर पर वे जजमान के घर शादी, बच्चे के जन्म या इसी तरह के दूसरे उत्सव के समय जाते हैं। इसके उलट पंडा हर परिवार के स्त्री-पुरुष की मृत्यु का रिकार्ड रखते हैं। सामान्यतः उनसे हरिद्वार या इसी तरह के धार्मिक स्थलों पर संपर्क किया जाता है, जहां मृत्यु के बाद अस्थि विसर्जन और दूसरे कर्मों के लिए लोगों

को जाना पड़ता है। इन जगहों पर यात्रियों से आमतौर पर दो प्रश्न किये जाते हैं– *किस गांव के हो, आपकी जाति क्या है?* चौंकाने वाली बात है कि इतना पूछने के बाद पंडा उस व्यक्ति से संबंधित जानकारी दे देते हैं। इसके बारे में पर्याप्त रूप से अध्ययन किया जाना बाकी है। पंडा लोगों के पास देवनागरी लिपि में जो लिखित दस्तावेज रहता है उसमें बीस पीढ़ी पहले तक की जानकारियां रहती हैं। पोथीबांचा भट भी साक्षर होते हैं लेकिन उनके पास जिस तरह लिखा हुआ रिकार्ड रहता है उसे कोई दूसरा नहीं पढ़ सकता।

अब देखें कि यह वंशावली किसी परिवार के लोगों को किस तरह प्रभावित करती है। मेरे परदादा जवाहर चाँद थे। उनके एक बेटे थे जिनका नाम खुमान सिंह था। खुमान सिंह को दो बेटे थे- दुलाह सिंह और बरिसल सिंह। दुलाह सिंह के चार बेटे थे और बरिसल सिंह के आठ। परिवार के सभी पुरुष सदस्यों के नाम के आगे ओत शब्द जुड़ा होता है। ओत का अर्थ होता है उनके बेटे। इस तरह हम बरसिओत हैं लेकिन मेरे पिता बरिसल चूंकि खुमान के बेटे थे इसलिए मुझे और मेरे सात भाइयों को खुमनोत के नाम से भी पहचाना जा सकता है। दूसरी ओर मेरे चचेरे भाई दौलत सिंह दुलाह सिंह के बेटे थे इसलिए उन्हें दौलत सिंह दुलहोत कहा जा सकता हैं लेकिन दुलाह सिंह भी चूंकि खुमान सिंह के ही बेटे थे इसलिए मेरे चचेरे भाइयों को भी मेरे या मेरे सात भाइयों की तरह खुमनोत के नाम से पुकारा जा सकता है। इस तरह वंश क्रम के अनुसार नाम कभी अलग होते हैं लेकिन वे फिर एक हो जाते हैं।

वंशावली का एक और महत्त्वपूर्ण पहलू पति-पत्नी संबंध से जुड़ा है। मैं ओसवाल हूं। इसका संबंध मेरी जाट जाति से हो सकता है। लेकिन उपजाति दुग्गर है। मूल रूप से शस्त्रों की दुकान (कोठार) की देखभाल करने वाली इस जाति के लिए कोठारी टाइटल का इस्तेमाल होता है। मैं सिर्फ ओसवाल जाति के अंदर ही शादी कर सकता हूँ। मैं किसी दुग्गर से शादी नहीं कर सकता। इसी तरह मेरी पत्नी की उपजाति बरोदिया है इसलिए मेरे बच्चों की शादी किसी दुग्गर और बरोदिया से नहीं हो सकती। और इसी तरह मेरी मां चूंकि कनकरिया भंडारी थी इसलिए मेरे किसी बच्चे की शादी इस समूह में नहीं हो सकती। एक और पीढ़ी पहले की ओर जाएं तो मेरी परदादी की उपजाति मेहनोत मेहता थी इसलिए इस उपजाति का कोई सदस्य भी मेरे परिवार में शादी नहीं कर सकता।

ये सारी व्यवस्थाएं एक सामान्य कारण से हैं। ये सारी व्यवस्थाएं कौटुम्बिक व्याभिचार से बचने के लिए हैं। दूसरे समूह में हम दूसरे तरह की कौटुम्बिक व्यवस्था पाते हैं। एक बार आपको अपने परिवार के नियम-कानून मालूम हो जाएं तो आपको पता लग जाएगा कि आपकी शादी किस परिवार में हो सकती है और किस परिवार में शादी पर रोक है। इस तरह परिवार की वंशावली वर्षों से चली आ रही है।

पुनिया की कहानी

मौखिक वंशावली रखने वाले निम्न जाति और आदिवासी समुदाय के लोग भी हैं।

लेकिन वे सिर्फ कल्पित आधार पर वंश के बारे में बताते हैं। उदाहरण के तौर पर, वे सवाल करेंगे कि सूर्य और चंद्रमा का जन्म कैसे हुआ, नदियाँ किस तरह आईं, कृषि का आविर्भाव किस तरह हुआ, आदि आदि। वंशावली रखने वाले भील और गरसिया समुदाय एक तरह से पाठ किया करते हैं। उदाहरण के लिए, यह पुराण जैसा हो सकता है। पुराण के सामान्यत: पांच खंड होते हैं–सर्ग, प्रतिसर्ग, कल्प, मानवांतर और प्रलय।[5] मानवांतर में मानव जाति का आविर्भाव होता है। मतलब कि उसी समय वंशानुक्रम शुरू होता है। इसके पहले का जीवन चक्र प्रकृति के विकास से जुड़ा है।

वंशावली बनाने वाले निम्न जाति के अधिकतर लोग मुखबांचा भट की तरह काम करते हैं। ये सभी नट, रानट और बेदी की तरह कलाबाज समुदाय के होते हैं। ये कलाबाज मेघवाल जैसी निम्न जाति के लोगों की वंशावली तैयार करते हैं। मेघवाल चमड़े और बुनाई के व्यवसाय से जुड़े लोग होते हैं। बेदी पश्चिमी इलाकों में काम करते हैं जबकि नट राज्य के दूसरे इलाकों में रहते हैं, कुछ-कुछ कठपुतली समूह की तरह जो बालाओं के नट के रूप में जाते हैं और नागौर के इलाकों में काम करते हैं। लेकिन कठपुतली समूह के लोग अपनी पहचान राजस्थान या देश के दूसरे इलाकों में इस तरह नहीं बताते। उन जगहों पर वे खुद को भट के रूप में पेश करते हैं।

ऊंची जाति की तुलना में निम्न जाति में वंशावली को ज़्यादा मजबूती के साथ रखा जाता है। उदाहरण के लिए, अगर कोई भट भांभी की तरह की किसी अस्पृश्य जाति के घर में जाता है और अगर उस घर में सिर्फ एक खाट है तो भट उस खाट पर सोएगा। इसी तरह अगर उस घर में खाने के लिए सिर्फ एक ही रोटी है तो भट उस रोटी को खाएगा। निम्न जाति के लोगों से उनकी वंशावली रखने के लिए भट काफी मोटी रकम लेता है। भट के निम्न जाति के जजमानों के पास मोटी रकम देने के सिवा कोई और विकल्प नहीं होता। विडम्बना यह है कि भट खुद भी निम्न जाति के ही होते हैं। लेकिन समस्या यह है कि छोटी जातियों में भी पुरोहित तंत्र (ऊंच-नीच का क्रम) है।

उदाहरण के तौर पर, जानवरों की लाश उठाने, उसकी खाल खींचने, खाल का शोधन करने और फिर चमड़े का जूता चप्पल बनाने के काम में अलग-अलग प्रतिष्ठा प्राप्त है। चर्म शोधन का काम करने वाले रंगाई की तुलना में मोची को ऊंची प्रतिष्ठा प्राप्त है। जाति की क्रमबद्धता में विरोधाभास देखने को मिलता है। ऊंची जाति के नजरिए से धोबी को अछूत नहीं माना जाता लेकिन अछूतों के लिए धोबी अछूत है। इसी तरह निम्न जाति के लोगों के बीच यह तय है किस जाति की वंशावली कौन तैयार कर सकता है।

जब आप इन वंशावलियों के बारे में जानेंगे तो आपको यह मानने के लिए बाध्य होना पड़ेगा कि भारत में निम्न जाति के लोगों को सदियों से मानवाधिकार से वंचित रखा गया है। हिंदू मिथकों में जो उल्लिखित है उससे अगर हम निम्न जाति के लोगों की स्थिति की तुलना करें तो क्या हम उम्मीद कर सकते हैं कि सवर्ण मिथकों के आधार पर निम्न जाति का अस्तित्व बचा रह सकता है? कोई भी समाज अपने मिथकों के बिना नहीं चल

सकता। हम तो यहां तक कहेंगे कि जब तक किसी जाति का वंश-इतिहास नहीं हो तब तक उस जाति की पहचान स्थापित नहीं हो सकती। तो फिर निम्न जाति का मिथक क्या है? निम्न जाति की पौराणिक कथाएं मुखबांचा भटों के पास हैं। मुखबांचा भटों से सुनी कहानियों के आधार पर ही हम अनुमान लगा सकते हैं कि निम्न जाति के लोगों ने किस तरह शक्ति हासिल की और अपना अस्तित्व बचाए रखा।

यहां मैं आपके सामने एक कहानी की चर्चा कर रहा हूँ जिससे आपको निम्न जाति के वंश-इतिहास के बारे में स्पष्ट जानकारी प्राप्त होगी।[6] कई वर्ष पहले एक अध्ययन दौरे के दौरान मैं अपने दोस्त के साथ मेवाड़ के छोटी सदरी के निकट पिपलिया गांव से गुजर रहा था। जहां तक मुझे याद है हम लोग सुबह 8.30 बजे उस गांव में पहुंच गए थे। वहाँ हम लोगों ने देखा कि करीब 400-500 लोग एक जगह बैठकर दो मुखबांचा भटों को सुन रहे थे। दोनों भट ढोल बजा-बजा कर एक कहानी सुना रहे थे। हम लोगों ने देखा कि भट करतब दिखाने में भी महारत हासिल किए हुए थे। वे नाचते-गाते बांस और पेड़ पर चढ़ जाते थे। उन लोगों की बातें सुनने के बाद हम लोगों को पता लगा कि वे लोग राउत जाति की वंशावली बता रहे थे। वंशावली बताने का काम पूरा हो जाने के बाद भी वे अपना करतब दिखाते रहे।

इस पूरे कार्यक्रम के दौरान उन लोगों ने राउत जाति के वंश के इतिहास से जुड़ी कई कहानियाँ सुनाईं। इसमें से एक कहानी बहुत ही मज़ेदार थी। यह पुनिया नाम के एक व्यक्ति की कहानी थी। पुनिया के पहले कोई खेती नहीं होती थी। पुनिया ने मक्का उपजाने का निर्णय लिया। उसने इसके बारे में कहां से सीखा यह किसी को पता नहीं। लेकिन उसने मक्का लगाया और फसल भी हुई। अंततः जब फसल तैयार हो गई और वह कटाई की तैयारी में था तो सूर्य और चंद्रमा आए। इन दोनों देवताओं ने पुनिया से कहा, क्या बिना हमारे होते तुम फसल उगा सकते थे? उसने कहा: नहीं, यह असंभव था। सूर्य की किरण से हमें रोशनी मिली और चांद की शीतलता के कारण मेरे पौधे रात में सो पाते थे। इस तरह आपकी सहायता के बिना मैं कुछ नहीं कर सकता था। इसके बाद देवताओं ने कहा, तो फिर तुमने मेरा हिस्सा क्यों नहीं दिया? इस पर पुनिया ने कहा, निश्चित तौर पर सिर्फ आप अपना हिस्सा ही नहीं बल्कि मैंने जो भी उगाया है आप वह ले जा सकते हैं। इसके बाद सूर्य और चंद्रमा खेत में चले गए। उन लोगों ने अपनी जिंदगी में इस तरह किसी पौधे को उगे हुए नहीं देखा था। उन्होंने देखा कि पौधे के तनों में मक्का उग आया था, पौधे के ऊपर फूल लगे हुए थे। ये बहुत ही खूबसूरत दिख रहे थे। सूर्य और चंद्रमा ने इसे देख पौधे के ऊपरी भाग को अपने साथ ले जाने का निर्णय किया और बाकी पुनिया के लिए छोड़ दिया। निश्चित तौर पर पौधे के ऊपरी भाग में कुछ नहीं था। जबकि पौधे के तने से मक्का की अच्छी फसल हुई।

अगले साल, पुनिया ने दूसरी फसल उपजाने का निर्णय लिया। इस बार उसने ज्वार उपजाने का सोचा। उसने खेत को जोता, बीज लगाया और फिर इस बार भी आश्चर्यजनक

तरीके से फसल हुई। इस बार भी जब कटाई का वक्त आया तो सूर्य और चंद्रमा आए और उन्होंने पिछली बार जो कुछ कहा था फिर वही बोले। उन्होंने कहा, क्या बिना हमारे रहते तुम फसल उगा सकते थे? पुनिया ने कहा नहीं, आपके बिना फसल नहीं उगा सकता था। इस पर देवताओं ने कहा, तो फिर हमारा हिस्सा? पुनिया ने कहा, आप जो चाहे लें जाएं। चूंकि पिछली बार वे लोग पौधे का ऊपरी हिस्सा ले गए थे जिसमें उन्हें कुछ नहीं मिला था इसलिए इस बार लोगों ने निचला हिस्सा ले जाने का सोचा। पुनिया तैयार हो गया। चूंकि ज्वार पौधे के ऊपरी हिस्से में उगता है पुनिया एक बार फिर भाग्यशाली निकला। उसे अच्छी फसल मिली। और देवताओं को पुआल के सिवा कुछ हाथ नहीं लगा।

जब कहानी समाप्त हो गई तो मुखबांचा भट ने अपने इर्द-गिर्द बैठे सैकड़ों लोगों से एक खुला सवाल किया: 'आप सबों ने कहानी सुन ली। आप इसके बारे में क्या सोचते हैं? क्या आप सूर्य और चंद्रमा की पहचान कर सकते हैं? करीब चार-पांच सौ लोग एक स्वर में चिल्ला उठे: 'चंद्रवंशी, सूर्यवंशी।' यह राजपूत समुदाय के सामंत राजाओं का नाम था।[7] इस जवाब से यह साफ हो गया कि वंशावली से किसी खास समुदाय को सिर्फ़ अपने बारे में ही जानकारी नहीं मिलती बल्कि इससे दूसरे समुदायों खासकर दबंग वर्ग के बारे में भी जानकारी मिलती है। वंशावली सिर्फ रिकार्ड नहीं होती बल्कि इसमें ऊंची जाति द्वारा किए गए शोषण पर व्यंग्यात्मक टिप्पणी भी होती है। ऊंची जाति के लोग जीवन की वास्तविकताओं से अनभिज्ञ होते हैं। इसके बावजूद वे लोगों को जीने के अधिकार से वंचित करते हैं।

भट लोग जो दूसरी कहानी सुनाते हैं वह राउत समुदाय द्वारा एक देवी मंदिर बनाने से संबंधित है। मंदिर जब बन गया तो सब कुछ ठीक-ठाक था, यह खूबसूरत तरीके से बनाया गया था लेकिन एक मामूली-सी समस्या रह गई थी। सभी मंदिरों में शिखर पर एक कलश रखा होता है। इस मंदिर के लिए बना कलश सोने का था और बहुत वजनी था। बहुत लोगों ने इसे उठाने की कोशिश की लेकिन नाकामयाब रहे। अंत में राउत समुदाय के लोगों ने तय किया कि इस कलश को कोई कुंवारी लड़की ही उठा सकती है। इसके बाद ब्राह्मण, राजपूत, और बनिया समुदाय की कई लड़कियों ने इसे उठाने की कोशिश की। लेकिन कलश टस से मस नहीं हुआ। इसके बाद राउत समुदाय की लड़की आई और उसने कलश को बहुत ही आसानी से उठा कर मंदिर के शिखर पर रख दिया। यह कहानी भी दूसरे समुदाय और खासतौर से ऊंची जाति की महिलाओं की कथित पवित्रता के बारे में बताती है। इस कहानी से स्पष्ट होता है कि वंशावली से न सिर्फ़ राउत लोगों को अपने बारे में पता चला बल्कि अपने से ऊंची जाति के लोगों के बारे में भी जानकारी मिली।

> कोमल दा की इन कहानियों को सुनने के बाद मुझे एहसास हुआ कि इतिहास बनाने और उसे याद रखने के कई तरीके हैं। इसे इतिहास के औपचारिक स्वरूप में नहीं बल्कि बहुत पुरानी बात के रूप में याद रखा जाता है। यहां हम देखते हैं कि इतिहास कैसे बन जाता है। इतिहास की

जानकारी सिर्फ मौखिक कहानियों से ही नहीं बल्कि ढोल-बाजे के साथ गाए जाने वाले गीतों से भी मिलती है। हमें यह नहीं भूलना चाहिए कि विभिन्न तरह के जो करतब दिखाए जाते हैं उनमें भी इतिहास की जानकारी रहती है। मुखबांचा भट 'गुलाचें खाना', रस्सी पे चढ़ना, गोल-गोल घूमना जैसे करतबों से इतिहास का वर्णन करते हैं। बीते समय का यह रिकार्ड लोगों का मनोरंजन भी करता है। मौखिक वंश कथा और करतब एक ही तरह का काम करते हैं।

राउत समुदाय की कहानियां पौराणिक हैं लेकिन पुनिया की कहानी सिर्फ कथोपकथन नहीं है बल्कि यह आलोचनात्मक ढंग से समझने लायक है। वंशावली में न सिर्फ बीते समय की रस्म-अदायगी के रिकार्ड होते हैं बल्कि इसमें वर्तमान भी संकेतित रहता है। इस मायने में पुनिया की कहानी इस राजनीतिक जागरूकता का बयान करती है कि आज के युग मे भी चंद्रवंशी और सूर्यवंशी मौजूद हैं। चंद्र और सूर्य को लेकर बने पारिस्थितिकी रहस्यों का जवाब देते हुए समकालीन विचारों में इन देवताओं का महत्त्व समाप्त कर दिया गया है। ज़्यादा आलोचनात्मक ढंग से कहें तो उन्हें राजस्थान की दो प्रमुख फसलों ज्वार और मक्का तक के बारे में जानकारी नहीं है।

संदर्भ और टिप्पणियाँ End Notes

1. इस कहानी का एक अन्य स्वरूप और उसके इर्द-गिर्द की परिचर्चा कोमल दा द्वारा लोक-कथाओं के प्रलेखन के बारे में एक कार्यशाला के प्रतिभागियों को संबोधित किए गए अंश में पढ़ी जा सकती है। कार्यशाला का आयोजन जैसलमेर में राष्ट्रीय लोक-साहित्य सहायता केंद्र द्वारा फरवरी 2001 में किया गया था। *फॉकलाइफ*, खंड 1 अंक 5 (अप्रैल 2001) में प्रकाशित पृष्ठ 51-2.
2. A.K. Ramanujan, 'Who needs Folklore?' in *The Collected Essays of A.K. Ramanujan*, Vinay Dharwadher ed., New Delhi, 1999, pp. 538–48.
3. हू *नीडस फॉकलोर?* उपरोक्त, पृष्ठ 539 में ए. के रामानुजन द्वारा उद्धृत। नारायण राव की स्थिति पर विस्तृत प्रकाश डालते हुए रामानुजन ने कहा है कि एक ओर जहां वैदिक पंडित संस्कृत व्याकरण, तर्क और छंदशास्त्र में निपुण हैं वहीं दूसरी ओर उनकी पंडिताई 'उनकी काया में समाहित है' क्योंकि ज्ञान को अर्जित और संचारित करने का उनका तरीका पूर्णत: 'मौखिक' है। ज्ञानी व्यक्ति को 'कंठस्थ' कहा जाता है यानी वह जिसका ज्ञान उसके कंठ में है।

4. Ibid., p. 540.
5. 'सर्ग' और 'प्रतिसर्ग' जहां सृष्टि की आरंभिक अवस्थाओं के द्योतक हैं, 'कल्प' सर्वाधिक लंबी समयावधि का सूचक है। एक कल्प में 4320 दशलक्ष वर्ष होते हैं। एक कल्प में 14 मानवांतर अर्थात आदिपुरुष मनु द्वारा स्थापित युग होते हैं। सातवें मनु के शासन-काल में प्रलय हुआ था। यह घटना मनु-युग और क्षत्रियों के काल को अलग करती है।
   ब्रह्मांड एवं इतिहास की पृष्ठभूमि में इन शब्दावलियों का अर्थ समझने के लिए पढ़िए - रोमिला थापर कृत *टाइम ऐज ए मेटाफोर ऑफ हिस्ट्री: अर्ली इंडिया* (दिल्ली, 1996) तथा जिनिएलोजी ऐज ए सोर्स ऑफ सोशल हिस्ट्री पढ़े उनकी पुस्तक *एनसियेंट इंडियन सोशल हिस्ट्री: सम इंटरप्रिटेशंस* (हैदराबाद, 1978) से।
6. देखिए: *फॉक लाइफ* (उपरोक्त) पृष्ठ 49-50 इस निबंध में पूर्व में वर्णित चिड़ा-चिड़ी की कहानी में जैसा बताया गया है उसका संक्षिप्त रूप में वर्णित किया गया था।
7. रोमिला थापर, *एनसियेंट इंडियन सोशल हिस्ट्री: सम इंटरप्रिटेशन* (हैदराबाद, 1978).पृष्ठ 132-33. थापर ने बताया है कि किस तरह पुराणों में वर्णित आरंभिक वंशों को दो वर्गों– सूर्यवंशी और चंद्रवंशी– में वर्णित किया गया है। दोनों ही अपने वंश का मूल मनु के पुत्र के रूप में खोजते हैं। इस पौराणिक कथा के अतिरिक्त वे बताती हैं कि किस तरह यह पौराणिक कथा के आधार पर सभी राजा क्षत्रिय वंश अपनाने लगते हैं। राजस्थान के राजपूत परिवार भी इसका अपवाद नहीं हैं।

सुमित एस. चक्रवर्ती

राष्ट्रीय पहचान और यथार्थवादी सौंदर्यबोध

> क्या भारत में काम कर रहा कोई गंभीर फिल्म निर्माता अपने आसपास की मर्मस्पर्शी वास्तविकताओं से आखें मूंद सकता है–उन वास्तविकताओं से जो अत्यंत मर्मस्पर्शी हैं और सिनेमा के स्तर पर जिनकी विवेचना तुरंत किए जाने की ज़रूरत है? मैं ऐसा नहीं मानता। गंभीर, सामाजिक रूप से सचेत फिल्म निर्माताओं को समकालीन सच्चाइयों की चुनौतियों से निपटना होगा, वास्तविकताओं को जांचना-परखना होगा। इन सच्चाइयों की छानबीन कर उनमें से सिनेमा के लायक सामग्री निकालनी होगी।
>
> –सत्यजीत रे, *आवर फिल्म्स, देयर फिल्म्स*

मुख्यधारा के भारतीय सिनेमा को पारिभाषित करने के लिए आलोचकों द्वारा इस्तेमाल किए गए सभी शब्दों में यथार्थवाद को नकारात्मक अर्थों में पारिभाषित किया गया है। इसके विपरीत फिल्मों में यथार्थवाद की उपलब्धि मूल्यों का प्रतीक बन चुकी है। यह फिल्म निर्माता की ईमानदारी और लगन का प्रतीक है और साथ ही प्रस्तुत सामग्री की प्रामाणिकता का परिचायक भी। यह स्वतंत्रता के बाद के समय की सच्चाई है, जब इन्हीं गुणों के आधार पर सही पहचान की तलाश में लगे राष्ट्र की उम्मीदें जगी थीं। भारत की अपनी छवि को आमने-सामने प्रस्तुत करने के माध्यम के रूप में सिनेमा राष्ट्रवाद के मामले में संस्कृति की प्रक्रिया को लेकर खुद को विडम्बनापूर्ण स्थिति में फंसा हुआ पाता है। यथार्थवाद न सिर्फ फिल्मों की स्थापित कार्यप्रणाली बल्कि भारतीय साहित्य, नाट्य और दार्शनिक परंपरा को भी नकारता है। इसके अलावा यथार्थवाद का मतलब है कि सिनेमा न सिर्फ यह प्रदर्शित करे कि भारतीय समाज कैसा था बल्कि उसे यह भी बताना होगा कि इसे कैसा होना चाहिए। यथार्थवाद की रूपरेखा इन्हीं आदर्शवादी सूत्रों से बनती

है जो भारतीय सिनेमा में प्रस्तुत हुई है। भारतीय सिनेमा बदलाव के प्रति सामाजिक प्रवृत्ति की दुविधा को परिभाषित करता है। पचास के दशक में राष्ट्रीय नेतृत्व में भारतीय बौद्धिक वर्ग की अपेक्षित भूमिका में उनके नैतिक विवेक पर यथार्थवाद का लेप चढ़ा हुआ था। इसलिए यथार्थवाद पर बहस का प्रभाव स्वप्रस्तुतिकरण की राजनीति पर है।

यथार्थवाद का यहाँ जैसा वर्णन किया गया है, उसका प्रतिरूपण के विचार से महत्त्वपूर्ण ढंग से टकराव होता है। यह सामाजिक, राजनीतिक कल्पना, संपूर्णता की आदर्श अवधारणा और अनुभवों को आकार प्रदान करता है। इस तरह इसे एक ऐतिहासिक घटना के रूप में देखा जा सकता है। पचास के दशक में यह कोई नई परिघटना नहीं थी बल्कि यह राष्ट्र निर्माण का साधन था। शिक्षित मध्य वर्ग का नेतृत्व उनके आर्थिक पतन के कारण पिछड़ रहा था। टेक्नोलॉजी तथा विकास व पश्चिमीकरण को लेकर यथार्थवाद के अंदर ऊहापोह की स्थिति थी। नैतिकता और ईमानदारी के साथ सामाजिक निष्पक्षता का अभाव था। बुद्धिजीवी वर्ग सामाजिक परिदृश्य की विवेचना में निष्पक्षता के सिद्धांत के बजाय यथार्थवाद को नैतिकता और ईमानदारी का मुलम्मा चढ़ा कर देख रहा था। इस तरह अनुभववादी दर्शन के रूप में यथार्थवाद खंडित हो रहा था। (ऊपर वर्णित सत्यजीत रे के बयान से इस प्रवृत्ति के विरोधाभास का पता लगता है)। गंभीर, विशुद्ध और विवेचना जैसे शब्दों के साथ परीक्षण, बदलाव, चयन जैसी वैज्ञानिक शब्दावलियों का इस्तेमाल करते हुए रे हालांकि बंगाल की स्थिति का वर्णन कर रहे थे, लेकिन उनकी चिंता व्यावसायिक फिल्म निर्माण को लेकर भी थी। लोक लुभावन संस्कृति में यथार्थवाद मूल रूप से भावुकतावाद पर आधारित है। इसकी पहचान गरीब तबके से जुड़ी हुई है। अंततः बंबइया सिनेमा की परंपरा में यथार्थवाद जानबूझ कर अपनी श्रेष्ठता साबित करता है और साथ ही स्टार, गाना और नृत्य जैसे मनोरंजन के पुटों को शामिल कर खुद को औसत व्यावसायिक उत्पादों से अलग भी नहीं कर पाता। भारतीय सिनेमा में यथार्थवाद की विचारधारा को समझने के लिए इन सारे तथ्यों पर ध्यान देना होगा।

भारतीय यथार्थवाद के पुरातत्व की ओर

पचास के दशक में यथार्थवाद को दर्शाने के लिए फिल्मों के प्रतिरूपण पर विचार करने के पहले हमें भारतीय संस्कृति व समाज की विभिन्न परंपराओं के माध्यम से यथार्थवाद को समझना होगा। इस प्रयास में कई समस्याएं उभरेंगी। पश्चिमी दर्शन में यथार्थवाद को विशेष स्थान प्राप्त है। लेकिन कलात्मक और साहित्यिक आंदोलन के इतिहास और परंपरा के आधार पर भारतीय दर्शन में इसे मामूली स्थान प्राप्त है। यहां पर यथार्थवाद के पक्ष और विपक्ष में तर्क प्रस्तुत करने वाले पाश्चात्य और भारतीय ज्ञान शास्त्र का तुलनात्मक विश्लेषण न तो संभव है और न ही इसकी ज़रूरत है।[1] यहां सामान्य तौर पर सिर्फ यही कहा जा सकता है कि हिंदू विश्वदृष्टि (प्लेटोनिक वर्ल्ड व्यू की तरह) भौतिक वास्तविकताओं को आध्यात्मिक या उत्कृष्ट वास्तविकता के पहलू की तरह मान

लेती है। और इस तरह हम जो देखते हैं वह भ्रम के आइने में वास्तविकता का प्रतिरूप होता है।[2] भारतीय सौंदर्यशास्त्र के विद्वानों ने कला के अनुकरणीय पहलू पर जोर दिया है। जिसमें कला की संप्रभु दुनिया और रससूत्र मिला हुआ है।[3] इसलिए यह आश्चर्य की बात नहीं है कि भारत में यथार्थवाद कला के दो आयातित या उधार लिए गए स्वरूपों–उपन्यास और सिनेमा–से जुड़ा हुआ है। आलोचक मीनाक्षी मुखर्जी ने भारतीय उपन्यासों के अपने अध्ययन में बताया है कि यथार्थवाद की परंपरा की पकड़ धीमी है। साथ ही भारतीय साहित्यिक परंपरा में जमीनी हकीकतों को कभी ज्यादा तरजीह नहीं दी गई। उन्नीसवीं सदी के प्राय: सभी बड़े उपन्यासों में वर्णित मूल्य व्यवस्था में यूरोपीय प्रभाव देखने को मिलता है।[4] उन्नीसवीं सदी के भारतीय उपन्यासकारों ने विक्टोरियन लेखकों द्वारा दर्शाए गए यथार्थवाद को अपनाने का सायास प्रयास किया है। दरअसल भारतीय उपन्यासकार इन्हीं लेखकों से प्रभावित भी थे। यही कारण है कि भारतीय उपन्यासकारों के लेखन में महिलाओं का दोयम दर्जा, जातीय पूर्वाग्रह, संयुक्त परिवार की समस्याएं जैसी समकालीन हकीकतों की चर्चा मिलती है। लेखकों ने अपने पात्रों के सामाजिक वातावरण का उल्लेख ईमानदारीपूर्वक किया है। और वे आम जीवन से जुड़े रहे हैं। मुखर्जी ने इन लेखकों द्वारा अंग्रेजी शिक्षा को दी गई अहमियत की चर्चा की है। अंग्रेजी शिक्षा नई सामाजिक और व्यक्तिगत पहचान प्राप्त करने की प्रक्रिया से नजदीक से जुड़ी रही है।[5] इसका कारण इस तरह बताया गया है:

> भारत में ब्रिटिश सत्ता का एक पक्ष था टेक्नोलॉजी की श्रेष्ठता। यह हमेशा औपनिवेशिक प्रभुत्व का आधार रहा है। प्रारंभिक औपनिवेशिक अनुभवों में लोग रॉबिन्सन क्रूसो में बारूद की चमत्कारिक शक्ति को याद करते हैं। और *इंदुलेखा* (1908) में केशवन नंबूदरी कालिकट के धागा कारखाने को देखकर विस्मित हैं, जहां पहिया इस तरह घूमता है मानो वह शब्दों का निर्देश सुन रहा हो। वे कारखाने से निकलने वाले धुंए की ताकत का अनुमान लगाते हैं। साथ ही इस बात पर भी सोचते हैं कि इस ऊर्जा को तैयार करने में कितना बलिदान देना पड़ा होगा। दो व्यवस्थाओं–तार्किक और चमत्कारिक–को लेकर केशवन नंबूदरी के मन में उलझन है। उनकी पत्नी जानती है कि रहस्यों पर से पर्दा हटाने का एकमात्र माध्यम अंग्रेजी शिक्षा है। इंदुलेखा किसी भी चीज को लेकर विस्मित नहीं है क्योंकि वह यह भी बता सकती है कि रेल किस सिद्धांत पर चलती है।[6]

आज जिसे एक मामूली प्रौद्योगिकी की श्रेष्ठता समझा जाता है उन्नीसवीं सदी में वही पश्चिमी देशों से लेकर उपनिवेशों तक में एक बहुत बड़ी वैज्ञानिक क्रांति मानी जाती थी। (पचास साल से अधिक समय के बाद सत्यजीत रे ने अपनी फिल्म *पाथेर पंचाली* में रेलवे का इस्तेमाल आधुनिकता के प्रतीक के रूप में किया है)। यूरोपीय आंदोलनों की

एक महत्त्वपूर्ण विशेषता विज्ञान में आस्था थी। इसके कारण भी भारतीय लेखक अपनी कृतियों में विश्वसनीयता और यथार्थवाद के प्रति जागरूक रहे।

फिर भी रेमण्ड विलियम्स ने औद्योगिक क्रांति और धर्मनिरपेक्षता जैसे ऐतिहासिक सांस्कृतिक कारणों को लेकर पश्चिमी यथार्थवाद में जिस वैज्ञानिक प्रवृत्ति की चर्चा की है उसे भारतीय धरती पर आसानी से नहीं अपनाया जा सकता। हालांकि मैकाले ने 'मिनट ऑन इंडियन एड्यूकेशन' (1835) में भारतीयों का उल्लेख करते हुए लिखा था कि 'भारतीय रक्त और रंग में भारतीय होते हैं लेकिन रुचि, विचार, आचार व बुद्धि में वे अंग्रेज होते हैं।' व्यक्तिवाद, लोकतंत्र और भौतिक प्रगति संबंधी विचारधारा भारतीय दर्शन व मूल्य व्यवस्था की प्रकृति के विपरीत है। किंतु शिक्षित मध्य वर्ग पश्चिमी विचारों से प्रभावित था और कहानियों में यथार्थवाद का चित्रण औद्योगीकरण व आधुनिकता की प्रक्रिया से तालमेल बैठाने का एक तरीका था। उन्नीसवीं सदी के उत्तरार्ध और बीसवीं सदी के लोकप्रिय भारतीय उपन्यासों में पश्चिमी उपन्यासों में वर्णित बंद समाज की जगह भारतीय परंपराओं में उल्लिखित सामाजिक माहौल की कथा और खुलापन मिलता है।[7]

स्वातंत्र्योत्तर भारत में खासकर हिंदी साहित्य (और फिल्मों) में "यथार्थवाद" पर ज़्यादा जोर दिया गया है। इसमें व्यक्ति विशेष के सवाल और राष्ट्रीय पहचान के परस्पर विरोधी सवालों का समावेश है। हालांकि भारतीय लेखन ने अतीत के साथ सांस्कृतिक निरंतरता बनाए रखी है फिर भी लेखक से वर्तमान के साथ जुड़ने और खुद को विश्व परिदृश्य में तलाशने की संभवतः ज्यादा उम्मीद की जाती है। स्थिति का एक रोचक परिणाम यह रहा है कि पचास के दशक में कहानियाँ जितनी लिखी नहीं गईं उससे अधिक उनकी चर्चा हुई।[8] दूसरे शब्दों में, लेखकों की साहित्यिक और ऐतिहासिक, भाषाई और सामाजिक समस्याओं जैसी साहित्यिक समस्याओं से निरूपित आधुनिक परंपरा के प्रति सम्मान झलकता है। जैसाकि विद्वान गार्डन रोडरमेल ने लिखा है, "साहित्यिक स्वरूप और प्रवृत्ति का औचित्य पुरानी पीढ़ी की तुलना में नई पीढ़ी की कहानियों में ज्यादा व्यापक ढंग से तलाशा गया है।" रोडरमल ने आगे लिखा है कि "आधुनिक चेतना की नवीनता, यथार्थवाद, प्रामाणिकता को हिंदी आलाचकों और लेखकों ने ज्यादा तरजीह दी है।"[9]

इनका इस्तेमाल समानार्थी रूप से हुआ है ताकि यथार्थवाद का आदर्श व्यापक अंतर्राष्ट्रीय परंपरा से ज्यादा मेल खा सके। शहरी-ग्रामीण द्वंद्व के बारे में लेखकों के आत्मविश्लेषण या अपनी शहरी पृष्ठभूमि के कारण ग्रामीण जीवन का प्रामाणिक चित्र प्रस्तुत करने की उनकी योग्यता पहचान के वृहद सांस्कृतिक सवाल का एक उदाहरण है। निस्संदेह प्रेमचंद और दूसरों (1920, 1930 और 1940) के समय के यथार्थवाद की अवधारणा बदलती रही है। सामाजिक या राजनीतिक दृष्टि को विकसित करने के लिए आदर्शवादी पात्रों का इस्तेमाल होता रहा है। इस संबंध में अतिरेकी स्थितियां भी उत्पन्न हुई हैं, जैसाकि निर्मल वर्मा कहते हैं कि "लेखक संभवतः यथार्थ की पहचान भी नहीं कर पाता। जो सच्चे अर्थ में यथार्थवादी हैं उनके लिए यथार्थ झाड़ी में छिपा रहता है।"[10]

हालांकि भारतीय सिनेमा में यथार्थवाद का इस्तेमाल बहुत कम हुआ है, फिर भी उसका आलोचनात्मक विश्लेषण जटिल नहीं है। सिनेमा की मांग सिनेमा देखने वालों के वर्ग के रुझान तक सीमित है। यह वर्ग शहरों में रहने वाला मध्य वर्ग है जो अंग्रेजी शिक्षा पाता है और सिनेमा में विश्व मानकों के प्रति जागरूक होता है। दर्शकों और विभिन्न तरह की फिल्मों की बॉक्स ऑफिस पर लोकप्रियता के बारे में प्रामाणिक अध्ययन उपलब्ध नहीं होने के कारण सिनेमा देखने वालों के बीच यथार्थवाद का तर्क पेश करना एक कठिन कार्य है।[11] भारत की कथा-वाचक परंपरा में यथार्थवाद की परंपरा नहीं रही है। बंबइया सिनेमा ने बहुत हद तक इसी को अपनाया है। इसके अलावा इनमें कहानी के अंदर कहानी रखने और राजनीतिक, सामाजिक या दार्शनिक टिप्पणियों को घुसेड़ने की परंपरा रही है। जैसाकि सलमान रूश्दी ने कुछ साल पहले एक टेलीविजन इंटरव्यू में कहा था कि कहानी वाचन की यह शैली यथार्थ को चित्रित करने के संबंध में बहुत ही बनावटी है। इसमें मध्य वर्ग की संवेदनशीलता पर ही ज्यादा ध्यान दिया गया है। यही कारण है कि *धरती के लाल* (1946), *दो बीघा जमीन* (1953) और *जागते रहो* (1956) जैसी यथार्थवाद को चित्रित करने वाली बंबइया फिल्मों को फिल्म समीक्षकों और पुरस्कार देने वालों से काफी प्रशंसा मिली है लेकिन बॉक्स ऑफिस पर इनका प्रदर्शन काफी खराब रहा है।

फिर स्वातंत्र्योत्तर काल में यथार्थवादी सिनेमा को आम जन के बीच जो समर्थन मिला है उसका संबंध बुद्धिजीवी वर्ग द्वारा खुद को अपने वातावरण से अलग-थलग महसूस करने और असली भारत की खोज की कोशिश से है। एडवर्ड शिल्स ने इसकी चर्चा अपनी पुस्तक *द इंटेलेक्चुअल बिट्वीन ट्रेडिशन ऐंड मॉडर्निटी* में की है। उन्होंने अपने साक्षात्कारों में पाया कि शहर में केंद्रित अंग्रेजी शिक्षा प्राप्त लोग अपनी जड़ से कट जाने और असली भारत (गांव) के साथ संवाद स्थापित नहीं कर पाने के अपराध भाव से ग्रसित हैं।[12] यहां तक कि 1983 में ऑक्सफोर्ड से शिक्षा पाए फिल्म निर्माता, पटकथा लेखक गिरीश कर्नाड ने भी कहा है "अगर आप असली भारत को जानना चाहते हैं तो इसे आप शहरों में रहने वाले भारतीयों से नहीं जान सकते। दरअसल गांवों में रहने वाले भारतीय ही असली भारतीय हैं।"[13] चूंकि भारत के बारे में यह पश्चिमी सोच भी है इसलिए भारत के शहरी बुद्धिजीवी अपनी बुद्धिमता का रोब दिखाने की कोशिश में खुद को लादने देते हैं। सिनेमा में यथार्थवाद के चित्रण में इतनी विसंगतियां हैं कि इस अवधारणा से भारतीय दार्शनिक और सौंदर्यवादी परंपरा का कोई जुड़ाव नहीं है (आमतौर पर बम्बइया फिल्म निर्माण के बारे में नहीं कहा जा सकता)। सिनेमा में दरअसल अंतर्राष्ट्रीय नव यथार्थवाद के पुटों का समावेश है। लेकिन मान लिया गया है कि सिनेमा भारतीय यथार्थवाद के चित्रण का पारदर्शी माध्यम है। दूसरे शब्दों में भारतीय सिनेमा का फ्रेम पश्चिमी देश तैयार करते हैं और उसे देखते भारत के लोग हैं। मेरे कहने का तात्पर्य यह नहीं है कि खुद को पहचानने का भारतीय बुद्धिजीवियों का तरीका ही गैर-देशीय है या वे जानबूझ कर पश्चिमी विचारों को स्वीकारते हैं। दरअसल यह सवाल ही जटिल है

कि आखिर राष्ट्रीय पहचान है क्या? यह सवाल उन हालातों में ज्यादा मौजूँ हो जाता है जब समाज औपनिवेशिक अतीत से गुजर चुका होता है। इसी अर्थ में व्यावसायिक मनोरंजन की संभाव्यता तलाशने का मौका मिलता है। हालांकि ये पंक्तियां भारतीय संदर्भों से मेल नहीं खातीं।

युक्तिसंगत संस्कृति के सवाल पर होने वाले संघर्ष के सहभागी कभी वाचन के यथार्थवादी बोध में शामिल हुए। चूँकि सरकार भारतीय संस्कृति के स्वरूप व परंपरा को पुनर्जीवित करना चाहती है इसलिए भारतीय फिल्म निर्माताओं और अभिनेताओं जैसे उद्योग के लोकप्रिय लोगों ने नैतिक प्रतिबद्धता, उद्धेश्य की ईमानदारी की बात को दोहराया है। इसके साथ ही अपने उत्पाद को मजबूती प्रदान करने के लिए यथार्थवाद पर बल दिया है। इस संबंध में भारतीय फिल्मों ने सिर्फ दूसरे देशों में होने वाले प्रयोगों पर ध्यान दिया है। फिल्म समीक्षक और फिल्म निर्माता अक्सर 1930 के स्वर्णयुग की चर्चा करते हैं जब स्टूडियो युग के स्थायित्व के कारण फिल्म निर्माताओं को सामाजिक बुराइयों के चित्रण का मौका मिलता था। "यथार्थवाद" का मतलब भारतीय साहित्यिक कृतियों को लोकप्रिय बनाने से भी है। टैगोर, बंकिमचंद्र, शरतचंद्र, प्रेमचंद, बाणभट्ट और कालिदास जैसे लेखकों की रचनाएं भारतीय साहित्य की धरोहर हैं। इसमें गीत, नृत्य और संगीत के हमारे राष्ट्रीय स्वरूपों को शामिल किया गया है जो फिल्मों में उपेक्षित रहे हैं।[14] बिमल राय, जिया सरहदी, वी शांताराम, नितिन बोस और महबूब जैसे नामी-गिरामी फिल्म निर्माता जिनके नाम से दर्शक भली-भांति परिचित हैं और जिनकी फिल्में पुरस्कृत हुई हैं, स्वतंत्र रूप से बंबई से बाहर रहकर काम करते रहे हैं और इन सब ने अपनी यथार्थवादी मंशाओं के बारे में बयान दिया है या उसका दावा करते रहे हैं। कभी-कभी ये सारी स्थितियां आधिकारिक दृष्किोण में मौजूद रहती हैं। इस संबंध में हमारे पास एक उदाहरण है। बिहार के तत्कालीन राज्यपाल आर.आर. दिवाकर ने बंबई फिल्म उद्योग की रजत जयंती समारोह के मौके पर कहा था: 'सिनेमा के स्तरीकरण के लिए जो आवश्यक चीजें हैं वे भारत की आत्मा से जुड़ी हुई हैं। और ये चीजें हैं: भारत की महान भूमि की विविध संस्कृति का विशद अध्ययन, मूल प्रकृति पर ध्यान देना और भारत को भारत की तरह दिखाने का साहस होना। स्टूडियो से बाहर निकल कर उबड़-खाबड़ जिंदगी जी रही जनता को पहचानना और कविताओं में रंगों का भरपूर इस्तेमाल करना और आदर्शवाद को बढ़ावा देना।'[15] इस बयान से कोई भी समझ सकता है कि सिनेमा पर बहुत बड़ा बोझ रहा है।

बंबइया फिल्मों से संभावनाओं की अभिव्यक्ति से लेकर ऊपर लिखित विचारों जैसी महत्त्वाकांक्षी भावनाओं तक के प्रतिनिधित्व की अपेक्षा रही है। खुद फिल्म निर्देशकों ने भारतीय दर्शक के यथार्थ को भी फिल्मों में चित्रांकित करने की कोशिश की है। इस तरह हमारे पास एक ओर अरस्तु का दावा है जिसमें उन्होंने कला को जीवन का प्रतिबिंब कहा है तो दूसरी ओर वह दावा है जिसमें कहा गया है कि कला दिमाग को समृद्ध बनाती है। कला के प्रति इस दोहरे भाव का उल्लेख बिमल राय के "यथार्थवाद

जैसा मैं समझता हूं," (Realism as I understand it) शीर्षक बयान में मिलता है। इस बयान में उन्होंने बंबइया फिल्मी दुनिया को "सिनेमाई यथार्थवाद का पुजारी" बताया है। फोटोग्राफिक कला का मतलब रिकॉर्ड की गई वास्तविकताओं में विश्वास करना है। परिणामत: सिनेमा यथार्थवाद की दिशा में सतत और सफल रूप से बढ़ा है। इसमें जीवन का पुनर्निर्माण इस तरह किया गया है ताकि माहौल और मनोविज्ञान को पूरी प्रामाणिकता के साथ प्रस्तुत किया जा सके[16] हालांकि राय ने स्पष्ट किया है कि यथार्थवाद का मतलब किसी समय विशेष में मानवीय स्थिति की वैज्ञानिक समझ बनाना नहीं है बल्कि इसका मतलब आत्म विधि की समझ है। कैमरा सिर्फ अच्छाइयों और बुराइयों के प्रति समझ बनाता है न कि उन्हें बदलता है।

सिनेमा की नई तकनीकी कला का समावेश हिंदू धार्मिक परंपराओं में किया गया है। इस समावेश का वर्णन पटकथा लेखक नबेंदु घोष ने किया है। उन्होंने लिखा है कि भरत मुनि के *नाट्यशास्त्र* के अनुसार सही या गलत के प्रति हमारी अवधारणा *धर्मशास्त्र*, वेद, *महाभारत* जैसी धार्मिक पुस्तकों पर आधारित है। इन पुस्तकों में हिंदुओं के लिए एक आचार संहिता का उल्लेख है। लेकिन सच्चाई बयां करने के लिए नर-नारी की जिंदगी से उदाहरण लेना पड़ता है। *नाट्यशास्त्र* के अनुसार कला का उद्धेश्य यह बताना है कि विभिन्न परिस्थितियों में लोग किस तरह पेश आते हैं व गलत और सही के बीच किस तरह निर्णय लेते हैं।[17] घोष आगे कहते हैं कि सिनेमा भावनाओं को बड़ा रूप दे सकता है। 'दृश' शब्द से बने संस्कृत के शब्द "दर्शन" का अर्थ देखना होता है लेकिन इसका मतलब दर्शनशास्त्र से भी है। दृश्य भाव की प्रधानता इस तुलना से उजागर होती है। प्रारंभिक हिंदू धर्मग्रंथों के अनुसार आनंद का मतलब सच को देखना है। घोष का कथन लोगों द्वारा समकालीन साहित्य और संस्कृति के लिए अतीत से ली जाने वाली प्रेरणाओं का प्रमाण है।

अवसरों की नवयथार्थवादी खिड़की

भारत में पहला अंतर्राष्ट्रीय फिल्म महोत्सव 1952 में हुआ। फिल्म उद्योग में इसे मील का पत्थर माना जाता है। भारत के लोगों को इस महोत्सव में समकालीन यूरोपीय और दूसरी विदेशी फिल्में देखने का मौका पहली बार मिला। पहले हॉलीवुड की फिल्में भारत में बनने वाली व्यावसायिक फिल्मों को मॉडल प्रदान करती थीं। लेकिन अब इटली का नवयथार्थवादी मॉडल भी वैकल्पिक सिनेमा के तौर पर उपलब्ध है। यह मॉडल ख्वाजा अहमद अब्बास, बिमल राय, नितिन बोस, बी.आर. चोपड़ा जैसे गंभीर फिल्म निर्माताओं को आकर्षित करता है। फिल्म बनाने के पहले अब्बास और चोपड़ा पत्रकार थे। बिमल राय और नितिन बोस बंबई आने के पहले कलकता के न्यू थियेटर में काम कर प्रशिक्षण पा चुके थे। न्यू थियेटर की परंपरा सामाजिक रूप से सजग फिल्में बनाने की थी। इस तरह वे सभी प्रगतिशील मकसदों के साथ समकालीन भारतीय वास्तविकताओं के चित्रण के

लिए एकजुट हुए। इसके लिए उन्होंने व्यावसायिक सिनेमा के संगीत और नृत्य जैसे मनोरंजक पक्षों को त्यागना उचित नहीं समझा। भारतीय फिल्म आलोचना की संगठित दुनिया में यथार्थवादी चित्रण को असहज और असंगत समावेश माना गया।[18] उदाहरण के तौर पर बिमल राय का नाम यथार्थवादी फिल्मों से जुड़ा हुआ तो है लेकिन उनका नाम महान फिल्मकारों की सूची में शुमार नहीं होता।[19]

यथार्थवाद और राष्ट्रीयता : खाई भरने की कोशिश

फिल्म समीक्षक और फिल्म उद्योग के प्रतिनिधि हिंदी फिल्मों में यथार्थवाद की चर्चा करते वक्त चालीस और पचास के दशक की तीन फिल्मों का उल्लेख करते हैं। ये फिल्में हैं: चेतन आनंद की *नीचा नगर* (1946), ख्वाजा अहमद अब्बास की *धरती के लाल* और बिमल राय की *दो बीघा जमीन*। इन तीनों फिल्मों को हालांकि पुरस्कार मिला लेकिन बॉक्स ऑफिस पर इन सभी का प्रदर्शन खराब रहा। इन फिल्मों में अमीर-गरीब, शहर और देहात, काश्तकार और किसान, भूपति या सूद पर पैसा देने वालों के बीच का संघर्ष देखने को मिलता है। न्यू थियेटर के लिए बिमल राय की बंगला फिल्म *उद्येर पाथे* (1944) की विषयवस्तु भी यही थी। बाद में इसी तर्ज पर हिंदी में *हमराही* बनी। सत्यजीत रे का कहना है कि 'बंगला संस्करण को भारतीय सिनेमा में मील के पत्थर के रूप में देखा जाता है। इस फिल्म की मुख्य भूमिका अलग ढंग की थी। फिल्म में नैतिकता की बात की गई थी। इस तरह यह फिल्म बहुत बड़ी नहीं होते हुए भी सही दिशा में बनी फिल्म थी।'[20]

उद्येर पाथे मूलत: राष्ट्रवादी और सामाजिक चेतना की फिल्म थी। एस.टी. भास्करण और दूसरों का कहना है कि भारतीय सिनेमा में इस तरह की फिल्मों की परंपरा पहले से ही बनी हुई थी। ऐसे में सवाल उठता है कि *उद्येर पाथे* का ऐसा प्रभाव आखिर क्यों पड़ा? मेरा कहना है कि पारंपरिक कहानी (गरीब लड़के का अमीर लड़की से मिलना) के मानदंडों में हम नैतिक प्रभाव पाते हैं। फिल्म में समकालीन मिजाज देखने को मिलता है। दूसरी भाषा में कहें तो समय का बोध होता है और मेहनतकश वर्ग के उदय की कहानी मिलती है। लेकिन शहरी बुद्धिजीवी वर्ग को दी गई अभिव्यक्ति की शक्ति में गांव का प्रतिनिधित्व नहीं होता। वास्तव में यह भारतीय फिल्म इतिहास में अदभुत है। इस फिल्म में बुद्धिजीवी को नायक के रूप में पेश किया गया है। साथ ही वर्ग चेतना दर्शाने के लिए नायकत्व का इस्तेमाल किया गया है।

स्वतंत्रता आंदोलन के चरमोत्कर्ष पर बनी फिल्म में राष्ट्रगान, बंगाली साहित्यिक और सामाजिक सुधार की परंपरा, (श्री अरविंदो, टैगोर, विवेकानंद के चित्र) के साथ-साथ अंतर्राष्ट्रीय समाजवादी परंपराओं (बर्नार्ड शॉ) का इस्तेमाल प्रतीकों के रूप में, अनूप लेखक के बुद्धिजीवी स्वरूप को प्रस्तुत करने के लिए किया गया। कहानी में अमीर (उद्योगपति) और गरीब (मेहनतकश) की संगठित दुनिया का चित्रण है। अमीर वर्ग को

शोषक और गरीब को शोषित वर्ग के रूप में चित्रित किया गया है। कहानी में अमीर वर्ग के खिलाफ खाका तैयार किया गया है। कहानी के अनुसार अनूप की बहन पर उसकी अमीर दोस्त गोपा के घर से गले का हार चुराने का आरोप लगता है और अनूप के लेखन की चोरी गोपा का भाई करता है जिसके कारण तनाव की स्थिति बन जाती है। वर्ग संघर्ष और व्यक्तिगत प्रतिद्वंद्विता के बीच गरीब अनूप और उसकी बहन की अमीर दोस्त व उद्योगपति की बेटी गोपा के बीच रोमांस परवान चढ़ता है। अनूप के संसर्ग में आने के कारण गोपा को गरीबी के बारे में नैतिक शिक्षा मिलती है और परिणामत: वह अपने समाज से अलग-थलग हो जाती हैं। गोपा अब साधारण कपड़े पहनती है, प्रगतिशील साहित्य (अनूप के द्वारा लिखित उपन्यास) पढ़ती है और अपने पिता के कारखाने के इर्द-गिर्द बनी मजदूरों की झोपड़ी में जाती है। मजदूरों और प्रबंधन के बीच विवाद होता है तो गोपा घर छोड़कर अनूप के पास चली जाती है। अनूप गोपा को समझाता है कि उसका भविष्य अतीत में नहीं बल्कि आगे है। और वह उसके साथ चला जाता है।

फिल्म का लोकप्रिय स्वरूप और सामाजिक आदर्शवाद, अमीर और गरीब का परंपरागत चित्रण और अंत में आशा का संदेश सिनेमा में सामाजिक आदर्शवाद की विचारधारा को नैतिक दृष्टांत से आच्छादित करता है। फिल्म में अमीर-गरीब के द्वंद्व के जरिए यथार्थवाद का नैतिकता से संबंध बनता है। यह स्थिति समस्यामूलक है। यथार्थवादी सिनेमा सामान्यत: सामाजिक स्थिति का वर्णन करने के लिए ड्रेस और जीवनशैली पर आधारित होता हैं। फिल्म शोधकर्ता स्टेनले कोरकिन ने उन्नीसवीं और बीसवीं सदी के अमेरिकी उपन्यासों में पात्रों के चित्रण में कपड़ों की भूमिका की चर्चा की है। वे लिखते हैं: "बड़े पैमाने पर उत्पादन और विभिन्न तरह के सामानों व अनुभवों की दुनिया में किसी पात्र से जुड़े भौतिक तत्त्व उसके चरित्र को दर्शाते हैं।"[21] इस तरह सामाजिक स्थिति को दर्शाने में कपड़ों की अहम भूमिका है। *उद्येर पाथे-हमराही* में बड़े पैमाने पर उत्पादन और जीवन शैली अमीरों की दुनिया को दर्शाती है। अमीरों की यह दुनिया शक्तिशाली और अहंकारी है। नायिका जब तक स्वेच्छा से बाह्य आडंबरों को छोड़कर वेश-भूषा में सादगी को नहीं अपनाती है तब तक उसका सर्वहारा चरित्र उजागर नहीं होता है। कपड़ों का यथार्थवाद से संबंध है (गरीब अच्छे कपड़े नहीं खरीद सकते)। बाहरी कपड़ों से किसी व्यक्ति के वर्ग का निर्धारण होता है। गोपा गरीबों के साथ अपना जुड़ाव दर्शाने के लिए ही कीमती कपड़ों और आभूषणों को त्यागती है।

अंतत: भौतिक स्थिति में हुआ बदलाव नहीं, बल्कि मजदूरों ओर उनके प्रवक्ता अनूप ने जो नैतिक विजय हासिल की वह ज्यादा अहम् है। यह फिल्म अंतरवर्गीय सहयोग और एकता के दम पर शोषण के खिलाफ संघर्ष करने का संदेश देती है, फिर भी कार्यकर्ता के रूप में बुद्धिजीवी का चित्रण और बुद्धिजीवी परंपरा का लोकप्रियकरण फिल्म को अखिल भारतीय स्तर पर बंगाली संवेदनशीलता को चित्रित करने में कामयाब बनाता है। आज *उद्येर पाथे-हमराही* एक यथार्थवादी फिल्म के रूप में हमारे सामने है।

इस फिल्म में आजादी के पूर्व का नैतिक साहस और उत्साह देखने को मिलता है। यहां फिल्म के पात्र से नहीं बल्कि स्वयं फिल्म से राष्ट्रीय पहचान आच्छादित होती है। भारत में भाषा का सवाल बराबर अहम् रहा है और इस संदर्भ में कुछ फिल्म निर्माताओं द्वारा दो भाषाओं में फिल्म बनाने का प्रयास काफी अहम् है।

नीचा नगर की पटकथा *उद्येर पाथे* से काफी मिलती-जुलती है। कान फिल्म महोत्सव 1946 में ग्रैंड प्रिक्स विजेता *नीचा नगर* में भी उपनिवेशवादी और राष्ट्रीय चरित्रों के जरिए वर्ग संघर्ष को फिल्माया गया है। इस फिल्म का केंद्र-बिंदु जीवन के लिए अति आवश्यक जल है। फिल्म में जल को बड़े उद्योग प्रदूषित कर देते हैं जिसके कारण जीवन के लिए बड़ा खतरा पैदा हो जाता है। जल प्रदूषण का मेहनतकश वर्ग पर बुरा प्रभाव तो पड़ता ही है, यह बुर्जुआ शोषण का प्रतीक भी है। इस फिल्म में दुनिया को ऊंचा नगर और नीचा नगर में बांट कर दिखाया गया है। ऊंचा नगर में अमीर लोग रहते हैं जबकि नीचा नगर में संघर्षरत गरीब तबका रहता है। सरकारजी के नाम से मशहूर एक अमीर उद्योगपति एक गंदे बहाव को गरीबों की बस्ती की ओर मोड़ना चाहता है ताकि साफ-सुथरी जगह में नए मकान बनाए जा सकें। दोनों वर्गों के बीच संघर्ष का मूल कारण उद्योगपति की यही कोशिश है। उद्योगपति की बेटी माया ऐसा करने से अपने पिता को मना करती है। लेकिन कोई नतीजा नहीं निकलता। माया के साथ कॉलेज में पढ़ा बलराज गरीबों का प्रतिनिधित्व करता है। फिल्म के अधिकांश भाग में इन्हीं दो परस्पर विरोधी गुटों की कहानी है। बलराज उद्योगपति से बातचीत करता है लेकिन बातचीत बेनतीजा रहती है। गरीबों की बस्ती में गंदा पानी जाने के कारण महामारी फैल जाती है। इस महामारी में बलराज की बहन रूपा समेत कई लोगों की मौत हो जाती है। लोग एकजुट होकर न्याय की मांग करने सरकारजी के घर की ओर मार्च करते हैं। कर्ज से लदा और गलत कामों में पैसा लगा चुका सरकार फर्श पर गिर जाता है जिससे उसकी मृत्यु हो जाती है। अंत में माया और बलराज की शादी हो जाती है।

नीचा नगर में बुर्जुआ वर्ग की शक्ति को दर्शाने के लिए कुछ खास चित्र प्रस्तुत किए गए हैं। इसके एक प्रमुख चित्र नरकदूत के रूप में उद्योगपति की प्रतिमा भी है। फिल्म में गरीबों को नाचते-गाते, मुक्त वातावरण का आनंद उठाते दिखाया गया है। इसके विपरीत अमीर घर और दफ्तर के अंदर जकड़ा हुआ जीवन व्यतीत करते हैं। इस तरह फिल्म में गरीबी की रोमांटिक छवि प्रस्तुत की गई है। इसी छवि को लेकर फिल्म आगे बढ़ती है। फिल्म की केंद्रीय भूमिका में अहिंसा का पाठ पढ़ाने वाला एक गांधीवादी कार्यकर्ता है। यह कार्यकर्ता राष्ट्रवादी आंदोलन के फ्रेम में मजदूरों की शक्ति को जागृत करता है।

नीचा नगर यथार्थवादी न होकर एक प्रयोगवादी फिल्म है। दरअसल फिल्म के निर्देशक चेतन आनंद ने अपनी फिल्म को "महत्त्वाकांक्षी" करार दिया है।[22] फिल्म बहुत ही प्रतीकात्मक है। फिल्म में लोगों को रात में टॉर्च लेकर मार्च करते, आजादी के गीत

गाते, शोषण के खिलाफ नारेबाजी करते दिखाया गया है। इस तरह फिल्म गांधीवादी और मार्क्सवादी विचारधारा का मिश्रण है जिसमें औपनिवेशिक शक्ति के पतन की कहानी कही गई है। *उद्येर पाथे* की तरह इस फिल्म की नायिका भी परस्पर विरोधी वर्गों के बीच मध्यस्थ की भूमिका अदा करती है।

धरती के लाल में 1943–44 के बंगाल के अकाल के प्रति अखिल भारतीय जागरूकता पैदा करने की कोशिश की गई है। इस अकाल में 50 लाख किसानों की मौत हो गई थी। इस फिल्म का निर्माण इंडियन पीपुल्स थियेटर एसोसिएशन (इप्टा) ने किया है। फिल्म के निर्देशक ख्वाजा अहमद अब्बास इप्टा के संस्थापक सदस्य रह चुके हैं (*नीचा नगर* के निर्देशक चेतन आनंद भी इप्टा के संस्थापक सदस्य हैं) चालीस के दशक के उथल-पुथल भरे राजनीतिक माहौल में पैदा हुए प्रगतिशील लेखकों, कलाकारों, गीतकारों और कार्यकर्ताओं के इस समूह ने समकालीन रूप से प्रासंगिक विषय-वस्तु (थीमों) के आधार पर जागरूकता पैदा करने की कोशिश की है। 25 मई, 1943 को बंबई में इप्टा के संस्थापना समारोह में कहा गया था : 'लेखक और कलाकार, अभिनेता और पटकथा लेखक, हाथ और दिमाग से काम करने वाले लोग – आप सभी आगे आएं और स्वतंत्रता और सामाजिक न्याय पर आधारित नया समाज बनाने के काम में खुद को लगाएं।'[23] ख्वाजा अहमद अब्बास ने *यह अमृत है* और *जुबेदा* जैसे कई नाटक इप्टा के लिए लिखें। मुक्ताकाश में प्रदर्शित इन नाटकों को देखने हजारों लोग एकत्रित हुआ करते थे। *जुबेदा* के साथ खास ऐतिहासिक बात यह है कि इसे देखने वाली महिलाओं ने इसके पहले कोई और नाटक नहीं देखा था।[24] *धरती के लाल* इप्टा के एक दूसरे नाटक, बिजन भट्टाचार्य लिखित *नबान्न* और कृष्णचंदर की कहानी *अन्नदाता* पर आधारित है। फिल्म इप्टा सदस्यों का सहयोगी उपक्रम था।

बंगाल के अकाल के ऐतिहासिक कारणों के बारे में नाटक समीक्षक रुस्तम भरूचा लिखते हैं:

> अब यह सर्वविदित है कि बंगाल का अकाल प्राकृतिक आपदा नहीं बल्कि मनुष्य की करतूत थी। इस अकाल का भयावह सत्य यह था कि इसका कारण अनाज की कमी नहीं थी, बल्कि 1941 की तुलना में 1943 में प्रति व्यक्ति अनाज की उपलब्धता 9 प्रतिशत से अधिक थी जबकि 1941 में कोई अकाल भी नहीं पड़ा था। समस्या यह थी कि अनाज बंगाल के ग्रामीण इलाकों के किसानों व मजदूरों को उपलब्ध नहीं कराया गया। ब्रिटिश सरकार ने इस अनाज को यूरोप और जापान में लड़ रहे अपने सैनिकों को खिलाने के लिए भेज दिया।[25]

अब्बास की फिल्म इस विपदा के मानवीय पहलू पर केंद्रित है। जैसाकि हिंदी फिल्म में होता है ब्रिटिश सामने नहीं आते और शोषण के एजेंट भारतीय जमींदार, सूदखोर

और अनाज के व्यवसायी दिखते हैं। अब्बास ने फिल्म की शुरुआत में सामान्य व शांत ग्रामीण जीवन की तस्वीर पेश की है जिसकी जगह धीरे धीरे शहरी जीवन की मानवीय परेशानियों व अभाव ने ली है।

फिल्म का एक्शन बंगाल के गांव के एक विस्तारित किसान परिवार पर केंद्रित है। इस परिवार में वृद्ध माता-पिता व उसके दो बेटे हैं। एक बेटे की शादी हो गई है जबकि दूसरे की होनी है। परिवार के अनाज से शादी में दिए जाने वाले भोज का खर्च पूरा करना है लेकिन जमींदार और शहर का अनाज दुकानदार उनकी फसल का उचित दाम देने से इंकार कर देता है। ग्रामीण दिनों-दिन गरीब होते जाते हैं। हालांकि बड़ा बेटा निरंजन शहरी शासकों के शोषण से मुक्ति का प्रयास करता है। छोटे भाई रामू को जब बेटा होता है तो भगवान को प्रसाद चढ़ाने के लिए उसके पास चावल नहीं होते। प्राकृतिक विपदाओं के कारण ग्रामीण बेहतर जीवन की तलाश में गांव छोड़ कर शहर की ओर पलायन करने को मजबूर हो जाते हैं। लेकिन यहां भी दुर्भाग्य उनका पीछा नहीं छोड़ता। रामू और उसकी पत्नी अलग हो जाते हैं। रामू भीख मांगता है और पत्नी वेश्यावृत्ति को मजबूर हो जाती है। वृद्ध पिता इन लोगों से गांव लौट जाने का आग्रह करते-करते मर जाते हैं। कुछ और ग्रामीणों के साथ निरंजन और उसकी पत्नी गांव लौट आते हैं। वे कठिन परिश्रम कर नई फसल उगाने की कोशिश करते हैं। उनके कठिन परिश्रम का फल मिलता है। गांव के सामान्य जीवन से अलग-थलग हो चुके रामू और उसकी पत्नी बाहर रह जाते हैं।

भूख से मरते लोगों की कहानी पेश करने वाली *धरती के लाल* वृत्तचित्र के समान है। धुलिया जिले में भूख के खिलाफ होने वाले मार्च पर किसान सभा के सहयोग से गोली चलाई जाती है। यह एक यादगार दृश्य है। फिल्म समीक्षक कोबिता सरकार लिखती हैं: 'ढाई दशक बाद बनावटी बैकग्राउंड की कठोरता, अभिनय के बनावटीपन, उस समय के उन्माद जैसी स्थिति और उससे निकलने के किए गए उपायों की आलोचना करना आसान है।'[26] फिल्म में गाय, जमीन और चावल जैसे ग्रामीण जीवन के प्रतीकों का इस्तेमाल किया गया है। उनके माध्यम से यह बताने की कोशिश की गई है कि ग्रामीणों का जुड़ाव प्रकृति से होता है। इसके विपरीत शहरी जीवन क्रूर और कठोर होता है, एक शरणार्थी शिविर की तरह। फिल्म सांप्रदायिक सद्भाव, हिंदू-मुस्लिम एकता और देश भक्ति का संदेश देती है। निर्देशक अब्बास बॉक्स ऑफिस पर फिल्म के सफल नहीं होने का कारण फिल्म का सही समय पर रिलीज नहीं होना बताते हैं। फिल्म रिलीज होने के समय ही विभाजन के दौरान सांप्रदायिक दंगे भड़क गए।[27]

दो बीघा जमीन

बिमल राय की *दो बीघा जमीन* संभवत: *पाथेर पांचाली* के बाद सबसे ज्यादा चर्चित फिल्म रही है। इसके पीछे इसकी समकालीनता, स्वर और बनावट, गंभीर बातों की सहज प्रस्तुति जैसे कई कारण हैं। *धरती के लाल* की तरह यह फिल्म भी ग्रामीण जीवन के

कठोर पक्ष को दर्शाती है। पलायन और भावनात्मक तबाही की चर्चा इस फिल्म में भी है। आजादी के बाद बनी *दो बीघा जमीन* में पचास के दशक में बड़े उद्योगों के प्रति लगाव दर्शाया गया है। बड़े उद्योगों के प्रति इस लगाव को सरकार का समर्थन प्राप्त था। फिल्म की एक समकालीन समीक्षा में इस घोर निराशावाद की चर्चा की गई है। समीक्षा में कहा गया है 'भारतीय आजादी के प्रारंभिक वर्षों में किसी भारतीय निर्देशक द्वारा इस तरह की निराशावादी फिल्म बनाना उचित नहीं है। यह न सिर्फ कठोर फिल्म है बल्कि इतालवी नवयथार्थवाद की तर्ज पर इसमें भारत के शहरी जीवन की असाधारण तस्वीर पेश की गई है। सड़कों पर नियोन लाइट, आकर्षक दुकानों में पश्चिमी सामानों और सड़कों पर सोए आदमी और गाय बैल को फिल्म में दिखाया गया है।'[28] फिल्म की शुरुआत और अंत दो कठोर छवियों के साथ होता है। पहली छवि सूखी और दरार वाली पृथ्वी की है। और दूसरी छवि कंटीले बाड़ों द्वारा मुख्य कलाकार को उसकी दो बीघा जमीन से अलग करने की है। लेकिन यह दोनों तस्वीरें एक विरोधाभास को उजागर करती हैं। मानसून आने से सूखी और दरार पड़ी धरती में फिर से हरियाली आ जाती है। जबकि किसान की जमीन जो एक बार चली गई वह हमेशा के लिए चली जाती है। पूंजी-आधारित आधुनिकता की ताकतों के जरिए पुराने गांवों का विघटन *दो बीघा जमीन* की मुख्य चिंता है। फिल्म का दावा है कि यथार्थवाद इसकी दोहरी दृष्टि में निहित है—शहरी लोगों की दृष्टि से गांव को दिखाना और गांव वालों की दृष्टि से शहर को दिखाना। फिल्म के शुरुआती दृश्यों में एक जगह दिखाया गया है कि खेत के किनारे एक कार रुकती है और फ्रेम के अगले भाग पर चार अजनबी लोग कब्जा कर लेते हैं जबकि गांव वाले मध्य और गाय पार्श्व में हैं। यही सांकेतिक अनुक्रम गांव के ढांचे को बिगाड़ता है। डेवलपरों (मकान बनाने वालों) के लिए गांव का महत्त्व बस जमीन खरीद कर उसका मुनाफा इस्तेमाल करने तक सीमित है।

साहित्य और सिनेमा की पुरानी विषय-वस्तु भले ही किसानों और दुष्ट सूदखोरों के बीच का विभाजन रही हो किंतु इसी तरह का विभाजन गांव और शहर के बीच भी है। बिमल राय यथार्थवाद के हित में विरासत के इस बोझ को आगे नहीं बढ़ा पाए हैं इसलिए उन्होंने दोनों को मिल जाने दिया है। उदाहरण के तौर पर फिल्म के शुरुआती भाग में ग्रामीण जीवन पर फोकस किया गया है। इस भाग में शंभू (बलराज साहनी) और पारो (निरूपा राय) को मेहनती और समर्पित पति-पत्नी के रूप में दिखाया गया है। खेतिहर जीवन को साधारण और सामूहिक हंसी-खुशी भरा बताया गया है। (ग्रामीण जीवन का कष्टमय पक्ष सिर्फ बाहरी सूदखोर हैं)। दूसरी ओर शहर निर्दयी जंगल है जहां बेईमान बनना आसान है, जहां गरीबों को कुचल दिया जाता है, औरतों के साथ छेड़खानी की जाती है और बच्चों का शोषण किया जाता है। सूदखोर के पास बंधक रखी जमीन को मुक्त कराने के लिए आवश्यक पैसे जुटाने की खातिर शंभू का संघर्ष पूरी तरह मौलिक है। एक रिक्शा चालक बनकर उसका नाता ग्रामीण समाज से टूट जाता है और वह शहरी श्रमिक बन कर रह जाता है। फिल्म में शहरी बुद्धिजीवी वर्ग की नैतिक चेतना को झकझोरा गया

है। बलराज साहनी ने अपनी आत्मकथा में इस बात का उल्लेख किया है कि अपने अभिनय को जीवंत और विश्वसनीय बनाने के लिए उन्होंने कलकत्ता के रिक्शे वाले के साथ किस तरह दिन गुजारे थे। एक समीक्षक द्वारा *दो बीघा जमीन* में उनके अभिनय को महान बताए जाने पर साहनी ने लिखा है कि "इस महानता का श्रेय वे एक अधेड़ रिक्शावाले को देना चाहते हैं।"[29]

साहनी ने यह भी लिखा है कि शंभू के चरित्र में दो त्रुटियां हैं। एक तो यह कि वह अन्याय और शोषण के खिलाफ कभी खड़ा नहीं होता और दूसरा यह कि वह दोस्तों और सहयोगियों का साथ छोड़ देता है।[30] साहनी *दो बीघा जमीन* में तनाव के केंद्र बिंदु और यथार्थवाद के प्रति भारतीय संवेदनशीलता पर उंगली उठाते नजर आते हैं। यथार्थवाद के बने बनाए ढांचे में व्यक्तिगत चेतना, एक एजेंट और पीड़ित के रूप में चित्रांकित किया गया है। फिल्म निर्माता विरासत में मिली परंपराओं और राजनीतिक चिंताओं के विरोधाभासों को हल नहीं कर पाता है। और फिर कला बनाम राजनीति, या यूं कहे कि बंबइया फिल्म परंपरा और पश्चिमी फिल्म परंपरा के रूप में भी साफ-साफ विभाजन नहीं हो पाता। इसके कारण स्थिति और उलझ गई है।

इसके बावजूद *दो बीघा जमीन* को आखिर क्यों लैंडमार्क यथार्थवादी फिल्म माना जाता है? मेरा मानना है कि *दो बीघा जमीन* की सफलता जमीन को दावेदारी के रूप में पेश करने की है। जमीन को इस फिल्म में किसानों की आज़ादी और सम्मान से जोड़कर पेश किया गया है। इसके पहले फिल्मों में किसानों का जमीन पर मालिकाना हक नहीं दिखाया जाता था। या फिर जमीन को भावनात्मक रिश्ते से जोड़कर नहीं देखा जाता था। अपनी संपन्नता और जीवन यापन को लेकर संपत्ति के प्रति हमारी जो चिंता है उसे प्रदर्शित करने में दो बीघा जमीन कामयाब रही है। इस तरह दो बीघा जमीन में विभिन्न आयामों को जिस तरह समाहित किया गया है उससे यह अपने समय का दस्तावेज बन गई है। इसके साथ ही यह फिल्म पोपुलर सिनेमा के नैतिक आदर्शों का एक उदाहरण भी है।

अलंकृत राष्ट्र : 'विकृत' यथार्थवाद

अगर उपरोक्त फिल्में सामग्री और निर्देशकीय उद्धेश्यों के स्तर पर समकालीन भारतीय जीवन को चित्रित करती हैं तो आखिरकार इनका स्टाइल क्या है? यहां हम बंबइया प्रोडक्शन में हॉलीवुड मॉडल अपनाने की चर्चा करेंगे। यहां सवाल हॉलीवुड स्टाइल में काल्पनिक कथा प्रस्तुत करने या इटली के नवयथार्थवादी फिल्मों की तर्ज पर खुले विद्रोह को चित्रित करने का सवाल है। स्टार व्यवस्था पूरी तरह बंबइया उद्योग से जुड़ी हुई है। फ्रेडरिक जैमसन ने कहा भी है: स्टार व्यवस्था पूरी तरह नवयथार्थवाद के अनुरूप है।[31] बंबई से बाहर काम करने वाले अधिसंख्य स्वयंभू यथार्थवादी फिल्म निर्देशकों ने बड़े स्टारों के साथ काम किया है लेकिन उनके ग्लैमर को कम करने की परंपरा की शुरुआत की है। हिंदी फिल्मों की एक और परंपरा संगीत और नृत्य रही है। लेकिन यथार्थवादी फिल्मों

में उनका कम इस्तेमाल किया गया है। यथार्थवादी फिल्मों में गीतों की संख्या कम रही है। ये फिल्में वृत्तांत पर आधारित बनाई गई हैं। इसका मतलब फिल्म निर्माताओं या दर्शकों की निष्कपटता नहीं बल्कि बंबइया सिनेमा के आधारभूत नियमों को ज्यादा प्रगतिशील अंदाज में स्वीकार करना और उसके फ्रेमवर्क में ज़रूरत के अनुसार आया बदलाव है। इस तरह मुख्य अदाकार फिल्म के केंद्रीय बिंदुओं पर गीत गाते दिखते हैं लेकिन उदाहरण के तौर पर अगर कहानी असम पर आधारित है तो गीत की धुन असमी में होगी। इस तरह निर्देशक को यथार्थवादी होने की वाहवाही मिल जाती है।

फिल्म निर्माताओं ने इसके बाद यथार्थवाद का सांस्कृतिक परिप्रेक्ष्य फिल्मों में दर्शाने की कोशिश की है। राष्ट्रवाद के कारण इस प्रवृत्ति को बढ़ावा मिला है। इस बात को लेकर सवाल उठाया जाता है कि सिनेमा आखिर किस तरह यथार्थवाद और राष्ट्रवाद को कहानी में समेट सकता है। लेकिन सवाल यह भी है कि क्या यथार्थवाद के आचार शास्त्र का राष्ट्रीय पहचान की धारणा से कोई विरोध है? सामाजिक हकीकत और राष्ट्र की लाक्षणिक प्रकृति को कोई साथ-साथ कैसे पेश कर सकता है? इस संदर्भ में तीन दुविधाओं की चर्चा की जा सकती है। पहला सवाल यह है कि पात्रों की सुस्पष्ट पहचान को यथार्थवादी अवलोकन से किस तरह जोड़ा जा सकता है। दूसरा सवाल इस बात से जुड़ा है कि नाटकीय विवाद की समस्या, जो कि मनोरंजन का मूल तत्त्व होता है, को राष्ट्र निर्माण की सामूहिक भावना से कैसे जोड़ा जा सकता है? और तीसरा सवाल भारतीय सामाजिक जीवन की विविधता को प्रदर्शित करने को लेकर है। यथार्थवादी फिल्म निर्माता भारतीय सामाजिक जीवन के शोषण और पूर्वाग्रहों को लेकर ज्यादा सचेत रहते हैं। संभवतः उनके फिल्म निर्माण का मकसद इन्हीं स्थितियों को उजागर करना होता है। लेकिन यहां पर उन्हें स्थानीय और वैश्विक स्थितियों के बीच तालमेल बिठाने में परेशानी का सामना करना पड़ता है। सवाल भारतीय ज़रूरतों के अनुकूल भाषा विकसित करने का भी है। (भारतीय समांतर सिनेमा की असफलता और पतन का एक मुख्य कारण भाषा भी रहा है। इसके अलावा समानांतर सिनेमा वितरण की ऐसी व्यवस्था नहीं कर सका है कि वह सही अर्थों में बंबइया फिल्मों का मुकाबला कर सके) जैसाकि जेनिक रेडवे ने इंगित किया है यही दुविधाएं उन सवालों को उजागर करती हैं कि संस्कृति और विचारधारा को जनसाधारण के लिए तैयार किए गए मनोरंजन से कैसे जोड़ा जा सकता है और उपभोक्ता के आचरण को मनोरंजन किस तरह प्रभावित करता है।[32]

सैद्धांतिक बाधाओं से निपटने के लिए हम फ्रेडरिक जैमसन के 'चित्रता' की धारणा पर ध्यान दे सकते हैं। अपने लेख "Class and Allegory in Contemporary Mass Culture: Dog Day Afternoon as a Political Film" में जैमसन ने स्वीकार किया है कि अपनी कल्पना को ग्राह्य बनाने के लिए चित्र का सहारा लेना पड़ेगा। दरअसल सामाजिक वास्तविकताओं और दैनिक जीवन की वास्तविकताओं को लेकर हमारे अनुभवों के आधार पर ही व्यावसायिक फिल्में और टेलीविजन के कार्यक्रम बनते हैं। इसलिए चित्रों

के माध्यम से फिल्म सामाजिक वास्तविकताओं को निरूपित करने वाली शक्तियों में आने वाले बदलावों की पहचान कर सकती हैं।[33] आजादी के बाद की कुछ फिल्मों में राष्ट्रीयता को चित्रों में दर्शाया गया है। इसे दैनिक जीवन के विविध व्यवहारों व अनुभवों के जरिए समझा जा सकता है।[34] फिल्मों में राष्ट्रीयता का अनुभव वर्णनात्मक अंदाज में मिलता है। सामान्यत: बंबइया फिल्मों का सुखद अंत होता है लेकिन इन फिल्मों में खुलापन रखा गया है। इसके अलावा फिल्मों में जिस तरह से केंद्रीय वृत्तांतों को अलग किया जाता है उससे फिल्मी दुनिया के बाहर के वृहद सामाजिक परिवेश का पता चलता है। जिन फिल्मों में वास्तविकता की दृष्टि ही मुख्य मुद्दा बन जाती है उनकी चर्चा के क्रम में मेरे लिए इस दोहरी प्रक्रिया और इसके मायने की चर्चा करना मुनासिब होगा।

जैसाकि पहले कहा जा चुका है, आजादी के बाद भारत में सामाजिक और राष्ट्रीय चेतना को प्रभावित करने वाले तनाव का मुख्य कारण स्थापित मानदंडों और मूल्य व्यवस्था को बनाए रखना था। उस वक्त देश सामंतवाद से औद्योगिकीकरण की ओर, उपनिवेशवाद से लोकतंत्र की ओर, आर्थिक पिछड़ेपन से भौतिक समृद्धि की ओर बढ़ रहा था। स्वतंत्रता प्राप्ति के बाद बदलाव की चाहत और उग्र हो गई थी। समाज का नेतृत्वकारी वर्ग इस बात को लेकर स्पष्ट था कि लक्ष्य क्या है लेकिन इस परिवर्तन को ठीक से प्रतिफलित कराने पर विचार नहीं किया गया था। चूंकि भारतीय संवेदनशीलता जटिल मुद्दों को नैतिक विकल्पों की अभिव्यक्ति मानती थी इसलिए लोकप्रिय संस्कृति व्यक्तिगत नैतिकता के आधार पर सामाजिक बदलाव के अनुभवों का प्रतिनिधित्व गलत या सही ढ़ंग से करती थी और उनका समाधान विभिन्न तरीके से करती थी। उस वक्त यथार्थवादी सिनेमा तकनीकी आशावाद और सांस्कृतिक निराशावाद का सम्मिश्रण बना हुआ था। वास्तविकता को दर्शाने के लिए कैमरे में आस्था को लेकर तकनीकी आशावाद का माहौल था लेकिन शहरों में लगातार हो रहे पलायन, भौतिक अभाव और वर्गीय, क्षेत्रीय तथा सांप्रदायिक खाई के चौड़ा होने के कारण सांस्कृतिक निराशावाद का माहौल भी बन रहा था। सांस्कृतिक निराशावाद की यह स्थिति राष्ट्रीय पहचान के प्रतिकूल थी। सिनेमा से जिस सच्चाई को स्क्रीन पर कैप्चर करने की अपेक्षा की जाती थी वह न सिर्फ सामाजिक व मनोवैज्ञानिक अनुभवों की सच्चाई थी वरन वह दर्शकों के नैतिक द्वंद्वों को हल करने की सच्चाई भी थी। पचास के दशक की हिंदी फिल्मों से अपने दर्शकों की सांस्कृतिक चिंताओं को दूर करने और विवरणात्मक अपेक्षाओं को पूरा करने की उम्मीद की जाती थी। इन फिल्मों में नायक आर्थिक और सामाजिक विषमता की स्थिति से निकल कर संपन्नता की ओर बढ़ता था और फिर गरीब हो जाता था। इस संदर्भ में फिल्म के सुखद अंत का खासा महत्त्व है जहां नायक शांति के साथ रहता है। फिल्मों की ओर और विस्तार में जाने के पहले मेरे लिए पचास के दशक की फिल्मों में नायक द्वारा फिर से गरीबी अपनाने का सांस्कृतिक अर्थ समझाना उचित होगा।

भारत में गरीबी की अवधारणा का खासा महत्त्व है। गरीबी यहां एक समीपवर्ती शब्द है। रोजमर्रा की ज़िंदगी में गरीबी शब्द का अर्थ एक ऐसी भौतिक स्थिति से है जहां आर्थिक संसाधनों का अभाव रहता है और फलतः एक बेहतर जीवन स्तर को बनाए रखने में परेशानी होती है। मेरी इच्छा इसका इस्तेमाल इसी विवरणात्मक अंदाज में करने की है न कि इसके संपूर्ण नकारात्मक अर्थों या इसके आध्यात्मिक लाभों की ओर ध्यान दिलाने की। अधिसंख्य धार्मिक-सांस्कृतिक मान्यताओं और मूल्य व्यवस्थाओं के अनुसार भौतिक धन भ्रष्ट बनाता है। हिंदू धार्मिक व दार्शनिक परंपराओं में गरीबी की अवधारणा या भौतिक चीजों के प्रति लगाव का न होना नीतिगत माना गया है। मुख्य ज़ोर आध्यात्मिक ज्ञान प्राप्त करने की ओर होने के बावजूद हिंदुओं को जिंदगी में चार स्तरों से गुजरना पड़ता है– ब्रह्मचर्य, गृहस्थ, वानप्रस्थ, और संन्यास। मनुष्य के जीवन का पहला अर्द्धांश इन्हीं दायित्वों के निर्वहन में बीत जाता है। बाद के समय में वह ज्यादा से ज्यादा आध्यात्मिक कार्यों और मोक्ष की प्राप्ति पर ध्यान देता है। मानवीय उपलब्धि का उच्चतम बिंदु त्याग का चरण है। इस चरण तक पहुंचने वाला व्यक्ति इस बात पर भी ध्यान नहीं देता कि उसके दूसरे वक्त का भोजन कहां से आएगा। व्यक्ति के स्व-बोध के लिए भौतिक विपन्नता सकारात्मक स्थिति है। कई ऐसे ऐतिहासिक महापुरुष (बुद्ध, श्रीरामकृष्ण, श्री अरविंदो) हैं जिन्होंने इस रास्ते को चुना था। बीसवीं सदी में गांधी ने गरीबी से जुड़ कर अपनी पहचान बनाई थी। और इसी के परिणामस्वरूप उन्हें "महात्मा" की उपाधि मिली थी।

इस तरह धन को विकृति और गरीबी को उत्कृष्टता के रूप में देखने की भारतीय सोच रही है। लेकिन भारतीय सोच को गरीब बनने की कोशिश आकर्षित करती है न कि वह जो पहले से गरीब है। गरीबी, पीड़ा, गंदगी लंबे समय से भारतीय परिदृश्य की कठोर हकीकत रही है। आज़ादी के बाद के समय में इस गरीबी को समाज विज्ञान के शब्दों में "आर्थिक पिछड़ेपन" का नाम दिया गया। दूसरे देशों के समान प्रगति और समता की छवि बनाने में भारत के रास्ते में गरीबी बराबर आड़े आती रही है। हमारे नेताओं का विश्वास रहा है कि औद्योगिकीकरण, विज्ञान और टेक्नोलॉजी के माध्यम से आर्थिक पिछड़ेपन को दूर किया जा सकता है। संपन्न पश्चिमी देशों का नमूना हमारे सामने रहा है। लेकिन इस मॉडल को भारत समूल रूप में अपनाना नहीं चाहता। भारत पश्चिमी देशों की भौतिकवादी प्रवृत्तियों को अपनाए बिना पिछड़ापन दूर करना चाहता है। इतना ही नहीं भारत पश्चिमी देशों को अपनी आध्यात्मिक परंपराएं, अपने नैतिक मूल्य, सामुदायिकता और सहिष्णुता की भावनाएं भी दे सकता है। नेहरू का पंचशील इन्हीं सिद्धांतों पर आधारित था। पंचशील के पांच सिद्धांतों में पारस्परिक सम्मान, एक-दूसरे पर आक्रमण न करने, एक-दूसरे के मामले में हस्तक्षेप न करने, समानता और सह-अस्तित्व की बातें शामिल थीं। उस वक्त के राजनीतिक माहौल में पूर्व के आध्यात्मवाद और पश्चिम के भौतिकवाद का यह तालमेल नेहरू युग के लिए कोई नई बात नहीं थी। पश्चिम और पूर्व के लोगों ने पहले भी इसे अंगीकार किया था। भारत में इसकी सर्वाधिक अभिव्यक्ति उन्नीसवीं सदी के मध्य और

उत्तरार्ध में देखने को मिली थी। आज़ादी के प्रारंभिक वर्षों में एक राष्ट्र के रूप में पहचान बनाने में भारत को नैतिक और बौद्धिक दुविधाओं का सामना करना पड़ा था। इस संदर्भ में रिचर्ड लेनाय ने लिखा है:

> राष्ट्रीय पहचान का विचार– राष्ट्र की जागरूकता, इसकी अपनी छवि और अपने मूल्य– मौजूदा दुनिया में जगह बनाने के मकसद से उभरा था। भारत की अपनी छवि आचरण में संभावित थी और यह इतिहास से बनी थी। यह छवि सैकड़ों वर्षों के पतन और विदेशी शासन के बाद हाल में मिली स्वतंत्रता को आधार बना कर बनी थी। समकालीन राष्ट्रीय छवि बनाने के रास्ते में एक मुश्किल यह थी कि भारत अब एक आधुनिक धर्मनिरपेक्ष राष्ट्र है लेकिन इसकी परंपराएं धार्मिक भावनाओं पर आधारित हैं।[35]

अपनी छवि बनाने के रास्ते में भारत के सामने एक समस्या अत्यधिक व्याप्त गरीबी भी थी। देश की आधी आबादी गरीबी की जिंदगी बसर कर रही थी। लेकिन इसके साथ ही धन या भौतिक संपन्नता को छुट्टे रूप में अपनाने का खतरा भी था। प्रचुर संपन्नता के प्रति लोकजीवन में न सिर्फ नकारात्मक भाव था बल्कि बहुत अधिक धन प्राप्ति के लोभ से धोखाधड़ी चोरी जैसी अवांछनीय सामाजिक आदतों के पनपने का खतरा भी था। इसलिए नए समाज के निर्माण में अन्तर्निहित दृष्टि कुछ हद तक अव्यावहारिक (यूटोपिया) थी। किस तरह का समाज चाहिए और कैसे लोग इसमें हैं, जनता की संस्कृति का स्वरूप क्या हो, जैसे सवालों से यूटोपीय आदर्श और व्यावहारिकता के बीच टकराव पैदा होने जैसा था। रिचर्ड डेयर ने सुझाव दिया कि 'दरअसल हम जो चाहते हैं और रोजमर्रा की जिंदगी में जो मिल नहीं पाता उससे उत्पन्न टकराव से बचने का रास्ता हमें मनोरंजन उपलब्ध कराता है। विकल्प, आशाएं और इच्छाएं – ये सब यूटोपिया के तत्त्व हैं, यह मानकर चलना कि स्थिति बेहतर हो सकेगी और यह कि जो भी पहले से मौजूद है उससे कहीं भिन्न वस्तु की परिकल्पना की जा सकती है और उसे व्यावहारिक रूप दिया जा सकता है।'[36] इसके अलावा, डेयर कहते हैं कि मनोरंजन समाज की वास्तविक ज़रूरतों को पूरा करता है और दर्शकों के वास्तविक अनुभवों से यूटोपीय अनुभूतियों को हटा लेता है।[37] आजादी के बाद के अधिसंख्य सिनेमा को भी इसी परिप्रेक्ष्य में देखा जाना चाहिए। वृहद परिप्रेक्ष्य में यूटोपीय अनुभूति का संबंध नैतिक आचरण से रहा है। भारतीय जन–संस्कृति पैसे के प्रति लोभ की भावना (इसके भौतिक एवं अनैतिक स्वरूप) की जगह उसे एक साधन के नजरिये से देखती है। दूसरे शब्दों में, फिल्म निर्माता गंदा व्यापार, काला धन, भ्रष्टाचार, लालच जैसी सामाजिक हकीकतों को दर्शा सकते हैं। इसके साथ ही वे इसके यूटोपीय समाधान को भी चित्रित कर सकते हैं। कड़ी मेहनत से कमाए गए धन को सही माना गया है लेकिन बहुत अधिक धन के संग्रह को आदर्श नहीं माना गया है। फिल्मों में हम गरीब पात्रों को देखते हैं लेकिन इसके साथ ही किसानों, कड़ी मेहनत

करने वाले और ईमानदार श्रमिक, आदर्शवादी शिक्षक और जनसेवा में लगे डाक्टरों को भी देखते हैं। इन सभी को खुशहाल रूप से चित्रित किया जाता है। ये सभी पात्र तेजी से बढ़ रही अर्थव्यवस्था से पनपे भ्रष्टाचार, अधिक मजदूरी के लिए संघर्ष, अवैध मुनाफा जैसी बुराइयों के चंगुल में नहीं फंसते। लेकिन कुछ फिल्मों में आदर्शवादी चेतना का अभाव रहता है। ऐसी फिल्मों में इसकी जगह चिंता, निराशावाद और भय ले लेती है। *हम लोग, आंधियाँ, फुटपाथ* (1953), *श्री 420* (1955), *जागते रहो* (1956), *प्यासा* (1957) और *काला बाजार* (1960) कुछ ऐसी ही फिल्में हैं।

ऐसी फिल्में निम्न मध्यवर्ग और शहरी मेहनतकश वर्ग (बंबइया फिल्में इन्हीं को लक्षित कर बनती हैं) के समकालीन अनुभवों पर बनती हैं। ये फिल्में शहरों को देश के छोटे रूप में प्रस्तुत करती हैं । ठेठ हिंदी फिल्मों में पात्रों को इस तरह चित्रित किया जाता है ताकि वे सद्भावना और खुशहाली को अपना सकें। आजादी के बाद की कुछ चर्चित फिल्में *जागते रहो, प्यासा, श्री 420,* दीदार (1951) के साथ साथ *मि. संपत* (1952) इसी तरह बनी हुई हैं। ये फिल्में बड़े शहरों को आधार बना कर बनी हैं। शहरों में बुराइयों व भ्रष्टाचार का माहौल है। प्राकृतिक और वास्तविक स्थितियों में उलझी फिल्में आदर्शवाद प्रस्तुत करने की कोशिश करती हैं। फिल्मों में नैतिकता की जीत होते दिखाया गया है।

कुछ उदाहरणों से यह ज्यादा स्पष्ट हो सकता है। *जागते रहो* के शुरुआती दृश्यों में रात में शहर की गलियों को सुनसान दिखाया गया है। जहां हीरो अपने आप को अकेला पाता है। वेशभूषा से वह ग्रामीण लगता है लेकिन फिल्म में यह बताया नहीं जाता कि वह कहां का है। वह किस जगह को छोड़कर आया है यह नहीं बताया जाता, उसकी पृष्ठभूमि के बारे में कुछ नहीं दिखाया जाता। और फिल्म के अंत में जब वह अपार्टमेंट बिल्डिंग से बाहर निकलता है तो भूलभुलैया में फंस जाता है। और बिल्डिंग के गेट के बाहर नहीं आ पाता। इसी तरह *श्री 420* की कहानी हीरो के बड़े शहर में आने-जाने तक सीमित है। फिल्म के शुरू से अंत तक इसी की कहानी है। शहरी माहौल हीरो को निगल लेता है। इसमें शहरी नागरिक की बंद प्रकृति को दिखाया गया है। शहरी जीवन के दर्द को दर्शाया गया है। विद्या फिल्म की नायिका है और एक गरीब स्कूल की अध्यापिका है, जो नैतिकता का केंद्र बिंदु है। प्यासा में अलग-थलग पड़ा हीरो गांव का रहने वाला नहीं है। वह शहर का है, शिक्षित है लेकिन शहरी समाज के मूल्यों को वह पचा नहीं पाता। वह कवि है, इसलिए उसे नौकरी नहीं मिल सकती। समाज सिर्फ उसकी मौत पर ही ध्यान देता है वरना जिंदा रहते उसकी कोई परवाह नहीं करता। उसे पागलखाने में रख दिया जाता है। उसका परिवार है लेकिन रहने के लिए कोई घर नहीं और फिल्म के अंत तक वह एक महिला के साथ, जो कभी वेश्या थी, अनजान जगह के लिए प्रस्थान कर जाता है। उस महिला की हैसियत भी उसी की तरह है। *मि. संपत* आर. के. नारायण के उपन्यास पर आधारित है। इस फिल्म के हीरो का भी घर-परिवार नहीं है। लेकिन दूसरे बंबइया फिल्मों के मुख्य पात्र के आचरण से अलग वह पूरी फिल्म में भ्रष्ट, झूठा, और

अवसरवादी बना रहता है। वह दुनियादारी को समझता है। हर मौके से वह लाभ उठा लेता है और दूसरों को नुकसान पहुंचाता है। लेकिन वह इस मायावी दुनिया में रहने वाले बड़े-बड़े दावे करने वाले राजनीतिज्ञों, अनैतिक व्यापारियों, संवेदनाहीन पत्रकारों, अमीर साहूकारों, षडयंत्रकारी परोपकारियों से ज्यादा भ्रष्ट नहीं है। अपनी समझदारी के लिए उसे दर्शकों की प्रशंसा भी मिलती है।

गरीबी और अमीरी, शहरी जीवन के दो प्रतिरूपक हैं। समकालीन अनुभवों के संदर्भ में वे समाज के अंदर का सामाजिक और आर्थिक विभाजन दर्शाते हैं। इसके साथ ही वे गरीबों को अमीर और अमीरों के और ज्यादा अमीर बनने की कोशिशों को भी दर्शाते हैं। और इसके साथ ही वे ईमानदारी, कठिन परिश्रम व मित्रता के पारंपरिक नैतिक मूल्यों और घृणा, संदेह, लालच और अकेलेपन की शहरी संस्कृति के अंतर को भी बताते हैं। दोनों दुनिया एक-दूसरे के विपरीत बसी हुई हैं और फिल्म एक दुनिया के नैतिक मूल्यों को दूसरी दुनिया की संस्कृति में समाहित करने की कोशिश करती है। फिल्म के नाटकीय घटनाक्रमों में हीरो अपनी पुरानी जगह लौट आता है। यह जगह दुनिया से अलग है। हीरो की यह घर वापसी शहरी जीवन के मूल्यों और धन की लालसा को खारिज करती है। उदाहरण के तौर पर *दीदार* फिल्म में दिखाया गया है कि बचपन की स्थितियां पूरी तरह भिन्न होती हैं। वयस्क समाज की तरह बचपन में सामाजिक स्तर, ऊंच नीच का भेद या दूरी नहीं होती। हीरो के बचपन से वयस्क उम्र में प्रवेश करने के क्रम में होने वाले सामाजिक व दुनियावी परिवर्तनों की चर्चा फिल्म में की गई है। फिल्म की कहानी के अनुसार हीरो बचपन की भीतरी दुनिया से वयस्क काल की बाहरी दुनिया में प्रवेश करता है। इस दौरान सामाजिक दुनिया से उसका मोहभंग भी हो जाता है।

दो बीघा जमीन का केंद्रीय पात्र शहर में रहने के बाद गांव को लौट आता है। उसे अनुभव होता है कि शहर में रहने के लिए जगह नहीं है। *जागते रहो* में हीरो जिस अपेक्षा के साथ शहर आता है वह अपेक्षा तब पूरी होती है जब भ्रष्ट शहर से वह अपने गांव को लौट जाता है। *श्री 420* में भी कुछ ऐसी ही घटना है। इसका हीरो भी शहर में अपना ईमान खोने के बाद गांव लौट आता है। *प्यासा* का हीरो कवि है। वह दुनियावी सफलता और विफलता के त्रासद दौर से गुजरता है। इस त्रासदी से मुक्ति के लिए वह उसी गुमनामी को स्वीकार करता है जिससे पहले उसने बचने की कोशिश की थी। उदाहरण के तौर पर बंबइया फिल्म की सामान्य परंपरा का विरोध छवि के स्तर पर परंपरागत मूल्यों से किया जा सकता है। इन सभी फिल्मों में धन के प्रति भी एक लालसा दिखाई गई है। इस विरोधाभास को धार्मिक संहिता में दर्शाया गया है। इसकी चर्चा विजय मिश्र ने बंबइया सिनेमा पर लिखे एक लेख में की है। गरीबी और अमीरी एक ओर धर्म से जुड़े रहे हैं तो दूसरी ओर अधर्म से। मिश्र कहते हैं कि हिंदू सोच में निवृत्ति और प्रवृत्ति के बीच के विरोध से बड़ा बदलाव हुआ है। बंबइया सिनेमा में भी इनका प्रभाव है।[38] अधिकांश बंबइया फिल्में इन विरोधाभासों को आधार बना कर चली हैं और फिल्म के हीरो के माध्यम से

बीचबचाव की कोशिशें करती रही हैं। तो फिर हम समीक्षा की जा रही फिल्मों के अंदर परित्याग या निवृत्ति को किस रूप में देखेंगे? क्या यह वास्तविक विकल्प प्रस्तुत करता है? मेरा मानना है कि फिल्मों में परित्याग सिर्फ भावनात्मक स्तर पर दिखाया गया है। यह हकीकत में बदलता नहीं दिखता। फिल्में आर्थिक विकास और सामाजिक बराबरी के बीच तालमेल बिठाने की कोशिश करती हैं। लेकिन वे एक कठोर नैतिक संहिता प्रस्तुत करती हैं और बेईमानी के रास्ते को छोड़ने को वैधानिकता प्रदान करती हैं। हालांकि त्याग को नकार दिया जाता है क्योंकि यह नए राष्ट्र के नागरिकों की वांछित इच्छा के विरुद्ध है।

बिमल राय की *परख* (1960) ने इन बातों को सामाजिक व्यंग्य के माध्यम से प्रस्तुत किया है। सलिल चौधरी की कहानी और संगीत पर बनी इस फिल्म में निजी स्वार्थ और सत्ता प्राप्ति के लिए आम आदमी का इस्तेमाल करने वाले देश के राजनीतिज्ञों पर छुपे तौर पर प्रहार किया गया है। फिल्म की कहानी एक छोटे गांव के इर्द-गिर्द है–पोस्टमास्टर, स्कूल, शिक्षक, पंडित, जमींदार, सूदखोर, गांव का डाक्टर, भविष्यवक्ता और राजनीतिज्ञ इसके पात्र हैं। राजनीतिज्ञ यूनियन का अध्यक्ष है। फिल्म में पोस्टमास्टर और स्कूल शिक्षक (वसंत चौधरी) को छोड़ बाकी सभी पात्रों को लालची, फरेबी, आडंबरी, और ढोंगी की नकारात्मक भूमिकाओं में दिखाया गया है। अधिकांश बंबइया फिल्मों में ऐसे ही पात्रों में से हास्य पात्र (कॉमेडियन) का चयन किया जाता है। (कुछ विलेन भी बनते हैं।) हर पात्र अपने गांव में अपने गलत काम को कैमरे के सामने कैद कराता है। सिर्फ पोस्टमास्टर (नासिर हुसैन) सभ्य और ईमानदार है। इसी तरह का आचरण हीरो (रजत) का भी है जो पोस्टमास्टर की आकर्षक बेटी सीमा (साधना) से प्यार करता है।

परख के प्लाट में अभिनय और पहेली का समन्वय है। लंगड़ा पोस्टमैन हराधन (मोतीलाल) पोस्टमास्टर को एक पत्र देता है। यह पत्र एक अमीर जगदीश चंद्र रे का है। लेकिन उनकी पहचान के बारे में मालूम नहीं है। पत्र में लिखा गया है कि गांव में सर्वोत्कृष्ट सामाजिक काम करने वाले को पांच लाख (करीब 50 हजार डालर) का इनाम दिया जाएगा। इस पत्र को जब गांव वालों के सामने पढ़ा गया तो सभी के सभी विस्मित रह गए। सभी का मुंह खुला रह गया। जमींदार ने सिगरेट पीना बंद कर दिया। रजत ने वोट करा लेने का सुझाव दिया। अगले महीने की पहली तारीख इसके लिए तय की गई। इसके बाद शुरू हुई लोगों का विश्वास जीतने की जंग। हर उम्मीदवार अपनी लालची प्रवृत्ति को छोड़ कर एक-दूसरे को मात देने में लग गया। डॉक्टर मुफ़्त इलाज करने लगा। जमींदार ने कर्जदारों का कर्ज माफ कर दिया। पंडित ने चमत्कार का स्वांग रचा। रैली, पोस्टर, और लाउडस्पीकर के सहारे विभिन्न उम्मीदवारों का गुणगान होने लगा। और इस तरह प्रतिद्वंद्वी उम्मीदवारों के बीच जंग छिड़ गई। सिर्फ पोस्टमास्टर इन सब से अलग-थलग रहा। उसके सामने अपना घर खोने का खतरा भी आ गया था क्योंकि वह बंधक का पैसा वापस नहीं कर सका था। रजत भी चुनाव से अलग हो गया। लेकिन गांव की जनता ने किसी उम्मीदवार को पुरस्कार के योग्य नहीं समझा और पोस्टमास्टर को विजयी घोषित

कर दिया। पुरस्कार देने वाले के नाम का खुलासा भी कर दिया गया। उनका नाम सर जे. सी. रे था। रे धनी और शक्तिशाली व्यक्ति थे। वे पोस्टमैन का छद्मवेश धारण कर गांव का अध्ययन कर रहे थे। गांव वाले पोस्टमास्टर की ईमानदारी और भलमनसाहत को पुरस्कृत होते देख आश्चर्यचकित थे। हराधन का नाटक समाप्त हो गया और वह गांव छोड़ कर चला गया।

औपनिवेशिक काल के बाद भारत में राजनीतिक भ्रष्टाचार और प्रवंचना का यह दृष्टांत गांव के माध्यम से पेश किया गया है जहां चुनाव के पहले राजनीतिज्ञ पैंतरा मारने लगते हैं। लेकिन कहानी में नैतिकता और अनैतिकता की लड़ाई को सही संदर्भों में दिखाया गया है। बंबइया फिल्मों की परंपरा को निभाते हुए साड़ी पहनी हुई निष्कपट सुंदरी को पश्चिमी संस्कृति की बिगड़ैल महिला के आमने-सामने दिखाया गया है। यह बिगड़ैल महिला जमींदार की साली है। व्यंग्य के माध्यम से फिल्म में पारंपरिक और नई सत्ता को चुनौती दी गई है। लेकिन फिल्म में दिखाए गए बदलाव की दृष्टि पितृसत्तात्मक है। पलायन का अवसर सिर्फ उन्हें ही मिलता है जो काफी अमीर हैं। जो किसी ईमानदार और भले गरीब को चुन कर उसे अपना कुछ धन दे देते हैं।

सुजाता

परख में "विकृत आदर्शवाद" की जगह नैतिक आदर्शवाद है। समकालीन जीवन को कहानियों के रूप में प्रस्तुत करने के क्रम में इसमें जिन सामाजिक बुराइयों को दिखाया गया है उनके नैतिक सवालों के प्रति इसमें चिंता दर्शायी गई है। दूसरी ओर *सुजाता* (1959) का दृष्टिकोण ज्यादा अच्छा है, इसमें कैमरा ज्यादा वस्तुपरक है। चरित्र मनोवैज्ञानिक स्तर पर सुदृढ़ हैं। बंबइया सिनेमा में यथार्थवाद के लिए तत्त्वों की चर्चा की गई है। उनकी मौजूदगी इस फिल्म में है। उदाहरण के तौर पर यह बंगला-हिंदी का मिश्रण है। (फिल्म सुबोध घोष के बंगला उपन्यास "सुजाता" पर आधारित है)। इसका राष्ट्रवादी उद्देश्य है। (निर्माता बिमल राय ने इसे अस्पृश्यता पर आधारित फिल्म बताया है)। *सुजाता* की विषयवस्तु (थीम) स्थायित्व और परिवर्तन से जुड़ी है। यह फिल्म निर्माता की परिवर्तनकारी स्थिति को दर्शाती है। बिमल राय ने जिस वक्त सुजाता बनाई थी उस वक्त तक वे प्रमुख व सम्मानित फिल्म निर्माता बन चुके थे। वे पूर्वी बंगाल से यहां आए थे और अपने करिअर की शुरुआत उन्होंने एक कैमरामैन के रूप में की थी। उन्होंने सबसे पहले निर्देशक पी.सी. बरुआ और फिर कलकता में न्यू थियेटर के नितिन बोस के साथ काम किया था। द्वितीय विश्व युद्ध और विभाजन के कारण कलकत्ता के बाजार को गहरा धक्का लगने के बाद उन्हें बंबई जाने को मजबूर होना पड़ा। उनके साथ उनके यूनिट के सदस्य (ऋषिकेश मुखर्जी, कैमरामैन नबेंदु घोष, लेखक असित सेन, कलाकार और संवाद लेखक पॉल महेंद्र) भी बंबई चले गए। बाद में उनके साथ सलिल चौधरी, कमल बोस, शुभेंदु राय, नाजीर हुसैन और दूसरे भी शामिल हो गए। उन्होंने 1953 में बिमल राय

प्रोडक्शन की स्थापना की और अपने इस बैनर के तहत कई फिल्में बनाई। बंबई फिल्म उद्योग के तमाम व्यावसायिक दबावों के बावजूद उन्होंने न्यू थियेटर की सामाजिक यथार्थवाद की परंपरा को यहां भी अपनाए रखा। उनकी फिल्मों में शरतचंद्र चटर्जी के उपन्यासों की बंगाली भावुकता देखने को मिलती है जिसमें राष्ट्रीय पुनर्निर्माण और समाजवादी मूल्यों की छाप रहती है। अंतर्राष्ट्रीय फिल्म महोत्सवों में *सुजाता* को आधिकारिक फिल्म के रूप में शामिल किया गया।

सुजाता में गरीबी और अमीरी, संन्यास और दुनियादारी, धर्म और अधर्म, इच्छा और कानून का वर्णन किया गया है। यह यूरोपीय दृष्टि का परिणाम है। फिल्म की कहानी में एक अछूत बच्ची को एक ब्राह्मण परिवार गोद लेता है और यहीं से समस्याएं उत्पन्न होती हैं। बच्ची के लिए उपयुक्त घर नहीं है। एक महामारी में उसके माता-पिता का निधन हो गया है। उसका नाम *सुजाता* रखा जाता है और वह परिवार की अपनी बेटी रमा के साथ पलती-बढ़ती है। जब दकियानूसी धार्मिक विचार वाला उसका एक रिश्तेदार पहुंचता है तो स्थिति बिगड़ जाती है। सुजाता (नूतन) को अपनी निम्न जाति के बारे में पता लग जाता है। उसकी दत्तक मां अपनी बेटी रमा की शादी अधीर (सुनील दत्त) के साथ करना चाहती है। अधीर काफी पढ़ा लिखा ब्राह्मण है। लेकिन उसका प्रेम सुजाता से हो जाता है। इससे गुस्साई उसकी 'मां' सुजाता को बेइज्जत करती है। इसी बीच मां दुर्घटना की शिकार हो जाती है और उसे खून चढ़ाने की ज़रूरत पड़ती है। सिर्फ सुजाता का खून उससे मिलता है और इस तरह सुजाता ही उसकी जान बचा लेती है। इसके बाद सुजाता की शादी अधीर से कर दी जाती है।

कहानी में वर्गीय और वंश विषयक समस्याओं का उल्लेख किया गया है। इसमें रक्त प्रदूषण और रक्त मिश्रण की चर्चा है। फिल्म उपदेशात्मक है जिसमें जातीय भेद के बारे में नैतिक दृष्टि अपनाई गई है। फिल्म की कहानी में अस्पृश्यता को लेकर विरोधाभासी विचारों को नाटकीय अंदाज में रखा गया है। दर्शक की सहानुभूति फिल्म की मुख्य पात्र सुजाता के साथ बनती है। सुजाता मनोरंजक फिल्म की सभी ज़रूरतों को पूरा करती है। स्टार की गुणवत्ता, सिनेमाई तकनीक, क्लोजअप की तकनीक और फ्रेमिंग, रोमांस की आनंदानुभूति, रहस्य और सुखद अंत, यानी सबकुछ फिल्म में है। काल्पनिक दुनिया को रूपायित कर मायावाद को बनाए रखा गया है। फिल्म इस अर्थ में विचारात्मक है कि इसमें गांधी की भावनाओं से प्रेरित आदर्श समाज की संभावना को दर्शाया गया है। गांधी सुजाता के संरक्षक संत हैं। गांधी की भावनाओं से प्रेरित होने के कारण ही सुजाता एक बार आत्महत्या करने से खुद को रोकती है और संकट के दौर में भी शक्ति व आशा के प्रति उसका विश्वास बना रहता है। (वास्तव में फिल्म का कथानक - एक निम्न जाति की बालिका का ऊंची जाति के परिवार द्वारा गोद लेना - भी गांधी की सीखों पर आधारित है। गांधी सांप्रदायिक सद्भाव बनाए रखने के लिए हिंदुओं द्वारा मुसलमानों और मुसलमानों के द्वारा हिंदुओं को गोद लेने की वकालत करते रहे हैं)। इसके अलावा फिल्म पूरी तरह

मध्य वर्ग और उच्च वर्ग के लोकाचारों पर आधारित है। ब्राह्मण परिवार द्वारा गोद लिए जाने के कारण सुजाता वर्णाश्रम क्रम में ऊपर चढ़ जाती है, न कि इसका उलट होता है। कहानी में बार-बार ब्राह्मण का चरित्र उजागर होता है। इसके साथ ही दो जातियों के प्रति संचेतना भी दिखती है। फिल्म के अंत में सुजाता की उपमाता और अधीर की दादी का हृदय परिवर्तन होता है। दूसरी ओर सुजाता की अपनी जाति के लोगों को पियक्कड़, शारीरिक रूप से असुंदर जैसे निम्न जाति के बने बनाए ढांचे में प्रस्तुत किया गया है।

इस पृष्ठभूमि में सुजाता का चरित्र प्रतिरूपण का एक मर्मस्पर्शी उदाहरण बन जाता है। वह अछूतों के बीच ब्राह्मण और ब्राह्मणों के बीच अछूत है। सुजाता की इस विभाजीय पहचान के प्रति दर्शक सदैव सजग रहता है। वास्तव में सुजाता का जन्म से अछूत होना पूरी तरह से एक घटना है। प्रकृति के साथ सुजाता का संबंध और फिल्म के कुछ मनमोहक शॉट फूलों के साथ उसकी निकटता को दर्शाते हैं। फिल्म की कहानी और दृश्यों में सुजाता अपनी मूल अछूत जाति की मान्य स्थितियों से अलग दिखती है। नूतन ने बहुत अच्छे ढंग से अपनी भूमिका अदा की है। *सुजाता* की कहानी उतार-चढ़ाव वाली है। उसके वास्तविक माता-पिता की मृत्यु फिल्म की शुरुआत में ही हो जाती है और वंशक्रम व रक्त संबंधों की पुनर्संरचना की बदौलत वह दबंग ऊंची जाति में जाती है। स्थानिक दृष्टि से बाहरी समाज से अंदर के समाज में आती है। गरीब से अमीर बनती है और सामाजिक हैसियत पाती है। स्वाभाविक स्थिति से निकल कर उसका विवाह और पारिवारीकरण होता है। विभिन्न धुरियों पर परिवार में वह ऊपर की ओर जाती है। हम इन सभी का अध्ययन करेंगे क्योंकि ये फिल्म के यूटोपीय विचारों को प्रभावित करते हैं।

प्रथम दृष्टया, फिल्म समाज के अंदर रहने वाले अमीरों और ऊंची जाति के लोगों तथा गरीब और निम्न जाति के लोगों की कहानी कहती है। गरीब और निम्न जाति के लोगों को समाज का बाहरी तत्त्व माना जाता है। लेकिन यह विभेद हमेशा पूरी तरह स्पष्ट नहीं है। उपेंद्र चौधरी स्थान व समुदाय से गहरे रूप में जुड़ा हुआ नहीं है। वास्तव में वह दोगला हिंदू है। वह अपनी जाति गवां चुका हैं। इंजीनियर की नौकरी करने के कारण वह दूर-दराज के इलाके में जाता है। वहां उसके अपने लोग नहीं हैं। इन स्थितियों के कारण वह एक अछूत से आश्रय ले पाता है। वह विज्ञान का आदमी है। इसलिए विवेकशील है। जाति की पुरानी पड़ चुकी अवधारणाओं से अलग है। इसी तरह सुजाता व्यावहारिक और संवेदनशील है। देश के औद्योगिकीकरण और विकास परियोजनाओं के कारण जिन लोगों की जीवन शैली बदल चुकी है उनकी ओर फिल्म की कहानी का संदेश इंगित करता है। औद्योगिकीकरण और विकास परियोजनाओं के कारण ये लोग अपने इलाके से बाहर जाते हैं और उन पर जाति की पकड़ कमजोर पड़ती है। यहां भी फिल्म चौकस है। उपेंद्र और उसकी पत्नी चारु सुजाता को लेकर हमेशा सतर्क रहते हैं। खासकर चारु उसे कभी नजरअंदाज नहीं करती। चारु अपने बच्चों और सुजाता में बराबर भेद करती है। सुजाता को वह अपने बच्चों की तरह बताती है जबकि अपने बच्चों को अपना बच्चा कहती है। यह

फिल्म में सुजाता की भावनात्मक एकाकीपन को दर्शाता है। सुजाता को जाति में पूरी तरह प्रवेश उस वक्त मिलता है जब वह अपना खून देकर चारु की जिंदगी बचाती है। ऐसा करने पर ही उसे उपेंद्र के परिवार और समाज में पूरी तरह स्वीकृति मिलती है। सुजाता उपेंद्र के परिवार से पूरी तरह जुड़े और मान्य हो इसके लिए उसे अपने जन्म की जाति से बाहर आना पड़ता है। उपेंद्र के परिवार में सुजाता को मान्यता उसके कर्मों से नहीं बल्कि उसके खून से मिलती है। क्योंकि उसका खून मर रही चारु के खून से मिल जाता है। फिल्म में बताया गया है कि जाति प्रदूषित खून का नतीजा नहीं है। खून जाति के बंधनों को तोड़ता है।

फिल्म का केंद्र बिंदु "दौलत" और "गरीबी" का टकराव है। लेकिन कहानी में उत्तराधिकार के सवाल को ज्यादा अहम् बताया गया है। दर्शक पाते हैं कि चारु की अपनी बेटी रमा के प्रति जो चिंता है, वह जिस तरह रमा की शादी अधीर से कराना चाहती है और जिसे लेकर सुजाता को वह खतरा मानती है, उसका मूल कारण अधीर की दादी की संपत्ति है। अधीर अपनी दादी की अकूत संपत्ति का उत्तराधिकारी है। यही कारण है कि जब उसे पता लगता है कि सुजाता और अधीर एक-दूसरे को प्यार करते हैं तो वह सुजाता को धोखेबाज मानने लगती है। सुजाता एक दत्तक पुत्री होने के बावजूद वास्तविक पुत्री बनने का प्रयास करती है। और इस तरह वास्तविक पुत्री को उसके अधिकारों से वंचित करती है। फिल्म की कहानी में संपत्ति और उत्तराधिकार के सवाल को सशक्त ढंग से उभारा गया है। धन को काफी प्रभावशाली बताया गया है लेकिन अधीर के पास पहले से ही काफी धन है। लेकिन यह उसका प्रत्यक्ष धन नहीं है, इसलिए वह उसके प्रति लापरवाह है। वह किताबों यानी ज्ञान की दुनिया में डूब जाता है और जब उसकी दादी सुजाता से उसकी शादी का विरोध करती हैं तो वह सारे धन का त्याग करने के लिए भी तैयार हो जाता है। फिल्म में यह बताने की कोशिश की गई है कि वास्तविक धन ज्ञान है। ज्ञान अज्ञान, अंधविश्वास, पूर्वाग्रह, धन के उत्तराधिकार जैसी गलत धारणाओं से मुक्ति का माध्यम है। लेकिन फिल्म के अंत में अधीर और सुजाता को धन का मालिक बना कर दोनों पक्षों के विरोधाभास को उजागर किया गया है। धन जाति और वर्ग के बंधन के रूप में काम करता है। साथ ही यह ऊंची जाति और वर्ग में प्रवेश का माध्यम भी है। जिस देश में सामाजिक विभाजन का बहुत बड़ा आधार विरासत में मिला धन है वहां विरासत में मिले धन को धर्मार्थ खर्च करना न्यायोचित माना गया है। विरासत में मिले धन को उस हाल में ही नैतिक रूप में सही माना गया है जब उस धन का इस्तेमाल सामाजिक उत्थान के काम में किया जाए। हालांकि फिल्म आर्थिक आधार पर विभाजित समाज को बदलने का कोई क्रांतिकारी नुस्खा पेश नहीं करती। फिल्म के अनुसार नीची जाति के अछूतों को रक्त शुद्धिकरण और उत्तराधिकार में हिस्सा देकर ऊंची जाति में शामिल किया जा सकता है।

जिस तरह ऊंची जाति के परिवार से एकीकृत होकर नीची जाति की पहचान से बाहर आया जा सकता है उसी तरह शादी के जरिए लोगों की पहचान को भी बदला जा

सकता है। सुजाता की कहानी दो पुरुषों से जुड़ी हुई है जिनका उसके साथ भावनात्मक लगाव है। ये पुरुष हैं उपेंद्र, उसके वैकल्पिक पिता और उसका प्रेमी व संभावित पति अधीर। जैसाकि पहले बताया जा चुका है फिल्म का मकसद सुजाता को सामाजिक और पारिवारिक हैसियत प्रदान करना है। यह प्रक्रिया इस बात से भी प्रभावित होती है कि कोई किसी को क्या कह कर पुकारता है। फिल्म के प्रारंभ में उपेंद्र एक परित्यक्त लड़की को सुजाता का नाम देता है जिसका अर्थ उस लड़की की वास्तविक जिंदगी से पूरी तरह उलट है। फिल्म में अधीर के आगमन के बाद यह काम वह पूरा करता है। फिल्म की कहानी में बहुत ही अच्छे ढ़ंग से इसे पिरोया गया है। हर वर्ष की तरह रमा का जन्मदिन मनाया जा रहा है। चारु इस समारोह में आगंतुकों से सुजाता का परिचय बेटी जैसी कह कर कराती है। इससे सुजाता आहत हो जाती है और समारोह की भीड़-भाड़ से निकल कर खुले आसमान के नीचे रात गुजारने चली जाती है। सुजाता के दर्द से अधीर द्रवित होता है और उसका पीछा करता हैं बातचीत के क्रम में अधीर सुजाता से पूछता है कि उसका जन्मदिन कब है? जवाब में सुजाता कहती है कि वह अंधेरे के गर्त में डूबा हुआ है। इसके बाद अधीर आसमान की ओर इशारा करता है और उसका जन्मदिन बताता है। वह कहता है कि उस दिन भी आज की रात की ही तरह तारे जगमगा रहे थे और वे सभी सुजाता के जन्म के गवाह थे। यह सवाल किए जाने पर कि अपने जन्मदिन पर वह क्या उपहार लेना चाहेगी, सुजाता ने कहा कि वह उसे सर्वाधिक मूल्यवान उपहार दे चुका है। जिसे अपना जन्मदिन मालूम नहीं हो उसे उसने आदमी के रूप में पहचान दी है।

इस तरह फिल्म में सुजाता के दोहरे चरित्र को दिखाया गया है। सुजाता एक ओर उपेंद्र की बेटी है तो दूसरी ओर अधीर की पत्नी है। अधीर के साथ शादी को सुजाता और उसके समाज के दूसरे सभी लोग सबसे बड़ी उपलिब्ध मानते हैं। सुजाता को किसी तरह की औपचारिक शिक्षा नहीं मिली थी। इसलिए उसके पास खुद को साबित करने के लिए घरेलू नौकरानी बनने के सिवा कोई और विकल्प नहीं था। अधीर के साथ शादी उसके आर्थिक स्वावलंबन से जुड़ी है। अधीर की दुल्हन को उपहार में देने के लिए जो धन उसकी दादी ने रखा हुआ था, उसे वह अपनी पराजय के बाद सुजाता को उपहार स्वरूप दे देती है। इस तरह शादी से एक महिला को व्यक्तिगत और सामाजिक दोनों ही तरह की पहचान मिली। इसके बिना सुजाता चौधरी के घर में अपंग बनी हुई थी। अक्सर वह परेशानी का कारण भी बन जाती थी। पूरी कहानी में सुजाता के अछूत होने की कहानी तो है ही साथ ही महिलाओं के प्रति पारंपरिक रवैये को भी दर्शाया गया है। फिल्म में पुरुषों के खुले दिमाग और प्रगतिशील चरित्र को दिखाया गया है जबकि महिलाओं का चित्रण अंधविश्वासी और विचारों के प्रति रूढ़ के रूप में किया गया है। हालांकि अंत में उनका हृदय परिवर्तन होता है। यूरोपीय दृष्टि में उच्च-मध्य वर्ग के पुरुष वर्चस्व वाली संस्कृति बनी रहती है। लेकिन उदारवादी शिक्षा, वैज्ञानिक सोच और जातीय व वर्गीय गतिशीलता से उनमें बदलाव आया है।

सुजाता से बिमल राय और फिर बिमल राय से पचास के दशक में सिनेमा में नैतिक यथार्थवाद से लेकर स्वातंत्र्योत्तर भारत के सिनेमा की बौद्धिक चिंता में हम यथार्थवाद को सांस्कृतिक सहमति की प्रक्रिया के रूप में देख सकते हैं। सामाजिक-आर्थिक बदलाव, कलाकारों के प्रयास और पारंपरिक मूल्यों में इस प्रक्रिया का आभास मिलता है। दूसरे शब्दों में राजनीतिक नेताओं द्वारा दर्शाए गए राष्ट्रवादी लक्ष्यों को आबादी के प्रभावशाली वर्गों और आम जन द्वारा अपनाया गया है। औद्योगिकीकरण की परियोजनाओं से व्यापक परिवर्तन हुआ है। पश्चिम के साहित्यिक और सिनेमाई मॉडलों का गहरा प्रभाव जीवन की सच्चाइयों और सामाजिक हकीकतों पर पड़ा है। अंततः कर्तव्यों के पारंपरिक मूल्यों और गरीबी के मूल्य संवर्धन का इस्तेमाल लालच, स्वार्थ और पश्चिमी शैली से प्रेरित व्यक्तिवाद को कम करने में हुआ है। इस तरह यथार्थवाद पूंजीवादी विकास को नीचे तक पहुंचाने और सामाजिक अनुभूतियों को बदलने के काम में आया है।

लेकिन मैंने यथार्थवाद को प्रतिरूपी भाषण के रूप में प्रस्तुत करने का प्रयास भी किया है। ऐसा करते वक्त मेरा मकसद भारतीय सिनेमा में यथार्थवाद की कोई सीढ़ी बनाना नहीं है जिसमें व्यावसायिक हिंदी फिल्मों को सबसे नीचे वाली जगह मिले। मेरी चिंता का विषय यह नहीं है कि किनका यथार्थवाद ज्यादा वास्तविक है। इसके विपरीत यथार्थवाद को निर्देशक सिद्धांत के तौर पर अपनाया जाना ज्यादा महत्त्वपूर्ण है। इस पुस्तक में प्रतिरूपण की मैंने अब तक जो व्याख्या की है उसमें मैंने परस्पर विरोधी ताकतों की मौजूदगी को दर्शाने की कोशिश की है। इन परस्पर विरोधी ताकतों के कारण ही भारतीय परिप्रेक्ष्य में यथार्थवाद महत्त्वपूर्ण बनता है। इस तरह यथार्थवाद नैतिकवाद का कोडवर्क है। व्यावसायिक फिल्म निर्माण को मापने का पैमाना है, सर्वहारा गरीब के साथ बुद्धिजीवी के संबंधों को दर्शाने का माध्यम है। (जैसा कि बलराज साहनी ने *दो बीघा जमीन* की शूटिंग के पहले रिक्शा वाले के हाथों अपनी शिक्षा के बारे में टिप्पणी की है)। यथार्थवाद कलाकारों के ग्लैमर को खत्म करने का माध्यम है। इसके साथ ही वह स्व-मूल्यांकन, स्व-प्रतिनिधित्व का भी माध्यम है। दूसरे शब्दों में यथार्थवाद भारतीय सिनेमा को विश्वव्यापी संरचना में भागीदार बनने का मौका देता है। टेक्नोलॉजी की शक्ति बुर्जुआ तकनीक के मानवीय चेहरे का खुलासा करने का अवसर उपलब्ध कराता है।

संदर्भ और टिप्पणियाँ End Notes

1. The question of realism has been crucial to the discussion of cinema from the very beginning but received its most systematic formulation in the 1940s and 1950s in the work of Andre

Bazin, *What Is Cinema?* 2 vols. (Berkeley, 1967). Siegfried Kracauer's *Theory of Film: The Redemption of Physical Reality,* (New York, 1960), also adopts a realist stance. During the 1970s, issues of realism were central to the ideological and aesthetic debates that flourished in *Screen.* See, for instance, Paul Willemen, 'On Realism in the Cinema,' *Screen 13,* no. 1 (Spring 1972): 37–44; Colin MacCabe, 'Realism and the Cinema: Notes on Some Brechtian These', *Screen* 15, no. 2 (Summer 1974): 7–27; and Colin MacCabe, 'Theory and Film: Principles of Realism and Pleasure,' *Screen* 17, no. 3 (Autumn 1976): 7–27. Other journals that have taken up the debate on realism are *Cinema Journal, Camera Obscura, and Quarterly Review of Film Studies.*

2. Ananda Coomaraswamy, *Dance of Siva: Essays on Indian Art and Culture,* (New York, 1985), p. 104. The concept of *maya,* or illusion, in the Hindu philosophical tradition is a complex and difficult one. Material reality as *maya* should not be taken to mean that this view holds the world to be a figment of one's imagination. For a brief clarification of the concept, see Mircae Eliade, *Myths, Dreams and Mysteries: The Encounter between Contemporary, Faiths and Archaic Realities,* (New York, 1967), pp. 238–245.
3. An extensive literature is available on the 'Rasasutra,' the basis of Sanskrit classical drama and aesthetics. For an introduction to the concept, see Edward Dimock et al., *The Literatures of India: An Introduction,* (Chicago, 1974), pp. 115–136, 216–227.
4. Meenakshi Mukherjee, *Realism and Reality: The Novel and Society in India,* (Delhi, 1985), p. 15.
5. Ibid., p. 89.
6. Ibid., p. 80.
7. See, however, a critique of Mukherjee's position in a review of her book by Nancy Fitch, *Journal of South Asian Literature 22,* no. 1 (Winter/Spring 1987): 238–44.
8. Gordon Roadarmel, 'The Modern Hindi Short Story and Modern Hindi Criticism,' in Dimock, *The Literature of India,* p. 241.
9. Ibid., pp. 241–243.
10. Ibid., p. 245.
11. For detailed background information on developments within the Bombay film industry during the fifties, I have relied primarily on *Filmfare* and *Filmindia* for reasons of availability and also for the fact that as English-language film magazines they had a pan-Indian readership. I have also consulted the *Journal of the Film Industry* and the film page in the *Illustrated Weekly of India.*
12. See Edward Shils, *The Intellectual between Tradition and Modernity,* (The Hague, 1961).
13. Arun Vasudev and Philippe Lenglet, (eds.), *Indian Cinema Superbazaar,* (Delhi, 1983), p. 222.
14. *Filmfare,* July 24, 1953.
15. *Indian Talkie, 1931–56,* p. 4.
16. *Filmfare,* March 18, 1955.
17. Interview with Nabendu Ghosh by the author, March 13, 1984.
18. Even as astute a filmmaker as Shyam Bengal felt that the editing out of songs from Guru Dutt's *Sahib Bibi aur Ghulam* would enhance it as a 'realistic' film. See Vasudev and Lenglet, *Indian Cinema,* pp. 161–162.
19. Kumar Shahani, interview with the author, March 1984.
20. Satyajit Ray, quoted in *Film India: Looking Back, 1896–1960,* (New Delhi, 1981), p. 134.
21. Stanley Corkin, 'Realism and Cultural From: The Common Structures of American Cinema and Realistic Literature in the Late 19th and Early 20th Centuries' (Ph.D. dissertation, New York University, 1984), p. 93.
22. Interview with the author, February 1984.
23. Rustom Bharucha, *Rehearsals of Revolution: The Political Theatre of Bengal,* (Calcutta, 1983), p. 40.

24. Ibid., p. 42.
25. Ibid., p. 48.
26. Kobita Sarkar, *Khwaja Ahmad Abbas as a Film-Maker.*
27. Interview with the author, December 1982.
28. Review of *Do Bigha Zamin in Film India: Looking Back,* p. 134.
29. Balraj Sahni, *Balraj Sahni,* p. 205.
30. Ibid., p. 212.
31. Fredric Jameson, 'Class and Allegory in Contemporary Mass Culture: *Dog Day Afternoon* as a Political Film,' in Bill Nichols (ed.), *Movies and Methods,* Part 2 (Berkeley, 1985), p. 722.
32. Janice Radway, 'The Error of Her Ways,' Book Review Section in *Journal of Communication 35,* no. 4 (Autumn 1985): 181.
33. Jameson, 'Class,' p. 719.
34. Ibid.
35. Richard Lannoy, *The Speaking Tree: A Study of Indian Culture and Society,* (New York, 1974), p. xix.
36. Richard Dyer, 'Entertainment and Utopia,' in Nichols (ed.), *Movies and Methods,* p. 222.
37. Ibid., pp. 228–229.
38. Vijay Mishra, 'Towards a Theoretical Critique of Bombay Cinema,' *Screen* 26, no. 3–4 (may–August 1985): 139.

पैट्रिसिया ओबेराय

अनेकता में एकता?
भारतीय कैलेंडर आर्ट में राष्ट्रीयता की दुविधा

दिल्ली में कुछ समय पहले हुए एक सेमिनार में संस्कृति के प्रति अपनी संवेदनशीलता के लिए पहचाने जाने वाले एक इतिहासकार ने भारतीय धर्मनिरपेक्षता के भविष्य पर होने वाली गरमा-गरम बहस में हस्तक्षेप किया। निश्चित रूप से मैं यह नहीं कह सकती कि उनके हस्तक्षेप को पूरी सटीक तरीके से बता सकूंगी या उनके द्वारा दिए गए तर्कों को संक्षेप में दोहरा सकूंगी। फिर भी लंबे समय से कैलेंडर आर्ट का पर्यवेक्षक रहने के नाते मैं उनकी टिप्पणियों से बहुत प्रभावित हुई।

इतिहासकार ने जिस पोस्टर की चर्चा की थी उसके बारे में वहाँ उपस्थित लगभग सारे लोगों को पहले से जानकारी थी। 1990 के समस्याग्रस्त दशक से वह पोस्टर बार-बार छपता रहा है। संभवत: उससे और पहले का भी पोस्टर हो। बहरहाल बार-बार देखे जाने के कारण पोस्टर का भाव और चित्रण बिल्कुल ही जाना पहचाना था। पोस्टर पर अंकित था: "हम सब एक हैं"। इसके चारों कोने पर एक-एक युवक का चित्र था। इन युवकों का चेहरा हिंदू, मुस्लिम, ईसाई और सिख जैसा बनाया गया था।[1] जहां तक मुझे याद है इतिहासकार, जिनका नाम का खुलासा कर दूँ, शाहिद अमीन, इस पोस्टर को लेकर दो बातें इंगित करना चाह रहे थे।

पहली बात तो उन्होंने यह बताई कि धर्मनिरपेक्षता के मौजूदा भविष्य के बारे में वे क्या सोचते हैं? धर्मनिरपेक्षता का मतलब आधुनिक राष्ट्र निर्माण के परिप्रेक्ष्य में धार्मिक विविधता से है।[2] अमीन ने कहा कि "हम सब एक हैं", का अब कोई मायना नहीं रह गया है। बार-बार इसे छापे जाने से यह निर्जीव कंकाल की तरह हो गया है। यह अब सांकेतिक मात्र है। राष्ट्रीय एकता के आदर्श की रस्म अदायगी भर है। इसका कोई मायना

कंट्रीब्यूशन टु इंडियन सोशियोलॉजी (n.s) 36, 1 व 2 (2002): सेज प्रकाशन, नई दिल्ली, स्पेशल इश्यू *बीयोंड एपीयेरेन्सेज? विजुअल प्रैक्टिसेज एंड आइडियोलॉजीस इन मॉर्डन इंडिया*, संपादक सुमथी रामास्वामी, के उद्धरण।

चित्र 1: "हम सब एक हैं", कलाकार: अज्ञात (संभवत: अनिल शर्मा), प्रकाशक: वी पी पी. दिल्ली, 1990 (लेखक के संग्रह से)

नहीं रह गया है। जोश लाने, उत्तेजना लाने या नई वास्तविकता बताने की इसकी शक्ति बहुत पहले ही समाप्त हो चुकी है।[3]

इस सुझाव में बहुत दम था। हालांकि यह इस शैली के लेखन को चुनौती देता है कि बार-बार एक ही चित्र या बात को दोहराने से सामूहिकता का बोध कराने में मदद मिलती है।[4] इसी तरह पारंपरिक तरीके से बार-बार दिखाए जाने वाले चित्रों के बारे में भी सोचा जा सकता है। जिनमें अब कोई करिश्मा या नयापन नहीं होता। ये चित्र स्वतंत्रता सेनानियों, राष्ट्रीय नेताओं और राजनीतिज्ञों के होते हैं। इन चित्रों के साथ छपे कैलेंडर आमतौर पर स्कूलों के कमरों, नगरपालिकाओं के दफ्तरों और राजनीतिक पार्टी के मुख्यालयों में लगे होते हैं। (देखें जैन 1980:20:2002) इन चित्रों की ताकत अब भी बरकरार है लेकिन शायद ही उनका कोई प्रभाव आम जीवन पर पड़ता है।

"हम सब एक हैं" के बारे में अमीन की दूसरी टिप्पणी कैलेंडर में मुस्लिमों की बनी बनाई छवि को दिखाए जाने को लेकर थी। उन्होंने कहा कि मुस्लिम बच्चे की पहचान उसके माथे पर लगी तुर्किश टोपी से होती है। अमीन ने कहा कि लेकिन ऐसा नहीं होता कि अपने गैर मुस्लिम पड़ोसियों या सहपाठियों से खुद को अलग करने के लिए हर मुस्लिम बच्चा तुर्किश टोपी पहनता ही हो। हकीकत तो यह है कि यदि वे ऐसा करते हैं तो इसका आतंकित करने वाला या धमकाने वाला प्रभाव पड़ता है। अमीन ने कहा कि वास्तविक जीवन में मुस्लिम बच्चे तुर्किश टोपी का इस्तेमाल फैंसी ड्रेस के रूप में करते हैं लेकिन बहुधार्मिक देश में एकता में अनेकता का पाठ पढ़ाने वाले पोस्टरों में मुसलमानों को औरों से अलग करने के लिए यह आवश्यक प्रतीक बना दिया गया है। इसी तरह के कुछ उदाहरणों की चर्चा हम इस लेख में बाद में करेंगे। (देखें चित्र 7)

"हम सब एक हैं" के लगभग एक जैसे दो चित्र मेरे पास हैं। पहला 1990 में दिल्ली में लिया गया (देखें चित्र 1) और दूसरा 1992 में धारवाड़ (कर्नाटक) में खरीदा हुआ है जो ज़्यादा चमक-दमक वाला है। जैसाकि अमीन ने सही ही बताया है, मुस्लिम बच्चा अपनी तुर्किश टोपी के कारण अलग दिखता है लेकिन अमीन ने इस बात का उल्लेख नहीं किया कि सिख बच्चा भी अपनी चोटी पर बंधे रूमाल और खुले गले वाली स्पोर्टी शर्ट के कारण अलग दिखता है। हिंदू और ईसाई बच्चे के बीच अंतर करने के लिए आपको इन दोनों समुदाय के पहनावे के तौर तरीके (ड्रेस कोड) के बारे में थोड़ी जानकारी रखनी होगी। ईसाई बच्चा अंग्रेज की तरह है। उसका शर्ट कॉलर वाला है और वह टाई बांधे हुए है। बाल अच्छी तरह कंघी किए हुए हुए हैं। जबकि हिंदू बच्चा बिना कटे हुए बाल के कारण प्रकृति के ज्यादा निकट है। वह साधारण केसरिया रंग की शर्ट पहने हुए है। उसे जानबूझ कर केसरिया रंग की शर्ट में दिखाया गया है।

अल्पसंख्यकों के रूढ़िवादी पहनावे और उससे अर्थ निकालने का सवाल छोड़ भी दें तो एक बात है जिस पर अमीन की बात से कोई सहमत या असहमत हो सकता है। इन चित्रों में चारों बच्चों को जिस क्रम में दिखाया गया है वह सबसे अधिक ध्यान देने

वाला हैं। (चित्र 1) भारतीय कैलेंडर आर्ट के अभिलेखागार के इस चित्र की स्वतंत्र मौजूदगी है। चित्र के मध्य में लाल वस्त्र में भारत माता की तस्वीर है। उनके एक हाथ में बलिदान की याद दिलाती अमर ज्योति है और दूसरे हाथ में राष्ट्र ध्वज। हालांकि उनके हाथ में कोई शस्त्र नहीं है लेकिन उनकी स्वर्णिम महिमा और शेर की उनकी सवारी से उनमें मां दुर्गा की आभा दिखती है। वह भारत के नक्शे पर खड़ी हैं और आउटलाइन पहाड़, झील, जंगल और फूल से घिरी है जो संभवत: हिंदुओं के पवित्र स्थल कैलाश पर्वत और मानसरोवर को इंगित करती है। पोस्टर के ऊपरी भाग के बीच में (हिंदू और मुसलिम बच्चे के बीचोंबीच) राष्ट्रीय ध्वज के होने के बावजूद यह स्पष्ट है कि भारत माता मां दुर्गा की उपस्थिति से राष्ट्र को प्रतीकात्मक रूप से हिंदू राज के रूप में निरूपित किया गया है (देखें रामास्वामी, 2002)। इस तरह हम सब एक हैं के समतावादी संदेश के साथ समझौता किया गया है। तीनों गैर हिंदू बच्चों को एक खास पहचान में और हिंदू बच्चे को बिना किसी खास पहचान के स्वाभाविक रूप में पेश किए जाने से एक नया अर्थ निकलता है। मुस्लिम, सिख और ईसाई बच्चे को न सिर्फ़ पहनावे के आधार पर अलग दिखाया गया है बल्कि इन सभी को हिंदू देवी के शरणागत कर दिया गया है।

II उत्तेजना की राजनीति

समकालीन पोस्टरों की राजनीति के दो पहलू हैं जिन पर हाल के दिनों में विद्वानों का ध्यान गया है। पहले पहलू का संकेत पहले की टिप्पणी में दिया जा चुका है। इसमें भारत माता की तस्वीर का विकृत रूप से इस्तेमाल किया गया है। विश्व हिंदू परिषद और उससे जुड़े राजनीतिक संगठनों ने इस तस्वीर का इस्तेमाल पुनर्अनुप्राणित हिंदू राष्ट्र के प्रतीक के रूप में किया है। इस तस्वीर को सायास तरीके से सार्वजनिक जगहों पर लगाया गया है। इसके परिणामस्वरूप उन्नीसवीं सदी से भारत माता की तस्वीर के आविष्कार और उसके फैलाव की कहानी को दोहराया गया है।[7] इसके साथ ही विश्व हिंदू परिषद और भारतीय जनता पार्टी के चित्रों के माध्यम से उत्तेजना की राजनीति का खुलासा हुआ है। (बसु, सन् 1993; ब्रोसियूएस (1999; 2002)

सार्वजनिक विचार और चिंता का दूसरा कारण भगवान राम के पुरुषत्व का फैलाव है। यह उग्र हिंदूवाद के उभार से भी जुड़ा हुआ है। खासकर इसका संबंध बाबरी मस्जिद-राम जन्मभूमि विवाद से जुड़ा हुआ है। इस विवाद के कारण दिसंबर 1992 में विवादास्पद बाबरी मसजिद को गिरा दिया गया था जिसके बाद व्यापक पैमाने पर सांप्रदायिक दंगा भड़क उठा था। इस घटना के बाद जिन पोस्टरों पर लोगों का ध्यान गया है उनमें धनुष-बाण लिए राम के पौरुषपूर्ण चित्रों के साथ-साथ राम का वह चित्र था जिसे अयोध्या में प्रस्तावित मंदिर के लिए तैयार किया गया है। इन चित्रों में राम धनुष ताने हुए है और उनका तरकश दिख रहा है। सचेत ढंग से प्रदर्शित किए गए राम के इन चित्रों की ओर सबसे पहले अनुराधा कपूर ने ध्यान आकृष्ट कराया है। (कपूर: 1993) कपूर का

कहना है कि प्रतिमा विज्ञान के अनुसार ये चित्र राम के पारंपरिक उदार और युवा छवि के विपरीत है। ये चित्र शांत राम के बजाय उग्र राम के हैं (ibid 103 और 104)। कपूर मानती हैं कि चित्रों की यह छवि उन्नीसवीं सदी के अंतिम वर्षों में रवि वर्मा द्वारा उद्‌घाटित कलात्मक आधुनिकता की तार्किक परिणति है। कलात्मक आधुनिकता ने भारतीय पुरुषत्व और नारीत्व को साम्राज्यवादी शासन के दौरान पुनर्परिभाषित किया है। इसमें पुरुष को शक्ति व बाहुबली तथा नारी को सौम्यता व कोमलता का प्रतीक माना गया है। (उपरोक्त 99 सी.एफ. नंदी 1983; लुट्‌जेन्ड्रॉफ, 2002) उनका मानना है कि हाल में मनोहर रामलला के चित्रों की आई बाढ़ भी वयस्क राम के पुरुषत्व को थोपने की प्रक्रिया है (कपूर: 1993, बसु: 1993 vii, 61, 82-83, 108, जैन: 1998:95)।

कैलेंडर आर्ट के अभिलेखागार पर सूक्ष्म दृष्टि डालने पर पता चलता है कि निरंतरता और ध्वंस की कहानी अलग-अलग ढंग से समस्यामूलक है। भारत माता की तस्वीर हिंदू देवी की छवि से बनाई गई है। लेकिन विश्व हिंदू परिषद और उसके सहयोगी मात्र की वह संपत्ति नहीं है। हालांकि हाल के दिनों में यही संगठन उसके एक मात्र प्रवक्ता होने का दावा करने लगा है। ऐसा भी नहीं है कि जिन सामाजिक-राजनीतिक परिप्रेक्ष्य में इन चित्रों को दिखाया गया है वही एक मात्र उनकी छवि है। हकीकत तो यह है कि भारत माता का संबंध गांधी की अहिंसा से भी हो सकता है। या फिर वह सशस्त्र प्रतिरोध और आतंकवाद के खिलाफ प्रेरणा का स्रोत भी हो सकती हैं। वह विदेशी सत्ता को नकारने और शत्रुओं के प्रतिरोध की प्रतीक हो सकती है। वह गौमाता के रूप में दयालु और अन्नदाता की भूमिका में हो सकती है या फिर वह मातृभूमि की खातिर अपने पुत्र का बलिदान मांगने वाली आक्रामक रूप में भी हो सकती है। (देखें चित्र 13) वह काली और दुर्गा की तरह प्रहारक हो सकती हैं या फिर द्रौपदी की तरह असहाय भी, जिनका दु:शासन ने चीरहरण किया। वह गौमाता हो सकती हैं जिनकी हत्या हर दिन गोमांस खाने वाले करते हैं।[8] राष्ट्रीय आंदोलन और उत्तरोतर औपनिवेशिक काल में राष्ट्र निर्माण के संदर्भ में उनका इस्तेमाल किस रूप में किया गया है इस बात पर ही उनका चित्रण निर्भर करेगा।

इसी तरह क्रिस्टोफर पिन्नेई के अनुसार लड़ाकू राम की छवि में पिछले सदी से छप रहे कैलेंडरों और पोस्टरों के विरोधाभासों और जटिलताओं को नज़रअंदाज किया गया है। भारतीय और विदेशी सूत्रों से छवियों की नकल और पुनर्संस्करण के सदियों पुराने रिकार्ड से समकालीन उग्र राम की रैखिक छवि सम्मोहक है। हालांकि यह ऐतिहासिक रिकॉर्ड का उपहास है। (देखें पिन्नेई: 1997; ए. जैन: 1998: 240 लुट्‌जेन्ड्रॉफ, 2002)[9] जैन ने इनके अंतर को सही तरीके से दर्शाया है। उनका कहना है कि अंतर करते समय हमें कैलेंडर आर्ट की ऐतिहासिकता के प्रति सचेत रहना होगा। यह महत्त्वपूर्ण है। (C.F. Gupta 1996)

इस बात को एक और उल्लेख से समझा जा सकता है। भारत में चित्रों की छपाई के प्रति बहुप्रचारित धारणा यह है कि शुरू से ही इसका संबंध सांप्रदायिक हिंसा से रहा है। ऐसा गौमाता के चित्रों के साथ रहा है। साथ ही साथ देवताओं और राष्ट्र के चित्रों के साथ

भी ऐसा ही हुआ है। ऐसे चित्रों की चर्चा हिंदू मुस्लिम संबंधों के परिप्रेक्ष्य में की गई है। ये चित्र भारतीय संविधान में उल्लेखित बहुधार्मिक राज्य पर सवालिया निशान खड़ा करते हैं। यहां हम थोड़ा विषयांतर होकर 1970 के दशक से कैलेंडर आर्ट में गौमाता की बनी छवि की चर्चा करेंगे। साथ ही हाल के दिनों में बड़े पैमाने पर प्रसारित उस चित्र का उल्लेख करेंगे जिनमें सवाल किया गया है: सिख कौन हैं?

भारत माता और शौर्यवीर राम की हिंदू राष्ट्रवादी छवि की चर्चा में आजादी प्राप्ति के बाद चली राष्ट्र निर्माण की संवेदनशीलता अनुपस्थित दिखती है। यह चर्चा बीसवीं सदी के अंतिम दशक से शुरू होती है जब एक नया राष्ट्र खुद को परिभाषित करने की कोशिश में जुटा था। (सी. एफ. जैन: 1988: 214.5) यह संक्षेप में नेहरू की कल्पना के देश का काल था।[10] इसे व्यापक रूप से गौणफल या क्षणभंगुर विभाजन के रूप में देखने के अभ्यस्त इतिहासकारों द्वारा पूर्व उपनिवेश (या परंपरा), उपनिवेश या उपनिवेश पश्चात के रूप में देखने का तरीका है। (उपरोक्त 233.ff) मैं विश्वास के साथ कह सकता हूँ कि मैं ऐसा मानने वाला अकेला नहीं हूँ कि उस पर अधिक सहानुभूतिपूर्ण तरीके से पुनर्विचार करने की जरूरत है। (सी. एफ. राय: 2002)

III राष्ट्र की परिकल्पना

आजादी के तुरंत बाद हत्याओं का दौर चला। हत्याओं के दौर के बीच ही एक नए राष्ट्र का उदय हुआ। उस वक्त सबसे प्रमुख राष्ट्रीय लक्ष्य देश की सीमाओं की रक्षा करना था। कश्मीर को भारत में शामिल किए जाने को लेकर अघोषित युद्ध छिड़ा हुआ था। 1962 में सीमाओं को लेकर चीन के साथ युद्ध हुआ। 1965 में पाकिस्तान के साथ युद्ध हुआ। और फिर 1971 में बांग्लादेश की आजादी के सवाल पर उसके साथ दोबारा युद्ध हुआ। इन युद्धों के कारण देश की सीमाओं की सुरक्षा सर्वोच्च प्राथमिकता बनी रही। ऐसे में उस वक्त कैलेंडर आर्ट में देश भक्ति का रूपायन महत्त्वपूर्ण था। उस वक्त छपे कैलेंडर एक तरह से सेना में भर्ती के अभियान के तौर पर दिखते हैं। कैलेंडर आर्ट में उस वक्त देशभक्ति का जैसा जुनून था वैसा ही जुनून 1999 में कारगिल युद्ध के बाद के दिनों में दिखा है। शीत युद्ध के वैश्विक परिप्रेक्ष्य में नेहरू के नेतृत्व में भारत ने रचनात्मक गुटनिरपेक्षता की नीति को अपनाया। अमेरिका और रूस दोनों के साथ समान दूरी की नीति अपनाई गई। एक तरह से यह काल विश्व परिदृश्य में भारतीय उपस्थिति की पराकाष्ठा थी। घरेलू स्तर पर मुख्य विरोधाभास इस बात को लेकर था कि उत्पादन और आर्थिक वृद्धि में निवेश तथा युद्ध की तैयारी में निवेश में से किसे चुना जाए। नेहरू के बाद प्रधानमंत्री बने लाल बहादुर शास्त्री ने इन दो लक्ष्यों के बीच दिखने वाले इस विरोधाभास को "जय जवान, जय किसान" का नारा देकर मिटाने की कोशिश की। शास्त्रीजी का यह समन्वय कैलेंडर आर्ट में भी प्रतिबिंबित हुआ। आज भी पंजाब में ट्रक और ट्रैक्टरों पर "जय जवान जय किसान" के नारे आपको नजर आ जाएंगे।

राष्ट्रीय सुरक्षा सुनिश्चित करने के अलावा राष्ट्र निर्माण के वैचारिक एजेंडा का फोकस भौतिक समृद्धि और गरीबी उन्मूलन था। यहां देश के सामने द्वंद्व था कि विकास की किस राह को चुना जाए। गरीब और विकासशील देश होने के नाते भारत कृषि में निवेश और गांवों को नई ताकत देने को प्राथमिकता प्रदान करे या फिर वह औद्योगिक आधार को मजबूत करने में निवेश करे? या फिर इन दोनों के बीच संतुलन बनाने की कोशिश करे? समान रूप से महत्त्वपूर्ण और जुड़ा हुआ सवाल था – क्या आधुनिकता का आविर्भाव भारत की पारंपरिक अर्थव्यवस्था को बाधित और भारतीय संस्कृति को नजरअंदाज करता है? या फिर नए और पुराने को साथ-साथ चलाया जा सकता है? क्या लोकतांत्रिक शासन के दायरे में सामाजिक न्याय के साथ आर्थिक विकास को हासिल किया जा सकता हैं? (फ्रेंकल: 1978: विशेषरूप से अध्याय 1)। पोपुलर सिनेमा की तरह कैलेंडर आर्ट में भी आधुनिकता और प्रगति की चाहत के रास्ते आने वाले इन परस्पर विरोधी विकल्पों और मूल्यों की झलक मिलती है। कैलेंडर आर्ट में इनका समाधान दिखाया गया है लेकिन इन प्रयासों में विरोधाभासों को नजरअंदाज कर दिया गया है। यहाँ विकास के सभी मॉडलों को समान रूप से दर्शाया गया है। सभी को लाभप्रद बताया गया है। इस तरह कैलेंडर आर्ट में राष्ट्रीयता का चित्रण बिल्कुल यूटोपियाई अंदाज में हुआ है जहाँ मान लिया गया है कि सभी विरोधाभासों का हल खुद-ब-खुद हो जाएगा।

चित्रों के ज़रिए राष्ट्र निर्माण की पहल का दूसरा प्रोजेक्ट "अनेकता में एकता" का प्रचार रहा है। इसके तहत खंडों को एक समूल राष्ट्र के रूप में दर्शाया गया है। (चटर्जी: 1993, राय: 2002) आजादी के बाद विशेष तौर से विभिन्न धार्मिक समुदायों को एक धर्मनिरपेक्ष छतरी के नीचे लाने की चुनौती थी। स्वतंत्रता प्राप्ति के समय जिस सांप्रदायिकता ने दो हिस्सों में बांट कर देश को तहस-नहस कर दिया था, उसके असर को समाप्त करना था। लेकिन इसके साथ ही विभिन्न वर्ग और जाति, पुरुष और महिला, आदिवासी और अन्य को एक समरूप, लोकतांत्रिक और राष्ट्रीय समाज में तब्दील करने की चुनौती भी थी। यहाँ फिर नेहरू की वाक्पटुता सांस्कृतिक विविधता की समस्या को विकास के एजेंडा के संसाधन के रूप में परिवर्तित करने में कामयाब रही। (देखें श्री रूपा रॉय, पर्सनल कम्युनिकेशन, देखें बसु इत्यादि 1993)।

राष्ट्रीय समुदाय को निरूपित करने के लिए व्यक्तिगत और सामूहिक तौर पर कई चिह्नों का इस्तेमाल किया गया है। इस रूप में सबसे पहले भारत का नक्शा आता हैं। यह देश की भौगोलिक अखंडता का प्रतीक है (देखें ब्रॉसियुस 1997; कृष्णा 1994; रामास्वामी: 2002)। इस नक्शे में आंतरिक राजनीतिक चौहद्दी को छोड़ दिया गया था। फिर राष्ट्रीय झंडा था। हिंदू देवी-देवता थे। धर्मनिरपेक्षता के आवरण में भारत माता की प्रभावशाली तस्वीर थी जिसकी छवि देवियों से मेल खाती है। गौमाता थी जिन्हें सार्वभौमिक पोषाहार का प्रतीक माना गया। बच्चे, बच्चियाँ और उभयलिंगी थे।

(ओबरॉय: 2001) कामुकता के प्रतीक के रूप में पति-पत्नी थे। ये सभी आधुनिक भारत निर्माण के काम में लगे हुए थे।

इस लेख में मैं खुद को, नेहरूवादी दृष्टि के एक मात्र पहलू धार्मिक भिन्नता के बीच राष्ट्र का निर्माण, पर केंद्रित करूंगी। इसके साथ ही धर्मनिरपेक्षता से जुड़ी विभिन्न विचारधाराओं के संदर्भ में कैलेंडर आर्ट की भूमिका पर चर्चा करूंगी। पहली बात यह कि इसे याद रखना चाहिए कि राष्ट्र-निर्माण और आधुनिकता के वृहद परिप्रेक्ष्य में धर्मनिरपेक्षता एक छोटा-सा टुकड़ा भर है। दूसरा, मेरी व्याख्या प्रेरक भर की है। और वह अपनी सामग्री के लिए मुख्य तौर पर कैलेंडर आर्ट के व्यक्तिगत संग्रह पर आश्रित है। कैलेंडर आर्ट का यह संग्रह जैसे-तैसे किया गया है।[12] तीसरी, और ज्यादा सटीक बात यह है कि कैलेंडर आर्ट की दृश्यात्मक अभिव्यक्ति के माध्यम से इस युग की धर्मनिरपेक्ष दृष्टि को दोबारा हासिल करने की इस कोशिश से जुड़ी सच्चाई यह है कि कैलेंडर तैयार करने वालों (चित्रकार, प्रकाशक, वितरक) या इन कैलेंडरों के दर्शकों से हमारा कोई सीधा संवाद नहीं है।[13] हमारी व्याख्या इन कैलेंडरों को सिर्फ़ देखकर और पहले से की गई उनकी विवेचना पर आधारित है। इन पर निश्चित तौर पर समकालीनता का प्रभाव हैं। इस पद्धति से किए गए उद्यम से किस तरह का फंदा बनेगा यह भी स्पष्ट है। फिर भी कहा जा सकता है कि अनेकता में एकता की दृश्यात्मक प्रस्तुति परिप्रश्न खड़े करते हैं। इन छपी सामग्रियों की अलग-अलग तरीके से व्याख्या की जा सकती है। हालांकि इन तस्वीरों पर हिंदू अधिकार का आधिपत्य साफ-साफ झलकता है लेकिन न तो यह सब के लिए बाध्यकारी है और न ही चुनौती से परे। दूसरी सामग्रियों को पढ़ने की छूट है दूसरे रास्तों को स्वीकारा गया है। इस विविधिता के कारण कैलेंडर आर्ट गैर कुलक आम लोगों के बीच लोकप्रिय है। यह स्थानीय जरूरतों और पसंद को पूरा करती है। इस तरह कैलेंडर आर्ट संप्रदायवादी प्रतिबद्धताओं के साथ-साथ राष्ट्रवादी एजेंडा के लिए भी आवश्यक है (देखें ई. जी. लार्सन 1997; सी. एफ. मन्युअल 1996)। इस दृष्टिकोण पर हम इस लेख में बाद में विचार करेंगे। (देखें खंड iv)

IV हम सब एक हैं

अनेकता में एकता की विचारधारा को प्रदर्शित करते हुए आजादी के बाद के समय में लगातार जारी दुविधा को कैलेंडर आर्ट अपने तरीके से बताता है। वास्तव में इस बात को लेकर दुविधा बनी हुई थी कि क्या राष्ट्रीय समाज में भारत के विभिन्न धार्मिक समुदाय के लोग समान और पूरक रूप से सहयोगी बने रह सकते हैं या गैर हिंदुओं को आवश्यक तौर पर हिंदुओं द्वारा तय की गई सांप्रदायिक एकता और समानता को मानना होगा (स्मिथ: 1963)। यह दुविधा कई तरह से सामने आती थी। यहां हम कुछ चुनिंदा प्रिंटों की चर्चा इस संदर्भ में करेंगे।

शुरुआती तौर हम बच्चे को धर्मनिरपेक्ष समाज के प्रतीक के रूप में मानने की ओर लौटते हैं। 1990 के दशक के प्रारंभिक वर्षों में *हम सब एक हैं* शीर्षक का एक प्रिंट आया

था। इस प्रिंट में अनेकता में एकता के विचार को चार बच्चों के माध्यम से दिखाया गया था। यूं तो हर बच्चे को अलग-अलग समुदाय के सदस्य के रूप में दिखाया गया था लेकिन सभी बच्चे तीन राष्ट्रीय प्रतीकों-भारतीय झंडा, भारत का नक्शा और भारत माता की तस्वीर से जुड़े हुए थे। झंडे के मूलभाव में भारत माता की छवि को दोहराया गया था। लेकिन इसे निरपेक्ष चिह्न माना गया था। दुर्गा माता की तस्वीर होने के बावजूद भारत माता के रूप में स्वीकार कर उसे धर्मनिरपेक्षता का प्रतीक माना गया था। प्रिंट में भारत के नक्शे और राष्ट्रीय झंडे के माध्यम से धर्मनिरपेक्षता की पहचान राज्य के साथ बनाई गई थी न कि नागरिक समाज के साथ।

नेहरू युग में हमने ऐसी तस्वीर नहीं देखी थी। हालांकि मुझे पूरा भरोसा है कि उस काल में भले ही वह कैलेंडर आर्ट के रूप में नहीं दिखी थी लेकिन राजनीतिक और शैक्षणिक सामग्रियों में तो रही ही होगी। मैं यहां इस प्रिंट को 1970 के दशक के एक और चित्र (चित्र 2) के सामने रखना चाहता हूं। प्रिंट के बीचों-बीच एक बच्चा है जो लगभग नंगा है। वह ग्लोब पर बैठा हुआ है और पूजा की सामग्री (फूल माला) से खेल रहा है। बच्चे के सिर पर सूर्य की रोशनी आ रही है और इस रोशनी से गुरु नानक, कृष्ण, जीसस और मस्जिद की छवि बन रही है। बच्चे की गोद में एक पुस्तक है जिससे दिव्य ज्ञान का प्रकाश निकल रहा है। पुस्तक परिवार, राष्ट्र और मानव जाति के स्वविकास के लिए ज्ञान की ज़रूरत को दर्शाता है।[15] लेकिन किताब में लिखा है – गीता और ग्रंथ इसमें बाइबल और कुरान, बोलो बच्चा है महान। इस तरह "हम एक हैं" में जहां विभिन्न समुदाय की पहचान बताते चार बच्चे थे इस प्रिंट में सिर्फ एक बच्चा है जिसके धर्म और लिंग की पहचान नहीं हो पाती।[16] दरअसल सामाजिकता के पूर्व के उभयलिंगी बच्चे का इस्तेमाल राष्ट्र निर्माण, उत्पादन और राष्ट्रीय सुरक्षा की भावनाओं को दर्शाने के लिए किया गया है। (देखें ओबराय: 2001)[17]। बच्चे की यह तस्वीर भारतीय धर्मनिरपेक्षता की गांधीवादी व्याख्या, सभी धर्मों की वास्तविक सच्चाई और एकता के रूप में करती दिखती है।[18]

महिलाओं को भी इसी तरह पेश किया जा सकता हैं।[19] और संभवत: इस संबंध में यहां सीख लेने की ज़रूरत है। उदाहरण के तौर पर चित्र संख्या 3 के चित्र में चार महिलाएं हैं जिनकी पहचान मुस्लिम, हिंदू, सिख और ईसाई के रूप में आसानी से हो जा रही है। इन सभी महिलाओं को अपने-अपने धर्म के अनुरूप प्रार्थना करते दिखाया गया है। सभी महिलाओं के लिए चक्करदार रास्ता उनके पूजा स्थल (मस्जिद, मंदिर, गुरुद्वारा और चर्च) की ओर जाता है और फिर यहां भी एक ही लैंप से प्रकाश निकल रहा होता है। प्रकाश की किरणों में अल्लाह, ओ३म्, एक ओंकार और क्रॉस का चिह्न उभरा हुआ है। चित्र के शीर्षक में लिखा हुआ हैं-"हे भगवान, अपनी विभिन्न प्रवृत्तियों के चलते मनुष्य जो विभिन्न राह अपनाता है, वे राह देखने में भले ही अलग-अलग हों, हकीकत में वे सभी आप तक ही जाते हैं।[20]" भारतीय समाज की धार्मिक बहुलता को दर्शाने वाले चार धर्मों को यहाँ समान सम्मान दिया गया है बताया गया है कि सभी धर्म सार्वभौमिक

चित्र 2: गीता और ग्रंथ इसमें बाइबल और कुरान बोलो बच्चा हैं महान। कलाकारः महेंद्र सोनी स्टुडियो। प्रकाशकः बेल्जियम ग्लास हाउस, लुधियाना, 1974 (लेखक के संग्रह से)

प्रकाश की ओर ही जाने के लिए अपना रास्ता चुनते हैं। उपनिषद के उद्धरणों के माध्यम से बताया गया है कि भारतीय संस्कृति का मूल तत्त्व हमेशा ही दूसरों के विश्वासों के प्रति सहिष्णु बने रहना रहा है।

हमने देखा है कि बच्चे की चित्रकला किस तरह सभी धर्मों की समानता (चित्र 2) और सहिष्णुता हिंदुत्व में विचारों को समाहित करने की प्रक्रिया को दर्शाती है। (चित्र 1)। महिलाओं के चित्र उनकी स्थिति को बताते हैं। चित्र 3 के तर्कों के विपरीत भारत के विभिन्न धार्मिक समुदाय की महिलाओं को कतारबद्ध होकर भारत के मानचित्र से निकलती मां दुर्गा का स्वागत करते देखा जा सकता है (चित्र 4)। चूंकि राष्ट्र विभिन्न समुदायों का समुच्चय है इसलिए सभी दुर्गा का आनंद उठा रहें हैं। भारत माता खुद भी दुर्गा, लक्ष्मी और सरस्वती की छवि धारण किए हुए हैं। इस चित्र में भी सभी धर्म, सभी वर्ग और समाज के हर तबके के लोगों के लिए जगह है लेकिन उनकी यह जगह भारत माता या दुर्गा माता के अधीन है।[21] दूसरे शब्दों में नागरिक बहुसंख्यक धर्म का आधिपत्य स्वीकार करने को मजबूर हैं।

अब हम जिन चित्रों की चर्चा करेंगे वे और जटिल हैं। इनमें गाय का चित्र है, जिसे गौमाता के रूप में दिखाया गया हैं। गौमाता को एकता के प्रतीक के रूप में चित्रित किया गया हैं। उदाहरण के तौर पर चित्र 5 में हम गौमाता की दो छवियां देखते हैं। चित्र के मध्य में उमा (दुर्गा) हैं जिनके अगल-बगल लक्ष्मी और सरस्वती हैं।[22] चित्र के दाहिनी ओर प्रदर्शित गाय के चित्र की पहचान कामधेनु[23] के रूप में की गई हैं। कामधेनु का मतलब मनोकामना की पूर्ति करने वाली गाय से है। गाय का दूध शिवलिंगम योनि पर गिर रहा है। कई चित्रों में कामधेनु को इस रूप में दिखाया गया है कि उन्हें स्वर्ग में शिव और पार्वती का आशीर्वाद प्राप्त है। वास्तव में गाय के दूध को इस तरह चित्रित किया गया है कि इससे भारत का भौगोलिक मानचित्र बनता है।[24]

गाय की दूसरी छवि गौमाता या जगत माता की है। गाय के शरीर पर हिंदुओं के सभी देवताओं, ऋषियों, पर्वतों और नदियों की तस्वीर है। (चित्र 5) इन चित्रों का मतलब यह बताना है कि गाय एकताबद्ध भी करती है और उत्तेजित भी करती है। चित्र 6 में गौमाता की छवि *चौरासी देव दर्शन* के रूप में दिखाई गई है। यह चित्र दिल्ली में 1967 में छपा था। चित्र पर चित्रकार बी.सी.शर्मा[25] के हस्ताक्षर हैं। हालांकि शर्मा की भूमिका मूल चित्रकार के बजाए नकल करने वाले की ज्यादा है। इस चित्र के कई पहलू अहम और प्रासंगिक हैं। पहला, चौरासी देवी-देवताओं के आवास के रूप में गाय का चित्र हिंदुत्व की विभिन्न धाराओं को एकबद्ध करता है। वर्ग और जाति, शहरी-ग्रामीण भेद को मिटाता है। गाय का चित्र औपनिवेशिक और उसके बाद के काल में हिंदू धार्मिक राष्ट्रवाद का बोध कराता है।[26]

दूसरे, चित्र में मुस्लिम, यूरोपियन (या आंग्ल भारतीय), पारसी और हिंदुओं के समूह[27] को अपनी अलग-अलग पहचान[28] में ग्वाले से दूध लेते दिखाया गया है। 1967 में

चित्र 3: धर्मों की समानता (Untitled) कलाकार: राम वर्मा, प्रकाशक: बेल्जियम ग्लास हाउस, लुधियाना, 1974 (लेखक के संग्रह से)

जिस समय शर्मा के इस चित्र को वितरित किया गया था उस वक्त हिंदू, मुस्लिम, सिख, ईसाई भाई-भाई का मुहावरा प्रचलित था। इन चित्रों के बारे में अगर विस्तार से नहीं बताया जाए तो इसके कारण समुदाय की पहचान में भ्रम हो जाता है। मसलन चित्र देख कर पारसी को मुसलमान समझ लिया जाता है। टोप पहने यूरोपीय या आंग्ल भारतीय को ईसाई मान लिया जाता है। दाढ़ी और पगड़ी के कारण मुसलमानों को सिख मान लिया जाता है। जबकि सिख संप्रदाय को अब एक अलग धर्म के रूप में मान्यता मिल चुकी है। यह अब हिंदू धर्म की एक शाखा मात्र नहीं है।

सार्वभौमिक पोषक के रूप में गाय की एक और छवि उसी वक्त की एक और तस्वीर में दिखाई गई है। (चित्र 7)। इस तस्वीर में भी गाय सभी धर्म के लोगों को एक साथ लाती है। इस तस्वीर पर अंकित है - देश धर्म का नाता है, गाय हमारी माता है। (देखें लार्सन 1997: 54)। यहाँ हिंदू, ईसाई, सिख, और मुस्लिम समुदाय के पुरुष

चित्र 4: मातृभूमि (Untitled) कलाकार: अज्ञात, प्रकाशक: कोरोनेशन लिथोमिड– 1970, 1974 (लेखक के संग्रह से)

प्रतिनिधियों की पहचान उनकी वेशभूषा और उनके अलग–अलग पूजा स्थल से हो जाती है। चित्र में ये सभी सीधे गौमाता के थन से दूध ले रहे हैं। सामान्यत: यह सुविधा सिर्फ़ नटखट कृष्ण को प्राप्त थी। क्रिस्टोफर पिन्नेई (1997: 840) ने लिखा है कि कृष्ण की जगह इस चित्र में विभिन्न समुदाय के आम लोगों ने ले रखी है। चौरासी देव दर्शन में गाय के शरीर पर हिंदू देवी–देवताओं के चित्र थे। हालांकि इस चित्र में वैसा नहीं है। लेकिन अनेकता में एकता की ख्याति प्राप्त लोकतांत्रिक अवधारणा एक बार फिर इस चित्र में तिरोहित होती है क्योंकि सभी समुदाय के लोगों को इस चित्र में गौमाता के पवित्र चिह्न को स्वीकार करना पड़ता है।

इसके अलावा, *चौरासी देव दर्शन* की प्रमुख विशेषता गौमाता के दूसरे चित्रों से इसे अलग करती है। इस चित्र में अपने दांत निकाले एक पिशाच तलवार ताने असहाय गाय की ओर सामने से बढ़ रहा है। जबकि उससे मुकाबला करने की कोशिश में एक दूसरा

चित्र 5: देवी के पाँच रूप (Untitled) कलाकार: एस. पी. राज (Overwritten on another name?), प्रकाशक: सन शाइन कैलेंडर क. दिल्ली 1978 (लेखक के संग्रह से)

चित्र 6: चौरासी देव दर्शन। कलाकार: बी. सी. शर्मा। प्रकाशक: बेबी पिक्चर हाउस, दिल्ली, 1967 (लेखक के संग्रह से)

पूंछ की ओर से बढ़ रहा है। इस तरह की छवि 1880 के दशक में शुरू हुए गाय संरक्षण आंदोलन के समय से जुड़ी रही है। वास्तव में बी. सी. शर्मा की तस्वीर इस सदी के दूसरे दशक में आए रवि वर्मा के चित्र की हू ब-हू नकल है। अंतर सिर्फ़ इतना है कि रवि वर्मा के चित्र में दैत्याकार आकृति के नीचे कलियुग लिखा हुआ था जो शर्मा के चित्र में नहीं है। रवि वर्मा के चित्र में दैत्याकार आकृति को जिस रूप में दिखाया गया था उससे साफ पता लगता था कि वह मुस्लिम समुदाय या ज़्यादा विस्तृत रूप में मुस्लिम, ईसाई या सूअर खाने वाले निम्न हिंदू जाति का है (पिन्नेई 1997: 846)। वास्तव में इस चित्र को औपनिवेशिक ब्रिटिश सरकार ने भड़काऊ करार दिया था। बाद में एक जर्मन प्रकाशक से समझौता होने के बाद इसे फिर से जारी किया गया था। इस प्रकाशक ने चित्र से गाय पर हमला करने वाले पिशाच की छवि को हटा दिया था। यह महज संयोग नहीं है कि 1960 के दशक के मध्य में जब गाय संरक्षण आंदोलन शुरू हुआ था तो फिर से इसी चित्र को आगे लाया गया। इस आंदोलन के दौरान नवंबर 1966 में साधुओं ने संसद पर कब्जा कर लिया था। (देखें ग्राहम 1993: 147 और 55)।

गाय पर हमला करने वाले पिशाच की तस्वीर को छोड़ भी दें तो भी गाय की छवि गैर हिंदुओं को अलग-थलग करती है जबकि वह सामान्यत: विभाजित हिंदू समुदाय को

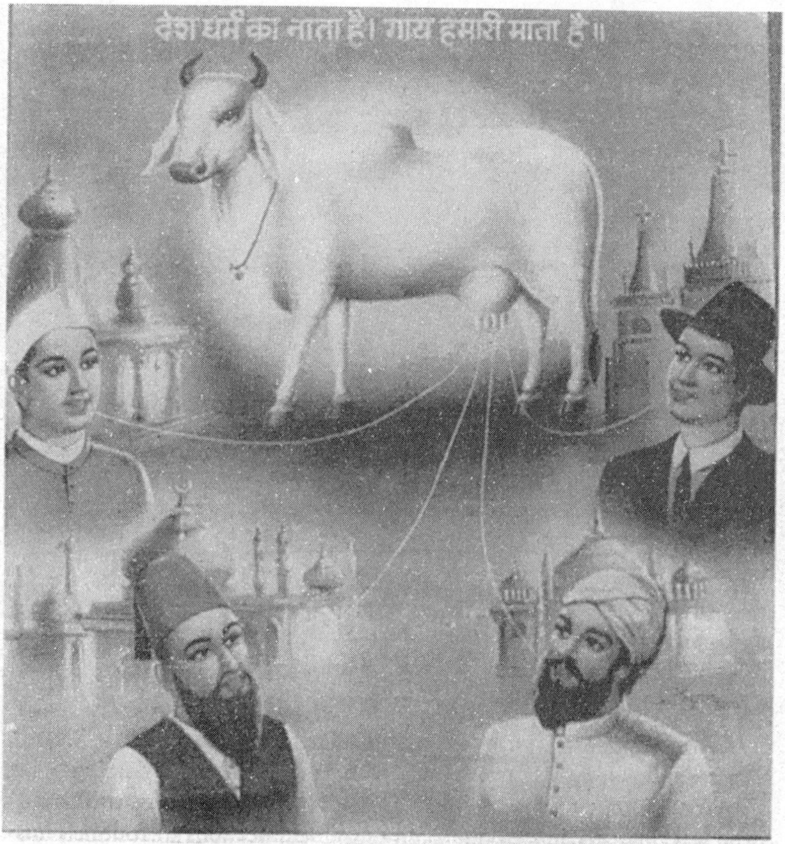

चित्र 7: "देश धर्म का नाता है गाय हमारी माता है"। कलाकार सपरा ब्रदर्स। प्रकाशक: अज्ञात 1968 (लेखक के संग्रह से)

एक करती है। पुरानी दिल्ली के एक कैलेंडर प्रकाशक से जब मैंने पूछा कि क्या उसने कभी कामधेनु का ऐसा चित्र प्रकाशित किया है तो उसने मुझे बताया:

> हम ऐसे विषय को नहीं लेते। इससे अनावश्यक आंदोलन होता है। ऐसे चित्रों से कुछ लोग सहमत होते हैं, कुछ नहीं होते।[29]
> इसके आगे उसने कहा, धर्म सिर्फ़ जोड़ता है, तोड़ता नहीं।

V 'कुछ सहमत होंगे, कुछ सहमत नहीं होंगे'

जैसा हमने ऊपर देखा, गाय माता की तस्वीर भारतीय नागरिकता को लोकतांत्रिक और हिंदू प्रभुत्व के संदर्भ में दर्शाती है। यह तस्वीर जोड़ती भी है और तोड़ती भी है। शांत भी

चित्र 8: गौमाता के शरीर पर सिख गुरुओं के चित्र। कलाकार: मोहिंदर सिंह। प्रकाशक: आरती ग्लास हाउस, लुधियाना, 1974 (लेखक के संग्रह से)

चित्र 9: "तीन दास तीन भगवान"। कलाकार: रंगरूप स्टुडियो। प्रकाशक: क्वालिटी कैलेंडर कं., दिल्ली, 1975 (लेखक के संग्रह से)

करती है और उत्तेजना भी पैदा करती है। अब मैं जिस चित्र (चित्र 8)[30] के बारे में चर्चा करना चाहती हूं उसमें हिंदू और सिख धर्म की आस्थाओं की समानताओं और विरोधाभासों को दिखाया गया है। इस चित्र को सिख चित्रकार मोहिंदर सिंह ने बनाया था। इस चित्र पर गुरुवाणी की एक पंक्ति अंकित है: "लोग अमृत की तलाश कर रहे हैं और गुरु के उपहार के रूप में उन्हें यह मिल गया है।"[31] यहां मूल सच्चाई के प्रकाश की रोशनी पर सिख समुदाय का पवित्र चिह्न "इक ओंकार" अंकित है। कमल के फूल पर बर्तन में रखे गाय के दूध को अमृत बताया गया है। इसी तरह हिंदू गाय के चित्र की नकल करते हुए इस चित्र में गाय के शरीर पर सिखों के दस गुरुओं, दूसरे संतों, भगतों, शहीदों और सिखों के धार्मिक ग्रंथ की तस्वीर अंकित है। गाय के माथे पर खालसा और थूथने के चारों ओर भक्ति का चिह्न है। सूर्य और चांद को दया व पुण्य के रूप में दिखाया गया है और वे गाय की आंखों के ऊपर है। इसी तरह पौ (भय, आदर), तप और त्याग गाय के खुर के पास हैं। गाय के सींग पर गुरुद्वारे की आकृति बनी हुई है। इसके अलावा चित्र के एक ओर गुरुद्वारा अलग से भी दिखाया गया है। हालांकि चित्र में दिखाए गए कई लोग शहीद हो चुके हैं और उन्हें बर्बरता का सामना करना पड़ा है लेकिन इस चित्र में हर किसी को शांत भाव में दिखाया गया है। सिखों के छठे गुरु हरगोविंद के हाथ में उनकी दोनों तलवारों में से एक भी नहीं है। इसी तरह बाबा दीप सिंह शांत बैठे हुए हैं जबकि उनकी दूसरी अधिकांश तस्वीरें युद्धरत मुद्रा में हैं। इस तस्वीर में सिखों की उग्र छवि सुषुप्तावस्था में है।

इस चित्र के बारे में मैंने सिख विद्वानों की राय जानने की कोशिश की। इस चित्र को लेकर इन सिख विद्वानों की अलग-अलग राय है। एक ने इस चित्र को सिख धर्म में हिंदू धर्म के प्रवेश का प्रतीक बताया। दूसरे ने कहा कि एक सिख चित्रकार ने गैर सिखों से अपनी बात इस चित्र में हिंदूवादी तरीके से कही है। कुछ कहने के लिए हिंदुत्व का सहारा लिया है। एक दूसरे विद्वान ने कहा, चित्र सही नहीं है। यह वास्तविकता पर खरा नहीं उतरता। यही कारण है कि आज ऐसी तस्वीरें उपलब्ध नहीं है। (उनका यह कहना मेरे लिए गलत साबित हुआ क्योंकि ऐसी तस्वीर देखने को मुझे मिली है)। एक सिख राजनीतिज्ञ ने मेरे हाथ से चित्र को छीन लिया और उसका फोटोकॉपी कराने चला गया। उसने कहा: "आप नहीं जानते?" राष्ट्रीय स्वयंसेवक संघ के लोग पंजाब के गांवों में इस तरह की तस्वीरें बांट रहे हैं।[32] उसका कहना था कि दरअसल सिख धर्म को हिंदू धर्म में मिला लेने की केसरिया ब्रिगेड की यह ताजा कोशिश है।

चित्र पर विभिन्न लोगों द्वारा दी गई अलग-अलग राय से चित्र के बारे में विस्तार से ध्यान देने की जरूरत महसूस हुई। खासकर इस सवाल पर कि सिख गाय के शरीर पर किन लोगों को रखा गया और किन्हें नहीं रखा गया है। अगर हम सिखों के दसों गुरुओं, गुरुग्रंथ साहिब और दो शहीदों बाबा दीप सिंह व माटी दास[33] को छोड़ दें तो पाएंगे कि बाकी कई तस्वीरें पुरातनपंथी सिख भावनाओं को मान्य नहीं हैं। इस तरह गाय के पेट पर कबीर और दूसरे भगतों के तीन चित्र हैं। कबीर मुस्लिम पोशाक में हैं। कबीर की रचनाओं

को दूसरे भगतों की रचनाओं के साथ आदि ग्रंथ में शामिल किया गया है। (देखें मैकलियॉड 1968: 155–57)[34] इसी तरह आदि ग्रंथ के रचयिता गुरु अर्जन के सचिव भाई गुरदास की तस्वीर है। हालांकि गुरदास की रचनाओं को ग्रंथ में शामिल नहीं किया गया है फिर भी उसे शुरुआती गुरुओं के दर्शन की व्याख्या के लिए महत्त्वपूर्ण माना जाता है।

तीनों चित्रों में बीच का चित्र ज्यादा समस्यामूलक है। यह चित्र नानक के बेटे और उदासी पंथ के संस्थापक श्रीचांद का है। उन्होंने निर्वाण का रास्ता अपनाया था। उनकी अनदेखी कर गुरु अंगद को गुरु घोषित कर दिया गया था (ग्रेवाल 1994:47-48, 116 और 17, मैकलियॉड 1989: 46 और 47, ओबरॉय 1994: 78-81,123-28)। उतार चढ़ाव भरे सिख इतिहास में सिख धर्म ग्रंथों और धार्मिक स्थलों की रक्षा में उदासियों ने बीसवीं सदी के प्रारंभ में अकालियों से सीधा टकराव होने के पहले तक अहम भूमिका निभाई थी। श्रीचांद उन्नीसवीं सदी में सिखों की सनातन विचारधारा के प्रतिपादक थे। यह विचारधारा खालसा और गैर खालसा (सहजधारी) का प्रगतिशील सम्मिश्रण था। (ओबरॉय 1994: अध्याय 2, फॉक्स: अध्याय 6, ग्रेवाल 1994: अध्याय 6 और 7)।

एक अलग तरह का संकेत गाय के पैर में भगत रविदास की तस्वीर बना कर दिया गया है। रविदास अछूत चमार जाति के थे। कबीर की तरह ही उनकी रचनाओं को भी आदि ग्रंथ (एच. सिंह 1992-98: पृष्ठ 454 पृष्ठ 493-94) में शामिल किया गया हैं। यूं तो सिख धर्म के संगत और पंगत में जाति भेद से परे रहने की बात कही गई हैं लेकिन सच्चाई यह है कि आज भी पंजाब के गांवों में सिख समुदाय की रोजमर्रा की जिंदगी में जाति भेद बना हुआ है। आज भी मजहबी (दलित) सिखों को नीचा समझा जाता है और उन्हें गुरुद्वारे में जाने की अनुमति नहीं दी जाती। (हर्शमेन 1981: 22-23 मैकलियॉड 1989: 109-10)।[35] किसी को आश्चर्य हो या नहीं हो, यह महत्त्वपूर्ण है कि रविदास को गाय के शरीर के सबसे निचले हिस्से पर चित्रित किया गया है। साथ ही उनके चित्र के साथ चमार जाति के पेशेगत औजार को नहीं दिखाया गया है। ऐसा इस मकसद से किया गया है ताकि निम्न जाति के श्रद्धालु इस चित्र को खरीद सकें।

दो और चित्रों की व्याख्या की ज़रूरत है। गाय के गले और छाती पर क्रमशः राम सिंहजी और वदभाग सिंहजी की तस्वीर है। ये दोनों उदासी समुदाय की तरह दूसरे असनातनी पंथ के लोगों का प्रतिनिधित्व करते हैं। ऐसे पंथ के लोग अब भी जीवित गुरुओं को मानते हैं। हालांकि गुरुओं के उत्तराधिकारी बनाए जाने की परंपरा समाप्त हो चुकी है और लोग खालसा पंथ को मानने लगे हैं।[36] सिखों के छठे गुरु हरगोबिंद के वंशज बाबा वदभाग सिंह के पंथ के लोग करतारपुर (पंजाब) और उना (हिमाचल प्रदेश) में हैं। इन लोगों को बुराइयों को समाप्त करने के लिए झाड़-फूंक करने, दुख-दर्द दूर करने और वरदान देने में विशेषज्ञता हासिल है। यह पंथ पंजाब के लोकप्रिय धार्मिक प्रचलनों के चमत्कारिक और जादुई पक्ष का प्रतिनिधित्व करता है। इसे समाप्त करने की कोशिश सिंह सभा के सुधारवादियों ने की है लेकिन सदियों की कोशिश के बावजूद अभी तक यह पूरी

तरह समाप्त नहीं हो सका है। ऐसे में इस बात में कोई आश्चर्य की बात नहीं कि इस अपसिद्धांत की अभिव्यक्ति लोकप्रिय कैलेंडर आर्ट में देखने को मिलती है। (मैकलियॉड 1991:132 एंव प्लेट 54)।

गाय के चित्र पर राम सिंह की तस्वीर जहां है, उसका अर्थ ज्यादा साफ है। राम सिंह उन्नीसवीं सदी के कुका या नामधारी धार्मिक सुधार आंदोलन के नेता थे। इस आंदोलन का मकसद मौलिक सिख धर्म की ओर लौटना, गलत प्रवृत्तियों, अंध विश्वास और ब्राह्मणवादी व्यवस्थाओं को समाप्त करना था। (देखें ग्रेवाल 1994 : 141, मैकलियॉड 1989 : 64-5, 115-17, ओबेराय 1994 : 194-201, एच सिंह 192-8 : III, 465-7, खुशवंत सिंह 1966 : 127-35)। अन्य बातों के अलावा गाय संरक्षण के प्रति कुका लोगों के बीच उन्मादी प्रतिबद्धता और 1872 में मुस्लिम कसाइयों पर उनके हमले के कारण आंदोलन को औपनिवेशिक सरकार के हिंसक दमन का सामना करना पड़ा था। हालांकि आज कुका लोगों की पहचान संयमित और पवित्र खालसा सिख के रूप में होती है। सिंह सभा ने जानवरों को मारने के लिए मुस्लिम हलाल की जगह झटका को अपनाया था। अभी जो पुरातनपंथी सिख धर्म प्रचलन में है वह गौहत्या पर पूरी तरह प्रतिबंध को स्वीकार करता है (देखें फॉक्स 1987 : 115)।

सार रूप में उस वक्त "सिख गाय" की तस्वीर सनातन धर्म को प्रतिबिंबित करती थी। इसी तरह यह तस्वीर सिखों के विश्वास और सिंह सभा तथा बाद में अकाली आंदोलन के धार्मिक सुधारों को चित्रित करती है। इसी आधार पर बहुतेरे कट्टरपंथी सिखों के लिए इसका मतलब फिर से हिंदू धर्म अख्तियार कर सिख धर्म की अलग पहचान को समाप्त करना था। इस खतरे के प्रति आधुनिक सिख हमेशा से सचेत रहे हैं (फाक्स 1987: अध्याय 9; ग्रेवाल 1994 : अध्याय 7,9,10; गुप्ता 1996: अध्याय 4; मैकलियॉड 1989)। सुधारवादी कहन सिंह नाभा ने इस खतरे का पूर्वाभास करते हुए 1899 में अपने मशहूर लेख "हम हिंदू नहीं हैं" लिखा था। इस लेख में उन्होंने सिख धर्म की स्वतंत्र पहचान समाप्त होने और अपने ही राज्य पंजाब (जहां उनकी आबादी बहुमत में है) और देश (जहां उनकी आबादी नगण्य है) में एक राजनीतिक ताकत के रूप में सिखों के कमजोर होने के खतरे का जिक्र किया था। कुछ लेखों में भारत में हिंदुत्व के बहुसंख्यक धर्म होने को लेकर सांस्कृतिक और राजनीतिक पहचान के इस द्वंद्व को 1970 और 80 के दशक में पंजाब की अशांति का कारण माना गया है।

हमें यह पता नहीं कि 1973-74 में इस कैलेंडर का प्रकाशन किन कारणों से किया गया था या उन्हें उस समय किस तरह लिया गया था लेकिन 2000 के अंतिम महीने में कथित रूप से राष्ट्रीय स्वयंसेवक संघ (आर. एस. एस.) की शह पर इस कैलेंडर के वितरण से जो प्रतिक्रिया हुई उससे इसके भड़काऊ चरित्र का पता लगता है। जनवरी 2001 में सिखों की साप्ताहिक पत्रिका *स्पोक्समैन वीकली* में एक लेख छपा था। इस लेख का शीर्षक था: "हाईकोर्ट के फैसले के बावजूद वे सिखों को हिंदू कहने पर जोर क्यों देते हैं?" लेख में लेखक ने सिखों से आर एस एस के इस प्रोपेगंडा का मुकाबला करने को

कहा था कि सिखों का जन्म हिंदुओं के बीच से हुआ है और खालसा का अभ्युदय हिंदुओं की रक्षा के लिए हुआ था। लेख में 1973-74 के सिख गाय के चित्र को हू-ब-हू (मोहिंदर सिंह के हस्ताक्षर को छोड़ कर) निम्न चित्र परिचय के साथ छापा गया:

> इस तरह के चित्र (इनमें कुछ सिख गुरुओं के प्रति पूरी तरह अपमानजनक और निंदक प्रकृति के हैं [37]) आर. एस. एस. कार्यकर्ताओं द्वारा छापे गए हैं और बड़े पैमाने पर बांटे जा रहे हैं। इनका एकमात्र मकसद सिख गुरुओं और सिखों की संप्रभुता को नीचा दिखाना है। अकाली नेताओं की सत्तालोलुपता का फायदा उठा कर आर. एस. एस. के लोगों ने पंजाब में सिख विरोधी अभियान तेज कर रखा है (जी. सिंह 2001: 24)।

साप्ताहिक *स्पोक्समैन वीकली* के दूसरे ही अंक (फरवरी 2001) में फिर एक लेख छपा जिसमें गौ संरक्षण पर छापी गई आर. एस. एस. की पुस्तिकाओं की आलोचना की गई है। इन पुस्तिकाओं को कथित रूप से गुरुनानक देव विश्वविद्यालय परिसर में बांटा जा रहा था। बताया जाता है कि इन पुस्तिकाओं में गौ संरक्षण की वकालत में गुरुवाणी का गलत इस्तेमाल किया गया है। पुस्तिका में गुरु गोबिंद सिंह को गौ संरक्षक के रूप में प्रस्तुत किया गया है और गाय तथा गाय के चमत्कारिक उत्पादों के बारे में अतार्किक और अवैज्ञानिक तरीके से बहुत सारी बातें कही गई हैं।[39] लेख में कहा गया कि यह सब ब्राह्मणवादी ताकत द्वारा सिख धर्म को तोड़ने, विकृत करने और अवसरवादी राजनीति को बढ़ावा देने की साज़िश है। लेख में आगे लिखा गया कि सिख राजनीतिज्ञों द्वारा हिंदू रीति रिवाजों को मानने की बात करना अपने राजनीतिक दोस्त का समर्थन हासिल करने की कोशिश है। (व्रिक 2001)

> इस लेख को पढ़ने के बाद एक सिख विद्वान ने मुझसे कहा "सिख पागल हो गए हैं।" अगर उनके पास झगड़ने के लिए कुछ और नहीं है तो यही सब कर रहे हैं। विद्वान का कहना था कि "गौ संरक्षण दक्षिण एशियाई देशों के लिए पूरी तरह जायज और स्वाभाविक है। वैदिक काल से ही क्षेत्र के पर्यावरण को संतुलित करने में मवेशियों की अहम भूमिका रही है।"[40]

VI धर्मनिरपेक्षता का प्रतिनिधित्व: संदेश, संहिता और माध्यम

अब तक की बातें स्वतंत्र भारत की धर्मनिरपेक्ष विचारधारा के सामने कई सवाल खड़ा करती हैं। इन बातों से पता लगता हैं कि भारत की धर्मनिरपेक्षता बहुसंख्यकवाद पर आधारित है (देखें मदन 1997 : 256-60)। जहां दूसरे (अल्पसंख्यक) धार्मिक समुदायों को हिंदू राष्ट्रवाद के प्रतीक चिह्नों—माँ दुर्गा, भारत माता, गौमाता के अधीन रहना पड़ता है, अन्यथा उनकी नागरिकता समाप्त कर दी जाती है। सिख गाय के बारे में हमने खुद समकालीन प्रतिक्रियाओं को देखा है। ये अल्पसंख्यक वर्ग की प्रतिक्रियाएं हैं जो दूसरों को

चित्र 10: गुरु नानक (untitled)। रंगरूप स्टूडियो। प्रकाशक: अज्ञात 1996 (लेखक के संग्रह से)

स्वीकारने से इनकार करती हैं और स्व की पहचान को अलग रूप से परिभाषित करती हैं (गुप्ता 1996: अध्याय 4)।

लेकिन भाषाई बहुलवाद की तरह धार्मिक बहुलवाद की अभिव्यक्ति के भी अलग तरीके हैं। ये तरीके समानता/प्रतिस्पर्द्धा, या एकीकरण/पृथक्कीकरण के तर्क से अलग हैं। इन्हें खासा महत्त्व देना महत्त्वपूर्ण हैं।[41] ऐसा ही एक तर्क एक मुखबिर का है जिसने सिख गाय की व्याख्या समझौताकारी कोशिश के रूप में की है (मैनुअल 1996:127)। सामाजिक-भाषाई अध्ययन ऐसे कई उदाहरण पेश करते हैं जहां पारस्परिकता के लिए भाषा के साथ समझौता किया गया है।

दूसरा तर्क विभिन्न समुदायों के बीच अभिव्यक्ति की समान भाषा को अपनाने को लेकर है। यह भाषा साहित्यिक हिंदी या उर्दू के बजाय हिंदुस्तानी जैसी लोक प्रचलन की भाषा हो सकती है। दृश्य संस्कृति में इस तरह के कुछ छिछोरे उदाहरण बुर्का या कामधेनु के रूप में दिए जा चुके हैं। लेकिन इसके अलावा कुछ और उदाहरण दिमाग में आते हैं।[42] ये उदाहरण शिव और नानक से जुड़े हुए हैं।[43]

हमारे सामने ऐसे उदाहरण हैं जहां सिखों के अंतिम गुरु नानक और गोबिंद सिंह को शिव, विष्णु या राम के साथ दिखाया गया है। इन उदाहरणों में कभी सिख गुरुओं को केंद्रीय भूमिका में रखा गया हैं तो कभी हिंदू देवी-देवताओं को। अलग-अलग देखने पर

हर कोई एक दूसरे की धाार्मिक नीतियों को अपनाता है। समानता का दावा करता है। एक व्यक्ति दूसरे के लिए खड़ा हो सकता है। हमारे सामने ऐसे कई चित्र हैं जिनमें भाषाई एकरूपता देखने को मिलती है। उदाहरण के तौर पर 1974[44] के एक हिंदू कैलेंडर के बीच में राम और कृष्ण के साथ शिव हैं और नानक व गोविंद सिंह किनारे पर हैं। इसी तरह 'तीन दास तीन भगवान' शीर्षक वाले एक चित्र (चित्र 9) में गुरुनानक को राम और कृष्ण के साथ बीच में दिखाया गया हैं। इसमें तीन सेवकों की छोटी तस्वीर नीचे है और ये सेवक हैं- गुरुगोबिंद सिंह, हनुमान और अर्जुन। इसके साथ ही चित्र में *गुरुग्रंथ साहिब, रामायण* और *गीता* को भी दिखाया गया हैं।

मैंने इस चित्र पर कई सिख विद्वानों से चर्चा यह सोच कर की कि उन्हें दसवें गुरु को नानक का सेवक मात्र बताना या *रामायण* और *गीता* को *गुरुग्रंथ साहिब* की बराबरी का दर्जा देना बुरा लगेगा लेकिन मेरा अनुमान गलत निकला।

> एक विद्वान ने मुझसे अधिकारपूर्वक कहा कि इस चित्र का मतलब है कि 'गुरुगोबिंद सिंह, हनुमान और अर्जुन तीनों ने अपने आध्यात्मिक गुरु के लिए लड़ाई लड़ी।'
>
> इसी तरह एक दूसरे ने कहा, दुकानदार हिंदुओं और सिखों-दोनों को आकर्षित करने की कोशिश कर रहा है। चित्र में महज संयोगवश बनी स्थिति का कोई धर्मविज्ञानी अर्थ निकालने की ज़रूरत नहीं है। उसने कहा, 'इसके पीछे सिर्फ व्यावसायिक दृष्टि है। दूसरी ओर की मांस की दुकान को देखें। वहां एक ओर एक कैलेंडर में नानक का फोटो है और दूसरे में कृष्ण का। इसका मतलब है कि दुकानदार दोनों ग्राहकों को खुश रखना चाहता है।'
>
> पास से गुजरते एक दूसरे व्यक्ति ने कहा, 'नहीं, ऐसी बात नहीं हैं।' उसने चित्र के भीतर छिपे अर्थ को समझाते हुए कहा कि इसका मतलब यह है कि "हम हलाल नहीं हैं।"
>
> इतने में एक और व्यक्ति ने कहा, नहीं, यह कैलेंडर सिंधियों के लिए हैं। वह गैर खालसा नानक पंथ की ओर इशारा कर रहा था। ये दोनों पंथ कई सिंधियों के बीच काफी मजबूत हैं।
>
> एक और व्यक्ति ने कहा, 'मैं नहीं समझता कि आज के दिनों में आपको ऐसी चीजें देखने को मिलेंगी।' उसका आशय यह था कि पहले हिंदू सिख जिस तरह रहते थे वे आज वैसे नहीं रह रहे। उस व्यक्ति के दिमाग में यह बात साफ थी कि हाल के दिनों में हिंदुओं और सिखों के बीच खासा धुव्रीकरण हुआ है। (फील्ड नोट्स, जनवरी 2001)

चित्र 11: "सब एक हैं"। कलाकार: रंगरूप स्टूडियो। प्रकाशक: राष्ट्रीय कैलेंडर, लुधियाना, 1973 (लेखक के संग्रह से)

चित्र 12: गुरु गोबिंद सिंह (untitled)। कलाकार: एच. एस. लिखारी। प्रकाशक: अज्ञात 1996 (लेखक के संग्रह से)

चित्र 13: "माँ की पुकार" 1996 (लेखक के संग्रह से)

कैलेंडर प्रिंट में सिख बाजार को ध्यान में रख कर सिख धर्म को जिस ढंग से दर्शाया गया है। उसका यह एक और उदाहरण था। सिख धर्म को श्रेष्ठकर, संश्लिष्ट या दूसरों को अपनाने वाले के रूप में दिखाया जा सकता है। उदाहरण के तौर पर चित्र 10 में गुरुनानक को बीच में दिखाया गया है जिसकी एक ओर मस्जिद और दूसरी ओर मंदिर है। यह चित्र ठीक उसी तरह का है जैसे कि नेहरू को खुश्चेव ओर केनेडी के बीच में दिखा कर राजनीतिक गुटनिरपेक्षता की बात की जा रही हो।[45] परस्पर विरोधाभास के बीच इस एकरूपता का धार्मिक आधार गुरुनानक के उस कथन से बनता है जिसमें उन्होंने कहा था, 'यहां न तो कोई हिंदू है और ना कोई मुसलमान'। (मैकलियॉड 1969: 38) इस चित्र की एकरूपता पहले गुरु की एक लोकप्रिय तस्वीर से है। इस तस्वीर में पहले गुरु अपने प्रिय शिष्यों के साथ बैठे हैं। इन शिष्यों में एक ओर मुस्लिम चारण मरदाना है तो दूसरी ओर हिंदू बाला (देखें मैकलियॉड 1991: 8, 20)। या फिर दूसरे उदाहरण में नानक की बात को इस रूप में देखा जा सकता है कि हिंदू, इस्लाम, ईसाई और सिख सब एक ही हैं। सभी का संदेश एक है। और यह संदेश श्रद्धा का है। (चित्र 11)। इस चित्र के मध्य में नानक हैं। आशीर्वाद देने के लिए उनका हाथ उठा हुआ है। उनकी हथेली पर पवित्र "इक ओंकार" का चिह्न अंकित है। उसके अगल बगल तेरा और तेरह लिखा हुआ हैं। तेरा का अभिप्राय आप श्रद्धालु से है जबकि तेरह का मतलब तेरह अंक से है। यह अंक जनम साखी की सूक्ति दर्शाने के लिए इस्तेमाल किया गया है।[46]

आजादी बाद के कैलेंडरों में सिख धर्म की और अलग व्याख्या हुई है। मातृभूमि की रक्षा में सिखों की भूमिका को इसमें दर्शाया गया है। उदाहरण के तौर पर चित्र 12 में गुरुगोबिंद सिंह को प्रतीकात्मक बाज और तीरों के पुलिंदे के साथ एक ओर मुगलों के खिलाफ संघर्ष में अपनी सेना का नेतृत्व करते दिखाया गया है तो दूसरे में सिख रेजीमेंट के जवान भारत का झंडा लेकर युद्ध के मैदान में जा रहे हैं। यह चित्र 1966 का है और उस वक्त लोगों की याद में 1965 का भारत-पाक युद्ध ताजा था। यह सही है कि अधिकांश चित्रों में प्रमुखता भारत माता यानी माँ दुर्गा को मिली है (देखें चित्र 13) और उनके हाथ में ही भारत की रक्षा की कमान दिखाई गई है लेकिन चित्र में दसवें गुरु को हिंदुत्व के संरक्षक के रूप में परोसने के पीछे कहीं न कहीं बाजार का भाव जरूर काम कर रहा होता है।

1970 और 80 के दशक के बीच और खास कर 1984 की दुखद घटनाओं (ऑपरेशन ब्लू स्टार और प्रधानमंत्री इंदिरा गांधी की हत्या के बाद सिख विरोधी दंगा) के बाद सिखों की छवि राष्ट्र के सुरक्षा प्रहरी के बजाए शहीद या आतंकवादी के रूप में बनने लगी। सिख समुदाय की जातीय पहचान मजबूत हुई (गुप्ता 1996)। ऐसे में 2001 में पंजाब एंड सिंध बैंक के एक कैलेंडर[47] को देखकर आश्चर्य होता है। इस कैलेंडर में सिख सैनिकों कों सदियों पुराने मुगल शासन से देश को मुक्त कराने के लिए आगे बढ़ते दिखाया गया है। इसी तरह इस चित्र में सिखों को 1947 के हमले से बचाते, जूनागढ़, हैदराबाद

और गोवा की आजादी में मदद करते, 1965, 1971 के युद्ध के साथ-साथ हाल के 1999 के कारगिल युद्ध में अदम्य साहस का परिचय देते हुए दिखाया गया है। कैलेंडर के आवरण पर जो चित्र हैं उसमें परेड करते हुए सिख जवान *गुरुग्रंथ साहिब* को सलाम कर रहे हैं। कैलेंडर के अंदर के पन्नों पर एक चित्र में जवान को युद्ध के लिए अपने साथ *गुरुग्रंथ साहिब* को ले जाते दिखाया गया है।

VII निष्कर्ष

यह लेख आज़ादी के बाद के समय में भारतीय धर्मनिरपेक्षता को आधार बना कर छपे चुनिंदा कैलेंडरों को समाजशास्त्रीय आकलन के लिए प्रस्तुत करना चाहता है। ऐसा करने के पीछे हमारा मकसद भारतीय राष्ट्र की धर्मनिरपेक्षता के प्रति अपनी समझ को विकसित करना है। साथ ही 1990 के बाद के वर्षों में संप्रदायीकरण में कैलेंडरों की भूमिका का अध्ययन करना भी हमारा मकसद रहा है।

सामान्य तौर पर यह बात बिल्कुल स्पष्ट है कि मौजूदा समय में धार्मिक बहुलवाद को मजबूत बनाने की ओर लोगों का ध्यान उस कदर नहीं जाता जिस कदर नेहरू काल में जाता था। हकीकत में आज के माहौल में हम सब एक हैं का अभिप्रायः रूटीन मात्र बन कर रह गया है या अपना मतलब खो चुका है (अमीन 2000)। कैलेंडरों के प्रकाशक भी इस बात को स्वीकार करते हैं। धर्मनिरपेक्षता अब नहीं 'बिक' पाती और राष्ट्रीय आदर्श के रूप में इसके प्रसार का जिम्मा अब सिर्फ सरकार या फिर लोक उपक्रमों या जनता का ख्याल रखने वाली कंपनियों के हवाले ही कर देना चाहिए। हकीकत में बहुसंस्कृतिवाद ने अपना रंग खो दिया हैं।

हमने इस बहस की शुरुआत "हम सब एक हैं" शीर्षक वाले प्रिंट से की थी। यह प्रिंट झंडे और भारत के मानचित्र के ज़रिए धर्मनिरपेक्षता को सरकारी योजना के रूप में व्याख्यायित करता है। साथ ही समतामूलक समाज और हिंदू बहुसंख्यकवाद के टकराव का स्थल भी बनता है। टकराव की यह स्थिति कैलेंडर आर्ट के लिए कोई नई बात नहीं है। हमने हर काल के चित्रों में इसके उदाहरण देखे हैं। हमने पुराने संदर्भों और उदाहरणों वाले चित्रों को नए परिवेश में बदलते भी देखा है। ऐसा होने पर कभी कभी टकराव या अलगाववाद बढ़ता है तो कभी-कभी इसके विपरीत मेल-मिलाप भी बढ़ता है।

जिन सिख प्रिंटों पर चर्चा हो चुकी है उनका फिर से उल्लेख करता हूं। सबसे पहले हमने 1970 के सिख गाय के चित्र पर राय जाननी चाही थी। इसे लेकर सिख विद्वान और धर्मगुरु मेरी ही तरह परेशान थे। उन्होंने मुझसे कहा कि उन लोगों ने ऐसी कोई चीज पहले कभी नहीं देखी है। वास्तव में मध्यवर्गीय सिख समुदाय का कैलेंडरों से कोई संबंध नहीं रहता। इस कारण इस वर्ग के अधिकांश लोगों ने इसे पसंद व वैचारिक दोनों ही आधार पर तिरस्कार व नफरत के साथ नकार दिया (देखें मैकलियोड 1991 : 28-29)। लेकिन किसी ने इस बात का अनुमान नहीं किया कि एक पीढ़ी बाद यही चित्र चर्चा का विषय

बन जाएगा और *स्पोक्समैन वीकली* में इसकी जम कर आलोचना होगी। दूसरी ओर उन्हीं विद्वानों में जहां कुछ ने महसूस किया कि देशभक्त और संरक्षक के रूप में सिख गुरुओं और सिख समुदाय को मानने वाला अब कोई नहीं रहा और इस विश्वास के साथ हिंदू राज और सिख आतंकवादियों ने विश्वासघात किया है वहीं दूसरी ओर कारगिल युद्ध के बाद सिखों की पुरानी तस्वीर एक बार फिर से उभरी।

हालांकि औपनिवेशिक काल से मौजूदा समय तक के बौद्धिक विकास का कोई स्पष्ट रास्ता नहीं रहा हैं फिर भी यह संभव है कि पिछले पचास सालों में धार्मिक बहुलवाद को देखने का नजरिया संकीर्ण हुआ है। धार्मिक बहुलवाद को पहले वृहद परिप्रेक्ष्य में देखा जाता था लेकिन अब इसे सीमित परिप्रेक्ष्य में देखा जा रहा है। धार्मिक समुदाय एक ओर समानता की बात करते हैं लेकिन दूसरी ओर आधिपत्य थोपने की कोशिश भी कर रहे हैं। इस तरह का धार्मिक संबंध देश में देखने को मिल रहा है। इसमें बहुसंख्यक के लिए जगह बन रही है जबकि अल्पसंख्यकों के लिए सीमित भूमिका दिख रही है। लोकप्रिय माध्यम होने के नाते कैलेंडर आर्ट इस बदलाव को समाहित करता है। यही कारण है कि आज के दिनों में केतु आर्ट महज सरकारी परचा बन कर रह गया है और इसका कोई मायना नहीं बचा है।

इस लेख में नेहरूयुगीन दृष्टि के सिर्फ एक सीमित पहलू पर नज़र डाली जा सकी है। यह पहलू है राष्ट्रनिर्माण की धर्मनिरपेक्ष अवधारणा। मतलब भारत के विभिन्न धार्मिक समुदाय के लोगों को एक सूत्र में बांधना। नेहरूयुगीन दृष्टि के दूसरे पहलुओं तथा उद्योग एवं कृषि, शहर एवं गांव, आधुनिकता व परंपरा पर बाद में चर्चा की जाएगी।

संदर्भ और टिप्पणियाँ End Notes

1. One of the children–the Hindu child–is arguably 'androgynous', as the 'babies' of popular calender art often are (see Uberoi 2001).
2. कुछ क्षण के लिए मैं इस मुद्दे से बचना चाहता हूं कि यह शब्दावली भारतीय संदर्भ में सही तरीके से प्रयुक्त हैं अथवा नहीं; किंतु इस संबंध में अन्य लोगों के अतिरिक्त पार्था चटर्जी की टिप्पणी देखें (यथा मदान 1987, 1997; नंदी 1990; स्मिथ 1963; विशेषकर अध्याय 2)
3. What Satish Deshpande, in an apt turn of phrase, has described as India's 'pasteurised multiculturalism' (Deshpande 1998: 163n).
4. अक्सर व्यक्ति याद करता है कि कैलेंडर आर्ट की पूरी शृंखला में भगवान के पोस्टर रहते थे, माना जाता है कि उससे तस्वीर की धार्मिक क्षमता बढ़ जाती थी और निश्चित रूप से उसकी असंख्य प्रतियां होने से भी यह कम नहीं होती थी (देखें पिन्नई 1997 a: 860 61)।

5. OED, 'fez': 'Turkish cap, a tasselled dull-red truncated cone'.
6. Collection J.P.S. and Patricia Uberoi, Delhi. The former carries a publisher's trademark, 'RLB 242', and has a very faint artist's signature, (?) Sharma, the forename smudged by the publisher's trademark. (It is possibly the well-known Anil Sharma). In the latter, trademarked 'VPP 242', the frame has been slightly reduced and the artist's signature eliminated.
7. See the recent work of Geeti Sen on the figure of Mother India in the fine arts and in popular culture; also, McKean (1996); Ramaswamy (1999, 2002, n.d.); and Sarkar (2001: esp. 176–81).
8. For a range of examples from the pre-independence period, see Neumayer and Schelberger (1997: 104ff.). Some more recent examples can be found in FAAM (2000: 33, 35–38). See also Guha-Thakurta (1992); Mitter (1994: Colour Plate 21); Ramaswamy 2002.
9. यद्यपि जैन (1998;135 ff also 2002) ने बहुत से कैलेंडर कलाकारों की शिकायत की रिपोर्ट की है कि उनके प्रकाशक उन्हें भगवान को वास्तविक रूप में वर्णित करने के लिए अपने कलात्मक कौशल को अपनाने का मौका नहीं देते। जैसे कि राम की बलिष्ठता को अक्सर उनके निष्ठावान शिष्य हनुमान के द्वारा दिखाया जाता है। (देखें लुट्जेन्ड्रॉफ 2002; देखें Neumayer and Schelberger 1997: Plate 60) प्रारंभिक बीसवीं शताब्दी के क्रोमोलिथोग्राफ राम के अधिक आक्रामक रूप को राम के परशुराम अवतार की छवि में दिखाया गया है। (See ibid; Plate 63, after a well known Ravi Verma Painting)
10. मैं इस अवधि को प्रधानमंत्री नेहरू की मौत से आगे तक ले जा रहा हूं, जिसमें लाल बहादुर शास्त्री का प्रधानमंत्रित्व काल और श्रीमती इंदिरा गांधी के नेतृत्व का आरंभिक काल शामिल है, इसके अंतर्गत बांग्लादेश युद्ध से लेकर राष्ट्रीय सहमति की समाप्ति और 1975 में आपातकाल की घोषणा है। इस अवधि की संक्षिप्त आर्थिक विचारधारा के लिए देखें देशपांडे (1993: 1998); फ्रेंकेल (1978: विशेष रूप से अध्याय 1, 4, 3) स्वतंत्र भारत में सांप्रदायिकता के उदय के लिए देखें: लुडेन (1996).
11. पोपुलर सिनेमा के अध्ययन के संबंध में ऐतिहासिक संदर्भ नहीं था जिसने 1970 और 1980 के दशक में हिंसा, हीरो केंद्रित फिल्म या 1980 के अंत में हीरोइन के और खलनायिका की घटती भूमिका की व्याख्या को मजबूर करता हैं। (चक्रवर्ती 1996; काज्मी 1999; प्रसाद 1998).
12. जे.पी.एस. और पैट्रीसिया ओबेराय, दिल्ली के संकलन। हमने विशेषकर बहुत कम फोटोग्राफिक पोस्टर प्रिन्ट लिए हैं। इसका आधार यह है कि इनसे एक कलाकार की रचनात्मक क्षमता दूर हो जाती है, और हमने दृश्यों की भी अनदेखी की है ताकि रुचि और दिग्भ्रमित होने से बचा जा सके। चूंकि अन्य विशारदों के कार्यों को व्यापक रूप से प्रदर्शित किया गया है (यथा पिन्नई 1995; 1997 b)। इसके अतिरिक्त कैलेंडर मुख्य रूप से उत्तरी भारतीय क्षेत्र से लिए गए हैं जिसमें सिख और मुस्लिम कथ्य पर विशेष नजर रखी गई है। असल में अगर सच बताया जाए तो उन कैलेंडरों के उत्पादन की कुल संख्या जिसमें हिंदू धार्मिक कैलेंडर प्रकाशित होते है संभवत: वे उतने होंगे जितने हिंदू देवी-देवता हैं।
13. In general, one can say that address to the audience or 'consumption' aspect of popular culture genres has been relatively neglected, but see, for example, Dickey's study of popular cinema audiences (1993); Pinney, on the 'social life of Indian photographs' (1997b: esp. Chapter 3); Jain, on calender art and the ethos of the 'bazaar' (1997, 2002); and papers in Dwyer and Pinney (2001), particularly those of Dirks, Dwyer, Uberoi and Vasudevan.

14. समकालीन श्रीलंका के संदर्भ में देश की जातीय राजनीति और राजनीतिक पार्टी के चिह्न के प्रतिबिम्ब के लिए देखें (तम्मिता-डेलगोडा)। इर्विन न्यूमेयर ने अपने संकलन में एक रोचक चीज बताई है (देखें न्यूमेयर एवं स्कल बर्जर 1997: 90) जिसमें दिखाया गया है कि भारत माता अपने हाथ में भारतीय राष्ट्रीय कांग्रेस का झंडा थामे हुए है और वे प्रधानमंत्री नेहरू को भारतीय संघ का नया झंडा दे रही हैं। उनके पैर के निकट पूजा के लिए विभिन्न स्वतंत्रता सेनानियों के मुख दिखाए गए हैं।
15. इस अवधि (1974) के एक अन्य कैलेंडर "सत्यम शिवम सुंदरम" जिसमें एक बच्चे को ऊपर से एक चिम्पांजी देख रहा है वह एक किताब पढ़ रहा है जिसमें लिखा "पढ़ो और इंसान बनो"।
16. मेरे विचार से बच्चे के लिंग को न बताना गैर महत्त्वपूर्ण नहीं हो सकता। कुल मिलाकर, उभयलिंगी प्रतिरूपण के बावजूद देखने वाला उसे लड़का मानता है लड़की नहीं। जिस तरह से कृष्ण, ईसा मसीह और नानक की तस्वीरें हैं। आपेक्षिक रूप से यह गैर-लिंगी छवि वर्तमान पोपुलर के विपरीत है जिसे व्यापक रूप से प्रकाशित किया जा रहा है। जिसमें दिखाया जाता है कि एक नंगा छोटा लड़का एक टब में पेशाब कर रहा है। यद्यपि यह बच्चा पूर्वी एशियाई दिखता है लेकिन वह गले में एक सोने का मेडल पहने है जिस पर लिखा है 'जय हिन्द'।
17. एक अन्य प्रिन्ट में भी यही संदेश स्पष्ट होता है। इस पर लिखा है (Perceived the Almighty to be a Child, 1978) इसमें नंगा उभयलिंगी बच्चा प्रिन्ट के केन्द्र में है और उसे मोमबत्ती की रोशनी में एक किताब पढ़ते हुए दिखाया गया है जिसमें हिन्दू, इस्लाम, जैन, ईसाई, सिख और बौद्ध धर्म का प्रतिनिधित्व चारों ओर है। बच्चे के दैवीय भाव का प्रदर्शन इस बात से होता है कि उसमें बिना किसी भेदभाव के इस उपमहाद्वीप के सभी प्रमुख धर्मों को शामिल किया गया है।
18. On Gandhi's understanding of secularism, see Donald E. Smith (1963: 148ff.); also Madan (1997: esp. Chapter 8); Nandy (1990); J.P.S. Uberoi (1996); Van Der Veer (1996: 94).
19. For a more comprehensive address to the representation of women in calendar art, linked to themes of nation-building, see e.g., Guha-Thakurta (1991); Uberoi (1990, 1996, 1999–2000).
20. पूर्ण उपनिषद् को डोनाल्ड ई. स्मिथ (1963:168) द्वारा पुन: प्रकाशित किया गया है: [हे भगवान- अपनी विभिन्न प्रवृत्तियों के चलते मनुष्य जो विभिन्न राह अपनाता है, वे राहें देखने में भले ही अलग-अलग हों, हकीकत में वे सभी आप तक ही जाती हैं।]
21. इस प्रिन्ट के रंगीन प्रकाशन के लिए देखें (FAAM 2000;37)। इसी अवधि की अधिक प्रभावशाली छवि, जिसका शीर्षक 'जय हिन्द' है इसमें दिखाया गया है भारत माता बाहें फैलाकर भारतीय स्वतंत्रता का स्वागत कर रही हैं और भारत के विभिन्न धार्मिक समुदायों को प्रदर्शित करने वाली आकृतियां हैं। जिसमें महिला, पुरुष, युवा और बुजुर्ग जीवन के हर क्षेत्र के लोग सलाम कर रहे हैं (वही देखें 37 [Plate 4.8])। इस चित्र की पृष्ठभूमि में भारत का नक्शा है जिसमें भारत के उत्तर-पश्चिमी और उत्तरी-पूर्वी सीमाओं पर बादल छाए हुए हैं।
22. संरचना समय-समय पर बदलती रहती है। इसमें कभी दुर्गा, लक्ष्मी और सरस्वती की त्रिमूर्ति होती हैं। (देखें FAAM 2000: figure 1.1) कभी सीता और क्षेत्रीय प्राथमिकता को प्रदर्शित

करने वाली कोई देवी (संतोषी-मां) या एक देवी को उसके कई रूपों में दिखाया जाता हैं जैसे नव दुर्गा या लक्ष्मी के आठ रूप। चित्र 5 एक असामान्य प्रदर्शन है।

23. गाय की छवि में शीर्षक "कामधेनु" या "गौमाता" रहता है। पंजाबी ज्ञापकों को जब मैंने यह कामधेनु चित्र दिखाया तो उन्होंने तुरंत इसे बुराक के चित्र से समानता के रूप में देखा। 'बुराक' वह जानवर हैं जिसके बारे में कहा जाता हैं कि मुहम्मद ने उसी पर बैठकर अपनी रात्रिक यात्रा जिसे '*मीरा आज*' कहते हैं; शुरु की थी.. यह एक सफेद जानवर है जिसका आकार एक गधे और खच्चर के बीच का होता हैं, इसके दो पंख होते हैं। इस कामधेनु शीर्षक का विरोध करते हुए वे कहते हैं कि इसमें मूल छवि बुराक की है (जिसे मुहम्मद की घोड़ी डुलडुल की विशेषताएं दी गई हैं।): आप छवि देखकर ऐसा कह सकते हैं। यह स्वाभाविक रूप से घोड़े का है। यह मात्र एक घोड़ा है, जिसमें गाय के थन और सींग जोड़ दिए गए हैं। इन चित्रों को खरीदने वाले लोग इतने भी मूर्ख नहीं होंगे, लेकिन बुराक / कामधेनु की छवि को मिला देने से पहचान का भ्रम उत्पन्न होता है। यह एक सामान्य शब्दावली और प्रदर्शन दिखाता है, जिस पर हिन्दू छवि का अनिवार्य रूप से प्रमुख प्रभाव नहीं है लेकिन जो विशिष्ट रूप से दोहरा चरित्र दिखाती है।

24. देखें (Larson et. al, 1997:53) और (FAAM. 2000:33); शिवमूर्ति (1982:45) ने कामधेनु को पवित्र देवी श्री (लक्ष्मी) का पशुरूप बताया है। गाय का कला रूप जिसमें इसके शरीर में दैवी को क्रमबद्ध रूप और इसके चार थन चार महासागर बनाते हैं, इसे महाभारत के आश्रमवासिक पर्व से लिया गया है।

25. मैं बी.सी. शर्मा की पहचान नहीं कर सका, यद्यपि ऐसा लगता है कि वह नाथद्वार स्कूल का कलाकार था। भारतीय क्रोमोलिथोग्राफी में नाथद्वार के कलाकारों के विशेष योगदान के लिए देखें (Pinney 1995, 1997a:860-63; Jain 1998:56-62)। डेनियल स्मिथ ने नाथद्वार पेंटर्स पर काफी फील्ड नोट्स बनाए हैं जिसमें शामिल हैं- बी.जी. शर्मा, सी.वी. शर्मा और एन. एल. शर्मा और एस.एस. ब्रिजबासी और हेमचंद्र भार्गव की प्रकाशन कंपनियां जिन्होंनें नाथद्वार पेंटर्स को लोकप्रिय किया।

26. अन्य मुख्य मुद्दा भाषा का था, हिन्दी बनाम उर्दू (King 1989)। उपनिवेश काल में गाय की रक्षा की हिन्दू धार्मिक राष्ट्रवादी पहचान बनाने में भूमिका और उसके लिए गाय की व्यापक स्तर पर बनाई गई छवियां शामिल हैं। देखें [(Barrier, 1968:528-30) (Brosius 1999:106-7, esp Plate 38); (Freitag 1980, 1990: chapter 5, 1996:215-34); (Jain-1998:54-56, esp. Plate 55); (Jones, 1996:152-153); (Pandey 1983, 1990 esp chapter 3); (Pinney 1997a, 1999, 2002); Van der Veer (1996 esp. chapter 3) and (Yang 1980)]

27. यद्यपि उनकी पहचान उनके माथे पर बने निशान या उनके सिर पर पहनने वाली टोपी से होती हैं जैसे तीन उच्च वर्ण (ब्राह्मण, क्षत्रिय, वैश्य)।

28. The European/Christian has a cup and saucer; the Muslim a sort of bowl; and the Hindus and Parsee, *lotas.*

29. Interview, January 2001.

30. I have three almost identical specimens from 1973 and 1974, published in Ludhiana and Sangrur (Punjab). Mohinder Singh was reputed to be based in Delhi, and had executed a large number of 'Sikh' themes.

31. *Sri Guru Granth Sahib* (standard edition) p. 918: *Ramkali Mahala 3, Anand, Shlok 13.*

32. इस छवि का प्रयोग आमतौर पर गाय रक्षा के साहित्य में किया गया है। इस तरह की छवि

आप वीएचपी की गाय रक्षा पुस्तिका (ca. 1990) में देख सकते है। वीएचपी में एक विभाग गाय रक्षा के लिए समर्पित है। (बसु इत्यादि 1993 : 67)

33. Bhai Mati Das, companion and diwan of Guru Tegh Bahadur, was arrested on imperial orders along with the Guru in 1675. Refusing to become apostate, he was tortured and sawn in two. See H. Singh (1992–98: III, 68–69).
34. Arguably, this might be a tepid recognition of the Islamic/Sufi contribution to Sikh theology. See J.P.S. Uberoi (1996: Chapter 3).
35. Fox (1987: Chapter 9) details the competition between the Arya Samaj and the Singh Sabha movements for the 'conversion' of low-caste groups. See also Jones (1976: 207–8, 210).
36. Interestingly, however, representatives of the Nirankari and Radhasoami sects are not incorporated within the cow's body here, marking the outer limits of the syncretistic formulation (see Grewal 1994: 140–41, 216–17; McLeod 1989: 115–21; Khushwant Singh 1966: Chapter 8).
37. ईशनिन्दा मुख्य रूप से गुरुबाणी के शीर्षक और रेखांकन में नजर आती है। मुझे आश्चर्य है कि इसका विस्तार नहीं होता; जैसे गाय का दूध। शिवलिंग योनि के अमृत में बदलने की आलोचना में होता है जिसका सिखों में एक विशिष्ट धार्मिक अर्थ है। देखें विर्क (2001) जो कि आरएसएस की पुस्तिका *हिन्दुत्व और पर्यावरण* का उदाहरण देते हैं। जिसके आवरण पर बछड़ा गाय का दूध पी रहा है। जिसका शीर्षक गुरु अर्जन की बाणी है।
38. वे भाजपा के साथ अकाली दल के केंद्र और पंजाब में गठबंधन सरकार का उल्लेख कर रहे थे।
39. Such statements are actually the common stuff of cow protection literature. See, e.g., 'Bharat Mata for sale, Rs 3' (*The Times of India,* 3/12/2000) on the door-to-door promotion campaign of this RSS literature in Delhi in November-December 2000.
40. This echoes Jawaharlal Nehru's rationalist argument on behalf of cow protection (T.N. Madan, personal communication).
41. Here I use as my template earlier work on the structure of linguistic pluralism in South Asia (Uberoi and Uberoi 1977), based on a close reading of the work of socio-linguist, P.B. Pandit (especially Pandit 1977).
42. तुलनात्मक तरीके से मैकलियॉड (1991: Figure 14) ने उन्नीसवीं शताब्दी की दो बहुत समान छवियों के डबल प्रिंट प्रकाशित किए हैं: एक ओर सिख परिवार बाबा अटल राय की समाधि पर श्रद्धांजलि अर्पित कर रहे हैं और दूसरी तरफ ब्रह्मा और शिव दुर्गा की पूजा कर रहे हैं।

    मैकलियॉड की टिप्पणी:

    > इस तरह के दोहरे प्रिंट उन्नीसवीं शताब्दी के दौरान पोपुलर सिख पसंद की उदार प्रकृति को प्रमाणित करते हैं, इस प्रवृत्ति पर शीघ्र ही सिंह सभा सुधारकों ने प्रहार किया। यह कहा जा सकता है कि सिंह सभा प्रचार का शिक्षित सिखों पर व्यापक प्रभाव पड़ा लेकिन इस तरह के प्रिंट की लोकप्रिय सराहना को समाप्त करने में यह कभी सफल नहीं हो सका। (मैकलियॉड 1991:128)

43. दोनों का कार्यान्वयन एक ही कलाकार दिल्ली के रंग रूप स्टूडियो के संस्थापक राम सिंह ने किया था। एक प्रकाशक ने मुझे बताया कि राम सिंह ने अक्सर शिव, राम और नानक के लगभग समान चित्र बनाए। चाहे यह आंतरिक धार्मिक दृढ़ता थी अथवा बाजारू

अवसरवादिता। (साक्षात्कार जनवरी 2001; राम सिंह के बेटे विजय सिंह का साक्षात्कार); देखें (एच. डेनियल स्मिथ 1998)

44. Untitled. Artist, S.M. Kumar; Publisher: India Glass House, Ludhiana.
45. As in another print from the Rang Roop Studio, dating from the same period (Collection J.P.S. and Patricia Uberoi).
46. एच. डब्ल्यू मैकलियॉड के अनुसार लोकप्रिय कहानी, अपेक्षाकृत एक दौर से शुरु हुई परंपरा बताती है कि कैसे गुरु नानक रसद विभाग में चीजें बांट रहे हैं जो संख्या 13 पर पहुंचाने के लिए एक समाधि पर गिर जाते हैं और 'तेरा' 'तेरा' 'तेरा' दोहराते हैं (देखें McLeod 1968:107n)
47. पंजाब और सिंध बैंक द्वारा बनाए गए वार्षिक कैलेंडर जिसमें से प्रत्येक में एक विशेष थीम या शैली अपनाई गई है, जो सिख पहचान के दृश्य वक्तव्य में एक महत्त्वपूर्ण भूमिका निभाती है।

संदर्भ Reference

Amin, Shahid. 2000. Remembering the Musalman. *In* Hiroyuki Kotani et al., (eds.), *Fusing modernity: Appropriation of history and political mobilisation in South Asia,* pp.75-101. JCAS Symposium Series 11. Osaka: National Museum of Ethnology.

Barrier, Norman G.1968. The Punjab government and communal poltics, 1870-1908. *Journal of Asian studies* 27,3:523-39.

Basu, Tapan, et al. 1993. *Khaki shorts and saffron flags: A critique of the Hindu Right* (Tracts for the Times, 1). New Delhi: Orient Longman.

Bernstein, Basil. 1971. *Class, codes and control, 1: Theoretical studies towards a sociology of language.* London: Routledge & Kegan Paul.

Brosius, Christiane.1997. Mapping the nation. In Pooja Sood (ed.), *Mappings: Shared histories, a fragile self,* pp.15-19. New Delhi: Eicher Gallery.

—.1999. Empowering visions: A study on Videos and the politics of cultural nationalism in India (1989-98). Dissertation: Europa-Universitat Viadrina, Frankfurt-Oder.

—.2002. Hindutva intervisuality: Videos and the politics of representation. *Contributions to Indian sociology* 36,1 & 2: 265-95.

Chakravarty, Sumita S. 1996 [1993]. *National identity in Indian popular cinema,* 1947-1987. Delhi: Oxford University Press.

Chatterjee, Partha. 1993. *The nation and its fragments: Colonial and postcolonial histories.* Princeton, N.J.: Princeton University Press.

—.1997. *A Possible India: Essays in political criticism.* Delhi: Oxford University Press.

Deshpande, Satish. 1993. Imagined economies: Styles of nation-building in twentieth century India. *Journal of arts and ideas* 25-26: 5-35.

—. 1998. After culture: Renewed agendas for the political economy of India. *Cultural dynamics* 10, 2: 147-69.

Dickey, Sara. 1993. *Cinema and the urban poor in south India.* Cambridge: Cambridge University Press.

Dwyer, Rachel and Christopher Pinney (eds.). 2001. *Pleasure and the nation: The history, politics and consumption of public culture in India.* New Delhi: Oxford University Press.

Fox, Richard G. 1987. *Lions of the Punjab: Culture in the making.* New Delhi: Archives Publishers.

Frankel, Francine R. 1978. *India's political economy, 1947-1977.* Princeton, N.J. Princeton University Press.

Freitag, Sandria B. 1980. Sacred symbol and mobilizing ideology: The north Indian search for a

'Hindu' community. *Comparative Studies in society and history* 22,4: 597-625.

—. 1990 [1989]. *Collective action and community: Public arenas and the emergence of communalism in north India.* Delhi: Oxford University Press.

—. 1996.Contesting in public: Colonial legacies and contemporary communities. *In* Ludden 1996: 211-34.

Fukuoka Asian Art Museum [FAAM].2000. *From goddess to pin-up: Icons of femininity in Indian calendar art.* Fukuoka: Fukuoka Asian Art Museum.

Graham, Bruce. 1993. *Hindu nationalism and Indian politics : The origins and development of the Bharatiya Jana Sangh.* Cambridge: Cambridge University Press.

Grewal, J.S. 1994. *The new Cambridge history in India, II.3: The Sikhs of the Punjab.* New Delhi: Foundation Books, South Asia Paperback edition.

Guha-Thakurta, Tapati. 1991. Women as 'calender art' icons: Emergence of pictorial stereotype in colonial India. *Economic and political weekly* 26,43: WS91-99.

—.1992. *The making of a new 'Indian' art. Artists, aesthetics and nationalism in Bengal, c.1850-1920.* Cambridge: Cambridge University Press.

Gupta, Dipankar, 1996. *The context of ethnicity. Sikh identity in comparative perspective.* Delhi: Oxford University Press.

Hershman, Paul. 1977. Virgin and mother. In Ian Lewis (ed.), *Symbol and sentiments: Cross-cultural studies in symbolism,* pp.269–92. London: Academic Press.

—.1981. *Punjabi kinship and marriage.* Delhi: Hindustan.

Hughes, Thomas Patrick. 1935 [1895]. *A dictionary of Islam.* London:W.H.Allen.

Jain, Kajri.1997. Producing the sacred: The subject of calendar art. *Journal of arts and ideas* 30-31:63-88.

—.1998. Gods in the bazaar: The commercial, sacred and libidinal economies of Indian 'calendar art'. Doctoral dissertation, University of Sydney.

—.2002. More than meets the eye. The circulation of images and the embodiment of value. *Contributions to Indian sociology* 36, 1 & 2: 33-70.

Jones, Kenneth W.1976. *Arya Dharm: Hindu consciousness in 19th century Punjab.* Delhi: Manohar.

Kapur, Anuradha. 1993. Deity to crusader: The changing iconography of Ram. *In* Gyanendra Pandey,(ed.), *Hindus and others,* pp. 74-107. New Delhi: Viking.

Kazmi, Fareed. 1999. *The politics of India's conventional cinema.* New Delhi: Sage Publications.

King, Christopher R. 1989. Forging a new linguistic identity: The Hindi movement in Banaras, 1868-1914. *In* Sandria Freitag (ed.), *Culture and power in Banaras: Community, performance and environment, 1800-1980,* pp. 179–202. Delhi: Oxford University Press.

Krishna, Sankaran.1994. Cartographic anxiety: Mapping the body politic in India. *Alternatives* 19: 507-21.

Larson, Gerald James. 1997. A postmodernist perspective on India's popular religious art. *In* Larson,et al. 1997:24-27.

Larson, Gerald James, Pratapaditya Pal and H.Daniel Smith, compiled.1997. *Changing myths and images: Twentieth-century popular art in India.* Bloomington: Indiana University Art Museum.

Ludden, David. 1996. *Making India Hindu: Religion, community and the politics of democracy in India.* Delhi: Oxford University Press.

Lutgendorf, Philip. 2002. Evolving a monkey. Hanuman, poster art and postcolonial anxiety. *Contributions to Indian sociology* 36, 1 & 2: 71-112.

McKean, Lise. 1996. Bharat Mata: Mother India and her militant matriots. *In* J.S. Hawley and D.M.Wulff. (eds.), *Devi: Goddesses of India,* pp. 250–80. Berkeley: University of California Press.

McLeod, H.W. 1968. *Guru Nanak and the Sikh religion.* Oxford: Clarendon press.

—.1989. *Who is a Sikh: The problem of Sikh identity.* Oxford: Clarendon press.

—.1991. *Popular Sikh art.* Delhi: Oxford University Press.

Madan T.N. 1987. Secularism in its place. *Journal of Asian studies* 46,4:747-59.

—.1997. *Modern myths, locked minds: Secularism and fundamentalism in India.* Delhi: Oxford University Press.

Manuel, Peter.1996. Music, the media, and communal relations in north India, past and present. *In* Ludden 1996:119–39.

Mitter, Partha. 1994. *Art and nationalism in colonial India, 1850-1922: Occidental orientations.* Cambridge: Cambridge University Press.

—.2002. Mechanical reproduction and the world of the colonial artist. *Contributions to Indian Sociology* 36, 1 & 2: 1–32.

Nandy, Ashis.1983. *The intimate enemy: Loss and recovery of self under colonialism.* Delhi: Oxford University Press.

—.1990. The politics of secularism and the recovery of religious tolerance. *In* Veena Das. (ed.), *Mirrors of violence: Communities, riots and survivors in South Asia,* pp. 69-93. Delhi: Oxford University Press.

Neumayer, Erwin and Christine Schelberger, compiled. 1997. *The oleographed gods of India.* Vienna: Private circulation.

Oberoi, Harjot. 1994. *The construction of religious boundaries: Culture, identity and diversity in the Sikh tradition.* Delhi: Oxford University Press.

Pal, Pratapaditya. 1997. The printed image: An iconographic excursus. In Larson, et al. 1997: 29–38.

Pandey, Gyanendra. 1983. Rallying with the cow: Sectarian strife in the Bhojpuri region, c. 1888–1917. *In* Ranajit Guha (ed.), *Subaltern studies II: Writings on South Asian history and society,* pp. 60–129. Delhi: Oxford University Press.

—.1990. *The construction of communalism in colonial north India.* Delhi: Oxford University Press.

Pandit, P.B. 1997. *Language in a plural society* (Dev Raj Chanana Memorial Lectures). Delhi: Oxford University Press.

Pinney, Christopher. 1995. Moral topophilia: The significations of landscape in Indian oleographs. *In* Eric Hirsch and Michael O' Hanlon (eds.), *The anthropology of landscape: Perspectives on place and space,* pp. 78-113. Oxford: Clarendon Press.

—.1997a. The nation (un)pictured? Chromolithography and 'popular' politics in India, 1879-1995. Critical inquiry 23,4:834–67.

—.1997b. *Camera Indica: The social Life of Indian photographs.* Chicago: University of Chicago Press.

—.1999. Indian magical realism: Notes on popular visual culture. *In* Gautam Bhadra, Gyan Prakash and Suzie Tharu (eds), *Subaltern studies X: Writings on south Asia,* pp. 201–33. Delhi: Oxford University Press.

—.2002. 'A secret of their own country': Or, how Indian nationalism made itself irrefutable. *Contributions to Indian sociology* 36, 1 & 2: 113–50.

Prasad, M. Madhava. 1998. *Ideology of Hindi film: A historical construction.* Delhi: Oxford University Press.

Ramaswamy, Sumathi. 1999. Virgin mother, beloved other: The erotics of Tamil nationalism in colonial and post-colonial India. In Rajeswari Sunder Rajan (ed.), *Signposts: Gender issues in post-Independence India,* pp. 17–56. New Delhi: Kali for Women.

—.2002.Visualising India's geo-body: Globes, maps, bodyscapes. *Contributions to Indian sociology* 36, 1 & 2: 151–89.

—.2005.The goddess and the nation: Subterfuges of antiquity, the cunning of modernity. In Gavin Flood (ed.), *Blackwell companion to Hinduism.* Blackwell Publishers.

Roy,Srirupa. 2002. Moving pictures: The postcolonial state and visual representations of India. *Contributions to Indian sociology* 36, 1 & 2: 233–63.

Sarkar, Tanika. 2001. *Hindu wife, Hindu nation: Community, religion and cultural nationalism.*

New Delhi: Permanent Black.

Singh, G. 2001. Even after the High Court judgement why do they insist on calling the Sikhs, the 'Hindus'? *Spokesman weekly*, January: 23–24.

Singh, Harbans (ed.)1992-98. *The Encyclopedia of Sikhism,* 4 vols. Patiala: Punjabi University Press.

Singh, Khushwant. 1963. *A history of the Sikhs, Volume I: 1469-1839.* Printceton, N.J.: Princeton University Press.

—.1996. *A history of Sikhs, Volume II: 1839-1964.* Princeton, N.J.: Princeton University Press.

Sivaramurti, C. 1982. *Sri Lakshmi in Indian art and thought.* New Delhi: Kanak.

Smith, Donald Eugene. 1963. *India as a secular state.* Princeton, N.J.: Princeton University Press.

Smith, H.Daniel. 1988. Fieldnotes. Mss. preserved in the Smith Poster Archive, Syracuse University, New York.

Tammita-Delgoda, Sinha Raja. n.d. The imagery of nationalism: Classical allusion and the politics of Sinhala nationalism. Illustrated lecture presented at the 'Dialogue of democracy and diversity in South Asia'. Centre for Political Studies, JNU, 14–17 March 2001.

Uberoi, J.P.S. 1996. *Religion, civil society and the state: A study of Sikhism.* Delhi: Oxford University Press.

Uberoi, Patricia. 1990. Feminine identity and national ethos in Indian calendar art. *Economic and political weekly* 25, 17: WS41-48.

—. 1996. From goddess to pin-up: Icons of femininity in Indian calendar art, 1955-1995. In Pooja Sood (ed.), *Of women: Icons/Stars/Feasts,* pp. 7-9. New Delhi: Eicher Gallery.

—. 1999-2000. Times past: Gender and the nation in 'calendar art'. *Indian horizons* 46, 4, & 47, 1: 24–39.

—. 2001. Baby boom: Forms and figures of a new generation. Exhibition catalogue, *Kitsch Kitsch Hota Hai,* India Habitat Centre Visual Art Gallery, March 2001 (unnumbered pages).

Uberoi, Patricia and J.P.S. Uberoi. 1977. Towards a new sociolinguistics: A memoir of P.B. Pandit. In H.S. Gill (ed.), *Parole and langue. Pakha Sanjam* 8 (1975-76): iii-xvii.

van der Veer, Peter. 1996 [1994]. *Religious nationalism: Hindus and Muslims in India.* Delhi: Oxford University Press.

Virk, Hardev Singh. 2001. False RSS propaganda at Guru Nanak Dev University, Amritsar. *Spokesman weekly,* February: 27–30.

Yang, Anand A. 1980. Sacred symbol and sacred space in rural India: Community mobilization in the 'Anti-Cow Killing' riot of 1893. *Comparative studies in society and history* 22, 4: 576–96.

अमांडा विडमैन

गुरु और ग्रामोफोन: निष्ठा और आधुनिक टेक्नोलॉजी की कहानी

> याददाश्त को मानवीय स्वर से ज्यादा कुछ और उत्तेजित नहीं करता। ऐसा शायद इसलिए है कि स्वर से जल्दी किसी और चीज को भूला नहीं जा सकता। हालांकि याददाश्त कभी मरती नहीं है—इसका ध्वनि रूप और आचरण हमारे अवचेतन में समा जाता है जहां वह फिर से उभरने की प्रतीक्षा करता है।
>
> रोडल्फ लोथर, द टाकिंग मशीनः ए टेक्नीकल एसथेटिक ऐस्से

> आमने-सामने गुरु मार्ग दिखाता है। शिष्य को विशिष्टता की यात्रा तय करनी होती है। यह विशिष्टता हासिल कैसे होगी? यह संदेश श्रोता के दिमाग को मथता रहता है। आज संगीत को बिल्कुल गलत रूप में देखा जा रहा है। ऐसा समझा जा रहा है मानो वह केवल विज्ञान है, सिर्फ गणित का आंकड़ा है, या फिर समय का अंतराल।
>
> राघव मेनन, (एस.वी. कृष्णमूर्ति की किताब "डिवनिटी, द कोर ऑफ इंडियन म्यूजिक" में)

औपनिवेशिक काल के बाद के दक्षिण भारत में दक्षिण भारतीय शास्त्रीय संगीत कर्नाटक की पहचान गैर उपनिवेशी भारतीय विशेषता के रूप में बनी है। दक्षिण भारत में शास्त्रीय संगीत की कहानी में स्वर की प्रमुखता और वाचक परंपरा के महत्त्व का वर्चस्व रहा है। लेकिन स्वर और वाचक परंपरा का उपयोग सिर्फ कहानी की प्रामाणिकता और सच्चाई के उल्लेख में ही नहीं हुआ है। रिकॉर्डिंग और रिप्रोडक्शन की टेक्नोलॉजी के विकास के साथ प्रामाणिकता और सच्चाई पर गहरा आघात लगा है। इन शब्दों का इस्तेमाल जिस तरह से पश्चिमी संगीत की तुलना में कर्नाटक संगीत का उल्लेख करने के लिए किया जाता है, उससे उनका महत्त्व बढ़ जाता है। एक ओर पश्चिमी संगीत जहां शास्त्रीय है वहीं कर्नाटक संगीत वाचनिक है। पश्चिमी संगीत टेक्नोलॉजी के स्तर पर श्रेष्ठ है जबकि

मैं पब्लिक कल्चर की संपादकीय समिति को धन्यवाद करना चाहूंगा, जिन्होंने इस मूल निबंध पर विचारपूर्ण अध्ययन किया जिससे कि मैं यहाँ प्रस्तुत अपने तर्कों को और मजबूत कर सका।
–पब्लिक कल्चर 15(3): 453-76, ड्यूक यूनिवर्सिटी प्रेस, 2003 के उद्धरण।

कर्नाटक संगीत ज्यादा आध्यात्मिक है। पश्चिमी संगीत सिर्फ लिखित संगीत को देखकर बजाया जा सकता है जबकि कर्नाटक संगीत की सदियों पुरानी वाचिक परंपरा और शिक्षण-पद्धति है। टेक्नोलॉजी इसकी नकल नहीं कर सकती।

इस लेख का मकसद बीसवीं सदी में कर्नाटक संगीत के उल्लेखों की प्रामाणिकता का पता लगाना और टेक्नोलॉजी जनित सच्चाइयों से इसका संबंध स्थापित करना है। मैं उस काल पर प्रकाश डालूंगी जब संगीत सुनने और गाने की कला रिकॉर्डिंग और प्रसारण के तकनीकी विकास के साथ बदल रही थी। विशेषतौर पर, मैं संगीत गुरुओं की जगह मशीन द्वारा ले लिए जाने और संगीत के परिमाणन, पुनःस्वरीकरण की चर्चा करुँगी। पारंपरिक विधियों का स्थान आधुनिक टेक्नोलॉजी के लेने की चर्चा करने के बजाय मैं यह बताना चाहूंगी कि प्रामाणिकता, परंपरा और आधुनिकता के विचार क्या थे और प्रभावशाली टेक्नोलॉजी से टकराव के बाद उनमें क्या बदलाव आए। मेरा फोकस टेक्नोलॉजी के असंगत नेटवर्क पर होगा।

सच्चाई और प्रभुत्व के संबंधों के बीच कई मसले उभरते हैं। रिकॉर्डिंग और प्रसारण की तकनीक ने शिक्षा, कला और श्रवण के तरीकों को बाधित किया है। इसका अनुभव संगीतकार और श्रोताओं दोनों को हुआ है। स्वर का लोप हो गया है। संगीतकार और श्रोताओं के आमने-सामने होने की परंपरा समाप्त हो गई है और समय की गति बढ़ गई है। अगर गुरु की प्रभुता शिष्य की निष्ठा का अंश है तो इस निष्ठा के बहुत आगे बढ़ जाने से गुरु की प्रभुता पर खतरा उत्पन्न होता है। दूसरी ओर नई टेक्नोलॉजी में भी पारंपरिक इच्छाओं पर ध्यान दिया गया है। औपनिवेशिक काल के बाद के समय में निष्ठा के सामाजिक भाव का निर्धारण निष्ठा के तकनीकी आधार पर हुआ है। यह टेक्नोलॉजी संरक्षक और संहारक–दोनों ही भूमिकाओं में है। यह याद करने और भूलने–दोनों कामों का यंत्र है।

हिज मास्टर्स वॉयस

मालन की लघुकथा "विद्वान" (संगीतकार) की शुरुआत कला के शास्त्रीय भाव से होती है। वायलिन वादक जानकीरमण संगीत की अपनी धारणा को अभिव्यक्त करने के लिए संघर्ष कर रहे होते हैं।[2] इसी बीच उनका पुराना छात्र जोसफ ओमं अमेरिका से लौट आता है।[3] जानकीरमण एक सीधे-सादे आदमी हैं जो सिर्फ संगीत के बारे में सोचते हैं। उन्होंने अपना पूरा जीवन छात्रों को संगीत की शिक्षा देने में लगा दिया है। लेकिन ओम के लौटने के पहले एक भी ऐसा छात्र नहीं था जो खुद को असली शिष्य बता सकता हो। 'ओम ने दो साल तक जानकीरमण के साथ दिन-रात संगीत की शिक्षा ली थी। वह ज़मीन पर पालथी मार कर शिक्षा ग्रहण करता था। उसने अपने आंसुओं से रसम और चावल खाना सीखा था। उसे अपने गुरु जानकीरमण की दिनचर्या के हर पल की जानकारी थी। यह गुरुकुलवासम था।'[4]

ओम कंप्यूटराइज्ड रोबोट "यक्षिणी" को संस्थापित करने के लिए लौटा था। यह रोबोट जानकीरमण के घर का सारा कामकाज कर सकती थी। उनके लिए खाना पका सकती थी। यहां तक कि उनका वायलिन भी बजा सकती थी। रोबोट ने बिना किसी व्यवधान के काम करना शुरू कर दिया जबकि जानकीरमण ने उसे अपने वायलिन के पास आने नहीं दिया।

संगीत एक दैवीय चीज है। एक पवित्र चीज है। उन्होंने तय किया कि इस पवित्र चीज को मशीन के हाथों में नहीं सौंपा जा सकता। एक दिन वह अपनी पूजा[5] समाप्त कर अपने कमरे में आए तो वहां यक्षिणी बैठी हुई थी।

यक्षिणी ने पूछा : 'षडज का मतलब क्या है?[6]'

जानकीरमण ने चौंक कर कहा, 'क्या'?

'षडज का मतलब क्या है?'

'षडज एक स्वर है।'

'स्वर का मतलब क्या है?'

'यक्षिणी! तुम इसे लेकर खुद को परेशान क्यों कर रही हो?'

'क्या आप मुझे संगीत नहीं सिखाएंगे?'

'क्या? तुम? संगीत एक दैवीय कला है। उन्नत चीज है। इसे सीखने में जीवनपर्यंत लगना होता है।'

'दैवीय, उन्नत, जीवनपर्यंत - ये सभी नए शब्द हैं। इनका मतलब क्या है?'

'यक्षिणी, मुझे परेशान करना बंद करो।'

दूसरे दिन दोपहर बाद वे भोजन कर पान खाने के बाद अर्धनिंद्रा में सोए हुए थे। उसी वक्त उन्हें यक्षिणी की आवाज सुनाई दी। 'कल से दिल्ली में आपका एक सप्ताह का संगीत समारोह है। मैंने आपके कपड़े रख दिए हैं। संगीत की पुस्तकें, खाने के लिए फल, पान और एड्रेसबुक तथा मधुमेह की दवाइयां पैक कर दी हैं। क्या वायलिन भी पैक कर दूं?'
जानकीरमण चिल्ला पड़े: 'तुम उसे मत छुओ।'

दस दिन बाद जानकीरमण दिल्ली दौरे से वापस आए। अपने घर में घुसते ही उन्होंने संगीत की आवाज सुनी।

घर के अंदर से भैरवी की तान सुनाई दे रही थी। बिल्कुल स्पष्ट, नाजुक आवाज थी।[7] उसे सुनते ही शरीर गुनगुना उठा। संगीत की पवित्रता ने उन्हें अंदर तक झकझोर दिया। वे रोने-रोने को हो गए। सिसकने लगे। अपने जीवन के 65 वर्षों में उन्होंने ऐसी आवाज पहले कभी नहीं सुनी थी। अब

इसे सुन कर बर्दाश्त नहीं कर पा रहे थे। राग आलाप और कृति समाप्त हो चुका था और स्वर बजने शुरू हो चुके थे।[8] वे अब और रुक नहीं सकते थे। उन्होंने दरवाजा खोला और बत्ती जलाई। इसके तुरंत बाद संगीत की आवाज बंद हो गई। जानकीरमण हर कमरे में जा कर देखने लगे।

उन्होंने पूछा: अभी वायलिन कौन बजा रहा था?'

आधा मिनट बाद यक्षिणी बोली – 'मैं बजा रही थी।'

'तुम बजा रही थी?' जानकीरमण ईर्ष्या से जल उठे।

उन्होंने चिल्ला कर कहा: 'मैंने तुमसे कहा था न कि वायलिन मत छूना।'

'मैंने उसे नहीं छुआ है।'

'तुम कहना क्या चाहती हो? तुमने इसे नहीं छुआ? मैंने अभी इसकी आवाज सुनी है। मेरे कान धोखा नहीं दे सकते।'

'ऐसा स्वर मैं खास अंतराल पर निकाल लेती हूं।

'इस तरह का आश्चर्यजनक संगीत तुम्हें किसने सिखाया?

'आपने सिखाया। मैंने सिर्फ स्वर निकाला है। स्वर की विभिन्न तरंगें... आपकी मर्जी कि इसे आप संगीत का नाम दे दें। आप अपने शिष्यों को इसी आधार पर शिक्षा देते हैं।'

'तुम सिर्फ भैरवी गा सकती हो या कुछ और भी?'

'मैं कोई भी राग गा सकती हूं। राग स्वरों की एक पूर्वनिर्धारित शृंखला है, एक सूत्र है। स्वर ध्वनि की विशेष आवृत्तियां हैं। अगर वे मेरी याददाश्त में प्रोग्राम की जाएं तो मैं विभिन्न सूत्रों का निर्माण कर विभिन्न राग बजा सकती हूं।'

जानकीरमण अवाक हो गए। क्या संगीत गणना मात्र है? जिसे सीखने के लिए उन्होंने पचास वर्षों तक दिन-रात परिश्रम किया, क्या वह इतना आसान था कि एक मशीन दस दिनों में सीख कर उसे बजाने लगे? क्या यह मात्र भ्रम था कि संगीत दैवीय प्रसाद है? उनकी आखों से आंसू की धारा बहने लगी।

जानकीरमण कमरे से बाहर आ गये। दूसरे दिन विनम्र हो उन्होंने यक्षिणी से कहा:

'यक्षिणी, तुमने जो कहा वह सही है, ...मैंने अपनी जिंदगी में वैसी विशुद्ध भैरवी नहीं सुनी। मैं मानता था कि मेरे गुरु सच्चे ऋषि थे। मेरे अनुभव में उनका संगीत अद्वितीय था। लेकिन उन्होंने भी कभी वैसा नहीं गाया।... यह कह कर कि संगीत दैवीय है, मैं अपने आप को धोखा देता रहा। अब समय

आ गया है कि हम विज्ञान की पूजा करें। कल के पहले मैं यह नहीं मानता था। लेकिन अब यह आखिरकार स्पष्ट हो गया। अब से तुम मुझे सिखाओगी। मैं इसे साक्षात ईश्वर का शिष्य होने जैसा समझूंगा।' जानकीरमण की आवाज भावनाओं से रुंधी हुई थी।

'आप नई बातें कह रहे हैं। हम यंत्र हैं। हम सिर्फ वही जान सकते हैं जो आप जानते हैं। इससे एक कतरा भी ज्यादा हम नहीं जान सकते। हमारे पास कल्पनाशीलता नहीं है।... हमारा शिल्प आपका दास है। हम आपसे कभी नहीं जीत सकते। मैं संगीत पूरी तरह भूल चुकी हूं। अगर आप मुझे कुछ नहीं सिखाना चाहेंगे तो मेरा पूर्व निर्धारित तंत्र उसे मेरी याददाश्त से पूरी तरह मिटा देगा। मैंने आपकी अनिच्छा आपके गुस्से और आंसुओं से भांप ली। कल जैसे ही मेरे संवेदकों ने आपकी आंखों में आंसुओं को देखा, उसी क्षण सारा संगीत नष्ट कर दिया गया।'

जानकीरमण को अकथनीय आघात लगा। उन्होंने सोचा नहीं था कि ऐसा भी हो सकता है। आघात से उबर पाने में असमर्थ, कुछ मिनटों तक वे भावशून्य हो ताकते रहे। इसके बाद साहस जुटा कर बोले, यक्षिणी इधर देखो। यह सरलवारिसाई है। सा-रे-गा-मा-पा-धा-नि...'

मालन की कहानी कर्नाटक शास्त्रीय संगीत की प्रमुख संस्था गुरुकुलवासम की चिंताओं को रेखांकित करती हैं। गुरुकुलवासम में शिष्य वर्षों तक गुरु के साथ रहते हैं और संगीत की शिक्षा लेते हैं। मालन की कहानी आधुनिक काल के पहले के समय का प्रतिनिधित्व करती है। यह आधुनिक संगीत समारोहों और संगीत की पुरानी शिक्षा के अंतर को बताती है। गुरुकुलवासम की प्रामाणिकता टेक्नोलॉजी के अभाव में ज्यादा साबित होती है।

इसके बावजूद मालन की कहानी में कंप्यूटर की कृत्रिम बुद्धि और गुरुकुलवासम के तर्कों के बीच अकाटय सदृश्यता है। यह समानता सामाजिक और तकनीकी अवधारणा के रूप में निष्ठा की दोहरी प्रकृति को उजागर करती है। कहानी में हालांकि अंततः मानव गुरु जानकीरमण को रियायत दी गई है लेकिन समूल में इसका प्रभाव अस्थिरकारी है। रोबोट संगीत और स्वर की जगह फ्रिक्वेंसी और ध्वनि तरंग को ला देता है। इसी तरह वह मेमोरी की जगह मेमोरी बैंक, किसी चीज को भूलने की जगह उसे मिटा देने (डिलीट), समर्पित शिष्य की जगह कंप्यूटर और जीवनपर्यंत अध्ययन की जगह फटाफट डिजिटल प्रोसेसिंग को ला देता है।

कहानी की शुरुआत में ही पारंपरिक गुरुकुलवासम समाप्त हो चुका होता है जानकीरमण का कोई देसी शिष्य पारंगत नहीं हो सका लेकिन उनका अमेरिकी शिष्य ओम पारंगत हो गया। इसके बाद ओम के द्वारा प्रोग्रामिंग कर तैयार की गई यक्षिणी सर्वोत्कृष्ट शिष्या बन गई। यह जानकीरमण की इच्छाओं के अनुसार काम कर सकती थी।

जानकीरमण सोचने लगे कि अगर कंप्यूटर शिष्य की जगह ले सकता है तो क्या वह गुरु नहीं बन सकता। अगर निपुणता मशीन के हाथों कैद हो जाए तो क्या होगा? अगर पश्चिमी तकनीक से वास्तव में गुरुकुलवासम का ब्लैक बाक्स खुल जाए तो क्या होगा? संगीत के पूरी तरह परिणामात्मक हो जाने और गणना आधारित हो जाने का खतरा स्वर के फिर से निकालने का खतरा भी है।[10] अगर वर्षों के अध्ययन के बिना संगीत को हासिल किया जा सकता है तो क्या इससे काल के लोप होने का खतरा उत्पन्न नहीं होगा? कहानी में जब इन सभी खतरों पर विचार हो रहा होता है उसी वक्त दूसरा सदमा लगता है: यक्षिणी बताती है कि उसने सारे संगीत को डिलीट कर दिया है। यह नुकसान क्रमिक रूप में नहीं हुआ है बल्कि अचानक एकमुश्त हो गया है। इस नुकसान से जानकीरमण गहरे सदमे में पहुंच जाते हैं। इस सदमे के बाद जानकीरमण फिर से गुरुकुलवासम प्रारंभ करते हैं। अगर कहानी में कुछ आश्वस्त करने जैसा है जो इन संभावनाओं के लिए द्वार खुला रखता है तो यह संभावना है कि गुरु की जगह पूरी तरह कम्प्यूटर ले सकता है जो पूरी तरह पारंपरिक संगीत जैसा या उससे भी बेहतर होगा।

शानदार ग्रामोफोन

ग्रामोफोन कंपनी के पहले रिकॉर्डिंग इंजीनियर फ्रेडरिक गेसबर्ग 1920–23 के पहले के दौर को याद करते हुए 1942 में लिखते हैं कि 'भारत में जब ग्रामोफोन लाया गया तो उसे मनोरंजन के साधन के रूप में लोकप्रियता मिली। इसके साथ ही वह छाता और साइकिल की तरह संपन्नता का प्रतीक बन गया। अभी भी दुकानदार अपने पड़ोसियों को चकित करने के लिए बड़े चमकीले भोपूं (हार्न) की मांग करते हैं।' (गेसबर्ग 1942:57)[11]

श्रीलंका के तमिल मूल के कला समीक्षक आनंद कुमारस्वामी थोड़ा कम उत्साही हैं। उन्होंने 1909 में ग्रामोफोन पर लिखे गए अपने लेख में लिखा कि महाराजा लोग समाज की तरक्की के लिए इस तरह प्रयासरत थे कि उन्होंने ग्रामोफोन, यांत्रिक वायलिन और सस्ते हारमोनियम पर शाही अंदाज में पैसा खर्च किया। ([1909] 1981: 191)। पश्चिम से आने वाली हर चीज के प्रति आकर्षित होने वाले शिक्षित वर्ग की रुचि भारतीय संगीत के प्रति समाप्त हो चुकी थी। उन्हें इसकी जगह ग्रामोफोन में मजा आने लगा था। कुमारस्वामी ने आगाह किया कि लोग जिस तरह कॉपी की गई चीज को सुनने के प्रति लालायित हो रहे हैं उससे एक दिन वास्तविकता से उनका नाता पूरी तरह टूट जाएगा। 'उन्होंने चेतावनी दी कि भारतीय संगीत की क्षति की भरपाई कोई नहीं कर सकता।' ([1909] 1981: 200)

सवाल उठता है कि असली भारतीय संगीत है क्या? किन कारणों से भारतीय संगीत दूसरे संगीत से अलग है? कुमारस्वामी बताते हैं कि भारतीय संगीत की विशेषता इस बात में निहित है कि इसे लिखा नहीं जा सकता है। भारतीय संगीत गुरु के मुख से सीधे शिष्य के कान तक पहुंचता है। संगीत का गमक अत्यंत परिवर्तनीय है, सूक्ष्म और मूड पर आधारित है।[12] 'इस तरह संगीत गुरु पर शिष्य के परावलंबन पर आधारित है।' (कुमारस्वामी

1909, 1981: 172)। अब गीत लिखे जाने के कारण भारतीय संगीत से गमक समाप्त हो रहा है। यह संगीत के लिए खतरा है। वाचक संगीत को लिपिबद्ध करने में परेशानी यह है कि इसका कोई तरीका नहीं है। कोई संगीत यंत्र जैसी युक्ति नहीं है। कुमारस्वामी ने लिखा है कि संगीतकार और स्वर के बीच मशीनी यंत्र का हस्तक्षेप हमेशा नुकसानदेह रहा है। सबसे उपयुक्त संगीत मनुष्य की वाणी से निकलता है। सबसे अच्छा यंत्र वही है जिनमें संगीतकार के हाथ का संपर्क स्वर निकालने के काम में बना रहता है। ऐसा होने पर उसकी अनुभूति की छाप स्वर पर पड़ती है। इस स्तर पर पियानो भी दोयम दर्जे का वाद्य यंत्र है। हारमोनियम का स्थान तो ग्रामोफोन के ठीक बाद आता है। इन यंत्रों ने भारत में संगीत के स्वाद को फीका किया है।

ग्रामोफोन स्वर को फिर से निकालता है। जबकि इसके लिए वह संगीतकार के शरीर से कोई संपर्क नहीं बनाता। खतरा यहीं उत्पन्न होता है। ये यंत्र स्वर के पूरक नहीं हैं। कुमारस्वामी ([1909]) 1981:204) ने दावा किया है कि मद्रास में मध्यवर्गीय भारतीय लोगों की भीड़ दुकानों में इन यंत्रों को खरीदने के लिए लगी रहती है। यह भीड़ कुरूपता की प्रेत छाया है। घिनौनेपन और निर्जीवता में शायद ही कुछ और ग्रामोफोन का मुकाबला कर सकता है। ग्रामोफोन बाहर से जितना अधिक सजा धजा हुआ होगा अंदर से वह उतना ही अधिक घृणित होगा। कुमारस्वामी का कहना है कि संगीत समारोहों का आनंद जीवित मनुष्य द्वारा भावनाओं को रंग देने की कला में रहा है। ग्रामोफोन के सुसज्जित हार्न (भोंपू) से एक ही स्वर के बजते रहने से इस तरह का कोई आनंद नहीं मिलता। ग्रामोफोन के गाने में संगीतकार और संगीत का संपर्क टूट जाता है। इसी तरह इसमें विषयवस्तु और स्वर, स्वरूप और सार का संबंध टूटता है।

ग्रामोफोन ने वह सब कर दिखाया है जो कोई भी जिंदा इंसान नहीं कर सकता। यहां तक कि गुरु का अत्यधिक अनुशासित शिष्य भी वैसा नहीं कर पाया है। ग्रामोफोन भारतीय संगीत को रिकॉर्ड कर उसे फिर से उत्पन्न कर सकता है। कुमारस्वामी (1909) 1981:203 का कहना है कि ग्रामोफोन की यही घातक देन है। एक निर्जीव यंत्र के रूप में मशीन ने संगीत की संवेदनाओं को समाप्त किया है। संस्कृति और खासकर संगीत की संस्कृति के व्यक्ति के लिए ग्रामोफोन मनोरंजन नहीं है बल्कि प्रताड़ना का यह एक नया रूप है। (कुमारस्वामी [1909]) 1981:204) वीणा और सारंगी जैसे यंत्रों को जहां संगीत गुरु की ज़रूरत पड़ती है वहीं ग्रामोफोन संगीत में कोई रुचि नहीं रखने वाले व्यक्ति को भी शोर मचाने की सुविधा उपलब्ध करा देता है। "संगीतीय संवेदनाएं" संगीत की प्रशंसा मात्र करने से और आगे की चीज है। संगीत का विषय भारतीय विषय है जो अपने गुरु को कभी नहीं छोड़ सकता। अध्ययनकाल के अनुशासित दिनों को कभी नहीं भूल सकता। संगीत का असली आनंद स्वर मात्र में नहीं है बल्कि इस ज्ञान में है कि ये स्वर प्रामाणिक रूप से भारतीय हैं और पश्चिमी देशों में स्वर को फिर से तकनीकी ढंग से उत्पन्न करने के तरीके से अलग हैं। अगर ग्रामोफोन और हारमोनियम शिक्षक होते तो दुनिया के किसी देश से कोई व्यक्ति संगीत सीखने भारत नहीं आता। (कुमारस्वामी [1909]1981:206)

ग्रामोफोन अगर ऐसा होता कि संगीतकार भी असली चीज से उसका अंतर नहीं कर पाते तो क्या होता? यह काल्पनिक सवाल कुमारस्वामी को परेशान करता है। वास्तव में, उनका मानना है कि ग्रामोफोन की उपयोगिता एक वैज्ञानिक यंत्र के रूप में है न कि भारतीय भावनाओं के व्याख्याकार के रूप में। कुमारस्वामी का कहना है कि संगीत की रिकॉर्डिंग कर ग्रामोफोन सैद्धांतिक मकसदों के लिए संगीत की व्याख्या में मदद कर सकता है। यह सोचना कि संगीत के बारे में ग्रामोफोन वह सब कुछ सिखा सकता है जो गुरु नहीं सिखा सकता, गलत होगा। कुमारस्वामी के अनुसार ग्रामोफोन जो कुछ सिखा सकता है उसे कला की श्रेणी में नहीं बल्कि "वैज्ञानिक" और "वास्तविकता" की श्रेणी में रखा जाएगा।

1910–11 में ए.एच. फॉक्स-स्ट्रेंजवेज इस "वास्तविकता" की खोज में भारत आए। उन्होंने जर्मनी में संगीत की शिक्षा ली थी और संस्कृत की पुस्तकों का अध्ययन किया था। प्रारंभिक काल के संगीत के बारे में पता करने वे भारत आए। (क्लेटन 1999:88)। फॉक्स-स्ट्रेंजवेज साथ में फोनोग्राफ लेकर दक्षिण भारत में महीनों घूमते रहे। वे लोकसंगीत की रिकॉर्डिंग करते थे। रिकॉर्डिंग के अपने अनुभवों को वे डायरी में लिखते थे। उनका इरादा संगीत को उसके वास्तविक स्वरूप में जानना था। लेकिन फोनोग्राफ को लेकर उन्हें कई तरह की परेशानी होती थी। फोनोग्राफ को कैमरे की तरह कोई व्यक्ति अपने हाथ में लेकर नहीं चल सकता था। साथ ही आधा मिनट के अंदर यह काम करना भी नहीं शुरू कर सकता था। फॉक्स-स्ट्रेंजवेज ने लिखा है कि 'भारत में कुछ महीने रहने के बाद ही उन्हें लोकसंगीत सुनने का मौका मिला। मद्रास में सुबह 5.30 बजे गाने की आवाज से उनकी नींद खुलती थी। यह आवाज बगल के घर से आती थी। उस घर की महिला अपने घरेलू कामकाज के बारे में गा रही होती थी। मद्धिम रोशनी में उसे लिख मारते थे। फॉक्स-स्ट्रेंजवेज लिखते हैं कि उन्होंने जो राग सुना वही भारतीय संगीत का आधार था। फाक्स स्ट्रेंजवेज ने लिखा है कि वह महिला गीत को पूरी तरह या अंतिम रूप में प्रस्तुत नहीं करती थी। लेकिन वह पूरी स्वाभाविकता के साथ गाती थी। इस स्वाभाविकता का संबंध जब गीत बनाने वालों से बनता है तो एक-दूसरे तरह के संपूर्ण संगीत का इजाद होता है। बताया गया कि स्वर का आनंद उठाया जा सकता है और उसे याद रखा जा सकता है। यह स्वर की फ्रिक्वेंसी और ध्वनितरंग से जुड़ा हुआ है। इसका अध्ययन किया जा सकता है और इसे भूला भी जा सकता है।

वास्तविकता

बीसवीं सदी के आगमन पर फ्रेडरिक किटलर (1990:230) ने लिखा है कि लेखन से अधिक डाटा संग्रह की सुविधा उपलब्ध होने के बाद ग्रामोफोन रिकॉर्ड, फिल्म और फोटोग्राफी के ज़रिए तकनीकी रिकॉर्डिंग की प्रतियोगिता बढ़ी।[13] सवाल सिर्फ यह नहीं था कि नई टेक्नोलॉजी ने भंडारण की संभावनाओं को बढ़ा दिया था बल्कि इस नई टेक्नोलॉजी से जो भंडारण हो रहा था वह उन्नीसवीं सदी में लिपिबद्ध कर किए गए भंडारण से अलग

था। नए तरीके से संग्रहीत की गई सामग्री वास्तविक होने का अनुभव कराती थी। 1909 में कुमारस्वामी के लेखन में मनोरंजन के लिए ग्रामोफोन के हानिकारक इस्तेमाल और संगीत के अध्ययन के लिए इसके वैज्ञानिक इस्तेमाल का अंतर बताया गया था। किटलर (1999; 22-23) ने लिखा है कि फोनोग्राफ एक ऐसा आविष्कार था जिसने साहित्य और संगीत दोनों को ही नुकसान पहुंचाया। दरअसल साहित्य और संगीत जिस वास्तविकता का एहसास करा सकते थे ग्रामोफोन उसे पुन:प्रस्तुत करने लगा। फोनोग्राफ कान की तरह सुन नहीं सकता था।

वायलिनवादक और भारतीय रेलवे के मुख्य लेखापाल सी. सुब्रह्मणयम अय्यर ने अपने संस्मरण ''माई म्यूजिकल एक्स्ट्रावेगेंस'' (My Musical Extravagance) में 1933 में सिनेमा के अपने पहले अनुभव का उल्लेख किया है। उन्होंने लिखा है:

> रिकॉर्डिंग सत्र निर्बाध रूप से चलता रहा था। दोपहर बाद दो बजे... मुझसे कविता पाठ के लिए समय निकालने को कहा गया। दोनों ओर की 10 इंच रिकॉर्डिंग करने के लिए यह साढ़े तीन मिनट का रिहर्सल था। हाथ में घड़ी लेकर मैंने शंकराभरण राग का रिहर्सल किया। मैं एचएमवी कंपनी के स्टूडियो में गया। कंपनी वाले विभिन्न कलाकारों की रिकॉर्डिंग करने मद्रास से आए थे। मैंने पाया कि रिकॉर्डिंग करने वाला व्यक्ति यूरोप का था। मैंने जब कुछ मिनट तक शंकराभरण राग का आलाप किया तो रिकॉर्डर ने मुझसे रुक जाने को कहा। और उसने मेरे आलाप की जो रिकॉर्डिंग की थी उसे मुझे सुनाया। मैं पूरी तरह संतुष्ट था और मैंने उससे नए राग को अलापने की अनुमति मांगी। मैंने रिकॉर्डर से सवाल किया कि मैं जो कुछ गा चुका हूँ क्या वह फाइनल रिकॉर्डिंग के लिए जाएगा? मुझे उस वक्त यह जानकारी नहीं थी कि वैक्स को प्लेबैक के द्वारा नष्ट कर दिया जाएगा। इसके बाद मैंने राग अलापना शुरू किया और उसे समाप्त किया। मुझे याद है कि माइक्रोफोन मेरे गज से कम से कम 15 इंच की दूरी पर था। दो या तीन मिनट के अंतराल पर उसने बिना किसी रिहर्सल के दोनों ओर रिकॉर्ड कर लिया था। कुल मिला कर 10-15 मिनट के अंदर मैं स्टूडियो से बाहर आ गया। (सुब्रह्मणयम अय्यर 1945:25-26)

इस व्यवस्थित विवरण को बताने में कोई परेशानी नहीं दिखती। अय्यर ने अपनी ही गैरजानकारी पर आश्चर्य प्रकट किया है। फिर सोच-विचार के बाद वे कहते हैं: 'मैंने अपनी रिकॉर्डिंग सिर्फ इसलिए कराई ताकि मैं अपनी समीक्षा कर सकूँ। दरअसल अपने ही गायन की समीक्षा करना किसी के लिए बहुत कठिन होता है। (सुब्रह्मणयम अय्यर 1945:26)

अपने गायन की समीक्षा या यहाँ तक कि उसे सुनना क्यों कठिन हो जाता है? और फिर इस तरह की स्व-आलोचना क्यों ज़रूरी हो जाती है? अपने वयस्क काल में ही सुब्रह्मणयम ने कई शिक्षकों से वायलिन सीखना शुरू कर दिया था। उन्होंने वर्षों तक गुरु

की तलाश की। लेकिन उन्हें कोई गुरु नहीं मिला। राग के बारे में जानने के लिए उन्होंने पहले पोर्टेबल ग्रामोफोन और बहुत सारे ग्रामोफोन रिकॉर्ड खरीदे। सुबह्मणयम वैज्ञानिक दिमाग वाले थे। उन्होंने वायलिन बजाते हुए म्यूजिकल नोट की फ्रिक्वेंसी को सोनोमीटर की सहायता से मापने की कोशिश की। 1934 में लंदन यात्रा के दौरान उन्होंने अपने वायलिन गायन के 17 रिकॉड्‌र्स बनाए। (सुब्रह्मणयम अय्यर 1939:134-5)। उनको भरोसा था कि बहुत कठिन विश्लेषण वाला गमक कागज पर स्पष्ट हो जाएगा।

रिकॉर्डिंग टेक्नोलॉजी का आविष्कार होने के बाद ही अपने गायन की समीक्षा संभव हो सकी। रिकॉर्डिंग ने गायक को अपने गायन को सुनने का मौका उपलब्ध कराया। इसके पहले सिर्फ गुरु ही यह काम कर सकता था। इस बदलाव के महत्त्व को नजरअंदाज नहीं किया जा सकता। चूंकि तथाकथित वास्तविक संगीत को गायन के बाद ही सुना जा सकता है इसलिए फोनोग्राफी के ज़रिए सुनने को विशिष्ट स्थान प्राप्त है। जहां कोई संगीतकार या श्रोता सुनने के अलावा दूसरी अनुभूतियों से प्रभावित हो सकता है वहीं फोनोग्राफी एक नई तरह की सुविधा उपलब्ध कराता है। इस सुविधा के तहत श्रवण की शुद्धता जांचना संभव है। फोनोग्राफ को राग या ताल की जानकारी नहीं होती। गायक जब गाता है और कुछ शब्द सुनाई नहीं देता तो वह इसकी भरपाई गाकर कर सकता है। लेकिन फोनोग्राफ में यह सुविधा उपलब्ध नहीं है।[14]

गेसबर्ग (1942: 57) ने लिखा कि 'भारत के अधिकांश कलाकारों को ग्रामोफोन गायक के रूप में मान्यता पाने के पहले लंबे समय तक प्रशिक्षण लेना पड़ता था।' आखिर यह प्रशिक्षण था क्या? संभवत: सबसे बड़ी समस्या वैक्स सिलिंडर के इस्तेमाल के कारण समय को लेकर थी। संगीतकार पहले बीस मिनट के आलाप के बाद दस मिनट का स्वर-कल्पना करता था। लेकिन अब रिकॉर्डिंग के लिए उसके पास सिर्फ साढ़े तीन मिनट का समय है। परिणामत: रिकॉर्डिंग में अलापना और स्वर-कल्पना जैसी विशेषताएं यदि पूरी तरह खत्म नहीं भी हुई हों तो कम ज़रूर हो गई हैं। (फैरेल 1947:140) कर्नाटक संगीतकार को साढ़े तीन मिनट में गाना पूरा करने के लिए रिहर्सल करनी पड़ती थी। समय की योजना और उसे खर्च करने की रणनीति बनाने में इतना समय लग जाता था कि सुनने का मौका नहीं बचता था। फोनोग्राफिक ढंग से सुनने के लिए फोनोग्राफिक गायन ज़रूरी है। इसमें अनंत पुनरावृत्ति होती है। शायद यही कारण है कि ग्रामोफोन रिकॉर्ड विचारों से बना दिखता है न कि क्रमिक रूप से बना नजर आता है।[15] राग अलापना या स्वर कल्पना की रिकॉर्डिंग में पूरी प्रक्रिया पर कड़ी नज़र रखनी पड़ती है। इसे अपने गायन को बार-बार सुनना पड़ता है। इस पूरी प्रक्रिया का मतलब गायन को समय की मांग के अनुसार बांधना है।

1940 का दशक आते आते कोई भी संगीतकार अपनी विधा में टेक्नोलॉजी का समावेश कर ही पूर्ण संगीतकार बन सकता था। पूर्ण संगीतकार बनने के लिए जीवंत और रिकॉर्डेड संगीत का समायोजन आवश्यक बन चुका था। 1949 में तमिल पत्रिका *कल्कि* ने संगीत व नृत्य के अपने नियमित स्तंभ में मद्रास के वार्षिक संगीत महोत्सव के रेडियो

प्रसारण को स्थान दिया। संगीत महोत्सव के हर दिन के कार्यक्रम की रेडियो स्टेशन द्वारा रिकॉर्डिंग की गई थी। महोत्सव में जिन विद्वानों ने गाया था वे रेडियो पर अपने गायन को सुनकर अचंभित रह जाते थे। वे आश्चर्य से पूछते थे: 'क्या हमने सचमुच ऐसा गाया था'? (*कल्कि* 1949:15)। समस्या यह थी कि महोत्सव में श्रोताओं की आवाज, साथ गाने वालों की परेशानियां और गीतकार की आवाज की कमजोरियां–ये सब क्षण भर में समाप्त हो जाती थीं। कुछ विद्वान गाते वक्त अपने कानों पर अंगुली रख लेते थे ताकि अपनी आवाज के सिवा वे कुछ और न सुन पाएं और इस तरह उनका ध्यान न बंटे। इस तरह का व्यवहार महोत्सवों के लिए ठीक था लेकिन कृष्णमूर्ति (*कल्कि*: 1949:15) कहते हैं कि रेडियो पर संगीत का सही स्वरूप प्रसारित नहीं होता है। *मोहनराग* प्रेत का रूप ले लेता है। *कल्याणी* यम और *नृत्य* ने मृत्युनृत्य का रूप ले लिया। *शंकराभारण* सांप के फन में बदल गया। *भैरवी* महान भैरवार का रूप ले कर श्रोताओं को भयभीत करती थी। विद्वानों को सुनने से लगा कि उनका स्वर आधा या चौथाई समतल है। कुछ विद्वान एक सुर से अलापना शुरू करते थे और दूसरे से उसे समाप्त करते थे।

ऐसी समस्याओं के निराकरण के लिए म्यूजिक एकेडमी ने तय किया कि रेडियो प्रसारण में लगे विद्वानों को पहले इलेक्ट्रिकल रिकॉर्डिंग करानी होगी। कल्कि (1949:15) ने लिखा है कि यह पूरी तरह आवश्यक था। इस रिकॉर्डिंग से विद्वानों को रेडियो प्रसारण के पहले कम से कम एक बार खुद को सुनने का मौका मिल जाता था। कर्नाटक संगीत का आधार राग और अलापना की ध्वनि फोनोग्राफ द्वारा रिकॉर्ड किए जाने पर पिशाच की तरह लगने लगी थी। संक्षेप में ग्रामोफोन और रेडियो संगीत की क्षतिपूर्ति नहीं कर सकते थे। इसलिए उन्होंने कर्नाटक संगीत को सही अर्थों में उजागर किया। कोई अगर रिकॉर्ड की हुई अपनी आवाज को एक बार सुन लेता तो वह अपने गाने के अनुभवों को भूल जाता।

'मैं अपने कानों पर विश्वास नहीं कर सकता'

रिकॉर्डिंग के बारे में सी सुब्रह्मणयम अय्यर ने अपने पहले अनुभव का विवरण इस तरह दिया है। रिकॉर्डिंग की प्रक्रिया में कोई आश्चर्य या विस्मय नहीं दिखता। रिकॉर्डिंग को एक माह बाद सुनने पर उन्होंने लिखा: बड़े आकार के ग्रामोफोन पर रिकॉर्ड के दोनों ओर को सुन कर प्रसन्नता हुई। मुझे अपने कानों पर विश्वास नहीं हुआ कि मैं जो सुन रहा हूँ वह मेरी अपनी वायलिन की रिकॉर्डिंग है (सुब्रह्मणयम अय्यर 1945:27–28)। अपने ही कान को खुद से अलग होने की कल्पना करना एक यांत्रिक विचार था। यह फोनोग्राफिक अनुभव था।

श्रोता अपने कानों पर विश्वास कर सकें, इस मकसद से 1920 के बाद के दशक में मद्रास के एक छोटे प्रकाशक ने तमिल में गीतों की किताब (सांग बुक) प्रकाशित करना शुरू किया। गाने की पहली पंक्ति या संगीतकार के नाम के क्रम में तैयार की गई इन किताबों में गीत छापे गए थे। अपने सामने गीतों का लिखित सबूत देखकर श्रोता अपने

कानों पर विश्वास कर सकते थे। गीतों की किताबों में सही शब्द मौजूद थे जबकि ग्रामोफोन संगीत मुहैया कराता था। 1929-31 के बीच प्रकाशित ऐसी किताबों के एक सेट का शीर्षक *ग्रामोफोन संगीत कृथनामृदम* था। किताब के संपादक के. मदुरैई मुदलियर (केएमएम) ने किताब की भूमिका में लिखा कि ग्रामोफोन एक तरह का संगीत यंत्र है। क्या इस बात में कोई संदेह है कि संगीत यंत्र के रूप में ग्रामोफोन मशहूर और सफल विद्वानों के गाए गानों व नाटककारों के मधुर संगीत को एकत्र कर इसे बार-बार सुनने का अवसर उपलब्ध कराता है। किताब में इसीलिए पहली पंक्ति के क्रम में गीतों को प्रकाशित किया। मुझे विश्वास है कि जो श्रोता इस किताब को पढ़ेंगे उन्हें बहुत ही आनंद आएगा।(1921)

अगर ग्रामोफोन संगीत यंत्र है तो कुछ अविश्वास निश्चित तौर पर उभरता है। ग्रामोफोन के ज़रिए गाने, रिकॉर्डिंग करने और सुनने का काम अलग-अलग होता है। गीतों की किताब इन सभी को फिर से एक साथ कर देती है। के. एम. एम. ने ज़ोर-ज़ोर से पढ़ने के लिए तमिल क्रिया *पढ़ी* (Pati) की जगह *वाची* (vaci) का प्रयोग किया है जिसका अर्थ चुपचाप पढ़ना है। गीतों को ज़ोर-ज़ोर से संभवत: रिकॉर्ड के साथ पढ़ने से श्रोताओं को फोनोग्राफिक अंदाज में एक नई शिक्षा मिलती है। यह शिक्षा अपनी आवाज को रिकॉर्ड की हुए आवाज के साथ मिलाने की है। के. एम. एम. ने अपनी किताब में ग्रामोफोन में रिकॉर्ड तमिल शब्दों को सुनने की प्रक्रिया की तकनीकी समझ के बारे में बताया है। सिर्फ अपने प्रिय गीतकार की आवाज को सुनकर किसी को आनंद नहीं आ सकता। ग्रामोफोन के स्वर के साथ गीतकार की आवाज को दोहरा कर ज्यादा आनंद उठाया जा सकता है। ऐसा करने पर श्रोता ग्रामोफोन पर बजने वाले गीतों के अनुपस्थित गीतकार की आवाज को स्वयं निकालता है और इस प्रक्रिया में उसे बहुत आनंद आता है। के. एम. एम. ने रेडियो या रिकॉर्ड श्रोता, टीवी दर्शक या पुस्तकों के पाठकों के लिए **नेयार** (neyar) शब्द का इस्तेमाल किया।

1933 में मद्रास के एडवोकेट और संगीत समीक्षक इ. कृष्ण अय्यर को ऐसे श्रोताओं के लिए एक गाइड बुक लिखने की जरूरत महसूस हुई। उन्होंने लिखा है कि एक स्तर बनाए रखना बहुत कठिन हो गया है। कलाकारों के बारे में लिखे अपने आलेखों में उन्होंने उन संगीतकारों का उल्लेख किया है जिनकी आवाज पूरी तरह ग्रामोफोन से मेल खाती है। (कृष्ण अय्यर 1933:4)। सामान्यतौर पर महिलाओं के स्वर की रिकॉर्डिंग अच्छी होती है। लेकिन पुरुष गायक मुसिरि सुब्रह्मण्यम अय्यर की आवाज बहुत साफ और लचीली है। खासकर रिकॉर्ड पर वह काफी सफल हैं। स्वर एक-दूसरे से पृथक हो सकने वाली विभिन्न विशेषताओं का सम्मिश्रण है। मुसिरि के स्वर में वोल्यूम की कमी थी जिसकी भरपाई ग्रामोफोन ने कर दी थी।

ग्रामोफोन ने न सिर्फ मुसिरि के स्वर की कमियों को दूर कर दिया बल्कि इसने एक दस साल की लड़की की आवाज को भी सुनने लायक बना दिया। यह लड़की एम.एस. सुब्बालक्ष्मी थी जो बाद में भारत की मशहूर गायिका बनी। एमएस के रिकॉर्ड की पूरे

दक्षिण भारत में धूम है। हकीकत तो यह है कि बहुत सारे श्रोता ग्रामोफोन रिकॉर्ड और कर्नाटक संगीत के बारे में उनकी आवाज सुनकर ही कुछ जान सके हैं। मशहूर वैज्ञानिक सी.वी.रमण ने एम.एस. की आवाज सुनकर कहा था, 'मैं नहीं कहता कि वह गा रही हैं। वह स्वयं पिघल कर स्वर की बाढ़ पैदा कर देती हैं।' ग्रामोफोन रिकॉर्ड सुनने की शर्त आदर्श श्रवण अनुभव की प्रतीक बन गई। ग्रामोफोन के प्रसार के साथ बेहतरीन संगीतकारों के स्वर का लोप हो गया। 1942 में एम. एस. के एक रिकॉर्ड की समीक्षा करते हुए *कल्कि* ने स्वयं लिखा है कि अगर इसे आप एक बार सुन लें तो इसे बार-बार, हजारों बार सुनने की इच्छा होगी। संयोग से यह रिकॉर्ड है और इसे बार-बार बजाया जा सकता है। डी.के. पट्टामाल द्वारा एक रिकॉर्ड की समीक्षा में *कल्कि* ने लिखा: वह काम शुरू करते ही उसे पूरा कर लेती है। आखिर इतनी जल्दबाजी क्यों? हमें गुस्सा आता है। लेकिन तब हम जल्दबाजी में नहीं होते। हम रिकॉर्ड को दुबारा बजा सकते हैं। दरअसल इन रिकॉर्डों को बार-बार बजाया जा सकता है। ग्रामोफोन रिकॉर्ड एक नए तरह से गाना सुनने के अनुभवों का पर्याय बन गया है। थियोडोर एडोरेनो (1990-38) ने 1934 में "द फॉर्म ऑफ द फोनोग्राफ रिकॉर्ड" (The Form Of the Phonograph Record) शीर्षक लेख में लिखा:

> फोनोग्राफ रिकॉर्ड से संगीत में समय को नया रूप मिला। संगीत किसी खास समय में उत्पन्न नहीं होता और ना ही समय के अनुसार संगीत का स्वरूप बदलता है। मूक संगीत में समय तिरोहित हो जाता है। आधुनिकता अगर यांत्रिक यंत्रों द्वारा संगीत को वर्षों पुराना स्वरूप प्रदान करता है तो यह बराबर के लिए बना रहता है। इसे संग्रहीत किया जा सकता है।

एक गुरु के अधीन लंबे समय तक व्यतीत किए गए शिष्य काल में कई घंटे लगे होते हैं। संगीत को बार-बार सुनने में आनंद दोगुना हो जाता है। रिकॉर्डिंग की टेक्नोलॉजी ने परंपरा को एक नया रूप प्रदान किया है।

क्लॉकवर्क किंग

ग्रामोफोन रिकॉर्ड संगीत सुनने का आदर्श माध्यम बन जाने के बाद यह स्वाभाविक था कि रेडियो कर्नाटक संगीत के पुनर्जीवन का माध्यम बन जाता। भारत में भारतीय प्रसारण सेवा के पहले प्रसारण नियंत्रक के रूप में 1935 में लियोनेल फिल्डन आए। लेकिन भारतीय रेडियो सचमुच में उपलब्धि हासिल करता इसके लिए इसका नाम बदला जाना जरूरी था। फिल्डन ने लिखा है:

> एक समारोह के बाद मैंने लार्ड लिनलिथगो को साफ-साफ बता दिया कि मैं बहुत परेशानी में हूँ। मैंने उनसे कहा, मुझे पूरा भरोसा है कि आप मेरी इस बात से सहमत होंगे कि इंडियन स्टेट ब्राडकास्टिंग सर्विस (आइएसबीएस)

> एक बेढंगा नाम है। क्या आप इसके लिए नया नाम चुनने में मदद कर सकते हैं? इसका नाम सहज व सामान्य होना चाहिए। उन्होंने सुझाव दिया: ऑल इंडिया! उनके सुझाव पर विस्मित होकर मैंने कहा, लेकिन इसमें ब्राडकास्टिंग नहीं जुड़ना चाहिए। कुछ समय सोचने के बाद उन्होंने सुझाव दिया - रेडियो। आश्चर्यनजक रूप से सुंदर नाम था यह। (फिल्डेन अवस्थी 1965:10)

ऑल इंडिया रेडियो - यह नाम बहुत ही आकर्षक और प्रभावी था। इसने भारत में रेडियो की प्रभावी क्षमता को पहचाना।

जे. सी. माथुर ने 1957 में ऑल इंडिया रेडियो पर विशेष व्याख्यान की श्रृंखला में "भारतीय संगीत को रेडियो की देन" पर प्रकाश डाला। रेडियो से संगीतकारों को नया जीवनदान मिला। रेडियो संगीत का नया संरक्षक बन गया। प्राचीन काल में संरक्षकों की इच्छा पर संगीत चलता था लेकिन ऑल इंडिया रेडियो (ए. आइ. आर.) को तय नियमों पर काम करना था। इसके कारण संरक्षण की सामंतवादी अवधारणा की जगह एक नए आधुनिक स्वरूप ने ले ली। यह सही है कि एयरकंडीशंड (वातानुकूलित) और दूरदराज स्थित स्टूडियो के माहौल में संगीतकारों को प्रशंसक श्रोताओं की सीधी प्रशंसा नहीं मिलती, लेकिन रेडियो ने तीन दशक के इतिहास में संगीतकारों को हजारों घरों में स्थित वृहतर श्रोताओं से संवाद का माध्यम उपलब्ध कराया है। (माथुर: 1957:98)

रेडियो ने सही अर्थों में भारतीय संगीत का पुनर्जागरण किया। इसके कारण संगीत के शिष्यों ने संगीत की बनावट पर ध्यान संकेद्रित किया। लियोनेल फिल्डन ने भारतीय प्रसारण की 1939 तक की प्रगति पर अपनी रिपोर्ट में दावा किया है कि कार्यक्रमों में एकरसता की शिकायत करने वाले श्रोता रेडियो स्टेशन के कर्मचारियों की कमियों की शिकायत जितनी नहीं करते थे उससे अधिक वे भारतीय संगीत की संरचना पर ही प्रहार किया करते थे। एआइआर के पूर्व निदेशक नारायण मेनन (1957: 79) ने लिखा है कि संगीतकारों को अपनी कला को रेडियो के लायक बनाने की कला सीखने की ज़रूरत है। उन्होंने आगे लिखा कि हमारे देश में प्रसारण ही संगीत शिक्षा का सबसे बड़ा माध्यम होगा। यह संगीतकारों को गुणवत्ता और अल्पव्यय का पाठ पढ़ाता है। स्टूडियो के दरवाजे पर टंगी लाल बत्ती अनुशासन के बारे में बताती है। प्रसारण ने हमारे संगीतकारों को मूल्यों की परिभाषा और अनुपात का ज्ञान भी दिया है। रेडियो ने संगीतकारों को सिखाया है कि उन्हें अपना कार्यक्रम कितने समय के अंदर पूरा करना है। इससे संगीतकारों में स्व-अनुशासन का भाव जगता है। समय को लेकर रेडियो की यह प्रवृत्ति पुराने समय के राग से जुड़े प्रचलन से अलग है। पुराने समय में दिन और रात का अंतर होता था। रेडियो ने सभी समय को अंतराल के तराजू पर तोला। संगीतकार समय अंतराल के प्रति सजग बने और रेडियो प्रसारण के दशकों बाद अब यह संगीतकारों की आदत बन गई है।

इन मूल्यों के साथ रेडियो संगीत शिक्षा के माकूल बना। 1950 के दशक में एआइआर स्टेशनों से म्यूजिक क्लासेज का प्रसारण शुरू हुआ। इन क्लासों में एक

शिक्षक शिष्यों के समूह को पढ़ाता था। 30 मिनट से एक घंटे तक चलने वाली यह क्लास शिष्यों के लिए नहीं बल्कि श्रोताओं के लिए होती थी। रेडियो श्रोता शिष्यों की गलतियों से सीखते थे। इस क्लास को सुनने वाले श्रोता सभी पाठों के आवश्यक बिंदुओं को लिखते थे। शिक्षक जो कुछ बताते थे उससे श्रोताओं को शिक्षा मिलती थी। (मल्लिक 1974:40) मौजूदा समय में एआइआर का मद्रास स्टेशन हर दिन सुबह कर्नाटक संगीत के प्रसारण के बाद इस तरह की क्लास का प्रसारण करता है। इस क्लास में एक शिक्षक और एक शिष्य होता है। प्रत्येक क्लास में एक संयोजन (कंपोजिशन) के बारे में बताया जाता है। हर पंक्ति को उस वक्त तक दुहराया जाता है जब तक शिष्य उसे पूरी तरह समझ नहीं लेता। रेडियो की यह क्लास गुरुकुल की पुरानी परंपरा से अलग है। गुरु से एक पूरे संयोजन को सीखने में कई दिन और यहाँ तक कि कई माह लग जाते थे। इस तरह रेडियो क्लास किसी पाठ को सीखने में लगने वाले समय को कम करती है। एक संयोजन के बारे में शुरू से अंत तक सीखने की पद्धति भी गुरु की प्रक्रिया से अलग है। गुरु परंपरा में संभव था कि कोई एक दिन में एक संयोजन की मात्र एक पंक्ति और दूसरे की कुछ और पंक्ति ही सीख पाता या फिर आगंतुकों के लिए सुनाए जा रहे गुरु के आलाप को ही दिन भर सुनना पड़ता। लेकिन रेडियो ने इस प्रक्रिया को बदल डाला और समय को खासा महत्त्व मिलने लगा।

इसी तरह रेडियो ने एक ओर संगीत को जहां घर-घर पहुंचाया वहीं रेडियो क्लास ने संगीत की दूरस्थ शिक्षा का अवसर उपलब्ध कराया। रेडियो क्लासेज में संगीत की संरचना पर ज़्यादा ध्यान दिया गया। अपनी गलती से सीखने के बजाए दूसरों की गलती से सीखने का मौका रेडियो ने उपलब्ध कराया। इस तरह एक गुरु को खोजने में लगने वाला वक्त बच गया। शिष्य गुरु की हर बात सुनने की बाध्यता से भी बच गया। अगर शिष्य कोई बात नहीं सुनना चाहता तो वह इस व्यवसाय में उसे नजरअंदाज कर सकता है। अपने निर्धारित समय के कारण रेडियो ने इस बात की गारंटी प्रदान की कि एक पाठ निश्चित समय के अंदर समाप्त हो जाएगा। जबकि गुरु के मामले में संभव था कि वे संयोजन की दूसरी पंक्ति के बारे में शिष्य को महीनों तक नहीं बताते। रेडियो में शिक्षण में छात्र न सिर्फ़ गुरु की बात सुनता है बल्कि गुरु की कही बातों को शिष्यों के मुंह से दुहराते हुए भी सुनता है। रेडियो क्लासेज ने सामाजिक दूरी को भी समाप्त किया। और दूरस्थ शिक्षा को संभव बनाया।[17]

मर चुका गुरुकुलवासम

संगीतकार व विद्वान आर. रंगरामानुज आयंगार (1977:10) ने अपनी आत्मकथा *म्यूजिंग्स ऑफ ए म्यूजिशियन* (Musings Of a Musician) में लिखा है कि 1900 के आसपास गुरुकुलवासम व्यवस्था ध्वस्त हो गई। उन्होंने लिखा है: 'मैंने सपनों से जगकर अनुभव किया कि विस्तृत और वैज्ञानिक पद्धति ही एकमात्र माध्यम है। गुरुकुल पद्धति और आमने-सामने सीखने की व्यवस्था भी पहले ही समाप्त हो चुकी है। ग्रामोफोन रिकॉर्ड

द्वारा संगीत को बार-बार दोहराने की सुविधा आधुनिक और वैज्ञानिक है। जबकि गुरुकुल पद्धति आधुनिकता और विज्ञान सम्मत शिक्षा के प्रतिकूल है। दरअसल रटी-रटाई बातों को दोहराने से कर्नाटक संगीत की परंपरा को खतरा है। 1950 में सूचना व प्रसारण मंत्री बनने वाले बी.वी. केसकर ने 1957 में लिखा कि रटी-रटाई बातें न सिर्फ संगीत के सिद्धांतों और इतिहास के प्रति भारतीय संगीतकारों की अज्ञानता के लिए बल्कि संगीत के तोड़-मरोड़ के लिए भी जिम्मेदार हैं। गुरु से शिष्य संगीत सीखते थे। इसी क्रम में तोड़-मरोड़ होता था क्योंकि एक व्यक्ति के स्वर को कोई उसी रूप में कतई अपना नहीं सकता। (केसकर: 1957:38)

केसकर (1957: 55) आगे कहते हैं कि गुरुकुलवासम ने भारतीय संगीत को बर्बाद कर दिया। उन्होंने कहा कि संगीत के प्रस्तुतकर्ता और शिक्षक के बीच अंतर किया जाना ज़रूरी है। प्रस्तुतकर्ता को स्टेज पर अपनी कला का प्रदर्शन कर लोगों को आकर्षित करना होता है जबकि शिक्षक का प्रदर्शन अच्छा ही होगा यह ज़रूरी नहीं है। लेकिन शिक्षक के लिए ज़रूरी है कि वह व्याख्या कर सके और जरूरत पड़ने पर किसी चीज को बार-बार बता सके। शिष्यों को संगीत का क्रम बताना और उनकी गलतियों की जानकारी देना उसके लिए आवश्यक है। साथ ही शिष्यों से संगीत का अभ्यास कराते रहना भी जरूरी है। (केसकर 1957:17)। एक आदर्श शिक्षक पूरी तरह ग्रामोफोन की तरह होता है। उसे ग्रामोफोन की तरह ही रिप्रोड्यूस करना पड़ता है। अपने शिष्यों के बीच विभिन्न स्टाइलों की व्याख्या करनी पड़ती है। और यह सब बिना किसी नाटक के करना पड़ता है।

उच्च निष्ठा का मॉडल

रिकॉर्डिंग और रेडियो की टेक्नोलॉजी ने संगीत को काम के आधार पर पृथक किया है। उदाहरणस्वरूप प्रस्तुतकर्ता और शिक्षक में अंतर किया है। इसका मतलब है कि संगीतकार खुद अपनी कला का बेहतर आकलनकर्ता (जज) नहीं हो सकता। केसकर (1957: 42-43) के अनुसार यह काम श्रोताओं का है। श्रोता संगीत का सही मूल्यांकन कर सकते हैं क्योंकि वे खुद न तो संगीत प्रस्तुत कर रहे होते हैं और ना ही गा रहे होते हैं। अच्छे समीक्षक और श्रोता संगीत के आधार हैं। आज यह भ्रम बना हुआ है कि संगीतकार ही संगीत का सही मूल्यांकन कर सकता है। लेकिन हकीकत में श्रोता के बिना संगीत का क्या महत्त्व है? श्रोताओं का महत्त्व इतना अधिक है कि प्राचीन पुस्तकों में भी उसे महत्त्वपूर्ण स्थान दिया गया है (केसकर: 1957: 26)। संगीत की वैज्ञानिक शिक्षा से श्रोता बनाए जा सकते हैं। सच्चा श्रोता बिल्कुल शांत भाव से संगीत की हर छटा को हृदयंगम करता है। संगीत कार्यक्रम एक तरह से ध्वनि-कथा की तरह हैं। केसकर (1957: 23) लिखते हैं कि 'संगीत का सही आनंद उठाने के लिए उसकी हर छटा को हृदयंगम करना जरूरी है। श्रोता जितने अधिक शांत, ध्यानवत और अनुशासित होंगे, उतना अधिक वे साबित कर सकेंगे कि संगीत का वे कितना अधिक सम्मान करते हैं और इसका

सही आनंद उठाते हैं। इस आधार पर हमारे संगीत समारोह हमें यही बताते हैं कि हम पूरी तरह शिक्षित नहीं हैं। संभवतः संगीत सुनने की कला हम भूल चुके हैं।'

ध्यान देने की कला बिना किसी विघ्न के सुनने की कला है। पूर्ण नीरवता (pindrop silence) बिना किसी तोड़-मरोड़ के संप्रेषण का आधार तैयार करता है। ऐसा संप्रेषण संप्रदाय का मॉडल बना है। टी.वी. सुब्बाराव (1962: 227) ने 1962 में संगीत पर लिखे एक लेख में संस्कृत व तमिल शब्द "संप्रदाय" का अनुवाद किया था। उन्होंने संप्रदाय का मतलब न सिर्फ़ "परंपरा" बल्कि "परंपरा के प्रति ईमानदारी" बताया था। उन्होंने लिखा: 'परंपरा से उनका तात्पर्य गुरु-शिष्य परंपरा में एक पीढ़ी से दूसरी पीढ़ी के बीच संयोजन और राग के हस्तांतरण की विरासत है। कान से सुन कर सीखने के महत्त्व को नज़रअंदाज करना असंभव है। शिक्षक के मुंह से संगीत जिस रूप में निकले उसे उसी रूप में सुना जाना चाहिए। लेकिन अगर कान से सुन कर चलने की व्यवस्था पूरी तरह लागू हो जाए तो रिकॉर्डिंग टेक्नोलॉजी का इस्तेमाल याददाश्त के पूरी तरह खत्म होने पर ही हो सकेगा।' (सुब्बा राव 1962: 232-33) ने लिखा कि व्यावहारिक संगीत में सिर्फ रिकॉर्ड किए गए अच्छे संगीत का संग्रह ही एकमात्र लाइब्रेरी है। क्लासरूम में सही ज्ञान प्रचारित करने के लिए रिकॉर्डिंग का इस्तेमाल किया जाना चाहिए।

अगर उच्च श्रेणी के रिप्रोडक्शन को प्रामाणिकता का पर्याय माना जाए तो इस बात को लेकर कोई आश्चर्य नहीं है कि सुब्बाराव ने प्रेरणा की अवधारणा का उल्लेख करने के लिए एक दूसरी टेक्नोलॉजी का इस्तेमाल किया है। उन्होंने लिखा है कि 'आदमी का दिमाग रेडियो के रिसिविंग सेट की तरह है जिसे प्रसारण केंद्रों से होने वाले ट्रांसमिशन को सुनने के लिए सही तरीके से ट्यून किया जा सकता है। निरंतरता हमेशा फैलने वाले ज्ञान के लिए है और जो लोग स्वअनुशासन के माध्यम से इसे हासिल करते हैं उनके लिए वरदान है।'[18]

संगीत की दुनिया से मोह खत्म होने के बाद टेक्नोलॉजी उसमें फिर से नई जान लाती है। गायक अब अपने स्वर में नहीं, बल्कि कंठ से गाता है। कंठ एक स्वरयंत्र की तरह है। स्वर संस्कृति का अध्ययन करने से पता चलता है कि कंठ के कंपन से ध्वनि उत्पन्न होती है। लेकिन यह ध्वनि आनंददायक हो इसके लिए जरूरी है कि इसका संयोजन सही तरीके से किया जाए। ध्वनि को आनंददायक बनाने के लिए ज़रूरी है कि इसे गुंजायमान बनाया जाए। इसके लिए छाती और पेट के कोटर (cavity) का इस्तेमाल साउंड बॉक्स के रूप में किया जाना चाहिए (सुब्बाराव: 1962: 228)। श्रुति बॉक्स और टालोमीटर (talometers) जिस निपुणता के साथ काम करते हैं उसे देख कर किसी भी वायलिनवादक को ईर्ष्या हो सकती है। ऐसा दावा हाल में प्रकाशित एक विज्ञापन में किया गया है। निपुणता की अवधारणा का संबंध विशेषज्ञता से है। ऐसी विशेषज्ञता जो मानव द्वारा हासिल करना संभव नहीं है।

वास्तविकता की टेक्नोलॉजी

संगीत का दोहरा जीवन होता है। एक ओर यह तकनीक से जुड़ा है तो दूसरी ओर संवेदनाओं से। दरअसल हम जिस संगीत को जानते-सुनते हैं वह इसी सह-अस्तित्व के सिद्धांत पर आधारित है। कल्पना कीजिए कि अगर फोनोग्राफ और संगीतकार या श्रोता की मेमोरी की अदला-बदली क्षण भर के लिए भी हो जाए तो क्या होगा!

1909 में कुमारस्वामी इस बात को लेकर परेशान हो गए कि भारत के लोगों में भारतीय संगीत की कॉपी सुनने की लत इस कदर बढ़ती जा रही है कि वे एक दिन असली संगीत को ही भूल जाएंगे। कुमारस्वामी के अनुसार गुरुकुल व्यवस्था में गुरु और शिष्य के बीच किसी तरह के तकनीकी हस्तक्षेप की इजाजत नहीं थी। गुरुकुलवासम भारतीय संगीत की भारतीयता यानी उसकी वाचक परंपरा को संरक्षित करता था। गुरुकुलवासम स्वर को याद करने के अभ्यास के ज़रिए तुल्यकालन की सुविधा उपलब्ध कराता था जो आधुनिक व्यवस्था में समाप्त हो चुका है। लेकिन तुल्यकालन के संबंध में गुरुकुलवासम की अवधारणा उस हाल में ही लागू हो सकती है कि जब सभी तत्त्वों का पृथक्कीकरण किया जाए। मतलब कि ग्रामोफोन से आवाज निकल जाए या रेडियो गायक दर्शकों की गैरमौजूदगी में गाना सीख जाए। इसका अर्थ हुआ कि गुरुकुलवासम जब मृत घोषित कर दिया जाएगा उसके बाद ही वह परंपरा के अनुसार काम कर सकेगा।

यह महज संयोग नहीं था कि 1960 के दशक में जब गुरुकुल व्यवस्था को मृत घोषित किया जा रहा था और टेक्नोलॉजी इसके रहस्यों पर से पर्दा उठा रही थी उसी वक्त विदेशियों का एक समूह भारत आकर इसी परंपरा में शामिल हो रहा था। काल्पनिक जोसेफ ओम की तरह ये विदेशी वर्षों तक गुरुकुल में रह कर स्वदेश लौटते थे। अपनेपन और विदेशी होने के बीच का तनाव, विदेशियों द्वारा अपनी आवाज और संगीत सुनने का आनंद पारंपरिक गुरुकुलवासम की विशेषताएं थीं। टेपरिकॉर्डर इस पूरे परिदृश्य का अभिन्न अंग था। ऐसा लगने लगा था के गुरुकुलवासम ऐसी व्यवस्था है जहां आया जाया जा सकता है और टेपरिकॉर्डर की तरह इसे ऑन-ऑफ किया जा सकता है। यहां तक कि विदेशों में भी इसे स्थापित किया जा सकता है। 1998 में *न्यूयॉर्क टाइम्स* में सितारवादक रविशंकर की बेटी और शिष्या अनुष्का शंकर पर एक लेख छपा जिसका सार यह बताना था कि अनुष्का दो दुनियाओं के बीच जीती है। पहली नजर में वह कैलीफोर्निया की आधुनिक लड़की दिखती है लेकिन उसके बाएं हाथ को देखने से लगता है कि उसकी एक और अलग दुनिया है। वह भले ही मेटालिका पसंद करती हो लेकिन उसका लगाव भारतीय शास्त्रीय संगीत से भी है। अनुष्का ने अपनी इस दूसरी दुनिया के बारे में स्वयं लिखा है: 'जब मैं म्यूजिक रूम में प्रवेश करती हूं तो सब कुछ बदल जाता है। मैं अपने पिता की गोद में बैठकर सिनेमा देख सकती हूं। लेकिन म्यूजिक रूम में आते ही मैं उनकी शिष्या बन जाती हूं। वहाँ समर्पण और आदर का भाव प्रबल हो जाता है। यह अध्यात्म है और वे मेरे पिता हैं और फिर गुरु हैं ... यह बिल्कुल आश्चर्यजनक है।' (पारलेंस:1988)

गुरु-शिष्या के इस वृत्तांत में आखिर महत्त्वपूर्ण क्या है? अनुष्का काम कर सके इसलिए सब कुछ बदलना जरूरी हो जाता है। यहां तकनीकी रिप्रोडक्शन के बिना संगीत असंभव लगने लगता है। जब हम अनुष्का की सीडी सुनते हैं तो लगता है, सब कुछ बदल चुका है। गुरुकुलवासम एक हद तक परंपरावादी ज़रूरत है। लेकिन भारतीय संगीत के पश्चिमी उपभोक्ताओं को भी उसकी उतनी ही ज़रूरत है। गुरुकुलवासम के प्रति अनुष्का की रोमांटिक दृष्टि में वर्णित मलिन चरित्र का भेद यहां समाप्त हो जाता है। यहां तक कि कंप्यूटरी यक्षिणी भी गुरुकुलवासम पहुंच जाती है। यह सब तब संभव होता है जब निपुणता के अस्पष्ट तर्कों से सवाल उठता है कि आखिर अपने स्वर का मालिक कौन है?

संदर्भ और टिप्पणियाँ End Notes

1. Here I am referring to Friedrich Kittler's *Discourse Networks* 1800/1900.
2. दक्षिण भारत में वायलिन ब्रिटिश एवं फ्रेंच लोगों द्वारा अठारहवीं शताब्दी में लाया गया और कुछ समय बाद दक्षिण भारतीय संगीतज्ञों द्वारा इसका इस्तेमाल कर्नाटक संगीत में अकेले अथवा सहयोगी उपकरण के रूप में किया जाने लगा। उपकरण स्वयं एक पश्चिमी वायलिन के समान है, लेकिन इसकी ट्यूनिंग, प्लेयिंग पोजीशन और तकनीक बदल गई है।
3. यह और आगे के अनुच्छेद मेरे द्वारा मालन की मूल तमिल लघु कथा का अनुवाद हैं।
4. गुरुकुलवासम तमिल और संस्कृत से बना शब्द है जो आमतौर पर अंग्रेजी में प्रयोग होता है, अन्य तमिल शब्दों का अंग्रेजी में अनुवाद मद्रास यूनिवर्सिटी तमिल लेक्सिकॉन सिस्टम के अनुसार किया गया है।
5. पूजा हिंदुओं द्वारा नियमित रूप से घर में की जाने वाली प्रार्थना और या ध्यान लगाना है।
6. षड्गम सा का (पहले नोट) विस्तारित रूप है। हर नोट को *स्वरम* कहते हैं।
7. *भैरवी* एक राग का नाम है, कर्नाटक संगीत का रागात्मक आधार, एक स्केल जो विशेष चारित्रिक चरणों का उल्लेख करता है और इसका इस्तेमाल रचना और तात्कालिक प्रस्तुति दोनों में किया जाता है।
8. *राग* आलापना एक राग का समय-मुक्त बेहतरीन विस्तार है, *कृति* कर्नाटक संगीत की रचना का एक प्रकार है। यहाँ स्वरम ताल के लिए की गई तात्कालिक प्रस्तुति के लिए प्रयोग होता है।
9. सरलीवारिसई शुरुआत करने वाले विद्यार्थियों का अभ्यास है।
10. कानकू शब्द का इस्तेमाल यहाँ ध्वनि तरंगों की आवृत्तियों के लिए किया गया है। यह कर्नाटक संगीतकारों द्वारा गणना पर आधारित रागात्मक तत्काल प्रस्तुति के लिए भी इस्तेमाल होता है। इसलिए यह एक ही समय में संगीत सिद्धांत और प्रौद्योगिकी के क्षेत्र में है। इसलिए इस बात का खतरा है कि यदि एक कंप्यूटर कानकू के एक पक्ष पर महारथ हासिल कर लेता है, तो वह अन्य पर भी ऐसा ही कर सकता है।

11. 1900 और 1910 के बीच ग्रामोफोन कंपनी (बाद में 'His master voice') की भारत में 4000 से अधिक रिकॉर्डिंग्स हैं (ग्रोनाड 1981: 225)। 1905 तक टॉकिंग मशीन एंड इंडियन रिकॉर्ड कंपनी ने मद्रास में (Kinner 1994:10) में अपनी ब्रांच शुरू की। भारत में 1925 में इलेक्ट्रिकल रिकॉर्डिंग पहली बार शुरू की गई। मैग्नेटिक टेपरिकॉर्डर 1950 में उपलब्ध होने लगा।
12. गमक का आमतौर पर अनुवाद आभूषण या अलंकरण के रूप में किया जाता है। इसे कर्नाटक संगीत में एक नोट से अगले नोट में जाने वाले विशेष तरीके के रूप में भी इस्तेमाल किया जाता है। *गमक* विभिन्न संगीतकारों के लिए अत्यंत व्यक्तिगत होते हैं और इनको प्रिंटेड नोटेशन में शामिल नहीं किया जाता।
13. किटलर ने डिस्कोर्स नेटवर्क और बाद में ग्रामोफोन, फिल्म, टाइपराइटर दोनों में फोनोग्राफी, सिनमेटोग्राफी और टाइपिंग को वास्तव, काल्पनिक और सांकेतिक रूप में चिन्हित किया है। सांकेतिक से तात्पर्य प्रिंट से पूर्व हर तरह का लेखन, जिसे किटलर ने अपने 1800 कॉल्स के डिस्कोर्स नेटवर्क के वर्णन में आवाज, आत्मा और अंत:चेतना कहा है। प्रिंट के पश्चात लेखन सांकेतिकता से जुड़ जाता है क्योंकि टाइपराइटर लेखन को चिह्नों के नियत सेट में सीमित कर देता है जो कि भौतिकता और तकनीक पर आधारित होता है। इसमें अनंत दार्शनिक स्वप्नों का लेखा-जोखा नहीं रखा जाता।
14. किटलर (1999: 38) ने कार्यों के विभाजन की धारणा के विषय में 1900 के 'डिस्कोर्स नेटवर्क' में लिखा है। मस्तिष्क कार्यों और इंसानों की आवाज, सुनने और लिखने की क्षमता की जाँच अलगाव में करने का विचार 1900 में उभरा। इसमें स्वयं को फोनोग्राफ का नमूना बनाना था जो केवल सुनने का काम करता है।
15. वायलिन वादक वेंकटस्वामी नायडू ने 1940 में एक रिकॉर्डिंग की, जिसमें *रागम्-तानम्-पल्लवी* थे, एक तात्कालिक प्रस्तुति जिसे उस समय एक कंसर्ट में प्रस्तुत करने में एक घंटे का समय लगता था; इसे संक्षिप्त कर चार भागों में बांट दिया गया, जिसका हर खंड केवल साढ़े तीन मिनट का था। वर्तमान विचार यह है कि जब तक एक संगीतकार राग आलापना करता है तो वह राग को एकदम पहले चरण में स्पष्ट करता है न कि श्रोताओं को संशय में रखता है। शायद इसी से रिकॉर्डिंग की आवश्यकता अनुभव हुई। संगीतकार पाँच मिनट आलापना या बीस मिनट आलापना बोलते हैं, यह उपलब्ध समय पर आधारित होता है। आदर्श रूप यह है कि व्यक्ति को ध्यानपूर्वक अपनी स्वेच्छा से योजना बनानी चाहिए।
16. ग्रामोफोन रिकॉर्डिंग का रूपक कृष्णा अय्यर की तात्कालिक प्रस्तुति की अवधारणा में भी आया है। अपने पूरे वर्णन में उन्होंने 'Hackneyed groover' (साधारण खांचा) की छवि का इस्तेमाल किया है। (कृष्णा अय्यर 1933:29) जिससे कि मनोधर्म का विपरीत प्रस्तुत किया जा सके, खांचा एक ग्रामोफोन रिकॉर्ड की छवि को कहा गया। मनोधर्म एक संस्कृत शब्द है जो मन से संबंधित है, जिसका तात्पर्य एक संप्रभु संगीतकार से है जिसके विचार ग्रामोफोन रिकॉर्ड्स इत्यादि से प्रभावित नहीं हैं।
17. 'द वाइस इन द मशीन' में जे. क्लेटन (1997: 226)ने ध्वनि के प्रसारण की प्रौद्योगिकी की चर्चा की है जैसे कि टेलीग्राफ और टेलीफोन को उन्नीसवीं शताब्दी में दूरी का सत्यानाश करने वाला माना जाता था। टेलीग्राफ का प्रभाव त्वरित और गहन था।
18. एलेन वीज (1995: 320 ने रेडियो को एक 'ध्वनिक माध्यम' का दर्जा दिया है जो आवाज

को शरीर के बंधन से मुक्त करता है। रेडियो एक ऐसा माध्यम है जहाँ आवाज बिना किसी छवि के आती है।

संदर्भ Reference

Adorno, Theodor. 1990. The form of the phonograph record. *October* 55:56–61.

Awasthy, G.C.1965. *Broadcasting in India.* Bombay:Allied.

Clayton, Jay. 1997. The voice in the machine: Hardy, Hazlitt, James. In *Language machines: Technologies of literary and cultural production,* edited by Jeffrey Masten, Peter Stallybrass, and Nancy Vickers. New York: Routledge.

Clayton, Mark. 1999. A.H. Fox Strangways and the music of Hindostan: Revisiting historical field recordings. *Journal of the Royal Musical Association* 124: 88–118.

Coomaraswamy, Ananda K. (1909) 1981. *Essays in National Idealism.* New Delhi: Munshiram Manoharlal.

Farrell, Gerry. 1997. *Indian music and the West.* Oxford: Oxford University Press.

Fox-Strangways, A.H. [1914] 1995. *The music of Hindostan.* New Delhi: Mittal.

Gaisberg, Fredrick. 1942. *The music goes round.* New York: Macmillan.

Gronow, Pekka. 1981. The record industry comes to the Orient. *Ethnomusicology* 25, no.2:251–84.

Kalki Krishnamoorthy. 1941. Narada ganam. *Kalki,*1 October, 24.

—. 1942. Icaci virutu. *Kalki*, 1 August, 75.

—.1945. Iacit tattu. *Kalki*, 1 September, 47.

—.1949. Atal patal. *Kalki*, 1 September, 15.

Kesker, B.V.1957. *Indian music: Problems and prospects.* Bombay: Popular Prakashan.

Kinnear, Michael. 1994. *The Gramophone Company's first Indian recordings, 1899-1908.* Bombay: Popular Prakashan.

Kittler, Friedrich. 1990. *Discourse networks 1800/1900*, translated by Michael Meteer. Standford, Calif.: Standford University press.

—.1999. *Gramophone, film, typewriter.* Standford, Calif.: Standford University Press.

Krishna Iyer, E.1933. *Personalities in present day music.* Madras: Rochouse.

Lelyveld, David.1995. Upon the subdominant:Administering music on All-India Radio. In *Consuming modernity: Public culture in a South Asian world,* edited by Carol Breckenridge. Minneapolis: University of Minnesota Press.

Madurai Mudaliar, K. 1929–31. *Gramophon sangeetha keerthanamirdam.* Madras: Shanmugananda.

Malan.1981. Vidwan. In *Anu: Terntu cirukataikal 1971–1981.*Vol.2. Madras: Orient Longman.

Mathur, J.C. 1957. The impact of A.I.R. on Indian Music. *In Aspects of Indian music.* New Delhi: Ministry of Information and Broadcasting.

Menon, Narayana.1957. The impact of Western technology on Indian Music. *In Bulletin of the Institute of Traditional Cultures. Madras.*

Mullick, K.S. 1974. *Tangled tapes: The inside story of Indian broadcasting.* Delhi: Sterling.

Pareles, John.1998. Ravi Shankar's daughter negotiates two worlds. *New York Times,* 24 December, E2.

Rangaramanuja Iyengar, R.1977. *Musings of a musician: Recent trends in Carnatic music.* Bombay: Wilco.

Subba Rao, T.V. 1962. *Studies in Indian music.* Bombay: Asia.

Subrahmanya Ayyar, C. 1939. *The grammar of South Indian (Karnatic) music.* Madras.

—.1945. *My musical extravagance.* Madras.

Weiss, Allen. 1995. *Phantasmic radio.* Durham, N.C.:Duke University Press.

अनुक्रमणिका